SCIENCE FICTION

Herausgegeben
von Wolfgang Jeschke

Vom gleichen Autor erschienen außerdem
als Heyne-Taschenbücher

Die Irrfahrten des Mr. Green · Band 06/3127
Das Tor der Zeit · Band 06/3144
Als die Zeit stillstand · Band 06/3173
Der Sonnenheld · Band 06/3265
Der Mondkrieg · Band 06/3302
Die synthetische Seele · Band 06/3326
Der Steingott erwacht · Band 06/3376
Lord Tyger · Band 06/3450
Das echte Log des Phileas Fogg · Band 06/3494
Die Flußwelt der Zeit · Band 06/3639
Auf dem Zeitstrom · Band 06/3653
Das dunkle Muster · Band 06/3693
Das magische Labyrinth · Band 06/3836
Der Sonnenheld · Band 06/3975
Das echte Log des Phileas Fogg · (06/3980

PHILIP JOSÉ FARMER

AUF DEM ZEITSTROM

Science Fiction-Roman

Deutsche Erstveröffentlichung

WILHELM HEYNE VERLAG
MÜNCHEN

HEYNE-BUCH Nr. 06/3653
im Wilhelm Heyne Verlag, München

Titel der amerikanischen Originalausgabe
THE FABULOUS RIVERBOAT
Deutsche Übersetzung von Ronald M. Hahn

5. Auflage
Redaktion: E. Senftbauer

Printed in Germany 1984
Umschlagbild: Johann Peter Reuter
Umschlaggestaltung: Atelier Heinrichs, München
Gesamtherstellung: Elsnerdruck GmbH, Berlin

ISBN 3-453-30567-1

1

»Das Leben nach dem Tode«, philosophierte Sam Clemens vor sich hin, »bringt einen, ebenso wie die Politik, mit wahrlich seltsamen Weggefährten zusammen. Ich kann jedenfalls von mir nicht behaupten, noch den Schlaf des Gerechten zu schlafen.«

Er hielt ein Fernrohr unter dem Arm geklemmt und paffte, während er auf dem Achterdeck der *Dreyrugr* (was »Die Blutgestählte« hieß) auf und ab ging, an einer langen, grünen Zigarre. Ari Grimolfsson, der Steuermann, der kein Wort Englisch verstand, schaute ihn teilnahmslos an. Clemens übersetzte seine Worte in ein holpriges Norwegisch, aber auch jetzt verzog der Steuermann keine Miene.

Clemens stieß einen englischen Fluch aus und schimpfte Grimolfsson einen dickschädeligen Barbaren. Seit drei Jahren paukte er jetzt ununterbrochen dieses dem zehnten Jahrhundert entstammende Norwegisch. Trotzdem konnte er sich nicht einmal halb so verständlich machen, wie die anderen Männer und Frauen auf diesem Schiff.

»Als fünfundneunzigjähriger Huck Finn – plus minus tausend weiterer Jahre«, fuhr Clemens fort, »habe ich angefangen, auf einem Floß flußabwärts zu fahren. Und jetzt sitze ich hier auf diesem idiotischen Wikingerschiff und schlage genau die entgegengesetzte Richtung ein. Was werde ich demnächst treiben? Wann werde ich mich endlich daranmachen, mir meinen Traum zu erfüllen?«

Damit das Fernrohr ihm nicht entfallen konnte, preßte er den Oberarm eng gegen seinen Körper und schlug mit der geballten Rechten in die Fläche seiner linken Hand.

»*Eisen!* Ich brauche Eisen! Aber wie kommt man auf einem menschenreichen und metallarmen Planeten an Eisen heran? Irgendwo mußte es doch was von dem Zeug geben! Woher hätte Erik sonst seine Axt? Aber wenn es etwas gibt – wieviel wird es dann sein? Genug? Vielleicht nicht. Möglicherweise stammt das Metall seiner Axt nur von einem winzigkleinen Meteoriten. Aber vielleicht reicht das auch schon für meine Zwecke. Aber wo steckt das Zeug, wo? Herrgott, dieser Fluß kann ohne weiteres zwanzig Millionen Meilen lang sein! Und das Eisen – vorausgesetzt, es gibt überhaupt welches – an seinem anderen Ende. O je, das darf nicht sein. Es muß einfach irgendwo in der Nähe liegen, in einem Umkreis von – sagen wir – 100000 Meilen. Aber vielleicht bewegen wir uns jetzt genau in die verkehrte Richtung.« Er seufzte. »Ignoranz, du bist die Mutter der Hysterie. Oder sollte es umgekehrt sein?«

Er warf einen Blick durch das Fernrohr auf das rechte Ufer und fluchte erneut. Ungeachtet seiner Bitte, das Schiff anlegen zu lassen, damit er die Hänge der naheliegenden Hügel etwas näher in Augenschein nehmen konnte, fuhr es weiter. Erik Blutaxt, der König der Norwegerflotte, war der Ansicht, hier handele es sich um äußerst gefährliches Gebiet. Die Flotte würde die Flußmitte solange nicht verlassen, bis man es hinter sich gebracht hatte.

Die *Dreyrugr* galt für die anderen beiden als Flaggschiff. Sie war achtzig Fuß lang, bestand zum größten Teil aus Bambus und ähnelte stark den Drachenschiffen der Nordmänner. Es war lang und niedrig. Aus Eichenholz geschnitzte Drachenköpfe und -schwänze verzierten Bug und Heck. Es gab ein höherliegendes Vordeck und ein Achterdeck, die beide etwas über den Schiffskörper hinausragten. Beide Segel waren gesetzt. Sie bestanden aus dem zwar sehr dünnen, nichtsdestotrotz aber ziemlich zähen und flexiblen Material, das man aus den Mägen der in den Tiefen des Flusses lebenden Drachenfische gewann. Außerdem verfügte die *Dreyrugr* über ein Steuerrad, das auf dem Achterdeck angebracht war.

Die runden, aus Leder und Eichenholz gefertigten Schilde der Besatzung hingen an der Reling; die mächtigen Riemen waren in dafür vorgesehenen Ständern abgestellt. Die *Dreyrugr* segelte jetzt gegen den Wind und führte damit ein Manöver aus, das den Nordmännern, als sie noch auf der Erde gelebt hatten, unbekannt gewesen war.

Diejenigen Männer und Frauen der Besatzung, die gerade nichts zu tun hatten, saßen auf den Ruderbänken, unterhielten sich, knobelten, spielten mit Würfeln oder pokerten. Von unterhalb des Achterdecks drangen begeisterte Ausrufe und Flüche zu Clemens herauf, und gelegentlich hörte er auch ein dumpfes Klicken. Blutaxt und sein Leibwächter spielten Billard, und daß sie das ausgerechnet zu diesem Zeitpunkt taten, trug nicht gerade dazu bei, seine Nervosität zu vertreiben. Blutaxt wußte verdammt genau, daß drei Meilen vor ihnen gegnerische Schiffe dahintrieben, die alles daransetzen würden, ihnen die ruhige Fahrt zu vermiesen. Außerdem waren die Gegner auch hinter ihnen. Den König schien das offensichtlich nicht aus der Ruhe zu bringen. Vielleicht war er wirklich ebenso kaltblütig, wie Drake das gewesen war, bevor er die Armada gesehen hatte.

»Aber hier haben wir es mit völlig anderen Umständen zu tun«, murmelte Clemens. »Wir haben keinen Platz, um großartige Wendemanöver auszuführen. Der Fluß ist nur anderthalb Meilen breit. Und nicht mal ein Sturm ist in Sicht, der uns aus der Patsche helfen könnte.«

Erneut schweifte sein Blick über die Uferlinie. Er tat das jetzt seit drei Jahren, denn so lange war die Flotte schon unterwegs. Clemens war mittelgroß, aber er hatte einen solch mächtigen Schädel, daß seine Schultern beinahe schmal wirkten. Seine Augen waren blau, seine Brauen dicht und seine Nase von fast römischem Schnitt. Er trug das rötlichbraune Haar ziemlich lang, aber der Schnauzbart, ohne den man ihn während seines Lebens auf der Erde gar nicht erkannt hätte, war verschwunden: Es schien der Menschheit bestimmt zu sein, das zweite Leben ohne Gesichtsbehaarung verbringen zu müssen. Clemens' Oberkörper hingegen war derart mit krausem, rotbraunem Haar bewachsen, daß es beinahe bis an seinen Adamsapfel reichte. Er trug lediglich einen knielangen Lendenschurz und einen ledernen Gürtel, an dem er seine Waffen befestigen konnte und an dem der Köcher für das Fernrohr hing. Seine Füße steckten in leichten Lederschuhen, seine Haut war von der Äquatorialsonne tief gebräunt.

Clemens ließ das Fernrohr sinken und musterte das eine Meile von ihnen entfernte gegnerische Schiff. Im gleichen Moment blitzte etwas durch den Himmel. Es war ein weißes, gekrümmtes Schwert, das so plötzlich auftauchte, als hätte das Himmelsblau es ausgespuckt. Es fiel herab – und war hinter den Bergen verschwunden.

Sam war aufs äußerste überrascht. Er hatte zwar schon mehr als einen Meteoriten am nächtlichen Himmel entdeckt, aber noch nie einen solch großen. Und gerade deswegen konzentrierte sich sein Blick derart stark auf ihn, daß er das Abbild noch Sekunden später vor Augen hatte. Dann verschwand das Bild wieder, und Sam vergaß den herabgefallenen Stern. Erneut richtete er das Fernrohr auf das Ufer und suchte es ab. Dieser Teil des Flusses war typisch für sein Gesamtbild.

Zu beiden Seiten des anderthalb Meilen breiten Stromes erstreckte sich eine ebenso breite, grasbewachsene Ebene. Und dort befanden sich – jeweils eine Meile voneinander entfernt – große, pilzförmige Erhebungen aus Stein: die Grale. Auf dem flachen Land selbst fanden sich nur wenige Bäume, aber dahinter, auf den leicht ansteigenden Hügeln, wurde das Bild von dichtstehenden Pinien, Eichen, Eiben und Eisenbäumen beherrscht. Letztere waren tausend Fuß hohe Gewächse mit grauer Rinde, Hunderten von dicken, knorrigen Ästen und einem Wurzelstamm, der sich so tief in die Erde hineinfraß und so hart war, daß man sie weder fällen noch verbrennen, noch ausgraben konnte. Aus den Ästen wuchsen Ranken, die riesige, leuchtend bunte Blüten trugen.

Das Hügelgebiet erstreckte sich in der Breite über ein bis zwei Meilen und endete schließlich abrupt vor glatten, senkrecht aufstrebenden Felswänden, deren Höhe zwischen 20000 und 30000 Fuß betrug.

Das Gebiet, durch das die drei norwegischen Schiffe nun segelten, war hauptsächlich von Deutschen aus dem frühen neunzehnten Jahrhundert bewohnt. Natürlich gab es auch unter ihnen die üblichen zehn Prozent von Angehörigen anderer Kulturkreise: die örtliche Minderheit bestand aus Persern des ersten Jahrhunderts und einer etwa einprozentigen, bunt zusammengewürfelten Mischung von Menschen aller möglichen Nationen und Zeiten.

Clemens richtete sein Fernrohr zunächst auf die in der Ebene errichteten Bambushütten und schließlich auf die Gesichter der Leute. Er erkannte Männer und Frauen, mit Lendenschurzen bekleidet. Die Frauen hatten ihre Brüste mit irgendwelchen dünnen Stoffen bedeckt. Es hatten sich ziemlich viele Beobachter am Ufer versammelt; möglicherweise beabsichtigten sie, sich die unausweichliche Schlacht anzusehen. Aber obwohl sie mit feuersteinbestückten Lanzen und Pfeil und Bogen bewaffnet waren, erweckten sie keinen bedrohlichen Eindruck.

Clemens stieß plötzlich ein Grunzen aus und richtete das Fernrohr auf das Gesicht eines bestimmten Mannes. Aufgrund der großen Entfernung und der Unzulänglichkeit des Instruments waren seine Züge zwar nicht einwandfrei auszumachen, aber die breitschultrige Gestalt mit dem finsteren Gesicht kam ihm irgendwie bekannt vor. Wo hatte er diesen Mann schon einmal gesehen?

Plötzlich fiel es ihm ein. Das Gesicht des Mannes erinnerte ihn an die Fotografien, die er einst von dem berühmten englischen Forscher Sir Richard Burton gesehen hatte. Irgend etwas stimmte ihn nachdenklich. Clemens seufzte. Während das Schiff weiterzog, richtete er das Objektiv des Fernrohres auf die übrigen Gesichter. Er würde sowieso niemals etwas über die wahre Identität dieses Burschen herausfinden.

Er wäre gerne an Land gegangen und hätte sich mit ihm unterhalten. Es interessierte ihn, ob der Mann wirklich Burton war. Obwohl er sich jetzt schon seit zwanzig Jahren auf dieser Flußwelt herumtrieb und er unzählige Gesichter gesehen hatte, war ihm niemals vergönnt gewesen, auf jemanden zu stoßen, den er von der Erde her persönlich kannte. Er kannte auch Burton nicht persönlich, zweifelte jedoch nicht daran, daß dieser zumindest von ihm gehört hatte. Dieser Mann – vorausgesetzt, er war der, für den Clemens ihn hielt – könnte zumindest eine, wenn auch dünne Verbindung zur nicht mehr existierenden Erde darstellen.

Und dann, als eine weit entfernte Gestalt in seinen Gesichtskreis trat, schrie Clemens außer sich vor Freude auf.

»Livy! Mein Gott, Livy!«

Es konnte keinen Zweifel geben, Obwohl ihr Gesicht nicht deutlich zu erkennen war, ihre überwältigende Figur war unverkennbar. Sie mußte es sein. Der Kopf, die Frisur, ihre Art zu gehen, die ganze Gestalt (die so einmalig war, wie ein Fingerabdruck) – all das stürmte auf ihn ein und rief ihm zu, daß es sich in ihr um seine Frau handelte.

»Livy!« schluchzte Clemens. Das Schiff kreuzte gegen den Wind, und er verlor sie wieder. Hektisch riß er das Fernrohr wieder ans Auge und suchte sie.

Mit weitaufgerissenen Augen stampfte Clemens mit einem Fuß auf das Deck und brüllte: »Blutaxt! Blutaxt! Komm rauf, aber schnell!«

Dann wirbelte er herum und schrie dem Steuermann zu, er solle das Schiff ans Ufer lenken. Grimolfsson zuckte zwar zunächst unter der Stimmkraft, mit der Clemens seine Anweisungen gab, zurück; schließlich aber kniff er die Augen zusammen, schüttelte den Kopf und verneinte.

»Ich befehle es dir!« donnerte Clemens, der jetzt völlig vergaß, daß der Steuermann keine Silbe Englisch verstand. »Das ist meine Frau! Livy! Meine Livy, wie sie aussah, als sie fünfundzwanzig war! Auferstanden von den Toten!«

Als Clemens hinter sich ein tiefes Grollen vernahm, wandte er sich um und sah auf Deckhöhe einen blondhaarigen Kopf, dem das linke Ohr fehlte, auftauchen. Dann schoben sich Erik Blutaxts breite Schultern, sein gigantischer Oberkörper und sein gewaltiger Bizeps in sein Blickfeld. Er stand auf zwei säulenähnlichen Beinen und machte nun Anstalten, die zu Clemens hinaufführende Leiter zu erklimmen. Erik Blutaxt war mit einem schwarz und grün gemusterten Umhang und einem breiten Gürtel, an dem mehrere Wurfmesser und die Halterung seiner Streitaxt hingen, bekleidet. Die Axt selbst war aus Stahl, ein breites Blatt, ein tödliches Hiebwerkzeug, das auf einem Planeten wie diesem, wo Stein und Holz die einzigen Werkstoffe darstellten, aus denen man Waffen machen konnte, eine Einmaligkeit darstellte.

Der Wikinger warf einen stirnrunzelnden Blick über den Fluß. Dann wandte er sich Clemens zu und sagte: »Was ist denn los, *Sma-skitligr?* Du hast geschrien wie Thors Braut in der Hochzeitsnacht, und mir ist dabei vor Schreck der Queue aus der Hand gerutscht. Ich habe an Toki Njalsson eine Zigarre verloren.«

Er zog die Axt aus dem Gürtel und schwang sie über dem Kopf. Die Sonnenstrahlen warfen Reflexe auf dem blauen Stahl. »Ich nehme an, daß du einen wichtigen Grund hattest, mich beim Spiel zu stören. Ich habe schon Leuten aus geringerem Anlaß den Schädel gespalten.«

Clemens' Gesicht erblaßte unter der Sonnenbräune, aber diesmal lag es nicht an der durch Erik ausgesprochenen Drohung. Er warf dem anderen einen wütenden Blick zu und bewegte dabei den Kopf so aggressiv zur Seite, daß er einen Moment lang aussah wie ein zu allem entschlossener Raubvogel.

»Zum Teufel mit dir und deiner Axt!« brüllte Clemens. »Ich habe gerade meine Frau gesehen, meine Livy; hier am rechten Ufer! Ich muß . . . Ich *verlange*, daß du mich an Land gehen läßt, damit ich wieder mit ihr zusammen sein kann! O Gott, nach all diesen Jahren des endlosen Suchens! Es kostet dich nicht mehr als eine Minute! Du kannst mir nicht verwehren, zu ihr zu gehen; es wäre unmenschlich, wenn du es tätest!«

Die Axt des Wikingers zerschnitt sirrend die Luft. Erik grinste. »All diese Umstände nur für eine Frau? Und was würde dann mit *ihr?*« Er deutete auf ein schlankes, dunkelhaariges Mädchen, das in der Nähe des Raketenwerfers saß.

Die Bemerkung führte dazu, daß Clemens noch bleicher wurde. Er sagte: »Temah ist ein feines Mädchen! Ich bin sehr vernarrt in sie. Aber sie ist nicht Livy!«

»Genug davon«, erwiderte Blutaxt. »Hältst du mich für einen ebensolchen Narren wie dich selbst? Wenn ich anlege, sitzen wir zwischen den Feuern der Uferbewohner und unserer Verfolger. Wir würden zwischen ihnen zermahlen werden, wie das Mehl in Freyrs Mühle. Vergiß deine Alte.«

Clemens stieß einen falkenähnlichen Schrei aus und stürzte sich mit ausgebreiteten Armen auf den Wikinger. Erik knallte ihm die flache Seite der Axt gegen den Schädel, und der Schlag warf den Amerikaner zu Boden. Mehrere Minuten lang lag Clemens auf dem Rücken auf den Decksplanken und starrte in die Sonne. Blut rann ihm vom Haaransatz über das Gesicht. Schließlich versuchte er sich aufzurappeln, kroch einige Sekunden auf allen vieren herum und übergab sich.

Erik bellte einen ungeduldig klingenden Befehl. Temah, die ihn mit einem verängstigten Blick von der Seite musterte, ließ einen an einem Seil befestigten Eimer in den Fluß hinab. Sie goß ihn über Clemens aus. Der Amerikaner richtete sich langsam wieder auf und kam auf die Beine. Temah holte einen zweiten Eimer Wasser und säuberte damit das Deck.

Clemens knurrte Erik wütend an. Der Wikinger sagte lachend: »Du hast jetzt lange genug hier herumgeschwätzt, du kleiner Feigling. Jetzt weißt du, was mit dir geschieht, wenn du es noch einmal wagst, mit Erik Blutaxt zu sprechen, als sei er ein Knecht. Du solltest froh sein, daß ich dich nicht umgebracht habe.«

Clemens entfernte sich von Erik, packte die Reling und versuchte sich an ihr hinaufzuziehen. »Livy!«

Mit einem Fluch sprang Blutaxt auf ihn zu, packte ihn um die Hüfte und riß ihn zurück. Er versetzte Clemens einen solch heftigen Stoß, daß er erneut zu Boden fiel.

»Ich werde nicht zulassen, daß du ausgerechnet jetzt desertierst!« stieß der Wikinger hervor. »Ich brauche dich, um dieses Eisenlager aufzuspüren!«

»Es gibt kei . . .«, sagte Clemens und unterbrach sich mitten im Satz. Wenn der Nordmann herausfand, daß er weder wußte, wo, noch, ob überhaupt so etwas existierte, wonach er suchte, war sein Leben auf der Stelle verwirkt.

»Außerdem«, fuhr Erik fort »könnte es möglich sein, daß ich deine Hilfe auch dann noch benötigen werde, wenn wir das Eisen gefunden haben. Wer weiß, wozu du nützlich bist, wenn wir uns aufmachen, um den Polarturm zu suchen. Natürlich könnte ich auch einfach weiter dem Fluß folgen. Aber du besitzt einen Menge Wissen, das mir nützlich sein kann. Und außerdem brauche ich diesen Frostriesen Joe Miller.«

»Joe!« sagte Clemens mit belegter Stimme. Er versuchte aufzustehen. »Joe Miller! Wo ist er? Er wird dich umbringen!«

Erneut zerschnitt Eriks Axt pfeifend die Luft über Clemens' Kopf. »Du wirst ihm kein Wort sagen, hast du verstanden? Ich schwöre dir bei Odins leerer Augenhöhle, daß ich dich schneller getötet habe, als er auch nur eine Hand an mich legen kann. Ist das klar?«

Clemens stand jetzt wieder auf den Beinen. Er schwankte wie eine Birke im Sturm. Dann rief er mit lauter Stimme: »Joe! Joe Miller!«

2

Vom Achterdeck her erklang das Gemurmel einer Stimme, die so tief war, daß sich sogar bei jenen Männern, die sie zum tausendsten Male hörten, vor Entsetzen die Nackenhaare aufrichteten.

Die leichte Bambusleiter knirschte plötzlich so laut, daß sie beinahe das Singen des Windes in den ledernen Schiffstauen, das Klatschen der Segel, das Knirschen der hölzernen Schiffshülle und das Rauschen der sich dem Bug entgegenwerfenden Wogen übertönte.

Der Kopf, der sich nun über den Decksrand erhob, wirkte noch schrecklicher als die unmenschlich tiefe Stimme. Er war zerfurcht und so groß wie ein kleines Bierfaß und spiegelte eine solche Verwüstung wider, daß man die hinter eckigen Knochenwülsten verborgenen, kleinen blauen Augen zunächst gar nicht bemerkte. Die Nase des Wesens wiederum paßte überhaupt nicht zum Rest seiner Gesichtszüge. Wo normalerweise ein flachrückiges, breites Riechorgan mit höhlenartigen Löchern hätte sitzen müssen, erhob sich ein höckerartiges Instrument, wie man es in der Regel nur im Gesicht eines Schnabelaffen fand. In dem länglichen Schatten, den sie warf, zeigte sich eine derart lange Oberlippe, daß sie einem Schimpansen alle Ehre gemacht hätte. Mächtige Kinnladen umrahmten einen kleinen, fleischigen Mund. Joe Miller sah aus wie ein Eisriese, der gerade einem Comic Strip entstiegen ist: Neben seinen weitausladenden Schultern wirkten die des Wikingers wie eine kleine Brezel, und er schob einen ballonförmigen Bauch vor sich her. Im Gegensatz zu seinen restlichen Gliedmaßen erschienen seine Arme und Beine so kurz, daß sie beinahe mißgestaltet wirkten. Als Joe Miller sich aufrichtete, waren seine Hüften etwa auf der Höhe von Sam Clemens' Kinn. Er war so stark, daß er Sam ohnen große Mühe eine ganze Stunde lang mit ausgestrecktem Arm in der Luft halten konnte – und er hatte das auch schon getan, ohne auch nur die geringste Schwäche dabei zu zeigen.

Da er keine Kleider benötigte, trug er auch keine. Von Mode hatte er zum ersten Mal gehört, als ihm die Angehörigen der Gattung Homo sapiens davon berichtet hatten. Langes, rostrotes Haar, das dicker als das von Menschen und dünner als das von Affen war, bedeckte seine gigantische Gestalt von oben bis unten. Seine Haut hatte die Farbe eines blonden Nordländers.

Joe strich sich mit einer Hand, die das Format eines Folianten hatte, durch das gewellte, zweieinhalb Zentimeter oberhalb seiner Augen beginnende Haupthaar und warf es zurück. Als er gähnte, entblößte er zwei Reihen durchaus menschlich wirkender Zähne.

»Ich habe geflafen«, brummte er, »und träumte von der Erde und den *Klravulthithmengbhabafving*, die ihr Mammuthf nennt. Daf waren noch Feiten.« Er lispelte zum Steinerweichen. Plötzlich machte er einen Schritt auf Clemens zu und verhielt mitten in der Bewegung. »Fäm! Waf ift paffiert? Du bluteft ja! Du fiehft krank auf!«

Erik Blutaxt brüllte nach den Wachen und zog sich rasch aus der Nähe des Titanthropen zurück. »Dein Freund hatte einen Wutanfall«, erklärte er hastig. »Er glaubte seine Frau gesehen zu haben – zum tausendsten Mal! Und er griff mich an, weil ich mich weigerte, das Schiff an Land zu steuern. Bei Tyrs Testikeln, Joe! Du weißt, wie oft er sich schon eingebildet hat, irgendwo am Ufer seine Frau zu sehen! Und du weißt ebenso, daß es sich jedesmal als pure Einbildung herausstellte, daß es immer nur Frauen waren, die der seinen ähnlich sahen! – Und heute habe ich mich geweigert, anzulegen. Selbst wenn es wirklich seine Frau gewesen wäre, hätte ich so handeln müssen! Ebensogut hätten wir unsere Köpfe in den Rachen eines Wolfes legen können!«

Erik duckte sich, hob die Axt und schien sich auf einen Angriff des Giganten vorzubereiten. Vom Mitteldeck her drangen Schreie zu ihnen herauf. Ein hochgewachsener, rothaariger Mann mit einer Steinaxt eilte die Leiter herauf. Der Steuermann gab ihm mit einem Handzeichen zu verstehen, daß er sich aus der Sache heraushalten solle. Als der Rotschopf Joe Miller sah, schien ihn sein Mut zu verlassen, und er machte sich wieder aus dem Staube.

»Waf meinft du, Fäm?« sagte Joe Miller. »Foll ich ihn in Ftücke reifen?«

Clemens, der seinen Kopf mit beiden Händen hielt, erwiderte: »Nein. Vielleicht hat er ja recht. Ich weiß wirklich nicht, ob die Frau, die ich sah, Livy war. Möglicherweise war es auch nur irgendeine deutsche Hausfrau. Ich weiß es nicht!« Er stöhnte laut. »Ich weiß es wirklich nicht! Vielleicht war sie es *doch!*«

Fischknochenhörner ertönten, und vom Mitteldeck her war der dumpfe Schlag einer großen Trommel zu hören. Clemens sagte: »Vergiß es, Joe – zumindest so lange, bis wir aus diesem Hexenkessel heraus sind. Falls wir überhaupt aus ihm herauskommen sollten. Wenn wir überleben wollen, sind wir jetzt aufeinander angewiesen. Später . . .«

»Du redeft immer von *fpäter,* Fäm, obwohl du weift, daf ef daf nicht gibt. Warum tuft du daf?«

»Wenn du nicht selbst darauf kommst, Joe«, knurrte Clemens ungehalten, »bist du wirklich so dumm, wie du aussiehst!«

Joes Augen wurden feucht. Tränen glitzerten plötzlich auf seinen Wangen.

»Immer, wenn du Angft haft, fagft du, ich fei dumm«, erwiderte er. »Warum hackft du immer auf mir rum? Warum hackft du nicht auf den Leuten rum, die dir Angft machen? Warum hackft du nicht auf Blutakft rum?«

»Verzeih mir, Joe«, sagte Clemens. »Kinder und Affenmenschen haben schon immer die Wahrheit gesagt . . . Du bist in Wirklichkeit gar nicht dumm, sondern ein kluger

Bursche. Vergiß, was ich gesagt habe, Joe. Es tut mir leid.«

Blutaxt kam nun wieder näher. Er vermied es dann dennoch, allzu nahe in Joes Reichweite zu kommen. Grinsend schwang er seine Axt. »Bald wird Metall *aufeinandertreffen!*« Dann lachte er und fügte hinzu: »Was rede ich da? In heutigen Schlachten trifft nur noch Stein auf Stein und Holz auf Holz, meine Sternenaxt natürlich ausgenommen! Aber was macht das schon aus? Die letzten sechs Monate des Nichtstuns hängen mir zum Halse heraus! Ich sehne mich nach Kriegsgebrüll und Schlachtlärm, nach dem Schwirren der Lanze und dem dumpfen Schlag meiner Axt, wenn sie dem Gegner ins Fleisch beißt und sein Blut vergießt. Ich bin unruhig wie ein Schlachtroß, das die Nähe einer heißen Stute wittert; es drängt mich, dem Tod ins Angesicht zu schauen.«

»Dummef Gefwätf!« sagte Joe Miller. »In Wirklichkeit unterfeideft du dich vom Fäm überhaupt nicht. Du haft ebenfoviel Angft wie er – nur verfteckft du dich hinter deinem grofen Maul!« – »Ich verstehe dein Kauderwelsch nicht«, erwiderte Blutaxt gelassen. »Affen sollten besser gar nicht erst versuchen, sich der Zunge des Menschen zu bedienen.«

»Du verftehft fehr gut, waf ich meine«, entgegnete Joe.

»Sei still, Joe«, sagte jetzt Clemens und blickte flußaufwärts. In einer Entfernung von zwei Meilen begannen sich die Uferstreifen zu verengen. Die Bergwände schoben sich bis dicht an den Fluß heran und schufen so eine Enge, die kaum mehr als eine Viertelmeile breit war. Das Wasser am Fuße der etwa eintausend Meter hohen Felsenklippen schien förmlich zu kochen, so sprudelte es. Auf den Spitzen der Klippen, die sich zu beiden Seiten des Flusses erhoben, glitzerten unidentifizierbare Gegenstände in der Sonne.

Eine halbe Meile vor der Enge hatten sich dreißig Galeeren in drei Pulks formiert, die nun, unterstützt von je sechzig Ruderern, das Wasser durchpflügten und den drei Eindringlingen entgegenjagten. Clemens musterte die fremden Schiffe durch sein Teleskop und sagte schließlich: »Sie haben vierzig Krieger auf jedem Schiff und dazu zwei Raketenwerfer. Daß wir in einer schrecklichen Falle sitzen, dürfte noch reichlich untertrieben sein, denn unsere eigenen Raketen haben dermaßen lang in den Magazinen herumgelegen, daß ihr Pulver bereits angefangen hat, auszukristallisieren. Wenn wir sie zünden, werden sie in die Luft gehen, bevor die Schleudern sie abgefeuert haben. Und dann blasen sie uns in die Ewigen Jagdgründe.« Er deutete auf die Spitzen der Klippen. »Was glaubt ihr, ist das? Bestimmt keine Anlage für ein Silvesterfeuerwerk!«

Einer der Wikinger brachte Eriks Ausrüstung: einen dreifach beschichteten Lederhelm mit Schwingen und Nasenschutz aus dem gleichen Material, einen ledernen Küraß, ebensolche Breeches und einen Schild. Ein anderer Mann brachte ein Lanzenbündel. Jeder einzelne der Speere bestand aus Eibenholz und war mit einer steinernen Spitze versehen.

Die Raketenmannschaft – sie bestand ausnahmslos aus Frauen – legte ein Projektil in die schwenkbare Schleuderröhre. Die Rakete war fast zwei Meter lang (ohne die Spitze), bestand aus Bambus und wirkte im großen und ganzen genau wie einer jener Feuerwerkskörper, die die Amerikaner am Unabhängigkeitstag abzufeuern pflegten. Ihr Sprengkopf enthielt zwanzig Pfund Schießpulver, das man mit Dutzenden kleiner, spitzer Steine gefüllt hatte: Schrapnells.

Joe Miller, unter dessen achthundert Pfund Lebendgewicht die Decksplanken knirschten, ging nach unten, um seine Ausrüstung zu holen. Clemens stülpte sich einen Helm über den Kopf, hängte einen Schild über die Schulter, verzichtete jedoch darauf, einen Küraß oder Gamaschen anzulegen. Obwohl er sich davor fürchtete, verwundet zu werden, hatte er noch mehr Angst davor, durch eine allzu schwere Ausrüstung in die Tiefe gezogen zu werden und zu ertrinken, wenn er über Bord fiel.

Er dankte allen Göttern, daß sie ihn der Gnade teilhaftig werden lassen hatten, Joe Miller kennenzulernen. Jetzt waren sie Blutsbrüder – auch wenn Clemens während der Zeremonie, die sie dazu gemacht hatte (sie hatte aus dem Vermischen ihres Blutes und einiger anderer schmerzhafter und abstoßender Praktiken bestanden), beinahe tausend Tode der Furcht gestorben war. Miller würde da sein, um ihn vor jedem Angriff zu verteidigen – und umgekehrt, auch wenn der Titanthrop bis jetzt der einzige gewesen war, der alle ihre gemeinsamen Feinde besiegt hatte. Aber immerhin war er ja auch groß genug, um für zwei zu kämpfen.

Die Tatsache, daß Blutaxt Miller nicht mochte, basierte auf puren Neidgefühlen: Der Wikinger hielt sich für den mächtigsten Kämpfer der Welt und mußte gleichzeitig mit dem Bewußtsein leben, daß er in den Augen Millers nicht mehr war als ein Hündchen.

Und ein vergleichsweise dürres dazu.

Blutaxt schmetterte seine Befehle, die augenblicklich unter Zuhilfenahme von Obsidianspiegeln, die das Sonnenlicht reflektierten, den beiden anderen Schiffen übermittelt wurden. Man wollte versuchen, mit vollen Segeln die Reihen der gegnerischen Galeeren zu durchbrechen. Daß das nicht einfach sein würde, war jedem klar. Es würde nahezu unmöglich sein, den Kurs zu korrigieren, wenn man einem Rammversuch ausweichen mußte. Außerdem standen jedem einzelnen Wikingerschiff zehn feindliche gegenüber. Man mußte also damit rechnen, einem starken Kreuzfeuer ausgesetzt zu sein.

»Der Wind ist mit ihnen«, ließ Clemens verlauten. »Dadurch erhalten ihre Raketen eine größere Reichweite, und sie können sie abfeuern, bevor wir zwischen ihnen sind . . .«

»Ach, leck mich doch am Arsch«, knirschte Blutaxt. Plötzlich erstarrte er.

Mehrere der glänzenden Objekte auf den Klippenhöhen hatten nun ihre Position gewechselt und jagten durch die Luft auf die Wikingerschiffe zu. Die Nordmänner brüllten entsetzt und verstört auf. Clemens, der die Punkte sofort als Gleiter identifizierte, versuchte mit so wenigen Worten wie möglich, Blutaxt ihre Funktion zu erklären. Der Wikingerkönig hörte ihm aufmerksam zu und wandte sich dann an seine Männer, um Clemens' Worte zu übersetzen. Mitten im Satz wurde er von einem Höllenlärm unterbrochen, denn die Raketenmannschaften der ersten feindlichen Galeeren hatten im gleichen Moment die erste Salve abgefeuert. Heftig ruckelnd, schnarrend, zischend und lange, fette Rauchwolken hinter sich herziehend, flogen zehn Raketen auf die drei Segler der Wikinger zu. Die Schiffe änderten sofort den Kurs, was so schnell vor sich ging, daß zwei von ihnen beinahe zusammenstießen. Einige der gegnerischen Raketen streiften fast die Masten und Decksaufbauten, aber keine traf, und alle klatschten ohne zu detonieren in den Fluß.

Dann hatte sie der erste Gleiter erreicht. Das schlanke Luftgefährt, das auf beiden Seiten mit einem schwarzen Malteserkreuz bemalt war, tauchte in einem Winkel von fünfundvierzig Grad herab und jagte auf die *Dreyrugr* zu.

Die Bogenschützen machten sich bereit und feuerten auf Befehl ihres Hauptmanns einen Salve von Pfeilen ab.

Der Gleiter taumelte knapp über dem Wasser dahin. Mehrere Pfeile ragten aus seiner Wandung. Scheinbar versuchte er, nun auf dem Fluß niederzugehen. Jedenfalls war es ihm nicht gelungen, seine Bombenladung über der *Dreyrugr* abzuwerfen. Jetzt lagen die tödlichen Waffen bereits irgendwo auf dem Grund des Flusses.

Die Gleiter drangen nun aus allen Richtungen auf die drei Schiffe ein. Auch die feindlichen Galeeren feuerten wieder. Clemens warf einen Blick auf ihre eigene Raketenschleuder. Die hochgewachsenen blonden Frauen, die das Gerät unter dem Kommando der kleinen, dunkelhaarigen Tameh bedienten, waren gerade dabei, die Röhre zu justieren. Man schien noch nicht bereit zu sein, den ersten Schuß abzugeben: Die *Dreyrugr* war von den feindlichen Galeeren noch zu weit entfernt.

Einen Augenblick lang erschien es Clemens, als blicke er auf eine Fotografie: Er sah zwei Gleiter, die so nahe nebeneinander herflogen, daß ihre Schwingen sich beinahe berührten. Sie bereiteten einen Sturzflug vor, und dann fielen kleine schwarze Bomben aus ihnen heraus auf die Decks ihrer Ziele, während sie von einem Pfeilhagel eingedeckt wurden. Gleichzeitig schienen die Raketen der Deutschen auf halber Strecke zwischen den Galeeren und den Wikingerschiffen mitten in der Abwärtskurve hängen zu bleiben.

Clemens spürte den plötzlichen Druck des Windes in seinem Rücken, vernahm ein Pfeifen und hörte die Explosion, die einen Luftdruck erzeugte, der voll gegen die Segel prallte und das Schiff aus dem Kurs warf. Ein häßliches Reißen erklang, als würden in diesem Augenblick alle Textilien dieser Welt gewaltsam auseinandergerissen; dann ein Knirschen, als sei eine gigantische Axt aus dem Himmel heruntergesaust und zerbreche mit einem Schlag den Mast.

Die Bomben, Gleiter, Raketen und Pfeile schienen von seinem Standpunkt aus gesehen nun in einem völlig anderen Winkel zu liegen. Es war, als habe sich das unterste nach oben gekehrt. Die Segel und Masten flogen davon, als seien sie von einer Schleuder abgeschossen worden. Das Schiff, nun von einer zusätzlichen Last befreit, tänzelte aufgeregt. Clemens hatte es nur dem Titanthropen zu verdanken, daß er von der plötzlichen Bewegung nicht im gleichen Moment über Bord geschleudert wurde.

»Fäm!« schrie Joe Miller, streckte blitzschnell einen Arm aus und packte ihn, während er sich mit der anderen am Ruder festhielt. Der Steuermann unterstützte ihn, indem er das Ruder ebenfalls mit aller Kraft daran hinderte, sich zu drehen. Nun war es an der Raketenmannschaft der *Dreyrugr*, einen entsetzten Schrei auszustoßen. Die Druckwelle hatte sie ergriffen, ließ ihre Haare flattern und wischte sie wie einen Schwarm Vögelchen über die Reling. Die Frauen wirbelten durch die Luft und klatschten ins Wasser. In dem Moment riß die Verankerung der Schleuder, und das Instrument folgte seiner Bedienungsmannschaft nach.

Blutaxt hielt sich mit einer Hand an der Reling fest und schwang mit der anderen seine Axt. Während das Schiff auf und nieder tanzte, gelang es ihm, die Waffe in die dafür vorgesehene Scheide zurückzustecken. Nun hielt er sich mit beiden Händen fest, und das praktisch in allerletzter Sekunde, denn der Wind schrie jetzt wie eine von einer Klippe stürzende Frau und überzog das Wikingerschiff mit heißem Feueratem. Clemens glaubte einen Moment lang, den Gehörsinn verloren zu haben. So ungefähr mußte es sich anfühlen, wenn man sich in unmittelbarer Nähe einer explodierenden Granate aufhielt.

Eine Welle packte das Schiff und hob es hoch. Clemens öffnete die Augen und brüllte. Dennoch hörte er davon nichts, denn durch die Detonation waren seine Ohren nahezu taub.

Eine Mauer aus schmutzigbraunem Wasser – sie war mindestens fünfzig Meter hoch – wälzte sich aus der Richtung der Flußverengung auf sie zu. Sie war noch etwa vier oder fünf Meilen von ihnen entfernt. Clemens' erster Impuls war, die Augen wieder zu schließen, aber er war wie gelähmt. Mit starrem Blick musterte er das bewegte Wasser, bis die Flutwelle nur noch eine Meile von der *Dreyrugr* entfernt war. Sie trieb gewaltige Baumstämme – Pinien, Eichen und Eiben – vor sich her. Als sie näher kam, konnte Clemens sogar Teile von Bambus- und Pinienhütten, ein fast intaktes Dach, ein Schiffswrack mit teilweise erhaltenen Masten und den walähnlichen, dunkelgrauen Körper eines Drachenfisches erkennen, den die aufgewühlten Wasser aus den Flußtiefen an die Oberfläche gespült hatten.

Entsetzen packte ihn. Er wünschte sich plötzlich, tot umzufallen; er wollte diesem schrecklichen Ende, das sich ihnen mit rasender Schnelligkeit näherte, nicht ins Auge sehen müssen. Aber da er nicht auf Wunsch sterben konnte, blieb ihm nichts anderes übrig, als mit stumpfem Blick und ausgeschaltetem Bewußtsein mitanzusehen, wie das Schiff der Wikinger – anstatt versenkt und unter Tausenden von Tonnen Wasser zermalmt und begraben zu werden – wie ein Spielball auf den unerbittlichen Wellen tanzte, während sich vor ihm die schmutzigbraune Wand auftürmte, die jeden Moment zuschlagen und ihn unter sich begraben konnte. Der Himmel hatte sein Blau verloren und präsentierte sich als wolkenlose, stumpfgraue Decke.

Dann waren sie wieder auf dem Höhepunkt der sie tragenden Welle. Die *Dreyrugr* tanzte, schlingerte, ächzte, wühlte ihre Nase in das Wasser wie eine gründelnde Ente, sank wieder in die Tiefe hinab und schwang sich erneut hinauf. Kleinere, aber immer noch mächtige Brecher schwappten in das Boot. Ein Körper knallte direkt neben Clemens auf die Decksplanken. Eine Welle hatte ihn an Bord gespült. Clemens, den das Grauen jetzt vollkommen in seinen Krallen hatte, schenkte ihm nur einen verständnislosen Blick. Er war zu verwirrt, um jetzt noch etwas fühlen zu können; sein Geist hatte eine Grenze überschritten, die die Gesundheit seines Bewußtseins bedrohte.

Und so starrte er Livys Leiche an, die auf der einen Seite völlig zerschmettert und auf der anderen nahezu unversehrt war! Es war Livy, seine Frau; die er eben vor wenigen Minuten auf dem Uferstreifen gesehen hatte.

Die nächste Welle riß Sam Clemens beinahe in Stücke. Der Titanthrop ließ das Steuerrad fahren und stürzte zu Boden. Der Steuermann schrie auf. Er wurde im gleichen Moment über Bord gespült und verschwand zusammen mit der Frauenleiche in den schäumenden Wassern des Flusses.

Das Boot begann sich nun zu drehen und wandte der anrollenden Welle die Breitseite zu. Gleichzeitig wurde es erneut hochgehoben und schleuderte Clemens und den Titanthropen wieder in die Nähe des Ruders zurück, an das sie sich klammerten wie zwei Bergsteiger, die über einem tiefen Abgrund hängen. Die *Dreyrugr* rollte plötzlich wieder in Normallage zurück und jagte in das nächste Wellental hinab. Blutaxt, der erneut den Halt verloren hatte, taumelte über das

Deck. Hätte sein Schiff sich nicht aus eigener Kraft wieder in eine normale Position gehievt, wäre er zweifellos über Bord gegangen. Nun klammerte er sich an die Reling der Steuerbordseite.

Auf dem Höhepunkt der dritten Welle angekommen, wurde die *Dreyrugr* plötzlich nach vorn geschleudert und schoß in schräger Lage den Wasserberg hinab. Sie knallte gegen den Bug eines anderen Wikingerschiffes und erzitterte. Unter der Stärke des Aufpralls ließ Blutaxt die Reling fahren. Der Wikinger taumelte die Brüstung entlang, krachte gegen die andere Reling, durchbrach sie, fiel über den Rand und stürzte auf das Mitteldeck hinab.

3

Erst am Morgen des nächsten Tages erwachte Sam Clemens aus seinem Schock. Die *Dreyrugr* hatte es irgendwie geschafft, die mächtigen Wellengebirge zu überwinden, und sich anschließend in ungefährlicheren, aber immer noch stark bewegten Gewässern aufgehalten. Sie war zwischen Hügeln dahingeschossen und durch eine enge Durchfahrt in einen kleinen Canyon am Fuße eines Gebirges gelangt. Dann, als der Fluß unter ihnen plötzlich seichter geworden war, hatte sie sich knirschend auf Grund gesetzt.

Während der Wind heftig blies und der Himmel die Farbtönung kalten Metalls angenommen hatte, zitterte die Mannschaft noch immer unter dem Eindruck des Erlebnisses, dem sie nur mit Mühe und Not entronnen war. Schließlich ließ der seltsame Wind nach. Bald herrschte wieder jene Art der Luftbewegung, die auf diesem Fluß üblich war.

Die fünf Männer, die die rasende Fahrt des Wikingerschiffes an Deck überlebt hatten, begannen sich allmählich zu rühren und Fragen zu stellen. Sam, dem es große Schwierigkeiten bereitete, die Zähne auseinander zu bekommen, berichtete stammelnd von dem Blitz, den er – etwa eine Viertelstunde, bevor die Flutwelle auf sie zugekommen war – am Himmel beobachtet hatte. Ein riesengroßer Meteor mußte auf dieser Welt niedergegangen sein, der für die Naturkatastrophe verantwortlich war. Er hatte die Wellen erzeugt, und auch der starke Wind und die Druckwelle gingen auf sein Konto. Und obwohl ihnen die Wellen dermaßen groß erschienen waren: Im Vergleich zu jenen, die sich in der unmittelbaren Umgebung des Aufprallortes gebildet haben mußten, konnten sie nicht mehr als Pygmäen gewesen sein. Ohne Frage hatte sich die *Dreyrugr* zum Zeitpunkt der Katastrophe am äußersten Rand des Einflußgebietes der Naturgewalten aufgehalten.

»Sie hatten sich bereits weitgehend wieder beruhigt, als wir in die letzten Ausläufer gerieten«, erklärte Sam.

Einige der Nordmänner erhoben sich schwankend auf die Beine und taumelten über Deck. Mehrere Männer, die sich unter Deck aufgehalten hatten, steckten jetzt die Köpfe durch die Falltüren. Blutaxt, dem – bedingt durch seinen Sturz – noch alle Knochen schmerzten, raffte sich auf und brüllte: »Alle Mann in Deckung! Es werden noch Wellen kommen, die erheblich größer sind als jene, denen wir ausgesetzt waren! Und wir haben keine Ahnung, wie viele es noch werden!«

Um es milde auszudrücken: Sam konnte Blutaxt nicht ausstehen. Aber er erkannte neidlos an, daß der Mann, solange es um Seefahrt und Schiffe, Gewässer und Naturgewalten ging, seine Fähigkeiten hatte. Er selbst hatte angenommen, daß die ersten Wellen auch die letzten sein müßten.

Die Männer verschwanden eilends unter Deck und klammerten sich an Gegenstände, von denen sie annahmen, daß sie unter der Gewalt eines neuen Wellenansturms nicht davongeschleudert werden konnten. Dann warteten sie ab. Es dauerte nicht lange, dann grollte und zitterte die Erde, und die Wasser des Flusses, die durch die Einschlagskraft des Meteoriten davongejagt worden waren, ergossen sich zischend in den Canyon zurück. Hochgehoben von der Flut, die sich in die Talenge ergoß, hüpfte und tanzte das Wikingerschiff auf den Wellen. Sam zitterte vor Kälte. Er war sicher, daß – bei Tageslicht besehen – in diesem Moment jeder Mann und jede Frau an Bord die graue Hautfarbe einer Leiche angenommen hatte.

Höher und höher stieg das Boot und wurde dabei dann und wann sanft gegen die Canyonwände getrieben. Im gleichen Augenblick, in dem Sam bereit war zu schwören, daß die *Dreyrugr* nun endlich den absoluten Höhepunkt erreicht hatte und gleich über die Canyonwände hinweggespült werden würde, hielt das Schiff in seiner Aufwärtsbewegung inne. Dann sank es langsam wieder in die Tiefe (oder zumindest erschien es ihm so), während die Wasser weiter in das Tal hineinflossen, es füllten und weiterjagten. Irgendwo knirschte etwas. Männer und Frauen schnappten heftig nach Luft. Hie und da erklang ein dumpfes Stöhnen. Wasser tröpfelte. Hinter der Schiffswandung erklang das laute Brüllen des Flusses, der den Canyon passierte, ihn füllte und weiter stromaufwärts trieb.

Es war noch lange nicht vorbei. Sie würden noch einige Zeit warten müssen, bis jene riesigen Massen an Flüssigkeit, die der Meteorit mit seinem in die hunderttausend Tonnen gehenden Gewicht vor sich hergetrieben hatte, wieder in jene Löcher zurückgekrochen waren, aus der sie stammte. Die Mannschaft des Wikingerschiffes zitterte, als sei sie von Eiswänden eingeschlossen, und dabei war die Nacht wärmer denn je zuvor. Und was ihnen noch auffiel: Zum ersten Mal seit zwanzig Jahren regnete es während der Dunkelperiode auf diesem Planeten nicht. Es schien einiges durcheinandergeraten zu sein.

Bevor die Waser erneut zuschlugen, fühlten sie, wie die Erde bebte und grollte. Dann erklang ein tiefes Brüllen und Zischen. Die *Dreyrugr* wurde noch einmal hochgehoben, hüpfte auf und nieder, schäumte gegen die Canyonwände und sank erneut. Diesmal berühte sie den Grund nicht so hart; möglicherweise deswegen, dachte Sam, weil sich unter ihnen eine Schlammbank gebildet hatte.

»Ich glaube nicht an Wunder«, flüsterte er, »aber dies hier sollte eigentlich eines erfordern. Sonst kommen wir hier nicht wieder lebend heraus.«

Joe Miller, der sich schneller erholt hatte als die anderen, ging eine halbe Stunde hinaus, um die Lage auszukundschaften. Als er zurückkehrte, trug er einen nackten Mann auf der Schulter. Er lebte noch, hatte blondes Haar, blaugraue Augen und verbarg unter der Schmutzschicht, die ihn bedeckte, ein hübsches Gesicht. Der Mann sagte etwas auf deutsch zu Clemens und schaffte es sogar, als Joe ihn sanft absetzte, ein Lächeln zustande zu bringen.

»Ich habe ihn in einem Gleiter gefunden«, erklärte Joe, »oder vielmehr in dem, waf von ihm übrig war. Da fwimmen eine Menge Leichen im Canyon herum. Waf follen wir mit diefem Kerl anfangen?«

»Frieden schließen«, erwiderte Sam. »Seine Leute sind nicht mehr; dieses Gebiet ist völlig verwüstet.«

Ihn fröstelte plötzlich. Der Gedanke an den zerschmetterten Körper Livys, die wirren Haare, die glücklicherweise die eine Hälfte ihres zerstörten Gesichts verhüllt hatten, und an das dunkle Auge, das ihn leblos angestarrt hatte, verursachte ihm immer stärker werdende körperliche Schmerzen. Er hätte am liebsten geweint, aber die Tatsache, daß er dazu nicht in der Lage war, erfüllte ihn mit Stolz. Wenn er jetzt seinen Gefühlen freien Lauf ließe, würde ihn das zerbrechen. Später, wenn er die Kraft aufbrachte, sich seinen Emotionen zu stellen, konnte er es immer noch tun. Sobald . . .

Der blonde Mann setzte sich auf. Er zitterte heftig und sagte plötzlich in britischem Englisch: »Mir ist kalt.«

Miller verschwand und brachte Trockenfisch, Bambusspitzen, Vollkornbrot und Käse. Die Wikinger achteten immer darauf, daß sie genügend Nahrungsvorräte besaßen, denn nur allzuoft gelangten sie in Gebiete, in denen man es ihnen verweigerte, die Nahrungsgrale zu benutzen.

»Diefef blöde Fwein von Blutakft ift immer noch am Leben«, sagte Miller. »Er hat fich nur ein paar Rippen gebrochen, ein paar Kratfer abgekriegt und ein paar Fnittwunden in feinem Wanft. Aber feine grofe Fnautfe funktioniert beffer alf je fuvor. Hätteft du daf erwartet?«

Clemens fing an zu weinen. Joe fiel wimmernd ein und putzte sich seine überdimensionale Nase.

»Jetft«, sagte er nach einer Weile, »fühle ich mich beffer. Noch nie in meinem Leben habe ich solche Angft gehabt. Alf ich daf Waffer fah, daf wie eine Herde Mammuthf auf unf fujagte, da dachte ich nur noch: Auf Wiederfehen, Joe. Auf Wiederfehen, Fäm. Jetft wachft du irgendwo am Fluffufer wieder auf und feihft deinen alten Kumpel Fäm niemalf wieder. Ich war wie gelähmt, Fäm. Jefuf, hatte ich Angft!«

Der Fremde stellte sich vor als Lothar von Richthofen. Er war Gleiterpilot und stand in den Diensten der Luftwaffe seiner Kaiserlichen Majestät Alfred des Ersten von Neupreußen.

»Wir sind während der letzten zehntausend Meilen wenigstens an zehn Reichen vorbeigekommen, die sich Neupreußen nennen«, sagte Sam. »Und jedes einzelne davon war so klein, daß man sich nicht mal bücken konnte, um einen Ziegelstein aufzuheben, weil man sich dabei mit dem Hinterteil unweigerlich einer Grenzverletzung schuldig gemacht hätte. Aber die meisten dieser Neupreußischen Reiche waren keinesfalls so kriegslüstern wie das Ihre. Man hat uns überall an Land gehen lassen, um die Gralsteine zu benutzen; und ganz besonders dann, wenn wir ihnen von unseren Tauschwaren berichteten.«

»Tauschwaren?«

»Ja. Wir handeln allerdings nicht mit Waren im traditionellen Sinne, sondern mit Ideen. Beispielsweise zeigten wir den Leuten, wie man Billardtische konstruiert oder aus Fischleim ein desodorierendes Haarspray herstellt, das die Frisur zusammenhält.«

Der Kaiser, der dieses Gebiet beherrschte, war auf der Erde als Graf von Waldersee bekannt gewesen. Er hatte dort den Rang eines Feldmarschalls innegehabt und hatte von 1832 bis 1904 gelebt.

Clemens sagte nickend: »Ich erinnere mich daran, über seinen Tod etwas in der Zeitung gelesen zu haben. Damals erfüllte es einen noch mit Stolz, schon wieder einen prominenten Zeitgenossen überlebt zu haben. Solche Momente bedeuteten für mich stets unverfälschte und kostenlose Ehrungen des Lebens. Aber nachdem Sie mit einer Flugmaschine umzugehen verstehen – müßten Sie nicht ein Angehöriger des zwanzigsten Jahrhunderts sein?«

Lothar von Richthofen gab ihm eine kurze Zusammenfassung seines Lebens. Er hatte während des Weltkrieges ein Kampfflugzeug für das Deutsche Reich geflogen. Sein Bruder hatte zu den größten Fliegerassen der Weltgeschichte gehört.

»Im Ersten oder im Zweiten Weltkrieg?« fragte Clemens. Er hatte genügend Menschen des zwanzigsten Jahrhunderts kennengelernt, um sich ein Bild von der Zeit nach seinem Todesjahr 1910 machen zu können.

Von Richthofen erzählte ihm mehr. Er war Teilnehmer am Ersten Weltkrieg gewesen und hatte in der gleichen Einheit gedient wie sein Bruder. Er hatte vierzig alliierte Flugzeuge abgeschossen und war 1922, während er eine amerikanische Filmschauspielerin und ihren Manager von Hamburg nach Berlin geflogen hatte, bei einer Bruchlandung ums Leben gekommen.

»Das Glück hatte Lothar von Richthofen verlassen«, sagte er . »Jedenfalls dachte ich das damals.«

Er lachte.

»Und dann war ich hier, fünfundzwanzig Jahre alt und wieder im Besitz meines Körpers. Ich kann nicht sagen, daß ich jene traurigen alten Tage vermisse, in denen einen die Frauen nicht mehr länger beachten, der Wein einen zum Weinen statt zum Lachen verführt, sein Geschmack sauer ist und einen schwach macht und jeder Tag ein weiterer Schritt auf dem Weg zum Sterben bedeutet. Aber mein Glück verließ mich wieder, als dieser Meteorit niederfiel. Mein Gleiter verlor während des allerersten Windansturms seine Schwingen, aber anstatt abzustürzen, wurde ich mitsamt der Kiste herumgewirbelt, drehte mich wie ein Kreisel, sank, stieg wieder auf und fiel erneut, bis ich mir vorkam wie ein Fetzen Papier, den ein Sturm durch die Straßen weht. Und als das Wasser zurückkehrte, fiel ich mitsamt der Maschine ins Wasser und flog im hohen Bogen gegen die Klippen. Es ist ein Wunder, daß ich das lebend überstand!«

»Ein Wunder«, sagte Sam Clemens, »ist ein Zufall, der auf Ereignissen basiert, wie sie nur alle Millionen Jahre einmal zusammentreffen. – Sie glauben also auch, daß ein Riesenmeteor für das Zustandekommen dieser Flut verantwortlich war?«

»Ich habe selbst den Lichtblitz gesehen. Das Ding zog einen richtigen Feuerschweif hinter sich her. Wir können von Glück reden, daß er so weit von uns entfernt heruntergekommen ist.«

Sie kletterten von der *Dreyrugr* herunter und wateten durch den dicken Schlick auf den Eingang des Canyons zu. Joe Miller räumte dabei Baumstämme aus dem Weg, die auf der Erde kaum mehrere Pferdegespanne hätten beiseite schaffen können. Schließlich betraten sie festen, felsigen Untergrund und hielten auf die nächste Ebene zu. Mehrere der Wikinger folgten ihnen.

Sie schwiegen jetzt. Das Land war – ausgenommen die großen Eisenbäume – von jedem Bewuchs befreit worden. Es lag an der tiefen Verwurzelung der Eisenbäume, daß die meisten von ihnen noch aufrecht standen. Dort, wo der Schlamm sich nicht abgesetzt hatte, fanden sie Gras. Daß es noch existierte und nicht von der Wasserflut weggerissen worden war, deutete darauf hin, daß es ebenfalls mit starken Wurzeln versehen sein mußte.

Da und dort hatte die Flut Strandgut zurückgelassen: die

Leichen von Männern und Frauen, zerbrochenes Bauholz, Kleider, Grale, einen Einbaum, entwurzelte Pinien, Eichen und Eiben.

Die großen, pilzförmigen Gralsteine, die in einem Abstand von einer Meile zueinander an beiden Seiten des Flusses standen, schienen allerdings unbeschädigt geblieben zu sein, auch wenn sie fast vollständig unter Schlamm begraben waren.

»Der Regen wird den Schlamm fortwaschen«, sagte Clemens, »das Land fällt ja zum Flußbett hin ab.« Er vermied es, in die Nähe der Leichen zu kommen, denn sie erfüllten ihn mit Abscheu. Außerdem füchtete er sich davor, Livys geschundenen Leichnam noch einmal zu sehen. Allein der Gedanke daran sagte ihm, daß er das würde nicht ertragen können. Er war sicher, in einer solchen Situation durchzudrehen.

»Eines ist sicher«, sagte Clemens. »Zwischen uns und dem Meteoriten hält sich garantiert kein lebendes Wesen mehr auf. Damit haben wir den ersten Anspruch auf ihn, und es wird an uns liegen, das kostbare Metall, das er enthält, gegen all die Wolfsrudel zu verteidigen, die sich bald aufmachen werden, um sich einen Anteil zu sichern.« Er warf Lothar von Richthofen einen fragenden Blick zu. »Wollen Sie sich uns nicht anschließen? Wenn Sie bei mir bleiben, werden Sie sicher eines Tages ein richtiges Flugzeug besitzen – nicht nur einen Segler.«

Sam berichtete von seinem Plan und verriet ihm auch ein wenig über Joe Miller und den Nebelturm.

»Wir können es nur dann schaffen«, fuhr er fort, »wenn es uns gelingt, uns eine große Menge Eisen zu sichern. Und natürlich wird es eine ziemlich harte Arbeit werden. Die Wikinger sind nicht besonders geeignet dazu, mir beim Bau eines Flußdampfers zu helfen. Zudem benötige ich technisches Wissen, das ich selbst nicht habe. Bisher habe ich die Nordmänner lediglich mit einer Finte bei der Stange gehalten, weil ich wollte, daß sie mich in ein Gebiet bringen, in dem ich Metall vermutete. Ich hoffte, daß ich dort, wo Eriks Streitaxt entstand, genügend Eisen finden könnte, mit dem ich imstande wäre, meinen Plan in Angriff zu nehmen; deswegen nutzte ich die Gier der Wikinger aus, um sie im Zusammenhang mit Joes Erlebnis auf diese Expeditionsreise zu locken. Jetzt wissen wir, wo das, was wir brauchen, zu finden ist. Alles, was wir jetzt noch tun müssen, ist, hinzufahren, es aufzusammeln, zu schmelzen und in die Formen zu bringen, die es haben muß. Natürlich werden wir es auch verteidigen müssen, darüber sollten wir uns keine Illusionen machen. Es kann Jahre dauern, bis wir ein Schiff fertiggestellt haben, und es wird verdammt harte Arbeit erfordern.«

Lothars Gesicht hatte sich bereits bei den ersten Worten Clemens' aufgehellt. Schließlich stieß er freudig erregt hervor: »Ihr Traum ist edel und unterstützenswert! Jawohl, ich würde nichts lieber tun, als mich euch anzuschließen, und es wird mir eine Ehre sein, dazuzugehören, wenn wir den Nebelturm erstürmen! Nehmen Sie mein Wort als Gentleman und Offizier; ich schwöre es Ihnen beim Blute der Barone von Richthofen!«

»Ihr Wort als Mann genügt mir«, erwiderte Sam trocken.

»Welch ein seltsames – oder besser: unglaubliches Trio werden wir sein!« trompetete von Richthofen verklärt und pathetisch. »Ein gigantischer Frühmensch, der möglicherweise schon einhunderttausend Jahre vor den Anfängen der Zivilisation gestorben ist – ein dem zwanzigsten Jahrhundert entstammender preußischer Baron und Flieger und ein großartiger amerikanischer Humorist, der das Licht der Welt im Jahre 1835 erblickte! Und unsere Mannschaft . . .« – Clemens hob bei dem Wort *unsere* überrascht die Augenbrauen – »besteht aus Wikingern des zehnten Jahrhunderts!«

»Momentan wirken sie eher wie ein verlorener Haufen«, murmelte Sam, der Blutaxt und die anderen dabei beobachtete, wie sie sich durch den Schlamm voranarbeiteten. Sie waren von oben bis unten mit Dreck bespritzt und einige hinkten. »Und auch ich fühle mich im Moment nicht besonders gut. Haben Sie übrigens je gesehen, wie die Japaner einen Tintenfisch ausnehmen? Ich kann mir jetzt nur allzugut vorstellen, wie das Tier sich dabei fühlen muß. Nebenbei gesagt, war ich ein wenig mehr als nur ein Humorist. Ich war ein Mann der Wissenschaft.«

»Oh, Verzeihung!« sagte Lothar. »Ich habe Ihre Gefühle verletzt! Ich wollte Sie keinesfalls angreifen! Lassen Sie mich Ihre Bedenken dadurch zerstreuen, Mr. Clemens, indem ich Ihnen erkläre, daß ich, als ich noch ein kleiner Junge war, bei der Lektüre Ihrer Bücher aus dem Lachen nicht mehr herauskam. Und Ihr *Huckleberry Finn* ist wirklich ein ausgezeichnetes Buch, obwohl ich vielleicht hinzufügen sollte, daß es mir nicht so gefallen hat, wie Sie in *Ein Yankee aus Connecticut an König Artus' Hof* mit der Aristokratie verfahren sind. Aber naja – immerhin ging es darin ja um die Engländer – und Sie sind Amerikaner.«

Erik Blutaxt entschied, daß die Mannschaft zu mitgenommen und geschwächt war, um gleich damit anzufangen, das Schiff wieder ins Wasser zu ziehen. Zunächst wollte man sich die Grale füllen, essen, schlafen und nach einem kräftigenden Frühstück am nächsten Morgen mit der knochenbrechenden Arbeit beginnen.

Sie kehrten zum Schiff zurück, nahmen ihre Grale aus den Halterungen und setzten sie in die Vertiefungen, die sich auf den Kuppen des nächstliegenden Steins befanden. Als die Sonne die Berghöhen im Westen berührte, warteten die Männer auf das laute Brüllen der heißen, blauen Flammen, die aus dem Stein hervorschießen würden. Die elektrischen Entladungen würden die doppelten Böden der Grale, die Energie-Materie-Konverter enthielten, mit einer Kraft ausstatten, die die leeren Zylinder mit gebratenem Fleisch, Gemüse, Brot und Butter, Obst, Tabak, Traumgummi, Likör oder Met füllte.

Aber selbst als die Finsternis sich über das Tal hinabsenkte, blieben die Gralsteine still und kalt. Am anderen Flußufer hingegen loderten plötzlich Flammen empor und trieben ein dumpfes Rollen zu ihnen herüber.

»Feiffe«, sage Joe, »da ftimmt waf nicht.«

Zum ersten Mal seit den zwanzig Jahren nach der Wiedererweckung weigerten sich die Gralsteine auf dem westlichen Flußufer, zu funktionieren.

4

Die Männer und Frauen der *Dreyrugr* kamen sich vor, als hätte Gott sie vergessen. Daß die Gralsteine ihnen dreimal täglich Nahrung anboten, war ihnen im Laufe der Zeit so natürlich erschienen wie der Lauf der Sonne. Es dauerte einige Zeit, bis sie sich dazu überwinden konnten, dem Schmerz ihrer knurrenden Mägen nachzugeben und die letzten Vorräte (Fisch, Käse und Rosenkohl) unter sich aufzuteilen.

Clemens fühlte sich eine Weile zutiefst deprimiert. Dann schlug von Richthofen vor, daß es unerläßlich sei, auf die andere Seite des Flusses überzusetzen, damit wenigstens das nächste Frühstück gesichert wäre. Clemens stand auf und redete mit Blutaxt darüber. Obwohl der Norweger sich in einer solch gereizten Stimmung befand wie nie zuvor, sah er doch ein, daß sie etwas unternehmen mußten. Joe Miller, der Deutsche und ein riesiger, rotschöpfiger Schwede namens Toke Kroksson marschierten zum Schiff zurück und schleppten einige Riemen ans Flußufer. Clemens half ihnen, die Grale in dem angetriebenen Einbaum zu verstauen. Dann fuhren sie alle vier zum anderen Ufer hinüber, luden sie beim nächsterreichbaren Gralstein ab und warteten, bis der Schwede und Joe Miller das Boot irgendwo in der Dunkelheit verstauten. Clemens und von Richthofen machten es sich derweil auf der Oberfläche des großen Gralsteins bequem, der jetzt sauber war, da das kürzlich aus ihm emporgeschossene Feuer den Schlamm restlos verbrannt hatte.

»Wenn es anfängt zu regnen«, sagte Sam, »gehen wir wieder nach unten.« Er legte sich auf den Rücken, verschränkte die Arme unter dem Kopf und starrte in den Nachthimmel. Er hatte keinerlei Ähnlichkeit mit dem, den er von der Erde aus gewöhnt war: Die Sterne standen hier so dicht beieinander und waren so groß, daß man sie kaum auseinanderhalten konnte. Jede einzelne der mehr als zwanzigtausend Sonnen, die man auf dieser Welt mit bloßem Auge erkennen konnte, leuchtete heller als die Venus. Und manche davon glänzten so stark, daß man sie sogar tagsüber als bleiche Schemen am Firmament wahrnehmen konnte.

»Der Meteor scheint einige der Gralsteine vom westlichen Ufer zerschmettert zu haben«, vermutete Sam Clemens. »Und dadurch sind die Verbindungen gestört. Mein Gott, welchen Durchmesser muß dieses Ding gehabt haben! Wenn die Berechnungen stimmen, gibt es auf dieser Welt wenigstens zwanzig Millionen Gralsteine, die aneinanderhängen.«

»Es wird sowohl flußaufwärts als auch flußabwärts zu ziemlichen Konflikten kommen, denke ich«, erwiderte Lothar. »Die Leute vom Westufer werden die vom Ostufer angreifen, damit sie nicht verhungern. Welch ein Krieg kann diese Situation hervorrufen! Es leben mindestens fünfunddreißig bis siebenunddreißig Milliarden Menschen in diesem Flußtal. Und sie werden sich vor Hunger ausnahmslos in die Schlacht stürzen!«

»Und daf Flimme daran ift«, ließ sich jetzt Joe Miller vernehmen, »daf, wenn die eine Hälfte die andere umgebracht hat, und fomit wieder genügend Gralfteine für alle da wären, daf ganze Problem keineffallf gelöft ift! Vierundfwanfig Ftunden fpäter werden alle Getöteten wieder leben – und dann geht die ganfe Fache wieder von vorne lof.«

Sam sagte: »Da bin ich mir nicht so sicher. Ich glaube, man kann als sicher annehmen, daß die Gralsteine irgend etwas mit der Wiedererweckung zu tun haben. Wenn die Hälfte von ihnen ausgefallen ist, kann das schwerwiegende Folgen für diejenigen haben, die jetzt umgebracht werden. Dieser Meteorit ist ein Saboteur von den Sternen.«

»Lange Zeit habe ich geglaubt, daß diese Welt, unsere Wiedererweckungen und all das keinesfalls das Werk irgendwelcher übernatürlicher Wesen ist«, sagte von Richthofen. »Haben Sie noch nichts von dieser haarsträubenden Geschichte gehört, die man sich überall am Fluß erzählt? Es geht die Sage, daß ein Mann vor der allgemeinen Wiedererweckung aufwachte und sich an einem phantastischen Ort wiederfand. Dort sollen Millionen von Körpern wie auf einem unsichtbaren Grill aufgereiht, über, unter, hinter und vor ihm in der Luft geschwebt haben. Es waren Männer, Frauen und Kinder, und alle waren nackt und haarlos und rotierten, wie von einer unsichtbaren Kraft getrieben, um ihre Achse. Dieser Mann, ein Engländer namens Perkin oder Burton, soll, wie manche Leute behauptet haben, um 1890 auf der Erde gestorben sein. Es gelang ihm, sich der unsichtbaren Kraft für eine Weile zu entziehen, doch dann tauchten zwei Wesenheiten auf – sie waren menschlich –, die ihm erneut das Bewußtsein nahmen. Er erwachte später, wie wir alle, an irgendeinem Flußufer. Jene, die hinter all diesen Geheimnissen stecken, scheinen zumindest nicht unfehlbar zu sein, wenn es diesem Burton gelang, einen Blick in jenes Stadium zu werfen, in dem wir uns kurz vor der Wiedererweckung befanden. Er schaute in die Zeit, die zwischen unserem Tod auf der Erde und unserem späteren Leben auf dieser Welt lag. Es klingt fantastisch, beinahe wie ein Wunschtraum. Aber andererseits . . .»

»Ich habe davon gehört«, sagte Sam Clemens. Er fragte sich, ob er den anderen sagen sollte, daß er möglicherweise diesen Burton kurz vor der Entdeckung Livys durch sein Teleskop gesehen hatte, unterließ es aber dann doch. Der

Schmerz, dann auch wieder an Livy denken zu müssen, wäre zu groß gewesen.

Er setzte sich plötzlich auf, drohte den Sternen mit der geballten Faust und fing an zu weinen. Joe Miller, der direkt hinter ihm auf dem pilzförmigen Steindach hockte, streckte einen seiner gigantischen Arme aus und berührte sanft Clemens' Schulter. Von Richthofen sah betreten zur Seite. Plötzlich sagte er: »Ich will froh sein, wenn unsere Grale wieder funktionieren. Ich hätte jetzt Lust auf eine Zigarre.«

Clemens lachte, trocknete seine Tränen und meinte: »Ich bin wirklich keine Heulsuse, aber ich habe es mir abgewöhnt, mich meiner Tränen zu schämen, wenn ich in eine solche Situation komme. – Dies hier ist eine traurige Welt. Sie ist beinahe so deprimierend wie unsere gute alte Erde, auch wenn wir wieder im Besitz jugendlicher Körper sind, für unseren Lebensunterhalt nicht zu arbeiten brauchen, keine unbezahlten Rechnungen kennen, keine Angst davor zu haben brauchen, Frauen zu schwängern oder uns Krankheiten aufzuhalsen. Und sogar wenn wir sterben, brauchen wir keine Angst zu haben: Am nächsten Tag wachen wir irgendwo quietschfidel und munter wieder auf, ohne daß wir einen Kratzer an Leib und Seele davongetragen haben. Und trotzdem hat dieses Leben nach dem Tode nicht das geringste mit dem gemein, das uns die Prediger auf der Erde versprochen haben. Was natürlich niemanden sonderlich überrascht. Und vielleicht ist es auch gut so. Wer hätte schon im Ernst Lust dazu, auf aerodynamisch instabilen Flügeln dahinzuschweben oder den ganzen Tag auf einer Wolke herumzustehen, Harfe zu spielen und ein Hosianna nach dem anderen zu singen?«

Lothar erwiderte lachend: »Jeder chinesische oder indische Kuli wird bestätigen, daß diese Welt tausendmal besser ist als jene, die er verlassen mußte. Es sind lediglich wir verweichlichten und verwöhnten Angehörigen der westlichen Zivilisation, die ständig an allem herummeckern und bei allem, was sich unseren Augen offenbart, nach Begründungen suchen. Haben wir schon über unseren eigenen – irdischen – Kosmos wenig gewußt, so wissen wir über diesen hier fast gar nichts. Aber dennoch sind wir hier, und sicherlich finden wir eines Tages heraus, wer uns hierher verfrachtet hat und welche Absichten er damit verfolgt. Wer hat schon Lust, sich – solange es hübsche Frauen, Zigarren, Traumgummi, Wein und gelegentlich einen spannenden Kampf gibt – ernsthaft mit dieser Frage auseinanderzusetzen? Ich für meinen Teil werde die Annehmlichkeiten dieses sternenbeschienenen Tales jedenfalls so lange genießen, bis man mir die guten Dinge, die das Leben zu bieten hat, ein weiteres Mal wegnimmt. Genießen wir das Leben, ehe es zu Staub zerfällt.«

Sie schwiegen eine Weile. Erst kurz bevor sich der nächtliche Regen ankündigte, wurde Clemens müde. Sie verbrachten die Feuchtigkeitsperiode unter dem vorstehenden »Dach« des pilzförmigen Gralsteins, und kletterten, als der Regen aufhörte, wieder hinauf. Dennoch wälzte er sich noch mehrere Stunden lang umher und fror, obwohl er unter mehreren Decken lag. Als das Morgengrauen heraufzog, wurde er von Millers mächtiger Hand sanft geweckt. Hastig standen sie auf und kletterten von der Oberfläche des Steins herab. In sicherer Entfernung warteten sie ab. Fünf Minuten später schoß aus der steinernen Oberfläche ihres Nachtlagers eine zehn Meter hohe blaue Flamme in den Himmel, die einen Lärm erzeugte, die dem Gebrüll eines Löwen glich.

Zur gleichen Zeit donnerten auch die Gralsteine auf dem anderen Ufer los.

Clemens warf Lothar einen Blick zu und nickte. »Jemand hat die Leitung geflickt.«

Lothar erwiderte: »Mir läuft es kalt den Rücken hinunter. *Wen* meinen Sie mit *jemand?*« Danach war er eine Weile ziemlich still. Erst als sie das westliche Ufer fast wieder erreicht hatten, lachte er wieder und begann wie ein Wasserfall zu reden. Zu zuversichtlich, dachte Clemens.

»Bisher haben *sie* sich noch mit keinem Wink zu erkennen gegeben«, sagte Sam. »Jedenfalls habe ich noch nichts von ihnen bemerkt. Aber diesmal, glaube ich, ist ihnen einfach nichts anderes übriggeblieben.«

5

Die nächsten fünf Tage verbrachten sie damit, das Schiff in die Nähe des Ufers zu transportieren. Weitere zwei Wochen vergingen während der Reparaturarbeiten an der *Dreyrugr.* Man stellte während der ganzen Zeit eine Wache auf, aber niemand machte Anstalten, sich in diesem Gebiet sehenzulassen. Als das Schiff schließlich wieder im Wasser lag (es war immer noch ohne Masten und Segel) und sie es den Fluß hinabruderten, zeigte sich noch immer keine lebende Seele.

Die Mannschaft, daran gewöhnt, an Uferstreifen entlangzusegeln, auf denen es von Menschen nur so wimmelte, begann sich unbehaglich zu fühlen. Die Stille fraß an den Nerven. Zwar gab es außer den Fischen, die den Fluß bevölkerten, und den Würmern, die sich an den Flußufern aufhielten, keine Tiere auf dieser Welt, aber die Menschen hatten stets genügend Lärm gemacht.

»Die Hyänen werden noch früh genug hier auftauchen«, sagte Clemens zu Blutaxt. »Eisen ist auf diesem Planeten viel wertvoller, als Gold es jemals auf der Erde war. Bist du immer noch scharf auf einen Kampf? Bald wirst du soviel davon haben, daß dir übel wird.«

Der Nordmann schwang seine Axt ungeachtet der Schmerzen, die ihm zu schaffen machten. »Sollen sie nur kommen! Sie werden erfahren, was es heißt, in einen Kampf verwickelt zu werden, der das Herz einer jeden Walküre zum Singen bringt!«

»Gefwätf!« sagte Joe Miller verächtlich. Sam lächelte und nahm eine Position ein, in der er hinter dem Titanthropen zu stehen kam. Obwohl Blutaxt nur ein einziges Wesen auf dieser Welt wirklich fürchtete, konnte man dennoch niemals sicher sein, ob er in der Lage war, sein Temperament zu zügeln. Der Wikinger war ein potentieller Amokläufer. Aber ebenso brauchte er Miller, der ihm zwanzig Krieger ersetzte.

Zwei Tage lang segelten sie ungestört durch das sonnenbeschienene Tal. Während der Nachtstunden bediente ein Mann das Ruder, und die Mannschaft schlief. Am frühen Abend des dritten Tages saßen der Titanthrop, Clemens und von Richthofen auf dem Vordeck, pafften Zigarren und süffelten den Whisky, den ihre Grale ihnen beim letzten Halt verschafft hatten.

»Warum nennen Sie ihn ausgerechnet Joe Miller?« fragte Lothar.

»Sein wirklicher Name«, erwiderte Clemens, »ist ein schrecklicher Zungenbrecher und länger als ein deutscher wissenschaftlicher Fachausdruck. Als er mir zum ersten Mal über den Weg lief, habe ich mir alle Mühe gegeben, ihn auszusprechen, aber hingehauen hat es nie. Nachdem er genug Englisch gelernt hatte, um mir einen Witz zu erzählen – er war so scharf darauf, daß er es kaum erwarten konnte –, entschloß ich mich dazu, ihn Joe Miller zu taufen. Na ja, er erzählte mir eine so haarige Geschichte, daß ich sie zunächst kaum glauben konnte, und das lag daran, daß ich sie schon kannte. Ich habe sie zuerst gehört – wenn auch in einer leicht abgeänderten Fassung –, als ich noch ein kleiner Junge war und in Hannibal am Missouri lebte. Und schon auf der Erde hatte ich diese Geschichte mindestens hunderttausendmal gehört. Und dennoch faszinierte es mich, sie noch einmal zu hören – aus dem Munde eines Mannes, der hunderttausend oder eine Million Jahre vor der Zeit gestorben ist, in der ich gelebt habe.«

»Um was ging es denn in der Geschichte?«

»Um einen Jäger, der den ganzen Tag über der Spur eines verwundeten Hirsches folgte. Schließlich brach die Nacht herein, und mit ihr ein gewaltiger Sturm. Schließlich entdeckte der Jäger den Schein eines Feuers und stieß auf eine Höhle. Er hielt an und fragte den alten Medizinmann, der darin lebte, ob es ihm genehm sei, wenn er bei ihm die Nacht verbrächte. Und der alte Bursche erwiderte: ›Sicher; aber es wird ziemlich eng werden. Du wirst damit vorliebnehmen müssen, bei meiner Tochter zu schlafen.‹ – Soll ich wirklich noch weitererzählen?«

»Fäm hat überhaupt nicht darüber gelacht«, brummte Joe. »Manchmal glaube ich, daf er überhaupt keinen Humor hat.«

Clemens kniff blitzschnell und zielsicher in Joes raketenförmige Nase und erwiderte: »Manchmal glaube ich fogar, daf du recht haft. Aber in Wirklichkeit muß ich schon deswegen der humorvollste Bursche der Welt sein, weil ich mir die meisten Sorgen mache. Schließlich basiert doch jeder Lacher auf einem heimlichen Schmerz.«

Er paffte vor sich hin und starrte auf das Flußufer. Die Abenddämmerung brach herein, und jetzt hatten sie ein Gebiet erreicht, das die Auswirkungen der von dem niedergehenden Meteor hervorgerufenen Naturkatastrophe noch stärker zu spüren bekommen hatte. Abgesehen von den Eisenbäumen schien hier alles von einer Feuersbrunst vernichtet worden zu sein, aber selbst die ersteren waren nicht davon verschont geblieben, daß ihre Äste den Flammen zum Opfer gefallen waren. Selbst die außergewöhnliche Rinde der Eisenbäume hatte starke Beschädigungen erlitten. Das darunterliegende Holz – es war härter als Granit – war stellenweise verkohlt. Die Druckwelle hatte eine ganze Reihe der Eisenbäume entwurzelt oder umgekippt. Die Gralsteine wirkten rußig. Sie standen zwar nicht mehr so ebenmäßig gerade wie vorher, hatten ihre Form jedoch nicht verloren.

Schließlich sagte Sam: »Lothar, diese Stunde ist ebensogut wie jede andere, um dir ein wenig mehr darüber zu erzählen, aus welchem Grund wir diese Spur verfolgen. Joe wird dir alles in seinen eigenen Worten berichten, und ich werde nur dann mit einer Erklärung eingreifen, wenn du etwas nicht verstehen solltest. Es ist eine rätselhafte Geschichte, gewiß; aber sie ist nicht unglaubwürdiger als alles andere, was wir erlebt haben, seit wir wieder von den Toten auferstanden sind.«

»Ich bin durftig«, sagte Joe. »Laf mich erft waf trinken.«

Die dunkelblauen, in dicke Knochenwülste eingebetteten Augen des Titanthropen richteten sich auf die Öffnung des Bechers. Er blickte in die Höhlung des Trinkgefäßes, als symbolisierte sie für ihn ein Fenster, durch das er in die Vergangenheit blickte, um sich an die Szenen zu erinnern, die er zu beschreiben beabsichtigte. Mit gutturaler Stimme, die Konsonanten härter betonend, als dies in der englischen Sprache üblich war, und seinem komischen Lispeln, das im Zusammenhang mit seiner ungeheuer tiefen Stimme, die beinahe wie das Orakel von Delphi klang, begann Joe von dem Nebelturm zu berichten.

»Ich erwachte irgendwo am Fluff und war nackt wie jetft. Ich befand mich an einem Ort, der weit im Norden diefes Planeten liegen muff, weil ef da kälter war und daf Fonnenlicht weniger glänfend. Ef gab keinen Menfen da, nur unf . . . äh, Titanthropen, wie Fäm unf nennt. Wir hatten Grale, aber fie waren viel gröfer alf eure, wie ihr fehen könnt. Und wir hatten weder Bier noch Whifky. Wir kannten keinen Alkohol, alfo hatten wir auch keinen in unferen Gralen. Wir tranken daf Waffer auf dem Fluff. Wir dachten, wir feien dort, wo alle hingehen, wenn fie fterben, daf . . . äh, Gott unf diefen Ort und all daf, waf wir brauchten, gegeben hätte. Wir waren glücklich, fehr glücklich; wir paarten unf, afen, fliefen und bekämpften unfere Feinde. Und ich wäre wirklich fehr glücklich da gewefen, wäre nicht daf Fliegedingf gekommen.«

»Er meint damit ein Fliegedings«, erklärte Sam.

»Daf habe ich doch auch gefagt. Ein Fliegedingf. Du follteft mich nicht immer unterbrechen, Fäm. Du haft mich schon unglücklich genug gemacht, alf du fagteft, ef gäbe keinen Gott. Und dabei habe ich fie doch felbft gefehen.«

Lothar sagte: »Du hast *Götter* gesehen?«

»Nicht genau. Aber ich fah, wo fie leben. Ich fah ihr Fiff.«

Von Richthofen sagte: »Was? Sag mal, wovon sprichst du eigentlich?«

Clemens schwenkte seine Zigarre. »Später. Laß ihn erst weiter erzählen. Wenn man ihn zu oft unterbricht, kommt er durcheinander.«

»Wo ich herkomme«, sagte Joe, »quaffelt man nicht einfach drauflof, wenn ein anderer redet. Ef fei denn, du legft ef darauf an, daf man dir in die Nafe kneift.«

Sam sagte: »Wenn man eine so große hat wie du, Joe, kann das sicher sehr schmerzhaft sein.«

Miller streichelte stolz seinen Riesenzinken.

»Ef ift die einfige, die ich habe, und fie ift mein ganfer Ftolf. Keiner von den Wichten in diefem Teil def Talef hat eine Nafe wie ich. Wo ich herkomme, ift die Gröfe der Nafe ein ficherer Hinweif auf die Gröfe def – waf fagt ihr noch mal fu diefem Ding, Fäm?«

Sam hüstelte und nahm die Zigarre aus dem Mund.

»Du wolltest uns gerade von dem Schiff berichten, Joe.«

»Ja, ficher. Nein, daf ift doch gar nicht wahr! Foweit war ich doch noch gar nicht. – Aber wie ich fon fagte: Einef Tagef lag ich am Fluffufer und beobachtete die Fife beim Fpielen. Ich dachte, fteh auf, mach dir einen Haken und fuch dir einen Ftock, damit du ein paar davon fangen kannft. Aber plötflich hörte ich einen F-f-frei. Ich fah auf und entdeckte ein entfetflichef Monfter, daf gerade um die Fluffbiegung kam. Ef fah fürchterlich auf. Ich fprang auf und wollte gerade wegrennen, alf ich entdeckte, daf auf feinem Rücken Menfen safen. Fie fahen jedenfallf wie Menfen auf, aber alf daf Monfter noch näher kam, fah ich, daf ef allef kleine, räudige, fpindeldürre F-f-werge waren, mit fo kleinen Nafen, daf fie nicht mal der Erwähnung wert find. Ich hätte fie alle mit einer Hand kaltmachen können, und doch ritten fie alle fufammen auf diefem schlangenartigen Monfter wie Bienen auf dem Rücken einef Bären. Und defwegen . . .«

Clemens, der der Geschichte gespannt zuhörte, hatte das gleiche Empfinden wie beim erstenmal. Er fühlte sich, als hätte er neben diesem Geschöpf aus der Frühzeit des Menschen gestanden. Wenn man das Lispeln, die Überbetonung der Konsonanten und das gelegentliche Suchen nach den richtigen Worten außer Betracht ließ, hörte sich die Rede dieses Titans wirklich beeindruckend an. Clemens konnte deutlich die Gefühle spüren, denen Joe in dieser Situation ausgesetzt gewesen war: Er kämpfte gegen die Panik an, stellte sich gleichzeitig Fragen und war drauf und dran wegzulaufen. Aber der Primat war gleichzeitig von einer solch starken Neugierde ergriffen worden, die man – wenn schon nicht menschlich, so doch in deren unmittelbarer Nähe ansiedeln mußte. Hinter seinen wulstigen Augenhöhlen lag etwas, das sich nicht damit zufriedengab, lediglich zu existieren, sondern Fragen über das menschliche Dasein stellte und in der Lage war, Gedanken aufzugreifen und zu verfolgen, die ihm absolut fremd waren.

Joe Miller blieb also am Ufer des Flusses stehen und umschloß mit der einen Hand seinen Gral; bereit, sofort damit das Weite zu suchen, wenn es die Lage erforderte.

Das Monster trieb näher. Joe kam der Gedanke, daß es vielleicht gar kein lebendiges Wesen war. Aber wozu diente der riesige Kopf an der Spitze seines Körpers, wenn nicht zum beißen? Trotzdem sah es nicht wie ein lebendiges Wesen aus. Es wirkte irgendwie *tot*. Aber das mußte nichts bedeuten, denn schließlich war Joe selbst einmal dabeigewesen, als ein Bär sich tot gestellt hatte. Als sie nahe genug herangekommen waren, war er wieder zum Leben erwacht und hatte einem der Jäger den Arm abgerissen.

Andererseits: Joe hatte den Jäger zwar sterben sehen, aber nun, seit jenem Tag, an dem sie alle wieder an den Ufern des Flusses erwacht waren, lebte auch er wieder. Und wenn er, Joe, wieder zum Leben erweckt worden war, warum sollte dann nicht auch dieses versteinert dahinschwimmende, schlangenähnliche Ungeheuer seine hölzerne Starre plötzlich überwinden und ihn zwischen den Zähnen zermalmen?

Aber Joe überwand seine Furcht. Er wartete – leicht fröstelnd – darauf, daß das Monster sich ihm näherte. Immerhin war er ein Titan, ein älterer Bruder des Menschen, der in der Morgendämmerung der Erde das Licht der Welt erblickt hatte. Und er war nicht dumm.

Einer der Zwerge – er war ebenso winzig wie die anderen – trug auf dem Kopf ein gläsernes Stirnband, an dessen Vorderseite eine stilisierte, rotleuchtende Sonne funkelte – winkte Joe zu. Die anderen, die hinter ihm auf dem hölzernen Körper des Ungeheuers standen, hielten Speere und andere seltsame Gegenstände in den Händen (später erfuhr Joe, daß es sich dabei um Pfeile und Bogen gehandelt hatte). Sie schienen nicht im geringsten Angst vor dem Koloß zu haben, der sie transportierte, aber das konnte auch daran liegen, daß sie gegen die Strömung angerudert hatten und nun so müde waren, daß ihnen alles egal war.

Es dauerte eine gewisse Zeit, bis es dem Anführer der Zwerge gelang, Joe dazu zu bewegen, an Bord des Schiffes zu kommen. Seine Gefährten gingen an Land, um ihre Grale zu füllen, während Joe zunächst einmal langsam den Rückzug antrat. Während die Zwerge aßen, nahm auch er seine Mahlzeit ein, blieb allerdings dabei auf Distanz. Alle seine Kameraden waren in den Hügeln untergetaucht, denn das Schiff hatte sie in Panik versetzt. Erst als sie feststellten, daß die Flußschlange Joe nichts tat, kamen sie langsam zurück. Die Zwerge gingen wieder an Bord ihres Schiffes.

Der Anführer der Zwerge entnahm seinem Gral plötzlich einen langen Gegenstand, hielt einen glühenden Draht an dessen Spitze, nahm das lange Ding in den Mund und stieß Rauchwolken aus. Als er das zum erstenmal tat, sprang Joe auf und seine Kameraden hetzten Hals über Kopf in die Hügel zurück. Joe fragte sich, ob die winzignasigen Zwerge möglicherweise die Jungen eines Drachen waren. Vielleicht sahen die Drachen alle so aus, wenn sie noch klein waren, und konnten trotzdem – wie ihre Eltern – bereits Rauch und Flammen spucken?

»Aber ich bin ja nicht blöd«, sagte Joe. »Ef dauerte nicht lange, und dann wuffte ich, daf der Rauch auf dem Dingf raufkam, daf auf Englif Figarre heift. Der Anführer der F-fwerge wollte mir feigen, daf ich die Figarre rauchen könnte, wenn ich fu ihm auf daf Schiff käme und mitführe. Nun, vielleicht bin ich damalf fiemlich verrückt gewefen, aber ich wollte unbedingt die Figarre haben. Vielleicht wollte ich auch nur die Leute meinef Volkef beeindrucken, ich weif ef nicht.«

Er war auf das Schiff gesprungen, das unter seinem Gewicht beinahe umkippte, und zeigte ihnen seinen Gral, um ihnen zu bedeuten, daß er bereit war, ihnen damit die Schädel zu zerschmettern, wenn sie ihn angriffen. Die Zwerge verstanden den Wink und kamen ihm nicht zu nahe. Der Anführer gab Joe einen Zigarre, und obwohl er anfangs ein wenig hustete und der Geschmack des Tabaks völlig fremdartig für ihn war, schmeckte es ihm nicht übel. Ähnlich war es mit seinem ersten Schluck Bier: Joe war auf das höchste entzückt davon.

Also entschied Joe sich, zusammen mit den Zwergen flußaufwärts zu fahren.

Man setzte ihn für die gröbste Arbeit ein und gab ihm den Namen Tehuti.

»Tehuti?« fragte von Richthofen.

»Die griechische Form lautet Thoth«, erklärte Clemens. »Für die Ägypter sah er einfach aus wie der langschnäbelige Ibisgott. Ich nehme an, daß er sie auch an den Gott der Paviane erinnert haben muß – sein Name war Bast –, aber wahrscheinlich hat Joes unglaubliche Nase sie bei der Namensgebung mehr beeinflußt. So wurde er zu Thoth – der Tehuti.«

Tage und Nächte rannen dahin wie das Wasser des Flusses. Manchmal wurde Joe die Sache zuviel, und er wünschte sich, wieder an Land zu gehen. Bald konnte er auch die Sprache der Zwerge einigermaßen sprechen. Wenn er wirklich gehen wollte, würde dem Häuptling gar nichts anderes übrigbleiben, als ihn abzusetzen – zumal er genau wußte, daß die einzige Alternative darin bestand, daß Joe sein Schiff mit Mann und Maus versenkte, wenn er dessen Wünschen nicht entsprach. Aber jedesmal, wenn Joe darauf zu sprechen kam, erklärte der Häuptling ihm, wie schade es doch sei, daß er ausgerechnet jetzt, wo er so großartige Fortschritte machte, seinem Bildungsprozeß ein Ende setzen wollte. Bisher sei Joe kaum mehr als ein Tier gewesen, obwohl er das Gesicht des Gottes der Weisheit trage – bald aber würde er ein Mensch sein.

Tier? Gott? Mensch?

Was bedeutet das?

Die Reihenfolge stimme nicht, hatte ihm der Häuptling der Zwerge erklärt. Die richtige gehe so: Tier, Mensch, Gott. Und außerdem gebe es noch die Möglichkeit, daß sich ein Gott hinter der Maske einer reißenden Bestie verberge und ein Mensch sich zum Tier zurückentwickele; daß er einmal ein Mensch und ein anderes Mal ein Tier darstelle.

Das war natürlich ein wenig kompliziert für das grobgerasterte Bewußtsein Tehutis. Er hatte sich daraufhin mit einem nachdenklichen Blick ans Ufer gekniet und darüber nachgedacht.

Was ihm dabei klargeworden war, war folgendes: Wenn er die Zwerge verließ, würde es für ihn weder Zigarren noch je wieder Bier geben. Die Leute, die dieses Land beherrschten, waren zwar von seiner Art, gehörten aber einem anderen Stamm an. Vielleicht würden sie ihn töten. Desweiteren hatte Joe zum ersten Mal in seinem Leben so etwas wie eine intellektuelle Stimulation erfahren. Sein Bewußtsein hatte sich verändert, und damit würde es aus sein, wenn er wieder zu den Titanthropen zurückkehrte.

Also schaute er den Zwergenhäuptling an, zwinkerte ihm zu, grinste, schüttelte den Kopf und teilte ihm mit, daß er auf seinem Schiff bleiben würde. Er übernahm seinen Dienst am Ruder und machte sich klar, daß von all den Dingen, die er gelernt hatte, das wunderbarste die Sprache war: in der man das ausdrücken konnte, was man dachte. Bald beherrschte er die der Zwerge fließend. Er griff nach allem, was der Häuptling ihm erzählte, und saugte die Informationen in sich auf wie ein trockener Schwamm das Wasser – auch wenn manche Dinge ihn schmerzten wie ein Griff mit der bloßen Hand in einen Dornenbusch. Wenn ihm eine Idee gefiel, betrachtete er sie von allen Seiten, verfolgte sie bis zum Geht-nicht-mehr, verarbeitete sie und holte sie, wenn er gerade nichts Besseres zu tun hatte, Dutzende von Malen wieder aus seinem Gedächtnis hervor. Und schließlich *verdaute* er sie und zog seinen Nutzen daraus.

Der Fluß rauschte an ihnen vorbei. Sie ruderten und ruderten – stets in der Nähe des Ufers bleibend, wo die Strömung am schwächsten war. So verbrachten sie Tage und Nächte, bis die Sonne weniger hoch am Himmel stand und die Luft kälter wurde.

Sam sagte: »Joe und die anderen sind dem Nordpol ziemlich nahe gekommen. Die Inklination des Äquators dieses Planeten zur Ekliptik ist gleich Null. Wie wir wissen, gibt es hier keine Jahreszeiten; Tag und Nacht haben die gleiche Länge. Aber Joe hatte einen Punkt erreicht, von dem aus die Sonne ständig zur Hälfte oberhalb und zur Hälfte unterhalb des Horizonts zu sehen gewesen wäre, hätten nicht die Berge dazwischen gestanden.«

»Ja. Ef herrfte immer F-f-wielicht. Mir wurde kalt, aber

noch längft nicht fo kalt wie den anderen. Fie haben fich beinahe die Ärfe abgefroren.«

»Joes Körper strahlt seine Wärme viel langsamer ab als unsere Zwergengestalten«, sagte Clemens.

»Alfo bitte«, sagte Joe. »Foll ich nun weitererfählen oder beffer meinen Mund halten?«

Lothar und Sam grinsten ihn an.

Joe fuhr fort:

Der Wind verstärkte sich und die Luft wurde neblig. Er begann, sich unwohl zu fühlen. Am liebsten wäre er umgekehrt, aber andererseits wollte er nicht den Respekt des Zwergenhäuptlings verlieren. Also bereitete er sich darauf vor, jeden Zoll des Weges zurückzulegen wie die anderen, auf daß es sie ihrem unbekannten Ziel näher brachte.

»Du wußtest gar nicht, wo die anderen hinwollten?« fragte Lothar.

»Nicht genau. Foweit ich weif, wollten fie fu den Quellen def Fluffef, weil fie glaubten, daf dort vielleicht die Götter lebten, die fie in daf wirkliche Paradief einlaffen würden. Ihrer Anficht nach konnte diefe Welt nicht die wirkliche Welt, in die man nach dem Tode kommt, fein. Fie hielten fie nur für einen Fteg inf Paradief. Waf immer fie fich auch darunter vorgeftellt haben mögen.«

Eines Tages vernahm Joe ein Geräusch, das aus weiter Ferne zu ihnen herüberdrang und sich wie ein gigantischer, nichtendenwollender Furz anhörte. Nach einer Weile entpuppte sich das Rumpeln und Brausen als gewaltiger Donner, und sie erkannten, daß es von riesigen Wassermassen erzeugt wurde, die aus großer Höhe in die Tiefe stürzten.

Das Schiff glitt in eine Bucht. Hier gab es keine Gralsteine mehr. Die Männer mußten Fische fangen und sie trocknen. Zum Glück besaßen sie einige Vorräte an Bambussprossen auf dem Schiff; man hatte sie, solange man noch in sonnigeren Gefilden gekreuzt war, bei jeder kleinsten Gelegenheit gesammelt.

Der Häuptling der Zwerge und seine Männer sprachen ein Gebet, dann machte sich die gesamte Gesellschaft daran, die Anhöhe zu erklimmen, von der aus das Wasser in die Tiefe stürzte, und es war nur den übermenschlichen Kräften von Tehuti-Joe Miller zu verdanken, daß es dabei zu keinen Unfällen kam. Gelegentlich jedoch stellte sich sein übermäßiges Gewicht auch als Hindernis und Gefahrenquelle heraus.

Weiter und weiter kletterten sie; klatschnaß von dem sie fortwährend besprühenden Wasser. Als sie endlich dreihundert Meter über dem Flußlauf eine Anhöhe erreichten, die ebenmäßig und glatt wie eine Eisfläche war, legten sie eine Rast ein. Die Erforschung der näheren Umgebung förderte zu Tage, daß ein langes Tau von der Spitze der Steilwand herabbaumelte, das aussah, als hätte man es aus lauter Handtüchern zusammengeknotet. Joe probierte aus, wieviel Gewicht es tragen konnte, und kletterte dann, indem er sich Hand über Hand daran entlanghangelte, empor, bis er das Ende erreichte. Dann wandte er sich um nach den anderen, die sich mittlerweile angeschickt hatten, ihm zu folgen. Der Häuptling der Zwerge, der als erster hinter Joe herkam, legte anfangs eine solche Geschwindigkeit vor, daß ihn auf der Hälfte des Weges die Kräfte verließen und der Titanthrop ihn mitsamt dem schweren Seil nach oben ziehen mußte. Auf die gleiche Art verfuhr Joe auch mit den anderen Männern.

»Wo zum Henker kam denn das Seil her?« fragte von Richthofen perplex.

»Irgend jemand war auf ihre Ankunft vorbereitet«, vermutete Clemens, »denn mit den primitiven Mitteln, die dieser Planet uns bietet, wäre es niemandem möglich gewesen, dieses Seil, das zudem an seinem Ausgangspunkt noch um einen Felsen verknotet war, dort oben anzubringen. Möglicherweise hätte ein Ballon einen Menschen in diese Höhe hinauftragen können. Es ist sicherlich nicht schwer, aus der Haut von Drachenfischen oder Menschen eine Ballonhülle zu konstruieren. Und Wasserstoff könnte man erzeugen, indem man den aufsteigenden Rauch glühender Holzkohle in die unmittelbare Nähe eines geeigneten Katalysators bringt. Aber wo findet man in einer Welt, die über fast keine Metalle verfügt, einen geeigneten Katalysator. Man könnte das Zeug natürlich auch anders erzeugen, aber das dazu benötigte Brennmaterial wäre kaum zusammenzukriegen. Außerdem hat man keinen Feuerofen gefunden, und den hätte man auf alle Fälle dazu gebraucht. Und warum hat man das Seil an dieser Stelle zurückgelassen?« Er schüttelte den Kopf. »Nein, irgendein Unbekannter – meinetwegen nennen wir ihn den Mysteriösen Fremden – hat das Seil für Joe und die anderen dort befestigt. Oder für irgend jemand sonst, der dort vorbeikommen könnte. Aber frage mich nicht, wer das hätte sein können oder wer es tat und warum. Aber hör zu, es geht noch weiter.«

Die Gruppe legte (das Seil hatte man mitgenommen) mehrere Meilen Weg im nebelhaften Zwielicht des Felsplateaus zurück. Sie erreichte schließlich eine weitere Anhöhe, auf der sich der Fluß verbreiterte, und stießen auf einen anderen Wasserfall, der so gigantisch war, daß Joe den Eindruck hatte, er sei groß genug, und verfüge über so viel Wasser, daß der Erdmond bequem auf ihm flußabwärts hätte schippern können. Er wäre in diesem Moment nicht einmal überrascht gewesen, wenn er hätte mitansehen müssen, wie der große, silbern-schwarze Himmelskörper, der hoch über dem Wasserfall zu sehen war, plötzlich an dessen oberem Rand erschienen und mit einem solchen Krachen in die Tiefe gestürzt wäre, daß er sich am Fuße dieses schäumenden Mahlstroms in Milliarden Einzelteile aufgelöst hätte.

Dann wurde der Wind heftiger und lauter, der Nebel dichter. Dicke Wassertropfen klatschten auf die Männer nieder, die von Kopf bis Fuß in ihre Tücher gewickelt waren. Die felsige Ebene, die vor ihnen lag, war so spiegelglatt und gerade wie jene, die sie gerade hinter sich gelassen hatten. Die Spitze des vor ihnen aufragenden Berges verlor sich im Nebel; sie konnte ebenso fünfhundert wie fünftausend Meter von ihnen entfernt sein. In der Hoffnung, irgendwo einen Einstieg zu finden, suchten die Männer den Fuß des Berges ab. Und sie fanden einen. Er wirkte wie eine kleine Tür, wie ein Verbindungsgang zwischen der Ebene und dem Berg, und war so niedrig, daß sie praktisch gezwungen waren, die ganze Strecke auf Händen und Füßen hinter sich zu bringen. Zwar rieben sich Joes breite Schultern unablässig an der ihn umgebenden Felswand, aber sie war so glatt, als sei der gesamte Gang künstlich erzeugt worden; als habe man ihn soweit abgeschliffen, bis alle seine Kanten und Ecken abgehobelt waren.

Der Tunnel führte in einem Winkel von fünfundvierzig Grad im Inneren des Berges nach oben. Es gab keine Möglichkeit, seine Länge abzuschätzen, und als Joe schließlich den Ausgang erreichte, waren nicht nur seine Schultern, sondern auch seine Handflächen und Knie – trotz der Dekken, die er zum Schutz um sie geschlungen hatte – von zahlreichen Schürfwunden bedeckt.

»Eins verstehe ich nicht«, sagte von Richthofen. »Bisher ist es mir immer so erschienen, als dienten die Berge hauptsächlich dazu, uns davon abzuhalten, das Ende des Flusses zu erreichen. Weswegen hat man diesen Tunnel durch soliden Fels gebaut, wo er doch jedem Eindringling die Möglichkeit gibt, hindurchzukommen? Und warum existierte eine solche Möglichkeit nicht schon an der ersten Erhebung?«

»Hätte sich bereits in der ersten Erhebung ein Tunnel befunden«, sagte Clemens, »wäre er eventuellen Patrouillen oder Kontrolleuren, die sich in diesem Gebiet herumtreiben, sichtbar gewesen. Und der zweite Berg lag immerhin in einem dichten Nebelfeld.«

»Dieses aus Handtüchern zusammengeflickte Seil wäre ebenso sichtbar gewesen«, entgegnete der Deutsche.

»Möglicherweise hat es noch gar nicht so lange dort gehangen«, meinte Clemens.

Von Richthofen fröstelte.

»Laft mich um Himmelf willen endlich weitererfählen!« fiel Joe ein. »Flieflich ift daf meine Gefichte!«

»Ja, und eine ziemlich lange dazu«, meinte Clemens und warf einen Blick auf Joes mächtiges Hinterteil. »Wenn es noch lange dauert, bekommt mein Sitzfleisch Schwielen.«

6

Die Gruppe schleppte sich zehn Meilen durch ein neues Flachland. Dann versuchten die Männer ein wenig zu schlafen, aßen eine Kleinigkeit und kletterten weiter. Der vor ihnen aufragende Berg erwies sich als schroff, steil und schwer bezwingbar. Ihr Hauptgegner war der Sauerstoffmangel. Die Männer rangen nach Luft und mußten des öfteren Pausen einlegen.

Joes Füße taten weh, und er humpelte, aber er bat dennoch nicht um eine Rast. Solange die anderen konnten, wollte er sich keine Blöße geben.

»Leider kann Joe sich nicht so lange auf den Beinen halten wie ein Mensch«, erklärte Sam. »Für seine Spezies sind Plattfüße geradezu charakteristisch. Er ist einfach zu groß für einen Zweibeiner. Ich frage mich, ob seine Rasse nicht ausgestorben ist, weil sie sich ewig die Fußrücken brach.«

»Ich kenne ein Fpefimen, daf der Gattung Homo fapienf angehört und garantiert an einem gebrochenen Nafenbein fterben wird, wenn ef nicht endlich dafu übergeht, fein Riechorgan auf Dingen herauffuhalten, die ef defwegen nichtf angehen, weil fie mich betreffen«, sagte Joe.

Die Männer, so erzählte er weiter, kletterten immer höher, bis der Fluß, so breit und gewaltig, wie er war, unter ihnen nur noch wie ein Wollfaden wirkte, und manchmal war es ihnen wegen des herrschenden Nebels nicht einmal möglich, ihn überhaupt zu sehen. Schnee und Eis machten das Weitergehen zu einem halsbrecherischen Unternehmen. Schließlich entdeckten sie einen Weg, der auf ein weiteres Plateau abwärts führte, und folgten ihm. Dabei mußten sie sich durch den Nebel tasten und sich einem Wind entgegenstemmen, der heulte wie ein ganzes Wolfsrudel und mit aller Kraft auf sie einpeitschte.

Schließlich fanden sie in den Bergen ein gewaltiges Wasserloch, aus dem der Fluß entsprang. In allen Richtungen – ausgenommen der, aus welcher sie gekommen waren – erhoben sich steile glattflächige Berge. Der einzige Weg, den sie weitergehen konnten, führte mitten in das Loch hinein, und aus ihm heraus donnerte ein so lautes Brüllen, daß es den Männern unmöglich war, sich untereinander zu verständigen. Es war wie die Stimme eines Gottes, der mit der Lautstärke eines Orkans sprach.

Joe Miller fand schließlich hoch über dem Loch einen Sims, der in eine Höhle hineinführte, und stellte fest, daß der Häuptling der Zwerge von nun an offensichtlich weniger galt als zuvor. Nach einer Weile wurde ihm klar, daß die Zwerge in ihm nicht nur einen Helfer, sondern offenbar auch einen Führer sahen. Als sie mit lauten Schreien versuchten, das betäubende Donnern der Wassermassen zu übertönen, nannten sie ihn Tehuti. Normalerweise wäre das nichts Ungewöhnliches gewesen, aber bisher hatte Joe stets den Eindruck gehabt, daß die Art, in der sie seinen Namen aussprachen, ein bißchen nach Verulken klang. Jetzt nicht mehr. Er war jetzt wirklich ihr Tehuti geworden.

Clemens unterbrach Joes Erzählung erneut. »Es muß ungefähr so gewesen sein, als würden wir einen Dorftrottel mit einem Namen wie Jehovah belegen. Es ist nun mal die Art der Menschen, die Götter zu verspotten, wenn sie ihrer nicht gerade bedürfen. Aber sobald es ihnen dreckig geht, rufen sie nach ihnen. Möglicherweise ist Joe den Ägyptern in diesem Moment wirklich wie Thoth erschienen, der sie auf den Eingang der Unterwelt zuführte. Natürlich beziehe ich mich mit dieser Vermutung nur auf das menschliche Bedürfnis, aus jedem Symbol eine Übereinstimmung zu konstruieren. Wenn man einen Hund bürstet, wird man schon irgendwann einmal auf einen Floh stoßen.«

In diesem Moment stieß Joe Miller durch seine grotesk geformte Nase heftig die Luft aus und sein mächtiges Kinn zitterte, als wolle er etwas sagen, das er nicht über seine Lippen kommen lassen wollte. Unzweifelhaft hatte ihn jetzt wieder die Erinnerung im Griff und erzeugte in ihm ein längstverdrängtes Entsetzen.

Die Felsöffnung hatte keinerlei Ähnlichkeit mit dem Tunnel, der sie durch den Berg geführt hatte. Der dahinterliegende Gang war unbearbeitet und natürlich und verfügte über eine solche Anzahl von hindernden Vorsprüngen, daß Joe sich die meiste Zeit über wie ein Tänzer hin und her winden mußte, um nicht anzustoßen. Die Dunkelheit war so tief, als hätte er das Augenlicht verloren, und auch sein Gehörsinn nützte ihm in diesem Fall nichts, dazu war das Donnern der Wassermassen zu stark. Alles, worauf er sich verlassen konnte, war sein Tastsinn, und auch dieser führte ihn so oft in die Irre, daß er sich zu fragen begann, ob er überhaupt noch funktionierte. Dennoch war dies die einzige Möglichkeit, voranzukommen. Wenn er aufgegeben hätte, wären die ihm folgenden Männer keinen Schritt weitergegangen.

»Wir hielten f-fweimal an, um fu effen, und einmal, um fu flafen«, berichtete Joe. »Und gerade, alf ich mir dachte, daff wir hier wahrscheinlich herumkrabbeln müften, bisf unf die Nahrung aufging, fah ich vor mir etwaf Grauef. Ef war kein Licht. Ef war hier blof ein wenig weniger dunkel.«

Sie befanden sich außerhalb der Höhle in der frischen Luft, mitten auf dem Berg. Mehrere tausend Meter unter ihnen lag ein Wolkenmeer. Die Sonne lag versteckt hinter den Bergen, aber der Himmel hatte sich noch nicht verfinstert. Der schmale Sims führte weiter, und so krabbelten sie auf ihren zerschundenen Händen und Knien abwärts, da der Weg sich praktisch zu einem Nichts verengte.

Zitternd griffen die Männer nach den winzigsten Löchern, um sich einen Halt zu verschaffen. Einer von ihnen rutschte plötzlich aus, stürzte, prallte gegen einen anderen und riß ihn mit sich in die Tiefe. Beide verschwanden aufschreiend zwischen den tiefhängenden Wolkenbänken.

Die Luft wurde wärmer.

»Weil der Fluß seine Wärme abgab«, erklärte Clemens. »Er entspringt nicht nur am Nordpol dieses Planeten, sondern versickert auch dort, nachdem er sich auf seinem serpentinenförmigen Weg um den ganzen Planeten mit Wärme angereichert hat. Die Luft am Nordpol ist zwar kalt, aber noch lange nicht so frostig wie die am Nordpol der Erde. Aber natürlich ist das alles reine Spekulation.«

»Die Männer erreichten, so berichtete Joe, einen andere Plattform, auf der sie rasten konnten, musterten das Gebirge und bewegten sich seitwärts weiter wie Krabben. Die Plattform, auf der sie sich befanden, zog sich um den Berg herum. Joe hielt an. Das enge Tal verbreiterte sich zu einer breiten Ebene. Unter sich, in weiter Ferne, konnte er hören, wie Brecher gegen die Felsen anrannten.

Trotz der herrschenden Dämmerung war es Joe möglich zu erkennen, daß der Polarsee völlig von Bergen umgeben war. Der wolkenbedeckte See unter ihm bedeckte ein Gebiet von wenigstens sechzig Meilen im Durchmesser. Am anderen Ende waren die Wolken dichter. Damals wußte er natürlich noch nicht, woran das lag, aber Sam hatte ihm erklärt, daß sich dort die Mündung des Flusses befinden mußte, wo das erwärmte Wasser mit der kalten Luft in Berührung kam.

Joe machte einen Schritt um die Kurve des Simses herum.

Und sah den grauen Metallzylinder, der vor ihm auf dem Pfad stand. Zuerst verstand er überhaupt nicht, was das bedeuten sollte. Das Ding sah für ihn in diesem Moment einfach nur fremdartig aus. Außerdem hatte er es nicht erwartet. Dann wurden die Umrisse des Gegenstandes plötzlich vertraut, und er begriff, daß er einen Gral vor sich hatte, den jemand, der vor ihm diesen Weg gegangen war, hier zurückgelassen haben mußte. Irgendein unbekannter Pilger mußte also die gleichen Gefahren überstanden haben wie er. Zumindest bis hierhin. Er hatte den Gral abgestellt, um zu essen, denn der Deckel war noch offen, und der dem Behälter entströmende Gestank wies darauf hin, daß sich in ihm noch die Überreste einer Mahlzeit aus Brot und Fisch befinden mußten. Der Pilger hatte den Gral also möglicherweise bis an diesen Ort mitgeschleppt, weil er die Hoffnung gehabt hatte, in dieser Umgebung auf einen Stein zu stoßen, auf dem er ihn wieder füllen konnte.

Irgend etwas war mit ihm passiert. Wenn er nicht getötet oder vor etwas in panischer Angst davongelaufen war, hätte er den Gral sicher nicht einfach hier zurückgelassen.

Bei diesem Gedanken bekam Joe eine Gänsehaut.

Er machte einen weiteren Schritt, brachte die Biegung des Simses hinter sich und schritt an einer Felsschulter aus Granit vorbei. Einen Moment lang verlor er den See aus den Augen.

Und dann schrie er auf.

Im gleichen Moment riefen die Männer nach ihm und fragten, ob er in Schwierigkeiten geraten sei.

Aber Joe war in dem Augenblick nicht in der Lage, ihnen irgendwelche Auskünfte zu geben. Sein gesamtes Wissen um die fremde Sprache hatte ihn innerhalb einer Sekunde verlassen, und alles, was er hervorbrachte, waren aufgeregte Laute in seiner eigenen urtümlichen Sprache.

Die Wolken in der Mitte des Sees hatten sich auseinandergezogen und ließen die Spitze eines seltsamen, riesenhaften Objekts erkennen. Es war zylinderförmig, von grauer Farbe und sah auf den ersten Blick aus wie ein riesenhafter Gral. Der das Ding umgebende Nebel hob und senkte sich träge. Während das Objekt in der einen Sekunde zu sehen war, war es in der anderen bereits wieder verschwunden.

An irgendeiner Stelle der Berghöhen, die den Polarsee umringten, mußte ein Einschnitt existieren, der in diesem Moment kurz die Strahlen der Sonne durchließ, denn ein heller Lichtstrahl fiel plötzlich auf die Turmspitze.

Joe kniff die Augen zusammen und starrte angestrengt auf jene Stelle, die die Helligkeit reflektierte.

Etwas Rundes erschien jetzt auf der Höhe der Turmspitze und sank langsam darauf zu. Es war eiförmig und weiß und stellte den Punkt dar, auf dem die Strahlen der Sonne sich brachen.

Einen kurzen Augenblick später erlosch das Sonnenlicht und ließ das Objekt wieder verschwinden. Sowohl das eiförmige Ding, als auch der Turm versanken im Nebel. Joe, der im gleichen Moment, in dem das fliegende Objekt aufgetaucht war, einen Schrei ausgestoßen hatte, taumelte zurück. Dabei stieß sein Fuß gegen den Gral, den der Unbekannte auf dem Felsensims zurückgelassen hatte.

Er streckte zwar die Arme aus, um das körperliche Gleichgewicht wiederzufinden, aber diesmal war auch seine affenartige Gewandtheit nicht mehr in der Lage, ihn vor dem Absturz zu bewahren. Er machte eine halbe Drehung, wandte dem gähnenden Abgrund den Rücken zu und verlor vollends den Boden unter den Füßen. Joe fiel. Mehrere Male konnte er die vor Angst und Schreck verzerrten Gesichter seiner Kameraden erkennen, die mit aufgerissenen Augen in lautlosem Entsetzen dastanden, ohne ihm beistehen zu können, während er auf die tiefhängenden Wolken und das darunterliegende Wasser zustürzte.

»Ich weif nicht einmal mehr, ob ich bei Bewuftfein war, alf ich auf daf Waffer aufflug«, sagte Joe. »Alf ich wieder fu mir kam, fand ich mich an einer Ftelle wieder, die nur fwanfig Meilen von dem Ort entfernt war, wo Fäm Clemenf fich aufhielt und hauptfächlich Leute auf den nordifen Ländern def fehnten Jahrhundertf nach Chrifti lebten. Und ich mufte von Neuem eine Fprache lernen. Die kleinen Finfignafen hatten Angft vor mir, aber dann wollten fie, daf ich mit ihnen fufammen kämpfte. Dann traf ich Fäm und wir wurden Kumpelf.«

Eine Weile schwiegen sie. Joe hob sein Glas an seine Schimpansenlippen und leerte es mit einem Zug. Bewegt sahen die anderen ihn an. Das einzige Licht, das jetzt noch zu erkennen war, kam von den glühenden Enden ihrer Zigarrenspitzen.

Schließlich sagte von Richthofen: »Dieser Mann, von dem du sagtest, er hätte ein Stirnband mit einer stilisierten Sonne getragen ... Wie, sagtest du, war sein Name?«

»Feinen Namen habe ich gar nicht erwähnt.«

»Aber wie hieß er?«

»Echnaton. Fäm weif mehr über ihn alf ich, obwohl ich faft vier Jahre mit ihm fufammen war. Fumindeft behauptet Fäm daf. Aber ...« – Joe grinste plötzlich wie ein selbstzufriedener Faun – ». . . ich kannte den Mann perfönlich. Waf Fäm über ihn behauptet, find lediglich fogenannte hiftorife Tatfachen.«

7

Von Richthofen wünschte ihnen eine gute Nacht und ging unter Deck. Sam stand auf, lief auf und ab und hielt nur einmal an, um dem Steuermann Feuer für seine Zigarre zu geben. Obwohl er wirklich müde war, würde er noch nicht einschlafen können. Die Schlaflosigkeit plagte ihn nun schon seit Jahren; sie donnerte durch sein Gehirn wie ein wilder Mustang, dem es völlig gleichgültig war, daß ein menschlicher Körper hin und wieder Ruhe brauchte.

Joe Miller lehnte sich mit dem Rücken gegen die Reling und wartete darauf, daß sein Freund – der einzige Mensch, den er liebte und zu dem er Vertrauen hatte – mit ihm hinunterging. Dann fiel plötzlich sein Kopf nach vorne. Seine Nase beschrieb, hervorgerufen durch diese Bewegung, einen Halbkreis, und er stieß ein lautes Schnarchen aus. Der Lärm, den er erzeugte, war so stark, daß man wahrhaft glauben konnte, in unmittelbarer Nähe des Schiffes würden Bäume abgesägt: Mammutbäume splitterten, knirschten und brachen. Tiefe Seufzer, Grunzer und Schmatzer aus Joes Kehle wechselten sich ab mit den Geräuschen, die die vermeintlichen Holzfäller erzeugten.

»Schlaf gut, Kumpel«, murmelte Sam, der wußte, daß Joe nun von der nicht mehr existierenden Erde, auf der Mammuts, gigantische Bären und Löwen brüllten und – nach seinem Verständnis – wunderschöne Frauen ihm eindeutige Angebote machten, träumte. Als er leise seufzte und anschließend ein Winseln ausstieß, wußte Sam, daß Joe nun wieder mit dem Bären rang, der sich in seinen Fuß verbissen hatte. Der Fuß schmerzte ihn immer noch. Wie alle Wesen seiner Art war Joe einfach zu schwer gebaut, um sich über längere Strecken hinweg auf zwei Beinen fortzubewegen. Er war das Produkt eines Experiments der Natur, die schließlich dann doch eingesehen hatte, daß es Wesen seiner Art niemals vergönnt sein würde, über längere Zeit über den Planeten Erde zu herrschen.

»*Der Aufstieg und Untergang der Plattfüßler*«, sagte Sam. »Auch das ist einer von den Artikeln, die ich niemals mehr schreiben werde.«

Er seufzte ebenfalls, aber das Geräusch, das sich seiner Kehle entrang, war nur ein schwacher Abklatsch dessen, den Joe erzeugt hatte. Wieder sah er Livys zur Hälfte zerschmetterten Körper neben sich liegen, den die Wellen ihm für ein paar Sekunden zugespült hatten, um sie kurz darauf wieder mit sich zu nehmen. Ob die Frau überhaupt Livy gewesen war? Hatte er sich nicht bereits vor diesem Zusammentreffen mindestens ein Dutzendmal eingebildet, sie durch sein Teleskop irgendwo am Ufer gesehen zu haben? Und jedesmal, wenn es ihm schließlich gelungen war, Blutaxt dazu zu überreden, das Schiff anlegen zu lassen, um sich die Frauen aus unmittelbarer Nähe anzusehen, hatte er eine Enttäuschung erlebt. An sich gab es keinen Grund zu glauben, daß es diesmal wirklich seine Livy gewesen war.

Er seufzte erneut. Angenommen, sie war es doch gewesen, wäre das nicht eine ungeheure Ironie des Schicksals? Ihr so nahe gekommen zu sein und sie dann doch auf eine solch schreckliche Weise zu verlieren! Fünf Minuten bevor er sich vielleicht wieder mit ihr zusammengetan hätte. Statt dessen hatte sie neben ihm auf den Schiffsplanken gelegen, als ob die Götter – oder welche boshaften Kräfte auch immer das Universum regierten – zu ihm hätten sagen wollen: »Sieh her, wie nahe du ihr gekommen bist! Und jetzt leide, du unwürdige Ansammlung von Atomen! Fühle den Schmerz, du Wicht! Mit deinen Tränen und deiner Qual sollst du für alles bezahlen!«

»Zahlen, wofür?« murmelte Sam und schlug die Zähne heftig in seine Zigarre. »Für welche Verbrechen soll ich zahlen? Habe ich auf Erden nicht schon genug gelitten für das, was ich getan habe – und noch mehr für das, was ich nicht getan habe?«

Als der Tod zu ihm gekommen war, war er darüber glücklich gewesen, denn er bedeutete das Ende allen Leidens. Das Klagen über die Krankheit und den Tod seiner Frau und seiner Töchter würde damit ein Ende haben, hatte er gedacht; und ebenso würden ihn die Schwermut und die Trauer verlassen, die sich seit dem Tode seines einzigen Sohnes, für den er sich persönlich verantwortlich fühlte, in seinem Herzen eingenistet hatten. Hatte es an seiner Gleichgültigkeit gelegen oder war es einfach unvorsichtig gewesen, daß er den kleinen Langdon mit zu dünner Kleidung auf diese Eisenbahnfahrt mitgenommen hatte an diesem kalten Wintertag?

»Nein!« sagte Sam so laut, daß Joe sich plötzlich rührte und der Rudergänger erschreckt etwas auf norwegisch murmelte.

Sam schmetterte seine rechte Faust in die flache Hand seiner Linken. Joe murmelte etwas.

»Mein Gott«, schrie Sam, »warum mache ich mir jetzt noch Selbstvorwürfe wegen *dem*, was ich früher getan habe? Es spielt doch *jetzt* überhaupt keine Rolle mehr! All das liegt nun hinter uns – und wir haben mit völlig weißen Westen einen neuen Anfang gemacht.«

Aber natürlich spielte es eine Rolle. Es machte keinen Unterschied, daß alle Toten jetzt wieder lebten, die Kranken wieder gesund waren und die Untaten, die man vollbracht hatte, in Zeit und Raum hinter ihnen zurückgeblieben und vergessen waren. Egal, was die Menschen auf der Erde gedacht und getan hatten: Das gleiche dachten und taten sie jetzt auch hier.

Sam wurde plötzlich von dem Wunsch beseelt, ein Stück Traumgummi zu haben. Er wollte vergessen, alle Geschehnisse der eigenen Vergangenheit abschütteln und einfach nur glücklich sein.

Aber Traumgummi konnte den Abscheu vor sich selbst ebensogut verstärken. Es war niemals auszuschließen, daß man sich, wenn man das Zeug kaute, nicht selbst einem solchen Grauen aussetzte, daß man sich nur noch den Tod wünschte. Beim letzten Mal, als er das Zeug genommen hatte, hatten ihn solch schreckliche Monster gepeinigt, daß er davon abgekommen war und sich die Droge seither vom Leibe hielt. Vielleicht würde es diesmal . . . Nein!

Der kleine Langdon. Er würde ihn niemals wiedersehen – niemals! Sein Sohn war erst achtundzwanzig Monate alt gewesen, als er gestorben war – und das bedeutete, daß er nicht zu denjenigen gehören konnte, denen das Leben in diesem Flußtal erneut geschenkt worden war. Nur die Kinder, die zum Zeitpunkt ihres Todes wenigstens fünf Jahre alt gewesen waren, hatten eine weitere Chance bekommen. Zumindest auf dieser Welt. Es gab allerdings Gerüchte, die besagten, daß sich die kleineren Kinder an einem anderen Ort, möglicherweise sogar auf einem anderen Planeten aufhielten. Aus irgendeinem Grund hatten jene, die für die Wiedererweckung der Menschheit verantwortlich waren, darauf verzichtet, sie mit den größeren Kindern und Erwachsenen zusammenzubringen. Das bedeutete, daß Sam ihn niemals wiederfinden und um Vergebung bitten konnte.

Aber ebensowenig würde er je wieder auf Livy oder seine Töchter Sarah, Jean und Clara stoßen. Das war unmöglich an den Ufern eines Stromes, von dem man sagte, daß er mindestens zwanig Millionen Meilen lang war, und an dem schätzungsweise siebenunddreißig Milliarden Menschen lebten. Selbst wenn er sich aufmachte und vom Anfang des Flusses zu Fuß seinem Ende entgegenstrebte, ohne einen Menschen zu verpassen, würde er es nicht schaffen. Wie lange müßte er dazu unterwegs sein? Selbst wenn er eine Quadratmeile pro Tag absuchte, würde er für diese Reise grob gerechnet über 109000 Jahre benötigen.

Und selbst wenn jemand dazu in der Lage sein sollte und das Glück hatte, jeden Menschen zu treffen, der an den Ufern des Flusses lebte, konnte er am Ende der Reise immer noch vor dem Problem stehen, den Gesuchten nicht angetroffen zu haben, denn der konnte in der Zwischenzeit längst an irgendeiner Stelle gestorben sein und sich nun an einem Ort befinden, den der Suchende bereits seit fünfzigtausend Jahren hinter sich gelassen hatte. Ebensogut konnte man einander natürlich auch in der Zeit verpassen, in welcher der Suchende schlief, weil der Gesuchte möglicherweise ebenfalls die Spuren des anderen verfolgte.

Aber vielleicht gab es eine andere Möglichkeit. Diejenigen, die diese Welt erschaffen hatten, waren möglicherweise auch in der Lage, den Standort jedes einzelnen Menschen, der sich auf diesem Planeten aufhielt, herauszubekommen. Sie könnten über eine Art Registratur verfügen, die es ihnen ermöglichte, über den Aufenthaltsort eines jeden Flußtalbewohners Auskunft zu erhalten.

Und wenn dem nicht so war, konnte man sie immerhin noch für das, was sie ihm angetan hatten, zur Verantwortung ziehen. Sam hielt Joe Millers Geschichte keinesfalls für ein Märchen. Natürlich besaß sie einige verwirrende Aspekte, aber gerade die schienen ihm wichtige Hinweise zu enthalten. Einer davon war, daß irgendeine unbekannte Person – oder ein Wesen – es zu wünschen schien, daß die Bewohner des Flußtales von dem Nebelturm des Polarsees erfuhren. Aber warum? Sam hatte keine Ahnung, nicht einmal eine Vermutung. Aber unzweifelhaft war der Tunnel, von dem Joe berichtet hatte, in den Fels gebohrt worden, um es den Menschen zu ermöglichen, sich dem Turm zu nähern. Und in diesem Turm mußte sich das Licht befinden, mit dem man die

Finsternis des Nichtwissens ausleuchten konnte, das war sicher. Er erinnerte sich an die vielerzählte Geschichte des Engländers Burton oder Perkin (Burton schien ihm wahrscheinlicher zu sein), der aus der Bewußtlosigkeit erwacht sein wollte, bevor er sich mit all den anderen am Flußufer wiederfand. Das frühzeitige Erwachen dieses Mannes deutete ebensowenig auf einen Zufall hin, wie der durchs Gestein getriebene Tunnel, der Joe und die Ägypter an den Polarsee geleitet hatte.

Diese Gedanken hatten dazu geführt, daß aus dem Traum des Samuel Clemens der Große Traum des Samuel Clemens geworden war. Und um ihn zu erfüllen, benötigte er Eisen, viel Eisen. Deswegen hatte er die Bekanntschaft von Erik Blutaxt gesucht und ihm eingeredet, daß er eine Expedition ausrüsten müsse, um dort, wo seine Kampfaxt herstamme, nach weiteren Metallen zu suchen. Er hatte keinesfalls damit gerechnet, an dieser Stelle auf soviel Eisen zu stoßen, daß man daraus ein Dampfschiff bauen könne, aber immerhin beförderte der Norweger ihn flußaufwärts, näher an den Polarsee heran.

Und jetzt – vorausgesetzt, er hatte das Glück, auf das er einen Anspruch zu haben glaubte – hielt er sich innerhalb eines Gebietes auf, das möglicherweise eisenhaltiger war, als er sich zu erträumen gewagt hatte.

Was er jetzt brauchte, waren Männer mit Bildung. Ingenieure, die wußten, wie man Eisen behandelte, es dem Meteoriten entrang, wie man es schmolz und in die Formen brachte, die es haben mußte. Er brauchte Ingenieure und Techniker, denn außerdem gab es noch Hunderte von anderen Dingen zu erledigen.

Sam berührte Joe Millers Brust mit einer nackten Zehe und sagte: »Steh auf, Joe, es fängt gleich an zu regnen.«

Der Titanthrop erhob sich mit einem Grunzen, erhob sich wie ein Leuchtturm aus dem Nebel und reckte sich. Das Licht der Sterne glitzerte auf seinen Zähnen. Er folgte Sam über das Deck, während die Bambusplanken unter seinen achthundert Pfund Lebendgewicht ächzten. Irgend jemand stieß unter Deck einen norwegischen Fluch aus.

Die Berge zu beiden Seiten des Stromes waren nun von Wolken verhangen, und Finsternis lag über dem Tal, von dessen Grund aus man das irrsinnige Geglitzer von zwanzigtausend gigantischen Sternen und leuchtenden Gasnebeln jetzt nicht mehr erkennen konnte. Bald würde eine halbe Stunde lang der Regen herniederprasseln; dann würden die Wolken wieder verschwinden.

Blitze zuckten über den östlichen Berg dahin; dann rollte der Donner durch das Tal. Sam blieb stehen. Blitze hatten ihm – oder besser: dem Kind in ihm – noch stets Furcht eingejagt, denn sie hatten die Angewohnheit, ihn von innen heraus zu erleuchten und ihn mit den klagenden Gesichtern derjenigen zu konfrontieren, die er auf der Erde verachtet und beleidigt und deren Ehre er mit Füßen getreten hatte. Nun tauchten sie wieder auf, jammerten, sahen ihn anklagend an und beschuldigten ihn unaussprechlicher Verbrechen. Die Blitze drehten sein Innerstes nach außen, und er glaubte, daß hinter den Wolken ein rachsüchtiger Gott verborgen sei, der danach trachtete, ihn bei lebendigem Leibe zu verbrennen und in unsäglichem Schmerz zu ertränken. Irgendwo dort hinter den Wolken hielt sich die zorngeladene Gerechtigkeit auf und suchte nach keinem anderen als Sam Clemens.

Joe sagte: »Daf Gewitter ift fiemlich weit von unf entfernt. Nein! Daf ift kein Donner! Hör fu! Hörft du ef denn nicht? Ef ift irgend etwaf Komifef, aber kein Donner.«

»Was zum Teufel soll es sonst sein?« fragte Sam.

»Du brauchft keine Angft fu haben, Fäm«, sagte Joe. »Ich bin ja bei dir.«

Allerdings zitterte er auch.

Der nächste Blitz fegte eine strahlende Helligkeit über das Ufer zu ihrer Rechten.

Sam zuckte zusammen und sagte: »Herrgott! Ich habe etwas flackern sehen!«

Joe stellte sich neben ihn und sagte: »Ich habe ef auch gefehen! Ef ift daf F-fiff! Daf Fliegedingf, daf über dem Turm f-f-webte! Aber jetft ift ef weg!«

Lautlos standen sie da und versuchten mit ihren Blicken angestrengt das Dunkel der Nacht zu durchdringen. Als der nächste Blitz zuckte, war das helle, eiförmige Ding verschwunden.

»Es kam buchstäblich aus dem Nichts und ist auch wieder dorthin zurückgekehrt«, sagte Sam. »Fast wie eine Fata Morgana. Wenn du es nicht auch gesehen hättest, Joe, würde ich nun glauben, einer Täuschung zum Opfer gefallen zu sein.«

Als Sam erwachte, lag er an Deck. Ihm war kalt, und er fühlte sich steif und wie zerschlagen. Schließlich rollte er sich auf die Seite. Die Sonne kroch gerade über die östlichen Berge.

Neben ihm lag Joe auf dem Rücken und schnarchte. Der Steuermann war neben dem Ruder eingeschlafen.

Aber nicht etwa diese Entdeckung war es, die ihn auf die Beine brachte. Das goldene Sonnenlicht verschwand im gleichen Augenblick aus seinen Augen, in dem er den Blick von ihr abwandte. Um sie herum grünte und blühte es! Die schlammbedeckte Ebene mit den entwurzelten Bäumen und Gesteinstrümmern war verschwunden. Er sah nichts als grünes Gras, auf den dahinterliegenden Hügeln aufragende Bambussträucher und Riesenpinien, Eichen, Eiben und Eisenbäume.

»Es ist alles wieder wie zuvor«, murmelte Sam überflüssigerweise, obwohl der plötzliche Schock seine Knie zum Zittern brachte. Irgend etwas hatte alles an Bord der *Dreyrugr* in einen tiefen Schlaf versetzt und die Zeit ihrer Besinnungslosigkeit dazu genutzt, den Strand und die Ebene – ach was! – die ganze Umgebung wieder in ihren Urzustand zu versetzen. Dieser Flußabschnitt sah aus wie eh und je!

8

Sam fühlte sich plötzlich so unbedeutend, hilflos und schwach wie ein neugeborenes Lamm. Was sollte er – oder ein anderer Mensch – gegen Wesen ins Feld führen, die solche Wunder vollbringen konnten?

Und dennoch mußte es für diese Umwälzung eine wissenschaftliche Erklärung geben. Das, was hier geschehen war, war aufgrund wissenschaftlicher Errungenschaften und mächtiger Kräfte passiert – es war keinesfalls etwas Übernatürliches daran.

Und außerdem gab es eine tröstende Hoffnung. Eines dieser unbekannten Wesen mußte auf seiten der Menschheit stehen. *Aber aus welchem Grund? Und welch mystische Schlacht wurde hier ausgefochten?*

Mittlerweile war die gesamte Schiffsmannschaft auf den Beinen. Blutaxt und von Richthofen betraten zur gleichen Zeit das Deck. Der Wikinger runzelte zwar zunächst die Stirn, als er den Deutschen entdeckte, weil er ihm bisher noch nicht die Erlaubnis erteilt hatte, sich auf dem Achterdeck aufzuhalten, aber als er die Vegetation erblickte, war er dermaßen überrascht, daß er völlig aus dem Häuschen geriet.

Die Sonnenstrahlen beleuchteten jetzt die graue Linie der Gralsteine und brachen sich auf Hunderten von kleinen Nebelschwaden, die sich jetzt vom Boden erhoben. Das Hügelgebiet flimmerte zuerst wie unter großer Hitzeeinwirkung, dann bildete es abrupt eine Einheit. Hunderte von Männern und Frauen lagen plötzlich auf dem grasbewachsenen Uferboden. Sie waren nackt, und in der Nähe eines jeden lag ein Gral und ein Tuchstapel.

»Man hat sie komplett nach hier versetzt«, murmelte Sam, als von Richthofen neben ihm stand. »All das sind Leute, die deswegen starben, weil die Gralsteine auf dem Westufer nicht mehr funktionierten. Aber das ist unser Glück, denn es wird eine ziemliche Weile dauern, bis sie dazu übergehen werden, sich zu organisieren. Und außerdem dürften sie keine Ahnung davon haben, daß sie sich in einem Gebiet befinden, in dem es Eisen gibt.«

»Aber wie wollen wir den Meteoriten jetzt überhaupt noch finden?« fragte von Richthofen. »Alle Spuren, die er möglicherweise hinterlassen hat, dürften jetzt verschwunden sein.«

»Wenn er überhaupt noch da ist«, erwiderte Sam. Er stieß einen Fluch aus. »Jemand, der in der Lage ist, dies, was wir hier sehen, in einer Nacht zu tun, dürfte keine Schwierigkeiten haben, ihn aus dem Weg zu räumen; selbst, wenn er so groß ist, wie ich annehme.« Er seufzte und fügte hinzu: »Vielleicht ist er mitten in den Fluß gefallen und liegt nun unter dreihundert Metern Wasser begraben!«

»Du siehst deprimiert aus, mein Freund«, erwiderte Lothar. »Das solltest du besser nicht. Zuerst sollten wir einmal von der Annahme ausgehen, daß er noch da ist. Sollte sich das als Fehlschluß herausstellen, haben wir immer noch genug Gelegenheit, darüber zu klagen. Und auch dann solltest du nicht mehr deprimiert sein als vor dem Tag, an dem wir ihn sahen. Außerdem haben wir immer noch Wein, Weib und Gesang.«

»Ich kann mich aber damit nicht zufriedengeben«, sagte Sam. »Außerdem kann ich mir einfach nicht vorstellen, daß man uns von den Toten auferweckt hat, damit wir von nun an bis in alle Ewigkeit dem Nichtstun frönen. Es würde einfach keinen Sinn ergeben.«

»Meinst du?« fragte Lothar grinsend. »Wer weiß denn schon, von welch fremdartigen Motiven sich diese mysteriösen Wesen leiten ließen, als sie ihren Entschluß faßten? Vielleicht ernähren sie sich von unseren Gefühlen.«

Diese Bemerkung rief Sams Interesse hervor. Seine Depression verschwand. Jede neue Idee, auch wenn sie deprimierend sein mochte, gab ihm wieder neuen Antrieb.

»Du hältst es für möglich, daß sie an einer langen Tafel sitzen und uns als eine Art emotional aufgeladenes Vieh betrachten? Daß unsere anonymen Hirten sich von riesengroßen und saftigen Liebessteaks, Hoffnungsrippchen, Verzweiflungslebern, Bruststücken der Freude, Haßherzen und den Süßigkeiten des Orgasmus ernähren?«

»Es ist nur eine Theorie«, meinte Lothar, »aber sie erscheint mir ebenso gut wie jede andere, die ich bisher gehört habe – und besser als die meisten. Es ist mir allerdings gleichgültig, ob sie sich an mir mästen. Meinetwegen will ich sogar gerne einer ihrer preisgekrönten Zuchtbullen sein. Aber da wir gerade davon sprechen: Schau dir mal die Kleine da hinten an. Laß mich da mal ran!«

Die kurzweilige Erleuchtung verschwand, und Sam fand sich wieder in einer Umgebung finsterer Schatten. Vielleicht hatte der Deutsche sogar recht. In jedem Fall hatte ein menschliches Wesen gegen die geheimnisvollen Unbekannten kaum mehr Chancen als eine preisgekrönte Kuh gegen ihren Besitzer. Aber ein Bulle konnte immerhin seine Hörner gebrauchen; konnte töten, bevor ihm die letzte große Niederlage drohte.

Sam erklärte die Situation Blutaxt. Der Norweger sah ihn nachdenklich an. »Wie sollen wir diesen heruntergefallenen Stern finden?« fragte er. »Schließlich können wir nicht das ganze Land umgraben und nach ihm suchen. Du weißt selbst, wie zäh der Grasboden ist. Es kann Tage dauern, bis wir mit unseren Steinwerkzeugen auch nur ein kleines Loch gegraben haben. Ganz abgesehen davon, daß es sofort nachwächst und das Loch wieder verstopft.«

»Aber es muß einen Weg geben«, erwiderte Sam. »Wenn wir doch nur ein wenig magnetisches Eisenerz hätten oder einen Metalldetektor. Aber leider besitzen wir so was nicht.«

Lothar, der die letzten Minuten damit verbracht hatte, einer vollbusigen Blondine am Ufer zuzuwinken, hatte Sams Worten ununterbrochen gelauscht. Er wandte sich um und meinte: »Von oben betrachtet sähe die Sache natürlich anders aus. Selbst wenn vierzig Generationen von Siedlern sich abgemüht haben, ein altes Gebäude mit Erde zu bedecken, und selbst nicht mehr wissen, was sie da eigentlich zugeschüttet haben, kann ein Flieger noch sehen, daß dort etwas vergraben liegt. Es liegt ganz einfach an der Unterschiedlichkeit der Farben des Bodens, manchmal auch an der Vegetation, daß er das erkennt, obwohl man diese Methode hier natürlich nicht anwenden kann. Aber für jeden, der in großer Höhe fliegt, offenbart sich die Erdoberfläche in ganz anderer Form. Das Erdreich würde über einer solchen Ruine ganz anders aussehen.«

Sam verspürte plötzlich eine ungeheure Erregung. »Meinst du damit, du könntest den Meteoriten finden, wenn wir dir einen Gleiter bauten?«

»Das wäre ziemlich nett von euch«, erwiderte Lothar, »und wir könnten das eines Tages wirklich tun. Aber im Moment ist das unnötig. Wir brauchen nur auf einen Berg zu klettern, der uns genügend Ausblick auf das Flußtal erlaubt, und die Augen aufmachen.«

Sam schrie begeistert auf. »Was haben wir doch für einen gottverdammt guten Fang gemacht, als wir dich aus dem Wasser zogen!«

Dann runzelte er die Stirn. »Aber es ist unmöglich, so hoch hinaufzuklettern. Sieh dir doch die Berge mal an. Sie ragen so steil auf und sind so glatt wie ein Politiker, der nach der Wahl abstreitet, dem Volk jemals Versprechungen gemacht zu haben.«

Blutaxt fragte ungeduldig, über was sie überhaupt sprachen. Sam erklärte es ihm, und Blutaxt meinte: »Dieser Bursche hier scheint ja doch ganz brauchbar zu sein. Vorausgesetzt, wir finden genügend Feuersteine, können wir das Problem vergessen. Wir schlagen einfach Stufen in den Fels, und zwar so lange, bis wir dreihundert Meter hoch klettern können. Das wird zwar ziemlich lange dauern, aber die Sache dürfte es wert sein.«

»Und wenn wir nicht genügend Steine zusammenbekommen?« fragte Sam.

»Dann sprengen wir uns einen Weg nach oben«, erwiderte Blutaxt. »Mit Schießpulver.«

»Dafür bräuchten wir menschliche Exkremente, an denen ja schließlich keinerlei Mangel herrscht«, erklärte Sam. »Und die Holzkohle erzeugen wir aus Bambus und Pinienholz. Aber was ist mit dem Schwefel? Wenn es davon in einem Umkreis von tausend Meilen nichts gibt?«

»Ich weiß, daß es siebenhundert Meilen flußabwärts eine ganze Menge davon gibt«, sagte Blutaxt. »Aber laßt uns der Reihe nach vorgehen. Erstens: Wir müssen herausfinden, wo der Meteorit niedergegangen ist. Nachdem wir das erledigt haben, müssen wir zweitens, damit wir ihn in aller Ruhe ausgraben können, ein Fort bauen, damit wir ihn verteidigen können. Wir haben keine andere Wahl, als ihn als erste zu erreichen, denn wir werden keinesfalls die einzigen sein, die sich die Finger danach lecken. Bald werden ganze Rudel von Menschen hier ankommen, von flußaufwärts und flußabwärts, und sie werden überall hier herumschnüffeln. Es werden Tausende sein und uns wird ein harter Kampf bevorstehen, wenn das Eisen in unseren Händen bleiben soll. Nachdem wir den Stern gefunden haben, müssen wir alle Kräfte daransetzen, ihn auch zu behalten.«

Sam stieß einen Fluch aus. »Am besten sollten wir auf der Stelle damit anfangen!« sagte er.

»Dann fangen wir hier an«, entschied Blutaxt. »Dieser Ort ist ebensogut wie jeder andere. Aber vorher sollten wir etwas essen.«

Drei Tage später hatte die Mannschaft der *Dreyrugr* herausgefunden, daß es in dieser Gegend weder Feuerstein noch Schiefer gab. Falls es etwas davon je hier gegeben hatte, mußte die Wucht, mit der der Meteorit eingeschlagen war, das Gestein förmlich pulverisiert haben. Der neuerzeugte Erdboden war glatt und ebenmäßig und enthielt nichts davon.

Gelegentlich stieß man jedoch in den Uferhügeln auf Gestein, das sich zur Herstellung von Werkzeugen und Waffen eignete. Dort, wo die Berge begannen, existierten auch Felsbruchstücke, die sich bearbeiten ließen. Ansonsten war das Land, was hartes Gestein anbetraf, die reinste Öde.

»Das Glück hat uns verlassen«, seufzte Sam eines Tages, als er mit von Richthofen sprach. »Unsere Möglichkeiten, bis zu dem Meteoriten vorzustoßen, werden immer weniger. Selbst wenn wir ihn fänden, frage ich mich, ob wir es schaffen würden, ihn auszugraben. Und wie sollen wir ihn bearbeiten? Nickeleisen ist ein ungeheuer dichtes und hartes Material.«

»Und du willst der größte Humorist der Welt gewesen sein?« fragte von Richthofen. »Ich glaube, daß du dich seit deiner Wiedererweckung ganz schön verändert hast.«

»Was zum Teufel soll das miteinander zu tun haben?« fragte Sam. »Ein Humorist ist ein Mensch, dessen Seele so rabenschwarz ist, daß sie nur noch von Helligkeit aufblitzen kann, wenn er sie nach außen stülpt. Aber wenn das Licht erlöscht, bleibt nur noch Schwärze übrig.«

Er starrte eine Weile in das Bambusfeuer. Die Flammen zeigten ihm Gesichter, die zunächst kompakt waren und sich dann im zuckenden Feuerschein immer mehr verzerrten und verlängerten. Sie schwebten mit dem Funkenflug nach oben, verdünnten sich und wurden von der Nacht und den Sternen aufgesogen. Jetzt bewegte sich gerade seine Livy spiralenförmig aufwärts. Seine Tochter Jean – ihr Gesicht war genauso still und kalt wie damals, als sie in ihrem Sarg gelegen hatte – schwebte mit geschlossenen Augen an ihm vorbei, winkte ihm zu und verschwand im Rauch. Er sah seinen Vater. Auch er lag in einem Sarg. Sein Bruder Henry, dessen Gesichtszüge brennend und blasenbedeckt in einer Kesselexplosion verschwammen. Und dann kam das lachende, grinsende Gesicht Tom Blankenships, der das Modell für sein Buch *Huckleberry Finn* abgegeben hatte.

Sam hatte sich stets als das Kind gefühlt, das nichts anderes wollte, als für immer und alle Ewigkeit den Mississippi hinunterzuschippern, ohne irgendwelche Verpflichtungen auf sich zu nehmen. Und jetzt hatte er die Möglichkeit dazu. Er konnte tausend haarsträubende Abenteuer bestehen, konnte Herzöge, Grafen und Könige kennenlernen und all die in ihm auflodernden Sehnsüchte stillen. Es blieb ihm überlassen, ob er faul sein wollte, ob er fischen ging, Tage und Nächte hindurch Gespräche führte, ohne daran denken zu müssen, sich seinen Lebensunterhalt durch Arbeit zu verdienen. Er konnte sich Tausende von Jahren dahintreiben lassen auf dem großen Strom und tun, was ihm gerade in den Sinn kam.

Das Ärgerliche an der ganzen Sache war nur, daß das alles nicht stimmte. Es gab einfach zu viele Gebiete, in denen die Gralsklaverei vorherrschte, in der irgendwelche Schmarotzer

Gefangene machten, die sie zwangen, die Inhalte ihrer Grale abzuliefern, damit sie sich daran bereichern konnten: Zigarren, Likör und Traumgummi. Sie ließen ihren Sklaven nur das Allernotwendigste, gerade soviel, daß sie nicht verhungerten, denn sonst hätten die Grale die Warenproduktion eingestellt. Die Sklaven wurden an Händen und Füßen aneinandergefesselt, wie Hühner auf dem Weg zum Schlachter, damit sie keinen Selbstmord begehen konnten. Und selbst wenn es einem dieser bedauernswerten Geschöpfe gelingen sollte, sich selbst umzubringen: Die Möglichkeit, daß er – wenn er Tausende von Meilen vom Ort seiner Qualen erneut erwachte – wieder in eine ähnliche Situation geriet, war ebenso groß wie die Chance, der Sklaverei zu entgehen.

Aber es gab auch noch einen anderen Grund, weswegen Sam nicht die Zügel fahren ließ: Er war ein erwachsener Mann und kein kleiner Junge mehr, für den es nichts Großartigeres gab, als ein paar Jahre auf der Walze zu verbringen. Nein – wer die Absicht hatte, aus purem Vergnügen den Fluß zu befahren, benötigte Schutz, Bequemlichkeit und – das war eine unleugbare Tatsache – Autorität. Und außerdem strebte er danach, irgendwann einen großen Flußdampfer zu steuern, wie er es schon auf der Erde getan hatte. Irgendwann würde er der Kapitän eines solchen Schiffes sein, und dann würde ihm das größte, schnellste und ausdauerndste Fahrzeug auf dem größten Fluß dieser Welt gehören. Er würde es über einen Strom steuern, der mächtiger war als der Mississippi-Missouri und all seine Nebenflüsse, der Nil, der Amazonas, der Kongo, der Ob, der Yellow River und die Donau zusammengenommen. Sein Schiff würde oberhalb der Wasserlinie sechs Decks aufweisen und über zwei überdimensionale Schaufelräder verfügen. Es würde luxuriöse Kabinen für viele Passagiere und die Mannschaft haben, und jeder einzelne an Bord würde ein Angehöriger jener Gruppe von Menschen sein, die zu den größten Berühmtheiten ihrer Zeit gehört hatten. Und er, Samuel Langhorne Clemens alias Mark Twain, würde es befehligen. Das Boot würde nicht eher anhalten, bis es zu den Quellen des Flusses vorgedrungen war und die Passagiere an Land gingen, um jene Ungeheuer herauszufordern, die diese Welt geschaffen hatten und die Menschheit zwangen, noch einmal all den Schmerzen, Frustrationen, Sorgen und Qualen ausgesetzt zu sein, die sie auf der Erde durch ihren Tod hinter sich gelassen zu haben glaubten. Vielleicht würde die Reise hundert Jahre dauern, möglicherweise auch zwei- oder dreihundert; aber das hatte nichts zu bedeuten. Auch wenn es dieser Welt an manchem mangelte: Zeit gab es hier im Überfluß.

Seine ausgeprägte Fantasie gaukelte Sam einen mächtigen Raddampfer vor, in dessen Steuerhaus er als Kapitän am Ruder stand. Sein erster Maat würde vielleicht Christoph Kolumbus sein – oder Sir Francis Drake, und zweifellos würde Alexander der Große oder Julius Caesar (sicher auch Ulysses S. Grant) einen guten Ersten Offizier abgeben.

Sogleich fiel ein Tropfen Wermut in den goldenen Weinbecher seiner Fantasie und zerstörte den Traum. Was die beiden frühzeitlichen Hundesöhne Alexander und Caesar anging, so würden die sich sicher nicht damit zufriedengeben, in untergeordneten Positionen Dienst zu tun. Es konnte kein Zweifel daran bestehen, daß sie von dem Tag an, wo sie das Schiff betraten, finstere Ränke gegen den rechtmäßigen Kapitän schmieden und alles daransetzen würden, dessen Autorität zu untergraben. Und würde sich ein solch bedeutender Man wie Ulysses S. Grant dazu herabwürdigen lassen, den Befehlsempfänger von Sam Clemens zu spielen, den Untergebenen eines Humoristen und Literaturwissenschaftlers – in einer Welt, in der überhaupt keine Literatur existierte?

Die leuchtenden Visionen seiner Fantasien verblaßten, und Sam sank in sich zusammen. Er dachte wieder an Livy, die ihm so nah gewesen und doch wieder entrissen worden war – von jenem Element, das überhaupt erst die Grundlage seines großen Traumes bildete. Sie war ihm ganz kurz erschienen und dann, wie durch die Boshaftigkeit eines sadistischen Gottes, wieder fortgenommen worden. Und dieser Traum – war er überhaupt realisierbar? Bis jetzt hatte er noch nicht einmal ansatzweise das Problem gelöst, wie er an die Stelle herankommen konnte, an der das Eisen lag, das er brauchte.

9

»Du siehst blaß und müde aus, Sam«, sagte Lothar.

Sam stand auf und erwiderte: »Ich gehe schlafen.«

»Was denn«, meinte Lothar. »Du entziehst dich der süßen

kleinen Venezianerin aus dem siebzehnten Jahrhundert, die dir schon seit Tagen schöne Augen macht?«

»Paß du auf sie auf«, sagte Sam und ging an ihm vorbei. Während der letzten Stunden hatte er ein paarmal überlegt, ob er das Mädchen nicht in seine Hütte holen sollte, und dieser Wunsch wurde besonders dann übermächtig in ihm, wenn der Whisky sein Inneres erwärmt hatte. Jetzt fühlte er sich ihr gegenüber beinahe unbeteiligt. Des weiteren würde er wieder Schuldgefühle entwickeln, wenn er Angela Sangeotti mit ins Bett nahm. Er hatte bisher noch wegen jeder der zehn Frauen, mit denen er während der letzten zwanzig Jahre beisammen gewesen war, Trauer verspürt, wenn sie von seiner Seite gerissen wurden. Und jetzt – und das war wirklich komisch – würde er ebenso ein schlechtes Gewissen haben; nicht wegen Livy, sondern wegen Temah, seiner indonesischen Gefährtin. Mit ihr hatte er die letzten fünf Jahre zusammengelebt.

»Lächerlich!« hatte Sam mehrere Male zu sich selbst gesagt. »Es gibt einfach keinen vernünftigen Grund, warum ich wegen Livy ein schlechtes Gewissen entwickeln sollte. Außerdem sind wir jetzt schon so lange voneinander getrennt, daß wir – vorausgesetzt, wir würden uns begegnen – uns wie Fremde vorkommen müßten. Wir haben beide seit dem Tag der Wiedererweckung zuviel durchgemacht.«

Dennoch trug die Logik seiner Argumentation nicht dazu bei, in seinen Gefühlen eine Veränderung hervorzurufen. Und darunter litt Sam. Und warum auch nicht? Rationalität hatte mit reiner Logik nichts zu tun; der Mensch war ein irrational handelndes Tier, das nun einmal aufgrund seines angeborenen Temperaments auf jene Stimuli reagierte, für die es empfänglich war.

Warum also quäle ich mich selbst mit Dingen, an denen ich, obwohl ich auf sie in dieser Form reagiere, unschuldig bin?

Weil es meiner Natur entspricht, so zu reagieren, bin ich doppelt verdammt. Und dabei ist im Grunde nichts anders als das erste Atom, das auf der gerade entstandenen Erde in Bewegung war und gegen ein anderes stieß, die Hauptursache dafür, daß ich existiere und unausweichlich einen Weg gehen muß, der mich durch die Finsternis eines fremden Planeten führt, auf dem nur junge Menschen leben, die von überall und aus allen Zeitepochen kommen; daß ich mich auf eine Bambushütte zubewege, in der Einsamkeit, ein schlechtes Gewissen und Selbstbeschuldigungen, die zwar rational unbegründet sind, nichtsdestotrotz aber existieren, meiner harren.

Ich könnte Selbstmord begehen – aber auch der Freitod kann mir auf dieser Welt nicht helfen. Ich würde vierundzwanzig Stunden später an einem anderen Ort wieder erwachen und dennoch der gleiche Mensch sein wie jener, der sich in den Fluß gestürzt hatte und ertrunken war. Und ich würde wissen, daß auch der nächste Versuch mir ebensowenig einbringen und mich höchstens noch unglücklicher machen würde.

»Ihr hartherzigen, unerbittlichen Hundesöhne!« fluchte Sam und schüttelte die Faust. Dann lachte er bitter und meinte: »Aber ihr könnt ebensowenig für eure Hartherzigkeit wie ich für mein Verhalten. Letztendlich sitzen wir doch alle im gleichen Boot.«

Dieser neue Gedanke führte allerdings nicht dazu, daß ihm die Rachegefühle vergingen. Er war noch immer fest entschlossen, in die Hand zu beißen, die ihn dazu verurteilt hatte, auf ewig zu leben.

Sams Hütte lag in den Hügeln und stand unter den Ästen eines mächtigen Eisenbaumes. Obwohl sie kaum mehr als ein Verschlag war, repräsentierte sie doch alles, was diese Gegend an Luxus zu bieten hatte, da Steinwerkzeuge, aus denen man feste Unterstände errichten konnte, hier eine Seltenheit darstellten. Diejenigen, die plötzlich in dieses Gebiet »versetzt« worden waren, mußten sich vorerst damit begnügen, gebogene Bambusstäbe mit Hilfe von geflochtenen Seilen aus Gras zu verbinden und sie mit den großen Elefantenohrblättern der Eisenbäume zu bedecken. Von den fünfhundert verschiedenen Bambussorten, die in diesem Gebiet sprossen, waren einige auch dazu geeignet, als Messer Verwendung zu finden, indem man sie spaltete und bearbeitete. Nur verloren diese primitiven Werkzeuge bereits nach kurzer Zeit wieder ihre Schärfe.

Sam betrat seine Hütte, legte sich auf das Feldbett und deckte sich mit mehreren Tüchern zu. Der schwache Klang eines weit entfernten Zechgelages hinderte ihn am Einschlafen. Nach einer Weile des Nachdenkens entschied er sich dafür, ein Stück Traumgummi zu nehmen. Er hatte keine Möglichkeit, vorherzusagen, wie es auf ihn wirken würde: Es konnte ebensogut in eine Ekstase verfallen, die so glänzend und farbig war, daß er die ganze Welt für in Ordnung halten würde, wie auch einen starken sexuellen Drang verspüren – oder der Illusion erliegen, daß tausend klauenbewehrte Ungeheuer aus der Dunkelheit nach ihm griffen und ihn in Angst und Schrecken versetzten: die vergessenen Geister und Dämonen der alten Erde, die prasselnden Flammen entsprangen, während gesichtslose Teufel wegen seiner Entsetzensschreie in ein satanisches Gelächter ausbrachen.

Er kaute, schluckte seinen Speichel hinunter und wußte im gleichen Augenblick, daß er einen Fehler gemacht hatte. Aber da war es schon zu spät. Während er weiterkaute, erschien vor seinen Augen eine Szene, die seiner Jugendzeit entstammte: Er sah, wie er ertrank oder zumindest nahe daran war, zu ertrinken, denn jemand zog ihn im letzten Moment aus dem Wasser. Dies war mein erster Tod, dachte er, und dann . . . Nein, ich starb während meiner Geburt. Das ist komisch, meine Mutter hat mir nie davon erzählt.

Er konnte jetzt seine Mutter sehen, wie sie auf dem Bett lag: Ihr Haar war ungeordnet, ihre Haut bleich, ihre Augen halbgeöffnet, ihr Kinn war heruntergefallen. Der Doktor war dabei, das Baby – ihn selbst, Sam – zu holen, und er rauchte dabei eine Zigarre. Dabei sagte er, ohne die Lippen zu bewegen, zu Sams Vater: »Es ist kaum meiner Mühen wert.«

Sein Vater sagte: »Bedeutet das, Sie hätten nur *ihn oder* Jane durchbringen können?«

Der Arzt war ein Mann mit buschigem roten Haar und einem dicken, gezwirbelten Schnauzbart. Er hatte blaßblaue Augen und ein Gesicht, das fremdartig und brutal wirkte. Er erwiderte: »Meine Fehler pflege ich zu beerdigen. Aber Sie machen sich zu viele Sorgen. Ich werde dieses Fleischklößchen durchbringen, auch wenn es sich kaum lohnt. Und ich kriege auch sie wieder hin.«

Er packte Sam ein und legte ihn auf das Bett. Dann setzte er sich hin und schrieb etwas in ein kleines, schwarzes Buch. Sams Vater sagte: »Müssen Sie das ausgerechnet jetzt tun?«

Der Arzt sagte: »Ich muß es tun, aber es ginge wirklich schneller, wenn ich während des Schreibens nicht auch noch Fragen beantworten müßte. Dies hier ist mein Tagebuch, in das ich all die Seelen eintrage, die ich auf die Welt bringe. Eines Tages werde ich ein Buch über diese Kinder schreiben und herauszufinden versuchen, was aus ihnen geworden ist. Wenn ich auch nur *ein* Genie – nur *ein* einziges – in dieses irdische Jammertal gebracht habe, werde ich mir sagen können, daß ich nicht umsonst gearbeitet habe. Sollte sich das Gegenteil herausstellen, werde ich wissen, daß ich meine Zeit damit vertan habe, Idioten, Scheinheilige und Neidhammel in diese traurige Welt zu setzen.«

Als Klein-Sam weinte, sagte der Arzt: »Hört sich an, als sei er bereits vor seinem Tod eine verlorene Seele, nicht wahr? Als spüre er alle Sünden dieser Welt jetzt schon auf seinen kleinen Schultern.«

Sein Vater sagte: »Sie sind ein seltsamer Mensch. Irgendwie dem Bösen verhaftet, scheint mir. Sicherlich sind Sie auch nicht gottesfürchtig.«

»Sicher«, sagte der Arzt. »Ich zahle dem Fürsten der Finsternis meinen Tribut.«

Der Raum roch plötzlich nach Blut, dem alkoholduftenden Atem des Arztes, nach Zigarrenrauch und Schweiß.

»Wie, sagten Sie, wollen Sie ihn nennen? Samuel? So heiße ich auch. Es bedeutet ›Name Gottes‹. Wirklich ein Witz. Zwei Samuels, wie? Kränklicher kleiner Teufel. Er wird es kaum erleben. Und wenn doch, wird er sich später einmal wünschen, daß es nicht so gekommen wäre.«

Sein Vater brüllte: »Hinaus aus meinem Haus, Sie Ausgeburt des Satans! Sind Sie überhaupt ein Mensch? Verschwinden Sie! Ich werde nach einem anderen Arzt schicken und aller Welt verschweigen, daß ich Sie übehaupt angesprochen habe! Ich werde niemandem sagen, daß Sie je hier waren und meine Frau behandelten! Und ich werde dieses Haus von ihrem teuflischen Gestank befreien!«

Der Arzt zuckte die Achseln, packte seine schmutzigen Instrumente in eine kleine Tasche und ließ sie zuschnappen.

»Na schön. Aber auch Sie haben meinen Weg durch dieses Jammertal, in dem nur Esel leben, auch nur kurzfristig verzögert. Ich befinde mich auf dem Weg zu größeren und besseren Dingen, mein ungebildeter Freund. Sie haben es nur meiner Barmherzigkeit zu verdanken, daß ich überhaupt hierher kam. Ich hatte Mitleid mit Ihnen, weil ich weiß, welche Fähigkeiten die anderen Quacksalber haben, die in diesem Ort ihre Dienste anbieten. Ich ließ die Bequemlichkeiten der Taverne hinter mir, um ein Kind ans Licht zu holen, dem nichts Besseres hätte zustoßen können, als gestorben zu sein.

Was mich, nebenbei gesagt, daran erinnert, daß Sie mir noch mein Honorar schulden.«

»Ich sollte Sie aus dem Haus jagen und mit Flüchen bezahlen«, erwiderte Sams Vater wütend. »Aber ein Mann hat zu seinen Schulden zu stehen, egal unter welchen Umständen sie auch entstanden sind. Hier, da haben Sie Ihre dreißig Silberlinge!«

»Es sieht eher wie Papiergeld aus«, sagte der Arzt. »Na gut, gehen Sie also zu den Pillendrehern, die nichts anderes als Todesboten sind. Sie sollten allerdings nicht vergessen, daß es Dr. Ecks war, der Ihre Frau und das Baby den sicheren Klauen des Todes entrissen hat. Ecks – die unbekannte Quantität, der ewige Wanderer, der geheimnisvolle Fremde; dem Teufel verschworen, um andere arme Teufel am Leben zu erhalten, und dem Dämon Whisky verfallen, weil sein Magen keinen Rum verträgt.«

»Hinaus! Hinaus!« schrie Sams Vater. »Verschwinden Sie, bevor ich Sie umbringe!«

»Es gibt keine Dankbarkeit mehr unter den Menschen«, murmelte Dr. Ecks. »Aus dem Nichts bin ich gekommen, in eine Welt voller Arschlöcher – und im Nichts werde ich auch wieder untertauchen. Ecks der Einmalige.«

Schwitzend, mit offenen Augen und unbeweglich wie ein steinerner Apoll, beobachtete Sam das Drama. Die Szene und ihre Akteure waren von einem Ball aus gelbem Licht umfangen, durch den Strahlen hellen Rots schossen, aufleuchteten und wieder verblaßten. Bevor er hinausging, drehte der Arzt sich noch einmal um. Es war der 30. November 1835. Der Ort: Das Städtchen Florida im Staate Missouri. Der Arzt nahm die Zigarre aus dem Mund und grinste verächtlich. Er hatte große, gelbe Zähne, von denen zwei übernatürlich lang und spitz waren, wie bei einem Raubtier.

Als handle es sich um einen Film, der an dieser Stelle endete, blendete die Szene sich aus. Durch die Tür, die eben noch die des elterlichen Schlafzimmers gewesen war und sich nun in die von Sams Bambushütte verwandelte, schlüpfte eine andere Gestalt. Einen Moment lang stand sie im hellen Licht der Sterne, dann tauchte sie in der Finsternis unter und verschwamm zu einem Schatten. Sam schloß die Augen und bereitete sich auf eine erneute furchteinflößende Begegnung vor. Stöhnend wünschte er sich, den Traumgummi nicht genommen zu haben, aber er wußte instinktiv, daß hinter diesem Gefühl des Entsetzens ein Moment des Entzückens auf ihn wartete. Das Drama während seiner Geburt war eine Fantasie, die er selbst erschaffen hatte, um zu erklären, warum er so war, wie er war. Aber was stellte diese schattenhafte Gestalt dar, die sich so leise und doch so bestimmt wie der Tod persönlich dort bewegte? Welcher Untiefe seines Geistes entstammte diese Kreatur?

Plötzlich sagte eine Baritonstimme zu ihm: »Sam Clemens, haben Sie keine Angst. Ich bin nicht gekommen, um Ihnen etwas anzutun. Ich bin hier, um Ihnen zu helfen!«

»Was kostet die Chose?« fragte Sam.

Der Fremde lachte und sagte: »Sie sind genau die Art von Mensch, die ich mag. Ich habe wirklich gut gewählt.«

»Sie meinen, *ich* wählte Sie, damit Sie *mich* erwählten«, erwiderte Sam.

Eine Pause von mehreren Sekunden entstand, dann sagte der Fremde: »Ach so, Sie halten mich für irgendeine Halluzination, die der Gummi hervorgerufen hat. Aber das bin ich nicht. Fassen Sie mich an.«

»Weswegen?« fragte Sam. »Als gummierzeugte Halluzination sollten Sie wissen, daß ich Sie in dem Moment, in dem ich Sie sehe und höre, auch fühlen kann. Geben Sie mir einfach einen Lagebericht.«

»Einen kompletten? Das würde zu lange dauern. Ich darf mich nicht allzu lange bei Ihnen aufhalten. Es sind andere in der Nähe, denen das auffallen könnte. Das könnte sich übel für mich auswirken, weil sie ungeheuer mißtrauisch geworden sind. Sie wissen, daß unter ihnen ein Verräter ist, aber sie haben nicht die leiseste Ahnung, wer das sein könnte.«

»Andere? Sie?« fragte Sam.

»Sie – wir Ethiker – machen in dieser Gegend derzeit einige Außenarbeiten«, sagte die Gestalt. »Wir haben es hier mit einer einmaligen Situation zu tun, in der zum ersten Mal völlig unhomogene Gruppen von Menschen zusammen leben. Das bedeutet für uns eine seltene Gelegenheit, um Studien zu betreiben, deswegen zeichnen wir alles auf. Ich bin hier als Chefadministrator, da ich der *Zwölf* angehöre.«

»Sobald ich aufgewacht bin«, entgegnete Sam, »werde ich Ihnen schon auf die Schliche kommen.«

»Sie sind wach, und ich existiere. Ich bin in der Lage, das ganz objektiv zu beurteilen. Und – ich wiederhole es! – ich habe nur wenig Zeit.«

Sam unternahm den Versuch, sich aufzusetzen, aber eine Hand, die so kräftig war, daß er sich ihrer nicht zu erwehren vermochte, drückte ihn zurück. Das Gefühl mentaler Macht, die von der Gestalt ausging, ließ Sam erzittern.

»Sie sind einer von *Ihnen*«, keuchte er. »Einer von *Ihnen!*« Er verwarf die Idee, sich auf den Fremden zu stürzen und um Hilfe zu rufen.

»Ich bin zwar einer von ihnen«, sagte der Mann, »aber ich bin nicht auf ihrer Seite. Ich stehe auf der Seite von euch Menschen, und es ist mein Ziel, zu verhindern, daß meine Leute ihren schmutzigen Plan verwirklichen. Ich habe einen anderen, aber er braucht viel Zeit und erfordert Geduld. Mein Plan kann nur in vorsichtigen, genau kalkulierten Schritten ausgeführt werden. Bis jetzt stehe ich in Kontakt mit drei anderen Menschen. Sie sind der vierte. Jeder kennt einen kleinen Teil des Plans, aber keiner kennt ihn in seiner Gänze. Wenn einer von euch gefangen und einem Verhör unterzogen wird, kann er den Ethikern nur eine Kleinigkeit erzählen. Der Plan muß mit größter Geduld ausgeführt werden – und dabei muß alles wie ein Zufall wirken – ebenso wie der Absturz des Meteoriten.«

Erneut versuchte Sam sich zu erheben, aber noch bevor die Hand ihn berühren konnte, sank er auf sein Lager zurück.

»Es war also kein Zufall?«

»Nein. Ich weiß bereits seit geraumer Zeit von Ihrem Traum, ein Schiff zu bauen und damit flußaufwärts zu fahren. Aber ohne Eisen wäre das ein Ding der Unmöglichkeit. So lenkte ich den Meteoriten in das Schwerefeld dieses Planeten und sorgte dafür, daß er in Ihrer Nähe herunterkam. Allzu nahe durfte er Ihnen natürlich nicht kommen, weil sonst die Gefahr bestanden hätte, daß Sie dabei umgekommen und an einer anderen Stelle wieder aufgewacht wären. Es gibt natürlich Wächter, deren Aufgabe darin besteht, zu verhindern, daß eisenhaltige Meteoriten auf diese Welt fallen, aber es gelang mir, sie mit einem Trick so lange hinzuhalten, bis sie kaum mehr etwas unternehmen konnten. Als sie den Meteoriten im letzten Augenblick entdeckten und ihre Abwehrsysteme einsetzten, konnten sie nur noch leicht seinen Kurs beeinflussen. Beinahe wäre es brenzlig für Sie geworden. Sie hatten Glück, daß Sie die ganze Sache überlebten.«

»Dann war der fallende Stern . . .«

». . . ein vorsätzlich heruntergeholter, ja.«

Sam dachte: Wenn er so viel über mich weiß, muß er ein Mitglied der Besatzung der *Dreyrugr* sein. Vorausgesetzt, er kann sich nicht unsichtbar machen. Was aber auch nicht unmöglich sein muß, denn das eiförmige Schiff, das über den Fluß schwebte, war es ebenfalls. Ich sah es nur deswegen, weil es aus irgendeinem Grunde plötzlich sichtbar wurde. Vielleicht hat der Blitz die Apparatur, die für das Unsichtbarkeitsfeld sorgt, für eine Sekunde außer Betrieb gesetzt.

Aber was soll das alles? Ich träume doch nur.

Der Fremde sagte: »Einer ihrer Agenten ist in der Nähe! Hören Sie mir gut zu. Aus Zeitgründen haben wir den Meteoriten nicht mehr wegschaffen können. Zumindest dies lag an meiner Entscheidung. Er liegt etwa zehn Meilen von hier unter der Oberfläche der Ebene zwischen Fluß und dem Hügelgebiet. Sie müssen eine Strecke von zehn Gralsteinen flußabwärts zurücklegen, dann stehen Sie am Rand des ehemaligen von dem Meteoriten gerissenen Kraters. Dort liegen einige große und viele kleinere Bruchstücke. Graben Sie dort. Der Rest liegt an Ihnen. Ich werde Ihnen helfen, wo ich kann, aber ich kann auf keinen Fall etwas unternehmen, was mich verdächtig macht.«

Sams Herz klopfte so laut, daß er kaum seine eigene Stimme zu hören vermochte, als er sagte: »Warum wollen Sie, daß ich ein Schiff baue?«

»Sie werden es beizeiten selbst herausfinden. Momentan sollten Sie sich damit zufrieden geben, daß Sie bekommen haben, was Sie brauchen. Hören Sie zu! Fünf Meilen flußaufwärts existiert eine große Bauxitablagerung, und zwar direkt unter der Oberfläche am Fuß des Steilabfalls. Dort gibt es auch ein wenig Platin, und zwei Meilen weiter Zinn.«

»Bauxit? Platin?«

»Sie Narr!«

Der Fremde atmete schwer. Sam konnte beinahe körperlich spüren, wie sehr er sich anstrengte, die Kontrolle über sich zu behalten und nicht in einen Tobsuchtsanfall auszubrechen. Dann erwiderte der andere kühl: »Sie werden das Bauxit für Aluminium benötigen, und das Platin als Katalysator für viele andere Dinge, die Sie in Ihrem Schiff haben müssen. Ich habe jetzt nicht die Zeit, das alles zu erklären. Es wird eine Reihe von Ingenieuren in dieser Gegend geben, die Ihnen sagen können, wozu diese Mineralien nützlich sind. Ich muß gehen. *Er* kommt näher! Tun Sie, was ich sage. Ach ja, dreißig Meilen flußaufwärts existiert eine größere Lagerstätte Feuerstein!«

»Aber . . .«, sagte Sam. Der Mann verwandelte sich kurz in eine Silhouette, dann war er verschwunden. Sam stand unschlüssig auf und ging zur Tür. Immer noch leuchteten an den Flußufern die Feuer, und kleine Gestalten waren davor zu erkennen. Der Fremde war weg. Sam gingen hinaus, umkreiste die Hütte, fand aber keine Spur von ihm. Dann schaute er zum Himmel hinauf, in dem riesige Gaswolken und weiße, blaue, rote und gelbe Sterne funkelten. Er hoffte, für einen kurzen Augenblick einen glänzenden Gegenstand sehen zu können, der sich gerade unsichtbar machte, aber er fand nichts dieser Art.

10

Als er zu seiner Hütte zurückkehrte, zuckte er zusammen. Eine mächtige Gestalt stand in der Finsternis vor seiner Tür. Mit klopfendem Herzen fragte er: »Joe?«

»Yeah«, erwiderte eine tiefe Baßstimme. Joe kam auf ihn zu und sagte: »Hier ift jemand gewefen, der nicht menflich ift, Fäm. Ich kann ihn riechen. Er hat einen feltfamen Geruch, ganf anderf alf ihr Menfen. Weift du, er erinnert mich an . . .«

Er schwieg eine Weile. Sam wartete ab. Er wußte, daß in Joes Gehirn jetzt alles daran arbeitete, seinen Gedanken klar zu formulieren. Plötzlich sagte Joe: »Ich will verdammt sein!«

»Was ist denn, Joe?«

»Ef ift fu lange her – und ef paffierte mir auf der Erde, weift du, damalf, bevor ich dort umkam. Nein, ef kann nicht fein. Jefuf Chriftuf, wenn ef ftimmt, waf du fagft über die Feit, in der ich lebte, muß daf allef mehr alf hunderttaufend Jahre her fein!«

»Na los, Joe! Laß mich nicht so lange zappeln.«

»Nun . . . du wirft ef fowiefo nicht glauben. Aber du follteft wiffen, daf meine Nafe fich ebenfallf an Dinge erinnern kann.«

»Das sollte sie auch; immerhin ist sie größer als dein Gehirn«, erwiderte Sam. »Nun rede schon, oder hast du vor, mich durch Neugierde umzubringen?«

»Na gut, Fäm. Ich klebte an der Fpur einef Mannef vom Ftamm der Vifthangkruiltf, der etwa fehn Meilen von unf entfernt auf der anderen Feite einef grofen Hügelf lebte, der auffah wie ein . . .«

»Erspare mir die Details, Joe«, stöhnte Sam.

»Nun ja, ef war spät abendf, und ich wufte, daf ich meinem Gegner näher gekommen war, weil feine Fpuren immer frifer wurden. Plötflich hörte ich ein Geräuf und dachte, der Hundefohn hat dich hereingelegt, Joe; jetft ift er in deinem Rücken und wird dir einf verpaffen, daf fich gewafen hat. Ich warf mich auf die Erde und kroch auf das Geräuf fu. Und weift du, waf ich dann entdeckte? Grofer Gott, warum habe ich dir daf nicht fon längft erfählt? Waf für ein Dummkopf ich doch bin!«

»Schon gut, schon gut. Und was geschah weiter?«

»Nun, der Burfe, den ich verfolgte, f-fien mich wirklich bemerkt fu haben, obwohl mir nicht klar ift, wiefo, weil ich trotf meiner Gröfe leife fein kann wie ein Wiefel, daf fich an einen Vogel ranfleicht. Jedenfallf hatte er fich verdünnifiert, war irgendwo hinter mir und lauerte mir auf. Dachte ich. Aber er lag auf dem Boden und war fo kalt wie der Arf einef Höhlengräberf. Und neben ihm ftanden f-f-wei Menfen. Heute ift die Fituation natürlich anderf, aber damalf – immerhin fah ich folche Leute fum erften Mal – hatte ich doch ein wenig Angft. Aber neugierig war ich auch.

Fie hatten Fachen an, von denen du mir fpäter fagteft, daf man fie Kleider nennt. In den Händen hielten fie komif auffehende Gegenftände, die etwa einen Fuf lang und dick und farf waren. Aber nicht auf Holf. Ef fien mir eher daf Feug fu fein, daf du Ftahl nennst; daffelbe Feug, auf dem Blutaxtf Beil gemacht ift. Obwohl ich ein fiemlich gutef Verfteck hatte, entdeckten diefe Hundeföhne mich. Einer von ihnen richtete das Ding in feiner Hand auf mich und ich verlor daf Bewuftfein. Alf ich wieder fu mir kam, waren die beiden mit dem Fiff verfwunden. Ich haute ab, fo fnell mich meine Beine trugen, aber den Geruch, den fie aufftrömten, vergaf ich niemalf.«

Sam sagte: »Und das ist die ganze Geschichte?«

Joe nickte.

Dann meinte Sam: »Verdammt noch mal! Bedeutet das, daß dieses . . . Volk . . . uns schon seit einer halben Million

Jahre überwacht? Oder noch länger? Oder sind es sogar die gleichen Leute?«

»Waf meinft du damit?«

Sam schärfte Joe ein, daß er auf keinen Fall auch nur ein einziges Sterbenswörtchen von dem, was er nun hören würde, an jemanden weitergeben dürfte. Er wußte, daß man dem Titanthropen trauen konnte, dennoch enthüllte er ihm sein Wissen mit gemischten Gefühlen. Immerhin hatte der Unbekannte ihn strengstens ermahnt, niemanden über das, was auf dieser Welt vor sich ging, ins Bild zu setzen.

Joe nickte so heftig, daß seine gigantische Nase wie eine sich auf- und abbewegende Seeschlange wirkte, die sich aus den Wellen erhebt. »Ef paft allef fufammen. Ef gibt wirklich eine Menge von Übereinftimmungen, nicht wahr? Ich fah fie auf der Erde, dann befand ich mich an Bord von Echnatons Fiff, daf mich den Turm und daf Luftfiff fehen lief – und jetft hat man dich erwählt, um ein Dampffiff fu bauen. Wie findeft du daf?«

Sam war innerlich so aufgewühlt, daß er erst einschlafen konnte, als der Morgen bereits graute. Dennoch schaffte er es, zum Frühstück rechtzeitig wieder auf den Beinen zu sein, ungeachtet der Tatsache, daß ihm mehrere Stunden Schlaf fehlten. Während die Wikinger, der Deutsche, Joe und er den Inhalt ihrer Grale verzehrten, erzählte er ihnen eine stark bearbeitete Version seines nächtlichen Erlebnisses, wobei er vorgab, daß es sich dabei um eine Traumvision handele. Wäre Joe nicht gewesen, der ihn in seinem Wissen bestärkte, hätte er die ganze Sache sowieso für eine Halluzination gehalten. Von Richthofen glaubte ihm natürlich kein Wort, aber die Nordmänner sahen durchaus nichts Ungewöhnliches darin, daß sich einem Menchen im Traum die Wahrheit offenbarte. Zumindest die meisten von ihnen waren auf Sams Seite, aber unter den wenigen Skeptikern befand sich unglücklicherweise auch Erik Blutaxt.

»Du schlägst uns vor, zehn Meilen zurückzulegen und dort zu graben, bloß weil irgendein idiotischer Alptraum dir das eingeflüstert hat?« heulte er außer sich. »Ich hatte schon immer den Verdacht, daß die Weichheit deines Gehirns der deines Körpers in nichts nachsteht, Clemens, und jetzt weiß ich, daß mein Verdacht nicht unbegründet war. Vergiß die Sache!«

Sam, der während des Frühstücks gesessen hatte, stand

auf, runzelte die Stirn und erwiderte: »Dann werden Joe und ich von nun an unseren eigenen Weg verfolgen. Wir werden die hier ansässigen Leute bitten, uns beim Graben zu helfen. Und wenn wir das Eisen finden – und das werden wir ganz sicher –, werden wir dir keine Gelegenheit mehr geben, dich bei uns einzukaufen. Weder für gute Worte noch für Geld. Abgesehen davon, daß du das erste schon auf der Erde nicht kanntest und das zweite hier gar nicht existiert.«

Blutaxt spuckte Brotkrumen und Fleischreste aus, brüllte auf und schwang seine Axt. »Niemand von euch elenden Knechten hat das Recht, so mit mir zu sprechen. Das einzige Loch, das du gräbst, werde ich dazu verwenden, dich darin zu verscharren, du Zwerg!«

Joe, der bereits aufgestanden war und neben Clemens stand, grollte und zog seine mächtige Steinaxt aus dem Gürtel. Die Wikinger hielten mit dem Essen inne, sprangen auf und nahmen Aufstellung hinter ihrem Führer. Von Richthofen hatte, während Sam seinen angeblichen Traum zum Besten gab, ununterbrochen vor sich hin gegrinst. Jetzt gefror das Lächeln auf seinem Gesicht. Er zitterte, aber nicht vor Angst. Er stand ebenfalls auf und stelle sich rechts neben Clemens auf.

Zu Blutaxt sagte er: »Du hast über die Kampfkraft und die Fähigkeiten der Deutschen gespottet, mein norwegischer Freund. Gleich wirst du an deinem Spott ersticken.«

Blutaxt lachte laut auf. »Zwei Kampfhähne und ein Affe! Ihr werdet keines leichten Todes sterben, denn ich werde dafür sorgen, daß ihr noch ein paar Tage leiden werdet, ehe der Tod euch erlöst. Ihr werdet darum betteln, daß ich euch endlich umbringe!«

»Joe«, sagte Clemens, »sieh zu, daß du Blutaxt als ersten erwischst. Du könntest ein wenig ins Schwitzen geraten, wenn du dir die anderen zuerst vornimmst.«

Joe hievte die fünfzig Pfund schwere Steinaxt auf seine Schultern und drehte ihren Griff zwischen den Fingern, als wöge sie nur eine Unze. Dann sagte er: »Ich werde ihn mit einem F-flag kaltmachen. Und mit etwaf Glück kriegen die, die direkt hinter ihm ftehen, auch noch waf ab.«

Die Nordmänner wußten genau, daß Joe nicht übertrieb; dazu hatten sie ihn einfach zu viele Schädel spalten sehen. Es war ohne weiteres möglich, daß er die Hälfte von ihnen umbrachte, bevor sie ihn erwischten, aber keiner von ihnen schloß aus, daß er sie alle schaffte und unverletzt aus dem Kampf hervorging. Aber sie hatten einen Eid darauf geleistet, Blutaxt bis zum letzten Blutstropfen zu verteidigen, und auch die Tatsache, daß unter den Männern viele waren, die ihn nicht mochten, würde sie nicht davon abhalten, ihren Schwur zu erfüllen.

Normalerweise hätte es im Tal des unendlichen Flusses keine Feiglinge geben dürfen, denn der Tod hatte seinen Schrecken verloren. Ein Mann, der im Kampf getötet wurde, starb nur, um an einer anderen Stelle zu einem neuen Leben zu erwachen. Aber jene Männer, die schon auf der Erde nicht zu den Mutigsten gezählt hatten, besaßen auch hier die gleiche Charaktereigenschaft. Wer im ersten Leben tapfer gewesen war, war es auch hier. Und die Feiglinge waren Feiglinge geblieben. Obwohl jeder Mensch genau wußte, daß der Tod nicht das absolute Ende war, weigerten sich die Zellen seines Körpers, das Unterbewußtsein, die Gefühle oder was auch immer seine Charaktereigenschaften bestimmte, dieses Faktum anzuerkennen. Sam Clemens hatte sich, soweit ihm das möglich war, stets von Gewalttätigkeiten ferngehalten, weil er den Schmerz mehr fürchtete als alles andere auf der Welt. Er hatte zwar mit den Wikingern gekämpft, wie sie eine Axt geschwungen, Lanzen geworfen, andere verwundet und war selbst verwundet worden, hatte einmal sogar einen Menschen getötet, aber das war eher aus Zufall als aus einer Absicht heraus geschehen. Er war kein effektiver Krieger. Wenn es zu einer Schlacht kam, erfüllte Trauer sein Herz, und alle Kräfte verließen ihn. Sam wußte dies nur zu gut, aber er schämte sich dessen nicht.

Erik Blutaxt hingegen schäumte vor Wut und kannte keine Angst. Auch wenn er sterben sollte – und das würde er aller Wahrscheinlichkeit nach, wenn er sich mit Joe einließ –, wäre seine Position in Sam Clemens' Traum vom großen, sich den Fluß hinaufbewegenden Raddampfer, der sich anschickte, die Zitadelle am Nordpol zu stürmen, vakant. Obwohl er Sams Traum mit Hohn und Spott überschüttet hatte, glaubte ein kleiner Teil seines Bewußtseins dennoch daran, daß die Möglichkeit bestand, die Götter hätten sich Sam in einem Traum offenbart. Und möglicherweise dachte er jetzt daran, daß er sich, wenn er zuschlug, seiner eigenen glorreichen Zukunft beraubte.

Sam Clemens, der Blutaxt gut genug kannte, um ihn richtig einzuschätzen, hätte in diesem Moment jede Wette angenommen, daß die Ambitionen des Wikingers ausreichten, um seinen momentanen Ärger hinunterzuspülen. Und genau so kam es auch. Erik senkte die Axt und zwang sich zu einem Lächeln.

»Es ist nicht gut, das, was die Götter einem offenbaren, in Frage zu stellen, ehe man es nicht in Augenschein genommen hat«, sagte er. »Auch wenn ich genügend Hohepriester kannte, die feige waren und logen, wenn sie den Mund aufmachten, so sagten sie doch immer die Wahrheit, wenn sie uns eine Botschaft der Götter übermittelten. Wir werden nach dem Eisen graben. Sollte es wirklich da sein – gut. Wenn nicht, werden wir die Sache wieder aufnehmen und dort beginnen, wo wir jetzt geendet haben.«

Sam seufzte erleichtert und wünschte sich, sein ängstliches Zittern möge vergehen. Obwohl seine Blase und sein Darm nach Entleerung drängten, wagte er nicht, jetzt schon das Feld zu räumen. Er mußte jetzt die Rolle des Mannes spielen, der einen großartigen Sieg erfochten hatte. Erst zehn Minuten später, als er es wirklich nicht mehr aushalten konnte, zog er sich zurück und verschwand in der Richtung seiner Hütte.

X, der geheimnisvolle Fremde, hatte ihnen aufgetragen, irgendwo in der Nähe des zehnten Gralsteins von ihnen entfernt flußabwärts zu graben. Das bedeutete, daß man zunächst einmal herausfinden mußte, wer sich dort angesiedelt hatte und wie die Dinge dort standen. Am Anlegepunkt der *Dreyrugr* waren inzwischen ein Chicagoer Gangster, der sein Unwesen in den zwanziger und dreißiger Jahren des zwanzigsten Jahrhunderts getrieben hatte (sein Name war Alfonso Gilbretti), ein belgischer Bergwerksbesitzer und Stahlmagnat des späten neunzehnten und ein türkischer Sultan aus dem mittleren achtzehnten Jahrhundert in Machtpositionen aufgerückt. Dieses Triumvirat hatte eine Gruppe von Parasiten und Ausbeutern um sich geschart, die bereits auf der Erde jenen Kreisen angehört hatten, die von der Ausplünderung ihrer Leidensgenossen lebten. Diejenigen, die sich den neuen Herrschern nicht unterwerfen wollten, waren am vergangenen Tag bereits aus dem Weg geräumt worden. Mittlerweile waren Bestrebungen im Gange, festzusetzen, wieviel vom Inhalt seines Grals jeder »Bürger«

für seinen »Schutz« zu entrichten hatte. Außerdem hatte sich Gilbretti einen Harem aus fünf Frauen zugelegt, von denen zwei willig und eine bereits gestorben war, da sie alles darangesetzt hatte, den Gangster mit ihrem Gral zu erschlagen, als er in der Nacht in ihre Hütte gekommen war.

All dies erfuhr Clemens durch Gerüchte. Er machte sich klar, daß die Wikinger (und das waren nur vierzig Männer und zwanzig Frauen) möglicherweise einem harten Kern von zweihundert Schlägern und tausend weiteren kampffähigen Männern gegenüberstanden, wenn es hart auf hart ging. Aber die Männer, die das Triumvirat befehligten, verfügten nur über Bambusspeere mit feuergehärteten Spitzen, während die Nordmänner schwer bewaffnet waren und Feuersteinäxte, mit ebensolchen Spitzen ausgerüstete Lanzen sowie Pfeil und Bogen besaßen. Und sie hatten Joe Miller.

Schließlich gab Blutaxt den Leuten von seinem Schiff herunter bekannt, was die Wikinger vorhatten. Falls die örtlichen Talbewohner mit ihnen ziehen wollten, könnten sie das unter dem Kommando seiner Leute gerne tun. Auf jeden Fall brauche niemand zu befürchten, daß man ihn seines Gralinhalts beraube oder seine Frau mit Gewalt nehme.

Gilbretti stieß einen sizilianischen Fluch aus und schleuderte Blutaxt einen Speer entgegen. Der Nordmann duckte sich und zog seine Axt, deren Blatt sich tief in Gilbrettis Brust grub. Noch ehe jemand die Gelegenheit erhielt, sich in Bewegung zu setzen, schwang der Wikinger sich über die Reling seines Schiffes und war an Land. Dreißig Männer und Joe Miller folgten ihm auf dem Fuß. Während der Rest der Mannschaft die letzte Rakete feuerbereit machte, spannten die Frauen ihre Bogen und ließen eine Salve von Pfeilen von den Sehnen schnellen. Die Rakete zischte los und traf genau ins Ziel. Dort wo Gilbrettis Schlägertruppe sich versammelt hatte, bohrte sie sich in die Erde und explodierte. Etwa vierzig Mann starben, wurden verwundet oder waren vor Schreck wie gelähmt.

Siebzig Sekunden später waren auch der belgische Stahlmagnat und der Türke nicht mehr am Leben. Joes Axt hatte ihre Schädel zerschmettert. Die anderen rannten um ihr Leben.

Aber niemand entkam. Die Unterdrückten, die jetzt endlich ihre Chance gekommen sahen, sich vom Sklavendasein zu befreien, nahmen grausame Rache und machten alles nieder, was sich ihnen in den Weg stellte. Die zehn Männer aus Gilbrettis Garde, die das Gemetzel überlebten, wurden gebunden; dann trieb man glühende Bambusspitzen in ihre Körper. So lange er konnte, hörte Sam Clemens ihren gellenden Schreien zu. Da er nicht die Absicht hatte, den Leuten ihre Rache zu vergällen, indem er ihnen diese Grausamkeit verbot, blieb ihm nichts anderes übrig, als ihr Tun zu ignorieren. Lothar von Richthofen sagte, daß er zwar verstünde, weswegen die Leute derart außer Rand und Band seien, daß er aber nicht bereit sei, diese barbarischen Auswüchse einfach hinzunehmen. Dann ging er auf das ihm nächstliegende Opfer zu und erlöste es mit einem einzigen Schlag seiner Axt von seinen Qualen. Wäre Erik Blutaxt in der Nähe gewesen, hätte es unweigerlich Schwierigkeiten gegeben, denn der Wikinger war ein Vertreter der Ansicht, daß derartige Grausamkeiten dienlich waren, eventuelle andere Angreifer von vornherein abzuschrecken, aber da ihn ein Felssplitter, der bei der Raketenexplosion durch die Luft geschleudert worden war, verletzt hatte, war er erst einmal für eine Weile untergetaucht.

Die befreiten Menschen kamen nur zögernd Richthofens Befehl nach, und gingen dann auch noch nach ihrer eigenen Methode vor: Sie warfen die letzten neun Männer einfach in den Fluß, was die unter ihre Haut getriebenen Bambussplitter zwar zum Erlöschen brachte, die Schmerzen der Gefolterten jedoch nicht verminderte. Manche von ihnen paddelten noch hilflos einige Minuten lang im Wasser herum, bevor sie ertranken. Und das war seltsam, denn sie wären den an ihren Gedärmen fressenden Schmerzen am leichtesten dadurch entgangen, wenn sie sich nicht gegen den Tod gewehrt hätten. Jeder von ihnen wußte, daß der Fluß sie vierundzwanzig Stunden später wieder ausspucken und einem neuen Leben übergeben würde. Aber ihr Selbsterhaltungstrieb war so stark, daß sie alle Kräfte mobilisierten, den Kopf so lange wie möglich über dem Wasserspiegel zu halten.

11

Auch jetzt konnten sie noch nicht mit dem Graben anfangen. Zunächst mußte eine Gesellschaftsform geschaffen werden, die über eine Judikative, eine Legislative und eine Exekutive verfügte. Man mußte eine Armee aufbauen. Desgleichen war es unerläßlich, das Staatsgebiet der neuen Gesellschaft kenntlich zu machen. Clemens und Blutaxt stritten eine Weile herum, ehe sie sich darauf einigten, daß ein Gebiet, das sich über drei Meilen erstreckte, für ihre Pläne genügte. Dort wurde eine Grenzlinie gezogen, die spanischen Reitern nicht unähnlich war: Ein zwanzig Fuß breiter Streifen aus angespitzten Bambusstäben, die man kurzerhand in den Boden rammte und der am Fuß der Berge begann und am Flußufer endete. Hütten wurden an der Grenze errichtet und mit Kriegern und Frauen bevölkert, die sie halten sollten.

Als diese Arbeit beendet war, legte das Drachenschiff ab und fuhr flußaufwärts in jenes Gebiet, in dem das Feuersteinlager sein sollte, wenn man den Ausführungen des geheimnisvollen Fremden glauben konnte. Blutaxt blieb mit fünfzehn seiner Männer zurück und ließ das Schiff von einem seiner Stellvertreter, einem Mann namens Snorri Ragnarsson, kommandieren. Er sollte die im Feuersteingebiet lebenden Menschen dazu überreden, den Wikingern etwas von ihrem Reichtum abzutreten. Dafür sollten sie einen Anteil an dem zu erwartenden Eisen erhalten, sobald man es dem Boden entrissen hatte. Sollten die Leute sich weigern, auf seinen Vorschlag einzugehen, würde ihm nur noch die Drohung bleiben. Deswegen hatte Blutaxt auch darauf bestanden, daß Joe Miller an der Expedition teilnahm. Er spekulierte darauf, daß Joes mächtige Gestalt und seine grotesken Züge den Leuten einen gehörigen Schreck einjagen würden.

Obwohl Sam, was diesen Punkt anging, mit Blutaxt einer Meinung war, gefiel es ihm gar nicht, von dem Titanthropen getrennt zu werden. Ebensowenig wollte er an der Reise teilnehmen, weil er nicht sicher war, was Blutaxt während seiner Abwesenheit alles anstellen würde. Der Wikingerkönig war jähzornig und arrogant. Wenn er irgend jemanden bis aufs Blut reizte, war es nicht unwahrscheinlich, daß eine neue Revolution ihn und seine paar Männer in den Fluß fegte.

Sam paffte eine Zigarre und ging nervös vor seiner Hütte auf und ab. Natürlich befand sich das Eisen dort, wo sie es vermuteten; möglicherweise sogar viel mehr, als er benötigte, um sich seinen Großen Traum zu erfüllen – aber war es nicht schrecklich, wie viele Vorbereitungen man zu treffen hatte, nur um an es heranzukommen? Und jeder Schritt, den er zu tun beabsichtigte, war ihm verwehrt, weil er gleich mehrere Dutzend weitere Probleme aufwarf. Sam war so frustriert, daß er drauf und dran war, seine Zigarre durchzubeißen. Die Leute, die auf dem Feuerstein herumsaßen, mußten einfach durch eine Gestalt wie Joe daran erinnert werden, daß es Dinge gab, gegen die man sich besser nicht zur Wehr setzte. Wenn jemand sie zur Kooperation überreden konnte, war das Joe. Aber wenn der Titanthrop unterwegs war, konnte Blutaxt die Gelegenheit beim Schopfe ergreifen und Sam umbringen. Natürlich konnte er das nicht öffentlich tun, weil er Joe fürchtete, aber es stand ihm natürlich frei, einen *Unfall* zu arrangieren.

Sam schwitzte und fluchte. Falls ich sterben sollte, werde ich irgendwo wieder aufwachen, und das könnte so weit von hier entfernt sein, daß ich tausend Jahre brauche, um mit einem Kanu wieder hierher zu gelangen, sagte er sich. Und in der Zwischenzeit werden andere meine Mine ausbeuten und *mein* Schiff bauen! Es ist mein Schiff, meins! Nicht ihres!

Lothar von Richthofen rannte plötzlich auf ihn zu. »Ich habe zwei von den Leuten gefunden, nach denen du suchst! Aber einer davon ist kein Mann! Stell dir das vor: Ein weiblicher Ingenieur!«

Der Mann, John Wesley O'Brien, stammte aus dem mittleren zwanzigsten Jahrhundert und war Metallurge. Die Frau war ein Mischling, halb Mongolin, zur anderen Hälfte russisch, und hatte die meiste Zeit ihres Lebens in kleinen Minenstädten Sibiriens zugebracht.

Sam begrüßte sie mit Handschlag und erzählte ihnen kurz, welche Arbeit im Moment auf sie zukam, und welche möglicherweise später.

O'Brien sagte: »Wenn wir irgendwo Bauxit finden, müßte es schon möglich sein, ein Schiff, wie es Ihnen vorschwebt, auf Kiel zu legen.«

Er war Feuer und Flamme, wie wohl jeder Mensch, der seinen irdischen Beruf weit hinter sich wähnt und nie auf den Gedanken gekommen wäre, seine Fähigkeiten noch einmal einsetzen zu können. Und es gab unzählige Leute, die ihm auf diese Weise glichen, die jede Gelegenheit ergriffen hätten, ihren alten Job wieder auszufüllen, und sei es auch nur deswegen, um die Zeit totzuschlagen. Da waren Ärzte, die allenfalls mal einen Bruch schienten; Drucker, die weder über Typen noch über Papier verfügten; Postboten, für die es keine Botschaften mehr zu übermitteln gab; Schmiede, die sich nach Pferden sehnten, die sie beschlagen konnten; Bauern ohne Land, das sie pflügen konnten; Hausfrauen, die keine Kinder hatten, die nicht zu kochen brauchten und deren Hausarbeit in fünfzehn Minuten zu erledigen war; Vertreter ohne Auslieferungslager; Priester, denen die Schäfchen davongelaufen waren, weil die Existenz dieser Welt ihre Prophezeiungen Lügen strafte; Schwarzbrenner, die nun, da die Grale alles lieferten, keinen Fusel mehr brannten; Knopfdrücker ohne Druckknöpfe; Zuhälter und Huren, deren Existenz durch ein Heer erfolgreicher Amateure vernichtet worden war; Mechaniker ohne Autos, die sie reparieren konnten; Werbefritzen, denen man die Möglichkeit entzogen hatte, die Gehirne der Menschen mit ihrem schwachsinnigen Gefasel zu verdrehen; Dachdecker, die sich mit Bambus und Gras begnügen mußten, wenn sie zur Arbeit schritten; Cowboys ohne Pferde und Rinder; Maler ohne Farbe und Leinwand; pianolose Pianisten, eisenlose Eisenbahnarbeiter und Börsenjobber ohne Auftraggeber.

»Allerdings«, fuhr O'Brien fort, »bestehen Sie darauf, ein Dampfschiff zu bauen – und das scheint mir nicht sehr realistisch gedacht zu sein. Sie würden dann fast jeden Tag einmal anlegen müssen, um Brennstoff an Bord zu nehmen, und das würde jede Reise ganz beträchtlich verzögern, selbst wenn die Leute, an deren Ufern das geschähe, sich freiwillig bereiterklärten, daß Sie ihre begrenzten Wälder abholzen. Des weiteren würden Ihnen Äxte, Kessel und andere Metallteile des Schiffes längst verschlissen sein, ehe Sie das Ende der Fahrt erlebten. Ich kann mir nicht vorstellen, daß man genügend Metall auf dem Schiff transportieren könnte, um Ersatzteile herzustellen, die auf jeden Fall dann und wann gebraucht werden. Nein – was wir brauchen, sind richtige Elektromotoren.

In dieser Gegend lebt ein Mann, den ich kurz nach meiner Versetzung hierher traf. Ich weiß nicht, wo er steckt, aber er müßte in der Nähe sein. Ich werde versuchen, ihn aufzuspüren. Was elektrisches Zeug angeht, so vollbringt er wahre Wunderdinge. Er stammt aus dem späten zwanzigsten Jahrhundert, ist Elektroingenieur und weiß genau, wie man die Motoren, die Sie brauchen, konstruiert.«

»Immer langsam mit den jungen Pferden«, warf Sam ein. »Woher sollten wir diese ungeheure Menge an Elektrizität nehmen, die man dafür bräuchte? Liefe das nicht darauf hinaus, daß wir so etwas wie einen transportablen Niagarafall erfinden müßten?«

O'Brien war ein untersetzter, aber agiler junger Mann mit struppigem, beinahe orangefarbenem Haar und einem Gesicht, das beinahe blasiert wirkte. Sein verschmitztes Lächeln war beinahe charmant. »Das können Sie an jeder Stelle des Flusses gratis kriegen«, meinte er.

Er deutete auf die pilzförmige Oberfläche des nächstliegenden Gralsteins. »Diese Steine geben dreimal am Tag eine ungeheure elektrische Ladung ab. Was sollte uns daran hindern, sie anzuzapfen und zu speichern, um die Schiffsmotoren anzutreiben?«

Sam starrte ihn eine Sekunde lang an und stieß dann hervor: »Ich will tot umfallen! Was bin ich doch für ein Idiot! Da liegt das Zeug genau vor meiner Nase und ich sehe es nicht. Genau – das ist die Lösung!«

Er kniff plötzlich die Augen zusammen und runzelte die Stirn. »Aber wie zum Teufel könnte man eine solche Energiemenge speichern? Ich habe zwar nicht viel Ahnung auf diesem Gebiet, aber ich vermute doch, daß dazu eine Batterie nötig ist, die so groß ist wie der Eiffelturm.«

O'Brien schüttelte den Kopf. »Das habe ich bisher auch angenommen, aber dieser Bursche, von dem ich eben sprach – er ist ein Mulatte; zur einen Hälfte Holländer, zur anderen Zulu –, sagte, er bräuchte nur das richtige Material, dann könne er einen Speicher bauen, der nicht größer sei als ein Würfel von zehn Kubikmetern. Dieser Würfel könne zehn Megakilowatt enthalten und sei in der Lage, in einer Sekunde ebenso ein Zehntel Volt abzugeben wie auch alles auf einmal; ganz nach Belieben. Er heißt übrigens Lobengula van Boom. Falls wir das Bauxit finden, könnten wir daraus Aluminiumdrähte machen, die als Wicklungen für Elektromotoren dienen könnten. Aluminium ist zwar nicht so effizient wie Kupfer, aber da wir nun mal kein Kupfer haben, müssen wir uns eben damit begnügen. Es wird auch so gehen.«

Sam fühlte, wie seine Frustrationen schwanden. Er grinste, schnippte mit den Fingern und machte sogar einen kleinen Luftsprung. »Machen Sie sich sofort auf die Suche nach diesem van Boom! Ich muß unbedingt mit ihm sprechen.«

Als er einen neuen Zug aus seiner Zigarre nahm, kam er sich vor, als würde er auf einem Wolkenteppich dahinschweben. Erneut sah er das große weiße Dampfschiff vor sich (ach nein, es würde ja von Elektromotoren angetrieben werden), wie es den Fluß hinauffuhr. Und Sam Clemens stand auf der Brücke und hatte eine Kapitänsmütze aus Drachenfischleder auf dem Kopf. Sam Clemens würde der Kapitän dieses herrlichen, einmaligen Schiffes sein, das sich anschickte, eine Millionen Kilometer lange Reise anzutreten. Nie hatte es ein solches Schiff gegeben; ebensowenig wie einen solchen Fluß, und niemals eine vergleichbare Reise! Pfeifensignale ertönten, Glocken erklangen. Die Mannschaft bestand aus den kompetentesten Köpfen aller Zeitperioden, vom ehemaligen Mammutjäger Joe, der fast eine Million Jahre vor Christi das Licht der Welt erblickt hatte, bis zum feingliedrigen Spitzenwissenschaftler des späten zwanzigsten Jahrhunderts!

Es war von Richthofen, der ihn schließlich wieder in die Realität zurückholte.

»Ich kann es kaum noch erwarten, das Eisen auszugraben. Aber was ist mit Joe? Bist du schon zu einer Entscheidung gelangt?«

Seufzend erwiderte Sam: »Ich kann mich einfach nicht entschließen. Ich bin so angespannt wie ein Artist, der zum ersten Mal über ein Seil balanciert. Nur ein falscher Schritt – und alles ist aus! Okay, okay, Joe soll ruhig gehen. Ich kann mir die Chance einfach nicht entgehen lassen. Aber ohne ihn werde ich so hilflos sein wie ein neugeborenes Kind – oder ein Bankier am Schwarzen Freitag. Ich gebe Blutaxt und Joe Bescheid, dann kannst du damit anfangen, deine Mannschaft zusammenzustellen. Wir sollten es mit einer Zeremonie einleiten. Jeder trinkt einen Schluck, und ich werde dann den ersten Spatenstich tun.«

Ein paar Minuten später, als Sams Magen vom Bourbon erwärmt war, er sich eine Zigarre zwischen die Zähne klemmte und seine Ansprache beendet hatte, begann er zu graben. Die Bambusschaufel hatte zwar ein scharfes Blatt, aber der Grasboden war so zäh und dick, daß ihm nichts anders übrig blieb, als die Schaufel wie eine Machete einzusetzen. Schwitzend, fluchend und lauthals erklärend, daß sein ganzer Haß schon eh und je der körperlichen Arbeit gegolten hätte, machte Sam sich an die Arbeit und mähte das Gras ab. Als es ihm schließlich gelang, das Schaufelblatt in den Boden zu treiben, mußte er feststellen, daß es unmöglich war, sie mit Erde gefüllt wieder hochzuheben. Es würde ihm nichts anderes übrigbleiben, als die Graswurzeln, die den Erdhaufen noch mit dem Boden verbanden, durchzuhacken.

»Beim Großen Hornlöffel!« fluchte Sam und warf die Schaufel zu Boden. »Laßt diese Arbeit jemanden machen, der dazu die richtigen Muskeln hat. Ich bin nun mal ein geistiger Arbeiter!«

Die Menge brach in brüllendes Gelächter aus, dann machte sie sich mit Bambusmessern und Feuersteinäxten selbst an die Arbeit. »Wenn das Eisen auch nur zehn Fuß unter der Erdoberfläche liegt«, ließ Sam verlauten, »brauchen wir geschlagene zehn Jahre, um daranzukommen.« Und zu Joe gewandt: »Du solltest soviel Feuerstein mitbringen, wie du kriegen kannst, Joe, sonst sehe ich schwarz.«

»Ich muff alfo doch mitfahren?« fragte Joe. »Ich werde dich vermiffen, Fäm.«

»Du mußt deinen Job tun, wie all die anderen Männer auch«, erwiderte Sam. »Aber du brauchst dir keine Sorgen um mich zu machen.«

12

Während der nächsten drei Tage schafften sie es, ein zehn Fuß durchmessendes und ein Fuß tiefes Loch auszuheben. Von Richthofen organisierte die einzelnen Arbeitsteams so, daß die Männer alle fünfzehn Minuten abgelöst wurden. Auf diese Weise waren die Grabenden stets frisch; aber dennoch wurden die Arbeiten hin und wieder dadurch aufgehalten, daß die Grabwerkzeuge sich abnutzten und ständig durch neue – die man erst herstellen mußte – ersetzt werden mußten. Als Blutaxt sah, daß die Steinbeile und Messer so rasch unbrauchbar wurden, gab er zu bedenken, daß sie sich hier möglicherweise ihr eigenes Massengrab schaufelten: Würden sie jetzt angegriffen werden, gab es kaum eine Chance zur Verteidigung, denn mit den abgestumpften Waffen wären sie nicht einmal in der Lage, die weiche Haut eines Babys zu durchstoßen. Clemens bat ihn zum zwölften Mal, er möge seine stählerne Axt zum Graben herleihen, aber Blutaxt weigerte sich noch immer.

»Wenn Joe jetzt hier wäre«, sagte Sam einmal zu von Richthofen, »würde ich ihn dazu bringen, Blutaxt das Beil einfach wegzunehmen. Wo steckt er übrigens? An sich sollte er schon wieder zurück sein, mit leeren oder vollen Händen.«

»Vielleicht sollten wir jemanden in einem Einbaum losschicken, der nach ihnen Ausschau hält«, schlug von Richthofen vor. »Ich würde ja gerne selbst gehen, aber ich glaube, es ist besser, wenn ich in deiner Nähe bleibe, solange Blutaxt hier herumstrolcht.«

»Wenn Joe wirklich etwas zugestoßen ist«, sagte Sam, »können wir beide demnächst Schutz gebrauchen. Aber du hast natürlich recht. Dieser Pathanier Abdul kann die Sache ebensogut übernehmen. Der Bursche ist so geschickt, daß er sich sogar durch eine Grube voll Klapperschlangen winden könnte, ohne daß sie ihn bemerkten.«

Zwei Tage später, gegen Morgengrauen, kehrte Abdul zu ihnen zurück. Er weckte Sam und Lothar, die – um sich gegenseitig Beistand leisten zu können – in der gleichen Hütte schliefen, und erklärte ihnen in seinem gebrochenen Englisch, was geschehen war. Joe Miller saß gefangen in einem mächtigen Bambuskäfig. Abdul hatte versucht, den Titanthropen zu befreien, aber da er rund um die Uhr bewacht wurde, waren seine Bemühungen erfolglos gewesen.

Man hatte die Wikinger zunächst freundlich und zuvorkommend begrüßt und der Häuptling des Gebietes, an dem die *Dreyrugr* angelegt hatte, schien über ihr Angebot zu einem Handel – Feuerstein gegen Eisen – geradezu in Enthusiasmus zu verfallen. Er hatte ein großes Fest anberaumt, um die geschäftliche Abmachung gebührend zu begießen und seinen norwegischen Gästen soviel Likör und Traumgummi gegeben, wie sie nur wollten. In der Nacht hatte man dann die selig vor sich hin schnarchenden Nordmänner überrumpelt. Joe, der ebenfalls geschlafen hatte, war jedoch während dieser Nacht-und-Nebel-Aktion aufgewacht und hatte mit nackten Händen zwanzig der Angreifer erwürgt und weitere fünfzehn zu Krüppeln geschlagen, ehe es dem Häuptling persönlich geglückt war, ihm von hinten einen Schlag mit einem Knüppel zu versetzen, der Joe kampfunfähig machte. Der Schlag selbst war so heftig gewesen, daß er das Genick jedes anderen Mannes unweigerlich gebrochen hätte; aber

Joe hatte lediglich einige Sekunden lang die Kontrolle über seinen Körper verloren. Aber das hatte schon genügt: Ein ganzer Schwarm von Männern war über ihn hergefallen und riß ihn zu Boden, während der Häuptling mit aller Kraft noch zweimal auf ihn eindrosch.

»Der Häuptling weiß, daß Joe ein mächtiger Krieger ist«, sagte Abdul. »Er ist stärker als Rustam selbst. Als ich das Gespräch einiger Männer belauschte, sagte einer, daß der Häuptling beabsichtigt, Joe als Geisel festzuhalten. Er will um jeden Preis bei der Ausbeutung des Eisenlagers als gleichberechtigter Partner gelten. Wenn man ihm das abschlägt, wird er Joe zwar nicht umbringen, aber einen Sklaven aus ihm machen, obwohl ich bezweifle, daß ihm das gelingen wird. Und dann will er uns angreifen, töten und das Eisen für sich allein behalten.

Es ist nicht unmöglich, daß er dazu in der Lage ist. Er ist bereits jetzt dabei, eine große Flotte zu bauen, die aus vielen kleinen Schiffen besteht, von denen jedes vierzig Mann tragen kann. Die ganze Sache wird zwar ziemlich übereilt auf die Beine gestellt, aber sie genügt zumindest, um seine Armee zu transportieren. Seine Taktik ist auf einen totalen Sturmangriff angelegt, und seinen Leute haben Feuersteinwaffen, Pfeil und Bogen und schwere Kriegsbumerangs.«

»Und wer ist dieser Möchtegern-Napoleon?« fragte Sam.

»Seine Männer nennen ihn König John. Sie sagen, daß er einst über England herrschte, als die Krieger Panzer trugen und mit Schwertern kämpften. Etwa zur Zeit Saladins. Sein Bruder war ein ziemlich berüchtigter Raufbold und hieß Richard Löwenherz.«

Sam stieß einen Fluch aus und sagte: »John Lackland! Der katzenfüßige Prinz John mit der rabenschwarzen Seele! Er war so verkommen, daß die Engländer sich schworen, nie wieder einen König an die Macht gelangen zu lassen, der den gleichen Namen trug. – Ich würde tatsächlich lieber gegen solche Erzhalunken wie Leopold von Belgien oder Richard Nixon kämpfen!«

Dreißig Minuten später wurde Sam in eine noch dumpfere Nachdenklichkeit gestürzt. Diesmal kam die Nachricht durch Mund-zu-Mund-Propaganda den Fluß herauf: Dreißig Meilen flußabwärts von ihrem Standort entfernt, war eine weitere Flotte in See gestochen. Sie bestand aus sechzig

Einmastern, von denen jeder vierzig Krieger beförderte. Befehligt wurde diese Armada vom König eines Landstriches, der knapp an der Grenze der Zerstörungen lag, die der fallende Meteorit hervorgerufen hatte: Sein Name war Joseph Maria von Radowitz.

»Ich habe über diesen Mann etwas in der Schule erfahren«, sagte von Richthofen. »Warte mal ... Er wurde 1797 geboren und starb irgendwann um 1853, glaube ich. Er war Artillerieexperte und ein guter Freund Friedrich Wilhelms IV. von Preußen. Man nannte ihn den ›kriegerischen Mönch‹, weil er trotz seines Generalsrangs strikte religiöse Ansichten vertrat. Er starb im Alter von fünfzig Jahren als ziemlich verbitterter Mann, da ihm das Glück selten hold gewesen war, was die Verbreitung seiner Ansichten anbetraf. Er lebt jetzt also auch wieder. Das heißt, warum sollte er nicht. Ich zweifle nicht daran, daß er auch jetzt wieder versuchen wird, allen Menschen seine puritanische Sauertöpfigkeit aufzuzwingen und jene umzubringen, die anderer Meinung sind.«

Eine Stunde später erfuhren sie, daß auch die Flotte König Johns die Segel gesetzt hatte.

»Johns Leute werden als erste hier sein«, sagte Sam zu Blutaxt. »Sie sind schon deswegen schneller, weil sie den Wind und die Strömung ausnutzen können.«

»Was man nicht alles für interessante Dinge erfährt, wenn man sich mit einem Vollblutseemann unterhält«, höhnte der Wikinger.

»Was gedenkst du dagegen zu unternehmen?«

»Zuerst hauen wir die Engländer in Klump und anschließend die Deutschen«, erwiderte Erik. Er schwang seine Axt und schnaubte: »Beim zerrissenen Hymen von Thors Braut! Meine Rippen tun noch immer weh, aber ich werde den Schmerz einfach ignorieren!«

Sam verzichtete darauf, sich mit ihm zu streiten. Als er mit Lothar allein war, sagte er: »Der Kampf bis zum letzten Blutstropfen gegen einen überlegenen Gegner mag zwar sehr heldenhaft sein – aber im Endeffekt zahlt er sich natürlich niemals aus. Ich weiß, Lothar, daß du mich im Grunde für ebenso rückgratlos wie eine Küchenschabe hältst – aber ich verfolge einen Traum; einen großartigen Traum, der wichtiger ist als alle heldenhafte Kampfmoral und Ergebenheit! Ich will ein Schiff bauen, Lothar, und ich will es bis an das Ende dieses Flusses steuern, koste es, was es wolle! Wenn wir auch nur die geringste Chance hätten, den auf uns zukommenden Kampf zu überstehen, würde ich vorschlagen, ihn aufzunehmen. Aber wir haben diese Chance nicht. Wir sind zu wenig Leute und haben keine geeigneten Waffen. Deswegen bin ich der Meinung, wir sollten einen Handel eingehen.«

»Und mit wem?« fragte von Richthofen. Er war bleich geworden und machte ein grimmiges Gesicht.

»Mit John. Er mag der verräterischste König auf dieser Welt sein, und er ist in jedem Fall ein Bundesgenosse, den man nicht aus den Augen lassen darf, aber er ist möglicherweise genau derjenige, den wir brauchen. Radowitz' Flotte ist größer als die seine, und wenn es John trotzdem gelingen sollte, sie zu vernichten, wird er selbst so geschwächt sein, daß er für uns keine große Gefahr mehr darstellt. Wenn wir uns mit ihm zusammentun, könnten wir von Radowitz dermaßen eine aufs Haupt geben, daß er wie ein Straßenköter mit eingeklemmtem Schwanz das Weite sucht.«

Von Richthofen erwiderte lachend: »Einen Moment lang dachte ich wirklich, du würdest vorschlagen, wir sollten uns in den Bergen verkriechen und abwarten, wer die Schlacht gewinnt, um anschließend dem Sieger unsere Dienste anzubieten. Ich könnte es einfach nicht über mich bringen, mich feige zu verstecken und das Kämpfen hier allein den Leuten zu überlassen.«

»Ich will ganz offen sein«, sagte Sam Clemens. »Ich hätte genau das getan, wenn es keinen anderen Weg geben würde. Aber lassen wir das. Der Gedanke, der mir im Hinterkopf herumspukt, ist der, daß wir vielleicht Blutaxt irgendwie loswerden können. Er wird sich niemals dazu bereit erklären, John als Partner anzuerkennen.«

»Wir werden den landlosen Hannes im Auge behalten müssen wie eine Giftschlange«, sagte der Deutsche. »Aber einen anderen Ausweg sehe ich auch nicht. Ich würde es auch nicht für Verrat halten, Blutaxt umzubringen. Das wäre höchstens Selbstverteidigung. Er würde *dich* sicher bei der erstbesten Möglichkeit aus dem Weg räumen.«

»Wir bräuchten ihn hingegen nicht mal umzubringen«, meinte Sam. »Es würde schon genügen, wenn er von der Bildfläche verschwände.«

Sam wollte zwar noch eingehender über das sprechen, was vor ihnen lag, aber von Richthofen brach die Diskussion mit der Bemerkung ab, jetzt sei genug geredet worden. Sie müßten jetzt zur Aktion schreiten.

Sam seufzte. »Du hast wohl recht.«

»Hast du was?« fragte von Richthofen.

»Ich fühle mich schon schuldig, bevor ich überhaupt etwas getan habe«, erwiderte Sam. »Ich komme mir wie eine Ratte vor, obwohl es dafür eigentlich gar keinen Grund gibt. Überhaupt keinen! Aber ich glaube, ich habe mein Leben nur deswegen erhalten, um mich schuldig zu fühlen. Manchmal möchte ich mich sogar dafür entschuldigen, überhaupt geboren zu sein.«

Lothar warf die Arme hoch und machte sich kopfschüttelnd auf den Weg. Über die Schulter rief er Sam zu: »Entweder du kommst jetzt oder du verziehst dich. Aber wenn du das tust, solltest du von mir nicht erwarten, daß ich dich als Kapitän eines Schiffes respektiere. Die haben nämlich die Angewohnheit, sich entscheiden zu können.«

Eine Grimasse schneidend, stolperte Sam ihm hinterher. Lothar verhandelte mit zwölf Männern, die er für vertrauenswürdig genug hielt, um in ihrem Plan eingeweiht zu werden. Die Sonne begann inzwischen vom Zenit herabzuklettern. Als die Männer in die Details eingeweiht waren, bewaffneten sie sich. Als sie aus ihren Hütten zurückkehrten, trugen sie Bambusspeere und Messer und einer von ihnen besaß sogar einen aus Bambus hergestellten Bogen mit sechs Pfeilen. Leider konnte diese Waffe nur auf kurze Entfernungen effektiv eingesetzt werden.

Mit Lothar von Richthofen und Sam Clemens an der Spitze strebte die Gruppe der Hütte des Wikingerkönigs entgegen. Sechs Wachen standen vor Erik Blutaxts Haus.

»Wir möchten mit Blutaxt reden«, sagte Sam und versuchte das Zittern seiner Stimmbänder zu unterdrücken.

»Er hat gerade eine Frau bei sich. Könnt ihr nicht hören?« sagte Ve Grimarsson.

Sam hob eine Hand. Lothar stürmte an ihm vorbei und versetzte Grimarsson einen Schlag auf den Schädel. Ein Pfeil zischte an Sams Schulter vorbei und traf die Kehle eines weiteren Wächters. Innerhalb von zehn Sekunden waren die anderen tot oder so stark verwundet, daß es keinen Sinn mehr für sie hatte, weiterzukämpfen. Plötzliche Schreie aus der Ferne zeigten den Eindringlingen an, daß ein weiteres Dutzend Wikinger angerannt kam, um ihren Häuptling zu beschützen. Blutaxt stürmte pudelnackt und einen Kriegsschrei ausstoßend mit seiner stählernen Axt in der Faust aus seiner Hütte. Von Richthofen stürzte sich mit einem Speer auf ihn und spießte ihn auf. Der Norweger ließ seine Axt sinken und taumelte zurück. Von Richthofen, der seine ganze Kraft in den Stoß gelegt hatte, wurde förmlich mitgerissen. Der Wikinger krachte mit dem Rücken gegen eine Hüttenwand. Sein Blick wurde glasig, während seine Lippen sich lautlos bewegten. Blut rann ihm aus den Mundwinkeln. Sein Gesicht lief blau an und wurde dann aschgrau.

Als der Deutsche seinen Speer aus Blutaxts Leib riß, brach der riesige Wikinger zusammen.

In der Zwischenzeit hatte hinter ihrem Rücken ein Kampf stattgefunden, bei dem sechs von Sams Männern das Leben verloren hatten und weitere vier verwundet worden waren. Die Wikinger kämpften mit stoischer Verbissenheit und gaben nicht auf. Erst als sie ebenso tot wie ihr König am Boden lagen, herrschte Stille.

Sam Clemens lehnte sich heiser keuchend auf seinen Speer. Er war mit dem Blut der anderen von oben bis unten bespritzt und blutete selbst aus einer Schulterwunde. Er hatte einen Menschen umgebracht, einen Wikinger namens Gunnlaugr Thorrfinnsson, und zwar in genau der gleichen Sekunde, als dieser Anstalten machte, von Richthofen zu töten. Schade um den Mann. Thorrfinnsson war Sam von allen Wikingern der liebste gewesen, denn er war der einzige, der über seine Späße hatte lachen können. Und jetzt war er tot. Von hinten von einem Freund erstochen.

Ich habe achtunddreißig Schlachten geschlagen, dachte Sam, und trotzdem bisher nur zwei Menschen umgebracht. Der andere war ein bereits verwundeter Türke gewesen, der sich gerade wieder auf die Beine erheben wollte. Sam Clemens, der mächtige Krieger, der weichherzige Held. Als er darüber nachdachte, fiel sein Blick auf die Leichen der anderen. Er empfand Entsetzen bei diesem Anblick, und er wußte sicher, daß sich dies auch in zehntausend Jahren nicht ändern würde.

Und dann heulte er auf und versuchte in panischem Schreck der Hand zu entgehen, die plötzlich nach seinem Bein griff. Da ihm das nicht gelang, riß er den Speer hoch. Er hatte die feste Absicht, ihn in den Körper des Mannes zu rammen, der ihn gepackt hielt. Als Sams Blick nach unten wanderte, starrte er in die blaßblauen Augen des Wikingers Erik Blutaxt. Es schien, als sei er noch einmal für einen kurzen Augenblick ins Leben zurückgekehrt. Sein glasiger Blick war verschwunden und seine Haut war weniger grau als zuvor. Obwohl seine Stimme nur schwach war, war sie dennoch laut genug, daß Sam und die anderen sie hören konnten.

»*Bikkja!* Ausgeburten des Misthaufens, hört mir zu! Ich werde euch nicht gehen lassen, bevor ihr meine letzten Worte vernommen habt. Die Götter haben mich mit der Kraft eines *Voluspa* ausgestattet, sie schreien nach Rache für diesen Verrat! Hört mir gut zu. Ich weiß, daß unter diesem blutbesudelten Boden viel Eisen verborgen liegt. Ich fühle, wie es in meinen Adern fließt. Das Eisen macht mein Blut dick und kalt. Es gibt Eisen hier, viel mehr, als man braucht, um daraus ein großes, weißes Boot zu schmieden. Ihr werdet es dem Boden entreißen und daraus ein Schiff machen, um gegen die *Skithblathnir* zu ziehen. Und du wirst der Kapitän dieses Schiffes ein, Clemens Hundesohn. Du wirst auf diesem Fluß mehr Meilen zurücklegen, als *Sleipnirs* acht Beine an einem Tage schaffen könnten. Du wirst hin und her fahren, nach Norden, Süden, Osten und Westen; dorthin, wohin der Fluß dich trägt. Und du wirst dabei mehrere Male die ganze Welt umrunden.

Aber der Bau dieses Schiffes und die Reise selbst wird bitter werden und voller Kummer. Und nach Jahren, die zwei irdische Generationen umfassen, nach großen Leiden und nur wenigen Freuden – wenn du fest daran glaubst, das Ende der Fahrt vor Augen zu haben –, wirst du mich wiedersehen!

Das heißt, ich werde dich wiedersehen. Ich werde in einem anderen Schiff auf dich warten und dich töten. Du wirst ebensowenig das Ende des Flusses erreichen, wie Stürme einzudringen vermögen durch das Tor von Walhalla!«

Sam schüttelte sich. Er fühlte sich plötzlich sehr klein und zerbrechlich. Selbst als der Griff um sein Bein schlaffer wurde, wagte er es nicht, sich zu rühren. Er hörte die Knochen des Sensenmannes klappern, aber er schaute nicht nach unten.

Mit matter Stimme sagte Blutaxt: »Ich werde da sein und auf dich warten!«

Dann ließ die Hand ihn los. Sam mußte sich beinahe dazu

zwingen, einen Schritt von Blutaxts Leiche wegzutun, und rechnete fast damit, bei der ersten Bewegung in tausend Stücke zu zerfallen. Dann schaute er von Richthofen an und sagte: »Abergläubisches Geschwätz! Kein Mensch kann in die Zukunft sehen!«

Von Richthofen meinte: »Das glaube ich auch nicht. Aber wenn die Dinge sich so abspielen, wie du vermutest, Sam – mechanisch, automatisch –, dann ist unsere Zukunft vorherbestimmt. Wenn die Dinge so sind, warum soll die Zukunft sich dann nicht auch für eine Minute öffnen können und es einem Menschen gestatten, einen Blick in den Tunnel der Zeit zu werfen?«

Sam gab ihm keine Antwort. Schließlich lachte von Richthofen, um ihm zu zeigen, daß er sich nur einen Jux mit ihm erlaubt hatte, und klopfte ihm auf die Schulter.

Sam sagte: »Ich brauche einen Drink. Mir ist kotzübel.« Und später: »Ich glaube kein Wort von diesem abergläubischen Gefasel.«

Aber das entsprach natürlich nicht der Wahrheit. Er wußte genau, daß die sterbenden Augen Blutaxts in die Jahre hineingesehen hatten, die vor ihm lagen; es blieb ihm gar nichts anderes übrig, als dies zu glauben.

Eine Stunde vor Einbruch der Dunkelheit tauchte die Flotte König Johns auf. Sam schickte ihm einen Kurier, der ausrichten sollte, daß man bereit sei, über eine mögliche Zusammenarbeit zu diskutieren. John, zu dessen Spezialitäten es gehörte, zuerst Verhandlungen zu führen, bevor er einen hinterrücks erdolchte, erklärte sich sofort zu einem Palaver bereit. Also nahm Sam Clemens am Flußufer Aufstellung, während John Lackland an der Reling seiner Galeere lehnte. Mit mehreren Whiskys im Blut (um seine Angst hinunterzuspülen), beschrieb Sam ihm die Lage und schilderte ihm in glühenden Farben das große Schiff, das er zu bauen beabsichtigte.

John war ein untersetzter, finsterer Typ mit sehr breiten Schultern, dunkelbraunem Haar und blauen Augen. Er lächelte ununterbrochen und verständigte sich in einem Englisch, das so wenig akzentuiert war, daß man ihn leicht verstehen konnte. Bevor er in diese Gegend gekommen war, hatte er zehn Jahre lang in einer Gruppe von dem späten achtzehnten Jahrhundert entstammenden West-Virginiern verbracht. Da er zudem ein ungeheures Sprachtalent aufwies, hatte er jene Gewohnheiten, die ihn als Mann des zwölften Jahrhunderts auswiesen, längst abgestreift.

Er verstand auch ziemlich gut, wieso es sich für ihn auszahlen würde, mit Clemens zusammen gegen von Radowitz zu marschieren. Natürlich hatte er eine andere Vorstellung davon, was aus Sams Leuten werden würde, wenn der Feind erst einmal besiegt war, aber das hinderte ihn nicht daran, an Land zu gehen und seinen neuen Alliierten ewige Freundschaft und Partnerschaft zu schwören. Man beriet die einzelnen Details des Paktes über einigen Drinks, dann ließ König John endlich Joe Miller aus seinem Bambuskäfig frei.

Sam, der wirklich nicht leicht Tränen vergoß, konnte kaum mehr an sich halten. Als er den Titanthropen wiedersah, waren seine Wangen plötzlich feucht. Joe heulte wie ein Rudel Schloßhunde und brach Sam beinahe alle Rippen, als er ihn in die Arme schloß.

Später sagte Lothar von Richthofen zu Sam Clemens: »Bei Blutaxt wußtest du wenigstens, woran du warst. Ich glaube, du hast einen schlechten Handel gemacht.«

»Ich komme aus Missouri«, erwiderte Sam, »aber ich habe dennoch stets wenig von einem Maultierhändler an mir gehabt. Wenn du um dein Leben rennst und ein Rudel Wölfe bereits nach deinen Fersen schnappt, wirst auch du bereit sein, deinen alten Klepper gegen einen wilden Mustang auszutauschen, solange er dir die Garantie bietet, heil aus der ganzen Scheiße herauszukommen. Wie du von ihm später wieder herunterkommst, ohne dir dabei den Hals zu brechen, ist nun wirklich eine Frage, die man sich anschließend stellen kann.«

Die Schlacht, die am nächsten Tag entbrannte, dauerte lange. Mehrere Male sah es wirklich so aus, als würde sie für König John und Sam mit einem Desaster enden. Die Flotte des Engländers hatte sich im Morgennebel am östlichen Ufer versteckt gehalten und tauchte plötzlich hinter der des Deutschen auf. Brennende Pinienstämme, die Johns Leute auf die gegnerische Flotte schleuderten, setzten gleich mehrere Schiffe des Deutschen in Brand. Aber die Invasoren hatten einen entscheidenden Vorteil: Sie sprachen eine gemeinsame Sprache, waren ungeheuer gut diszipliniert, waren beinahe Berufssoldaten und besaßen bessere Waffen.

Die Raketen, die sie abfeuerten, versenkten mehrere von

Johns Schiffen und rissen große Löcher in die Reihen der spanischen Reiter, die die Grenze und teilweise auch den Uferstreifen befestigten. Dann stürmten die Deutschen an Land. Ein Pfeilhagel gab ihnen dabei Feuerschutz. Eine fehlgeleitete Rakete jagte auf das Loch zu, das man gegraben hatte, um an das Eisen heranzukommen, und explodierte. Sam verlor beinahe das Bewußtsein, und als er wieder aufstand und beinahe taub herumtaumelte, fiel ihm ein Mann auf, von dem er mit hundertprozentiger Sicherheit wußte, daß er nicht aus dieser Gegend war. Er hielt sich zum ersten Mal hier auf.

Der Mann war fast einen Meter achtzig groß, von hochgewachsener Gestalt und machte einen kräftigen, bulligen Eindruck. Wie ein alter, zerzauster Widder, dachte Sam, obwohl der andere – wie jeder auf dieserWelt – äußerlich nicht mehr als fünfundzwanzig Jahre alt war. Lockiges Haar fiel bis auf seine Hüften herab. Seine Augenbrauen selbst waren von dunkelbrauner Farbe. In ihnen leuchteten blaßgrüne Pupillen. Das Gesicht des Fremden wirkte adlerartig, hatte ein festes Kinn und große, beinahe rechtwinkelig abstehende Ohren.

Die Gestalt eines zerzausten Widders, dachte Sam, und der Kopf einer gehörnten Eule.

Der Bogen des Mannes war aus einem Material gemacht, das Sam zwar schon gesehen hatte, das nichtsdestotrotz aber selten war: dem Horn eines Flußdrachenfisches. Der Fremde hatte zwei dieser Hörner aneinander befestigt. Damit besaß er eine Waffe, die nahezu unübertrefflich war. Sie hatte nur einen Nachteil: Man mußte über ungeheure Körperkräfte verfügen, um sie überhaupt bedienen zu können.

Der Lederköcher des Fremden enthielt zwanzig Pfeile, die mit Feuersteinspitzen versehen waren, während ihre Schäfte aus einem Material bestanden, das ebenfalls nur der Drachenfisch lieferte: feine Knöchelchen seiner Schwanzfinne, an deren Enden federartige Splitter hingen, so dünn, daß die Sonne beinahe durch sie hindurchschien.

Der Mann sprach Deutsch mit einem breiten, nichtdeutschen, unidentifizierbaren Akzent. »Sie sehen aus wie Sam Clemens.«

»Der bin ich auch«, erwiderte Sam. »Zumindest das, was von mir übriggeblieben ist. Aber woher . . .«

»Man hat Sie mir beschrieben«,sagte der Fremde. »Jemand von *Ihnen.*«

Zuerst verstand Sam gar nichts. Die Taubheit, welche die explodierende Rakete hervorgerufen hatte, die Kriegsschreie der Männer, die sich in einer Entfernung von nur zehn Metern gegenseitig umbrachten, die Detonationen in der Ferne, das plötzliche Auftauchen dieses Mannes – all dies verwirrte ihn zutiefst.

Schließlich stieß er hervor: »Er hat . . . Der geheinisvolle Fremde . . . Er hat Sie geschickt! Sie sind einer der Zwölf?«

»Er? Nicht er! *Sie* hat mich geschickt!«

Aber jetzt hatte Sam keine Zeit mehr, dem anderen weitere Fragen zu stellen. Er unterdrückte den Impuls, den Mann danach zu fragen, ob er mit dem Bogen überhaupt umgehen könne. Seinem Aussehen nach war das gar keine Frage. Statt dessen kletterte Sam auf den Erdhügel, den die fehlgeleitete Rakete aufgeworfen hatten und deutete auf das nächstliegende gegnerische Schiff, dessen Bug landeinwärts ragte. Auf dem Achterdeck sah er einen Mann, der lauthals Befehle schrie.

»Das ist von Radowitz, der Führer der gegnerischen Flotte«, erklärte er dem Fremden, der ihm gefolgt war. »Mit unseren kleinen Bogen können wir ihn nicht erreichen.«

Kühl und wortlos, mit einem knappen Blick die Windgeschwindigkeit abschätzend, die zu dieser Tageszeit pro Stunde sechs Meilen betrug, löste der Mann seinen Bogen vom Rücken. Der Pfeil traf von Radowitz genau in den Solarplexus. Der Deutsche fuhr unter der Wucht des Aufpralls zusammen, wirbelte herum, um das Geschoß aus seinem Fleisch zu reißen, und fiel im gleichen Augenblick rücklings über die Schiffsreling ins Wasser, das zwischen dem Ufer und seinem Flaggschiff dahinfloß.

Ein Stellvertreter übernahm sofort die Position des Gefallenen, und sogleich erledigte der Bogenschütze auch ihn. Joe Miller, ganz in einen Panzer aus Drachenfischleder gekleidet, jagte wie ein Derwisch im Hauptzentum der Schlacht herum und drosch mit einem mächtigen Knüppel auf die angreifenden Deutschen ein. Er wirkte wie ein achthundert Pfund schwerer Löwe mit menschlicher Intelligenz, und mit ihm kamen Tod und Panik, denn er zerschmetterte pro Minute zwanzig Schädel und nahm gelegentlich mit der freien Hand einen Mann aus der Menge der Gegner heraus und benutzte ihn dazu, ein halbes Dutzend anderer gleichzeitig niederzuknüppeln. Dann und wann gelang es fünf Männern, sich zusammenzurotten und sich von hinten an ihn heranzuarbeiten, aber sobald es für Joe ernsthaft gefährlich wurde, trat unerbittlich der schwarze Knochenbogen des Neuankömmlings in Aktion.

Schließlich gaben die Invasoren auf und strömten auf ihre Boote zurück. Von Richthofen, blutend und fast nackt, tanzte unentwegt grinsend über den Uferstreifen und schrie: »Wir haben gewonnen! Wir haben gewonnen!«

»Wird Zeit, daß du deine Flugmaschine bekommst«, sagte Sam und wandte sich an den Bogenschützen. »Wie heißen Sie?«

»Ich hatte viele Namen, aber als mein Großvater mich das erstemal in den Armen hielt, nannte er mich Odysseus.«

Alles was Sam in diesem Moment einfiel, war: »Wir werden uns über eine Menge Dinge zu unterhalten haben.«

Konnte dies wirklich der Mann sein, den Homer besungen hatte? Der echte Odysseus, der historische Odysseus, der wirklich vor den Mauern der Stadt Troja kämpfte und um dessen Leben sich später Legenden gerankt hatten? Warum nicht? Der geheimnisvolle Mann, der in Sams Hütte erschienen war, hatte davon gesprochen, daß er aus all den Millionen ihm zur Verfügung stehenden Menschen zwölf herausgepickt hatte. Nach welchen Kriterien er dabei vorgegangen war, war Sam zwar unklar, aber da er ebenfalls diesen Auserwählten angehörte, konnten sie wohl so schlecht nicht sein. Und der geheimnisvolle Fremde hatte ihm gegenüber zumindest einen Namen erwähnt: Richard Francis Burton. Gab es um diese zwölf Auserwählten irgendeine Aura, an der der fremde Renegat erkannte, daß nur sie allein dazu fähig waren, die Aufgabe, die er sich gestellt hatte, zu erfüllen? Irgendeine Art Seelenbrüderschaft?

Spät in der Nacht, nach Abschluß der Siegesfeier, kehrten Sam, Lothar, Joe und der Achäer in ihre Hütten zurück. Sams Kehle war vom vielen Reden beinahe ausgedörrt, denn er hatte versucht, so viel wie möglich über den Untergang Trojas und Odysseus' anschließende Fahrten herauszufinden. Und Odysseus hatte ihm so viel erzählt, daß Sam jetzt der Schädel brummte.

Jenes Troja, das Odysseus kannte, hatte nichts mit dem zu tun, das am Hellespont lag und dessen Ruinen irdische Wissenschaftler Troja VIIa nannten. Das wirkliche Troja, das er mit Agamemnon und Diomedes zu Fall gebracht hatte, lag weiter südlich, gegenüber der Insel Lesbos, allerdings etwas weiter im Landesinneren und nördlich des Flusses Kaikos. Dort hatten Menschen gelebt, die Beziehungen zu den in Kleinasien lebenden Etruskern unterhielten, bevor diese von den hellenischen Invasoren nach Italien verjagt wurden. Die andere Stadt, von der spätere Generationen angenommen hatten, sie sei das richtige Troja, kannte Odysseus allerdings auch. Sie war von dardanischen Barbaren bevölkert gewesen, die ebenfalls Beziehungen zu Troja unterhielten. Die Stadt war aber bereits fünf Jahre vor dem Fall des echten Troja von Barbaren aus dem Norden niedergebrannt worden.

Drei Jahre nach dem Fall Trojas (der Kampf hatte zwei Jahre gedauert), hatte Odysseus sich an dem großen Seeüberfall der Danäer oder Achäer gegen das Ägypten Ramses III. beteiligt. Die ganze Sache hatte aber in einem Fiasko geendet, weshalb er anschließend drei Jahre auf der Flucht verbracht hatte. Er war nach Malta, Sizilien und in andere Teile Italiens gekommen; in Länder, die den Griechen damals noch weitgehend unbekannt waren. Und es hatte weder Begegnungen mit Laestrigoniern noch mit Äolus, Calypso, Circe oder Polyphem gegeben. Zwar hatte seine Frau den Namen Penelope getragen, aber die Geschichte, er hätte all jene Freier, die um ihre Hand anhielten, umgebracht, war eine reine Erfindung.

Was Gestalten wie Achilles und Hektor anbetraf, so waren sie ihm lediglich aus einem Lied bekannt. Odysseus nahm an, daß es sich bei ihnen um zwei Pelasgier handelte, Angehörige eines Volkes, das auf der griechischen Halbinsel gelebt hatte, bevor die Achäer aus dem Norden gekommen waren und sie eroberten. Die Achäer hatten das pelasgische Lied einfach übernommen und für ihre Zwecke adaptiert; irgendwann war es dann in die *Ilias* aufgenommen worden. Odysseus kannte sowohl die *Ilias* wie auch die *Odyssee,* da er auf einen Professor gestoßen war, der beide Werke auswendig kannte.

»Und was war mit dem trojanischen Pferd?« fragte Sam, der erwartete, mit dieser Frage den Vogel abzuschießen. Zu seiner Überraschung gab Odysseus nicht nur zu, darüber informiert zu sein, sondern er erklärte auch, daß das tatsächlich seine Idee gewesen wäre. Die ganze Sache sei ein verzweifelter Trick gewesen und wäre beinahe schiefgegangen.

Dies überraschte Sam am meisten, denn die Historiker waren sich in diesem seltenen Falle in einem solchen Maße einig gewesen, daß es sich bei dieser Geschichte lediglich um einen Mythos handelte. Niemand glaubte wirklich an sie. Natürlich hatten sie recht mit dem Argument, daß der Gedanke, die Achäer seien auf eine solche Idee gekommen, ziemlich unwahrscheinlich war – und wer konnte im Ernst annehmen, daß die Trojaner dumm genug gewesen waren, auf einen solch billigen Trick hereinzufallen? Aber das hölzerne Pferd hatte wirklich existiert, und es war den Achäern gelungen, in die Stadt einzudringen, indem sie sich in seinem Inneren versteckt hatten.

Von Richthofen und Joe hörten den beiden zu. Sam hatte sich inzwischen dazu durchgerungen, daß Joe und Lothar trotz der Warnung des Ethikers erfahren sollten, was hier vor sich ging. Es würde einfach nicht anders gehen: Weihte er sie nicht ein, würden sie sich garantiert beizeiten über alle Dinge, die Sam tat, wundern. Außerdem war er der Auffassung, daß er dem Ethiker zeigen sollte, wie verdammt ernst er es meinte. Eine kindische Verhaltensweise, sicher; aber eine unausweichliche.

Er wünschte den anderen eine gute Nacht und warf sich auf sein Lager. Trotz seiner Müdigkeit konnte er nicht einschlafen. Joes Schnarchen, einem mittleren Orkan, der durch ein Schlüsselloch blies, nicht unähnlich, trug ebenfalls nicht dazu bei, ihn Ruhe finden zu lassen. Der Gedanke an das, was der morgige Tag bringen mochte, ließ seine Pulse rasen und beschleunigte seinen Herzschlag. Morgen würde ein historischer Tag anbrechen, wenn es dieser Welt überhaupt vorbestimmt war, jemals über eine Geschichte zu verfügen. Sicher würde es eines Tages auch Papier, Farbe, Schreibutensilien und sogar Druckerpressen geben. Er würde auf seinem Schiff eine wöchentlich erscheinende Zeitung herausgeben und ein Buch beginnen, in dem geschrieben stand, wie die fehlgeleitete Rakete, die von Radowitz' Flotte abgeschossen hatte, schließlich dazu beitrug, das Loch dermaßen zu erweitern, daß man das Eisen nur noch herauszuholen brauchte. Vielleicht würden sie schon morgen darauf stoßen; sicher, keine Frage.

Und er machte sich Gedanken über König John, den finstersten Schurken unter der Sonne. Gott allein mochte wissen, was sein perfider Geist in dieser Stunde für heimtückische Pläne wälzte. Aber er würde nicht eher zuschlagen, bis das Schiff fertig war – und das konnte Jahre dauern. Es gab also keinen wirklichen Grund zur Besorgnis, jedenfalls jetzt noch nicht. Aber trotzdem hatte Sam Angst.

13

Sam erwachte so plötzlich, daß sein Herz so stark zu klopfen begann, als würde es von zwei Alptraumkreaturen mit schmiedeeisernen Hämmern bearbeitet. Feuchte Luft wurde durch die undichten Bambuswände in das Innere seiner Hütte geblasen und bewegte die den Eingang verschließende Flechtmatte. Regen prasselte auf das blattbedeckte Dach. Über den Bergen rollte der Donner. Irgendwo erzeugte Joe derweil sein eigenes Gewitter.

Sam reckte sich, dann stieß er einen Schrei aus und zuckte zusammen. Seine Hand hatte etwas berührt. Ein aus der Ferne kommender Blitzschlag zerteilte in diesem Augenblick den Himmel und zeigte ihm für den Bruchteil einer Sekunde die Silhouette einer neben seinem Lager knienden Gestalt.

Eine ihm nicht unbekannte Baritonstimme sagte: »Es hat keinen Zweck, darauf zu warten, daß der Titanthrop Ihnen zu Hilfe kommt. Ich habe dafür gesorgt, daß er vor dem Morgengrauen nicht wach wird.«

Der Ethiker schien also auch in der Dunkelheit sehen zu können. Sam nahm eine Zigarre von dem neben seinem Bett stehenden kleinen Klapptisch und sagte: »Was dagegen, wenn ich rauche?«

Der geheimnisvolle Fremde benötigte für seine Antwort so lange, daß Sam mißtrauisch wurde. Ob er Angst davor hatte, daß das Licht, das Sams kleinem Feuerzeug entsprang, ihm zu viel von seinem Aussehen verraten würde? Sicher nicht, denn es war unwahrscheinlich, daß er unmaskiert zu ihm gekommen war. Mochte er vielleicht den Geruch einer Zigarre nicht, hatte er möglicherweise sogar etwas gegen Tabak in jeder Form? Und zögerte er nur deswegen so lange mit einer Antwort, weil er befürchtete, anhand seiner Abneigung identifiziert zu werden? Identifiziert von wem? Von den anderen Ethikern, die wußten, daß jemand aus ihren eigenen Reihen von ihnen abgefallen war? Es gab zwölf Auserwählte, hatte der Fremde behauptet. Wenn die anderen herausfanden, daß er, Sam Clemens, einer davon war, und sie unterzogen ihn einem Verhör: Konnten sie vielleicht anhand dieses Charakteristikums herausfinden, wer der Renegat war? Sam beschloß, seine Gedanken nicht zu äußern. Vielleicht konnten seine Erkenntnisse ihm später einmal von Nutzen sein.

»Rauchen Sie nur«, sagte der Fremde. Obwohl Sam weder sehen noch hören konnte, daß er sich dabei ein wenig zurückzog, hatte er das Gefühl, daß seine Annahme zutraf.

»Was«, fragte er, »hat dieser unerwartete Besuch zu bedeuten?«

»Ich bin gekommen, um Ihnen zu sagen, daß wir uns eine ziemlich lange Zeit nicht mehr sehen werden. Ich möchte nicht, daß Sie glauben, ich hätte Sie fallengelassen. Leider habe ich in nächster Zeit einige andere Dinge zu erledigen, die ich Ihnen nicht erklären kann, weil Sie sie nicht verstehen würden. Sie werden von jetzt an eine lange Zeit auf sich selbst angewiesen sein. Wenn Sie in Schwierigkeiten geraten, könnte ich Ihnen nicht einmal auf subtile Art und Weise beistehen.

Jedenfalls haben Sie jetzt erst einmal all das, was Sie mindestens ein Jahrzehnt lang beschäftigt halten sollte. Was die vielen technischen Probleme angeht, die jetzt auf Sie zukommen, haben Sie keine andere Wahl, als zu versuchen, Sie mit dem eigenen Grips zu lösen. Von nun an wird es für mich keine Möglichkeit mehr geben, Ihnen Tips zu geben, wo Sie dies und das finden; oder Ihnen gegen irgendwelche Invasoren beizustehen. Ich habe bereits zuviel riskiert, indem ich den Meteoriten hier niedergehen ließ und Ihnen verriet, wo Sie Bauxit und Platin finden.

Es wird einige andere Ethiker – nicht die Zwölf, sondern Zweitrangige – geben, die Sie beobachten. Aber sie werden gegen Ihre Bemühungen nichts unternehmen. Keiner von ihnen wird auf den Gedanken kommen, der Bau Ihres Schiffes könnte ihrem Plan gefährlich werden. Sie werden wahrscheinlich überrascht sein, wenn sie herausfinden, daß Sie das Eisen gefunden haben, und möglicherweise den Kopf schütteln, wenn Sie auch noch Bauxit und Platin abbauen, weil sie es bevorzugen, daß ihr Erdenmenschen euch mit psychischen anstatt mit technischen Problemen auseinandersetzt, aber sie werden keinesfalls ihre Nase in die Sache hineinstecken.«

Sam fühlte Panik in sich aufsteigen. Zum ersten Mal wurde ihm bewußt, daß er – obwohl er den Ethiker nicht sonderlich mochte – dem Wesen dankbar für seine moralische und materielle Unterstützung war.

»Ich hoffe, daß nichts schiefläuft«, sagte er. »Heute wäre uns das Eisen beinahe abgenommen worden. Wenn Joe und der andere Bursche, Odysseus, nicht gewesen wären . . .«

Plötzlich unterbrach er sich und stieß erregt hervor: »Moment mal! Odysseus erzählte mir, daß der Ethiker, mit dem er sprach, eine Frau war!«

Aus der Finsternis heraus erklang ein Kichern. »Und jetzt fragen Sie sich, was das zu bedeuten hat?«

»Entweder sind Sie nicht der einzige, der von ihnen abgefallen ist, oder Sie können Ihre Stimme verändern. Oder vielleicht . . . vielleicht erzählen Sie mir überhaupt nicht die Wahrheit! Vielleicht stecken Sie selbst hinter diesem ganzen Plan und füttern uns lediglich deswegen mit Lügen, weil sie ihre eigenen Ziele verfolgen! Wir sind nichts als Werkzeuge für Sie!«

»Ich lüge nicht. Und was Ihre restlichen Vermutungen angeht: Darüber kann ich nicht reden. Sollten Sie oder einer der anderen, die ich auserwählt habe, irgendwann entdeckt und verhört werden, werden diese Dinge meine Kollegen auf jeden Fall in die Irre führen.«

Ein Rascheln erklang. »Ich muß jetzt gehen. Sie sind von nun an selbst für sich verantwortlich. Viel Glück.«

»Warten Sie! Was geschieht, wenn ich versage?«

»Dann wird ein anderer das Schiff bauen. Aber ich habe gute Gründe dafür, daß Sie es zustande bringen.«

»Also bin ich wirklich nur ein Werkzeug. Wenn ein Werkzeug zerbricht, wirft man es weg und nimmt ein anderes.«

»Ich kann Ihren Erfolg nicht garantieren. Ich bin kein Gott.«

»Verflucht sollen Sie sein und alle Ihrer Art!« sagte Sam laut. »Warum konnten Sie die Sache nicht so lassen, wie sie auf der Erde war? Wir hatten unseren Frieden und waren tot für immer. Es gab für uns weder Schmerz noch Kummer. Wir hätten nie wieder Bekanntschaft mit Qual und Liebeskummer gemacht. All das lag endlich hinter uns. Aber ihr habt uns erneut in Ketten gelegt und auch noch dafür gesorgt, daß wir nicht selbst Hand an uns legen können. Ihr habt den Tod aus unserer Reichweite vertrieben. Das ist entwürdigend. Das ist schlimmer, als wären wir in der Hölle gelandet!«

»So schlimm ist es nun auch wieder nicht«, erwiderte der Ethiker. »Den meisten von euch geht es besser, als es ihnen auf Erden jemals ergangen wäre. Und zumindest wieder auf den Beinen: Die Verkrüppelten, die Blinden, die Kranken – und all jene, die dem Hungertode nahe waren, sind wieder jung und gesund. Ihr braucht weder im Schweiße eures Angesichts euer tägliches Brot verdienen noch können die meisten von euch behaupten, daß sie hier ein schlechteres Essen erhalten, als sie es auf der Erde bekamen. Aber ich bin zumindest in einem Punkt auf eurer Seite. Es war ein Verbrechen, das größte Verbrechen aller Zeiten, euch wiederzuerwecken. Und deswegen . . .«

»Ich will Livy zurück!« schrie Sam. »Und meine Töchter! Solange sie von mir getrennt sind, könnten sie genauso gut tot geblieben sein. Ich wünschte mir wirklich, daß sie tot wären. Zumindest bräuchte ich dann nicht ununterbrochen daran zu denken, wie dreckig es ihnen vielleicht in diesem Moment irgendwo auf dieser elenden Welt ergeht! Woher soll ich wissen, daß man sie nicht schon vergewaltigt, zusammengeschlagen oder gefoltert hat? Es gibt so viel Böses auf diesem Planeten! Und das ist kein Wunder, da auf dieser Welt alle Schurken der irdischen Vergangenheit versammelt sind.«

»Ich könnte Ihnen helfen«, sagte der Ethiker nach einer Pause. »Aber es würde Jahre dauern, bis ich sie finde. Ich kann Ihnen nicht die einzelnen Gründe dafür nennen, weil das zu kompliziert würde – und außerdem muß ich verschwunden sein, bevor der Regen aufhört.«

Sam stand auf und ging mit ausgestreckten Armen auf den Unbekannten zu.

Der Ethiker sagte: »Halt! Sie haben mich schon einmal berührt!«

Sam blieb stehen. »Sie könnten wirklich Livy für mich finden? Und auch meine Mädchen?«

»Ich werde es tun. Sie haben mein Wort. Nur . . . nur was, wenn es wirklich Jahre dauert? Stellen Sie sich vor, daß Sie das Schiff bis dahin gebaut haben und sich bereits eine Million Meilen flußaufwärts befinden. Und dann komme ich und sage Ihnen, daß ich Ihre Frau gefunden habe, aber daß sie sich drei Millionen Meilen flußabwärts aufhält? Ich kann Ihnen natürlich sagen, wo sie ist, aber ich könnte sie niemals zu Ihnen bringen. Das müßten Sie schon selber erledigen. Aber wie? Wollen Sie wenden und zwanzig Jahre damit vergeuden, daß Sie wieder flußabwärts fahren? Würde die Mannschaft dabei mitspielen? Ich bezweifle es. Aber selbst wenn es so käme – welche Garantie hätten Sie, daß Ihre Frau sich zwanzig Jahre später immer noch an diesem Ort aufhält? Was, wenn sie inzwischen umgekommen ist und an einer ganz anderen Stelle lebt?«

»Verdammt noch mal!« heulte Sam.

»Und außerdem«, erwiderte der andere, »verändern sich die Menschen im Laufe der Zeit natürlich. *Sie* mögen Ihre Frau ja immer noch lieben, wenn Sie sie finden, aber . . .«

»Ich bringe Sie um!« knirschte Sam Clemens. »Oh, helft mir doch . . .«

Die Bambusmatte wurde angehoben. Der Fremde war kurz als fledermausartige, mit einem Umhang bekleidete Silhouette erkennbar, dessen Kopf von einer Kapuze verborgen wurde. Sam stand mit geballten Fäusten da und zwang sich förmlich, zu einem unbeweglichen Eisblock zu werden, von dem die Wut allmählich abschmolz. Schließlich begann er knurrend auf und ab zu gehen und warf die angerauchte Zigarre weg. Sie schien plötzlich bitter zu schmecken. Nicht einmal die Luft konnte er länger ertragen.

»Verflucht sollen sie alle sein! Verflucht soll auch *er* sein. Ich werde mein Schiff bauen, zum Nordpol hinauffahren und herausfinden, was hier überhaupt vor sich geht! Und dann bringe ich ihn um! Und alle anderen auch!«

Der Regen hatte jetzt aufgehört. Aus der Ferne drangen Rufe an Sams Ohren. Er ging hinaus, ziemlich aufgeregt, weil er plötzlich damit rechnete, daß man den Fremden geschnappt hatte, obwohl das ziemlich unwahrscheinlich war. Ihm wurde auf einmal klar, daß dieses Schiff unglaublich viel für ihn bedeutete; soviel, daß er um keinen Preis der Welt irgendeine Verzögerung oder Störung des Baus hinzunehmen gewillt war – nicht einmal dann, wenn er dafür die Gelegenheit erhielt, sich auf der Stelle an dem Ethiker zu rächen. Dazu hatte er später noch genügend Zeit.

Über die Ebene liefen Menschen mit brennenden Fackeln. Als sie näher kamen, erkannte Sam an ihren Gesichtern, daß es sich um mehrere Wachen und Lothar von Richthofen handelte. Zwischen sich hatten sie drei Unbekannte. Sie waren mit Tüchern bekleidet, die von Magnetverschlüssen zusammengehalten wurden, was ihre Figuren formlos erscheinen ließ. Der Kopf des kleinsten der drei Fremden wurde von einer Kapuze verhüllt. Der größte der drei war ein Mann mit einem langen, schmalen, finster blickenden Gesicht und einer großen Hakennase.

»Sie haben alle Chancen, der zweite im großen Nasenwettbewerb zu werden«, sagte Sam. »In meiner Hütte ist jemand, der hat einen Zinken, neben dem der Ihre immer noch so aussieht, als würde er in sein linkes Nasenloch hineinpassen.«

»Nom d'un con! Va te faire foutre!« sagte der große Mann. »Muß ich mich überall da, wo ich mich aufhalte, beleidigen lassen? Ist das die Gastfreundschaft, die man einem Fremden gewährt? Bin ich zehntausend Meilen unter unglaublichen Bedingungen gereist, um den Mann, der mir noch einmal zu einer Handvoll Stahl verhelfen kann, zu finden, nur um mir anzuhören, wie meine Nase aussieht? Wisse er, unwissender Frechling, daß Savinien de Cyrano II de Bergerac niemals die andere Wange hinhält. Wenn er sich nicht auf der Stelle – und zwar mit Engelszungen – entschuldigt, werde ich ihn mit dieser meiner Nase aufspießen!«

Natürlich entschuldigte Sam sich sofort und erklärte sein Verhalten damit, daß die vergangene Schlacht gehörig seine Nerven durchgebeutelt habe. Dann starrte er verwundert die legendäre Gestalt an, die vor ihm stand, und fragte sich, ob er etwa einen anderen der zwölf Auserwählten vor sich hatte.

Der zweite Mann, ein blondschopfiger junger Mann mit blauen Augen stellte sich selbst als Hermann Göring vor. Ein Rückgratknochen von einem Drachenfisch hing an einer Kordel um seinen Hals, und Sam wußte sofort, daß er einen Vertreter der Kirche der Zweiten Chance vor sich hatte, die absoluten Pazifismus predigte.

Der dritte Fremde schob seine Kapuze nach hinten und offenbarte ein ausnehmend hübsches Gesicht und langes, schwarzes Haar, das zu einem Knoten geschlungen war.

Sam stolperte und verlor beinahe die Besinnung. »Livy!«

Die Frau bewegte sich, sie kam näher auf ihn zu und musterte ihn stumm im Licht der Fackeln. Sie wankte dabei vor und zurück, als stünde sie unter einem Schock.

»Sam«, sagte sie schwach.

Er machte einen Schritt auf sie zu, aber sie wandte sich plötzlich von ihm ab und klammerte sich hilfesuchend an Bergerac. Der Franzose legte einen Arm um sie und starrte Sam Clemens an. »Nur Mut, mein Lämmchen«, sagte er. »Niemand wird dir etwas tun, solange ich bei dir bin. Was *bedeutet* er für dich?«

Livy sah Sam nun mit einem Ausdruck an, den man nicht fehlinterpretieren konnte. Er heulte auf und drohte mit geballter Faust den Sternen, die jetzt zwischen den Wolkenbänken sichtbar wurden.

14

Das Flußboot geisterte durch seinen Traum wie ein funkelnder, zwanzig Millionen Karat schwerer Diamant.

Ein Schiff wie dieses hatte es bisher nicht gegeben und würde es auch niemals wieder geben.

Es würde auf den Namen *Nicht vermietbar* getauft werden. Niemand würde je die Kraft dazu entwickeln, es ihm fortzunehmen, dazu würde es zu gut ausgerüstet und bewaffnet sein. Und niemand würde es von ihm leihen oder mieten können.

Der Name des Schiffes leuchtete in gewaltigen schwarzen Buchstaben auf der weißen Außenhülle. NICHT VERMIETBAR.

Das wunderbare Flußboot würde vier Decks besitzen: Das Maschinendeck, das Hauptdeck, das Hurrikandeck und das Landedeck für die Flugmaschine. Seine Gesamtlänge würde vierhundertvierzig Fuß und sechs Zoll betragen, der Abstand von der Oberkante der Schaufelräder zur Reling neununddreißig Fuß. Tiefgang, beladen: zwölf Fuß. Die Hülle würde aus Magnalium hergestellt sein. Hin und wieder würden die langen Schornsteine große Rauchwolken ausspeien, weil sich an Bord ein Kessel befand, der aber lediglich dazu diente, die Dampfkatapulte der Geschütze zu betreiben. Die gigantischen, an beiden Seiten angebrachten Schaufelräder würden von leistungsstarken Elektromotoren angetrieben.

Die *Nicht vermietbar* würde das einzige metallene Schiff auf dem Fluß sein, das einzige, das unabhängig war von Wind oder Ruderern, und jeder, an dem es vorbeifuhr, würde aufspringen und den Hals recken, um einen Blick darauf zu werfen; egal ob er nun zwei Millionen Jahre vor Christus geboren worden war oder zweitausend Jahre nach ihm.

Und er, Sam Clemens, würde es kommandieren. Er würde der Kapitän sein, da auch an Bord eines Schiffes, das die größten Köpfe aller Zeiten zu seinen Passagieren zählte, nur einer das Kommando haben konnte.

John Lackland konnte sich seinetwegen Admiral oder sonst was nennen, aber soweit es Sam Clemens anbetraf, würde er für ihn nichts weiter sein als der Erste Offizier. Und wenn es *tatsächlich* hart auf hart kommen sollte, würde er, Kapitän Samuel Clemens, es König John – John Ohneland, Drecksack-John, Hurensohn-John, Schweine-John, Erzlumpen-John – sogar verbieten, seine ungewaschenen Füße auf das Schiff zu setzen. Dann würde sich Sam Clemens, angetan mit einem weißen Kilt, ein weißes Tuch über der Schulter und eine ebensolche Mütze tragend, eine riesige grüne Zigarre rauchend über die um die Brücke führende Reling lehnen und brüllen: *Packt zu, ihr Landratten! Ergreift diese Ausgeburt der Unmoral und Hinterlist an Arsch und Kragen und laßt ihn über die Planke laufen. Es ist mir Wurscht, ob er im Wasser oder auf dem Uferstreifen landet. Werft allen Müll über Bord!*

Und dann würde der famose Prinz John im hohen Bogen über die Reling des Maschinendecks segeln. Schlauberger-John hätte dann alle Gelegenheiten, in seinem französisch-akzentuierten Mittelenglisch, in anglonormannischem Französisch oder Esperanto aufzukreischen. Schließlich würden die Männer die Planke wieder einziehen, Glocken läuten, Pfeifsignale geben, und Sam Clemens, der genau hinter dem Steuermann stand, würde das Kommando zum Start der Reise geben.

Die Reise! Ein Flußbett hinauf, das zehn oder zwanzig Millionen Meilen lang war. Es konnte gut möglich sein, daß sie vierzig oder gar hundert Jahre unterwegs waren. Man hatte auf der Erde weder von solch einem Schiff noch von solch einem Fluß, geschweige denn von einer Fahrt dieses Formats zu träumen gewagt. Ja, es würde den Fluß hinaufgehen, den einzigen, den es auf diesem Planeten gab, auf einem Schiff, wie es nur einmal existierte, mit Sam Clemens als *La Sipresto*, dem Kapitän, den man auch als *La Estro*, den Boß, bezeichnen würde.

Junge, er war wirklich glücklich!

Und dann, gerade in dem Augenblick, als das Schiff sich auf die Flußmitte zubewegte, um die Strömung auszuprobieren, die hier ganz besonders stark war, als Tausende von Menschen, die den Stapellauf von beiden Ufern verfolgt hatten, ihm zuwinkten und sich die Kehlen vor Begeisterung heiser schrien, sah Samuel Langhorne Clemens alias Mark Twain – der Kapitän, der Boß – einen Mann mit langem blonden Haar und breiten Schultern, der sich rücksichtslos seinen Weg durch die Menge bahnte.

Der Mann trug ein von Magnetverschlüssen zusammengehaltenes, wie ein Kilt wirkendes Gewand. Die Ledersandalen an seinen Füßen waren aus der Haut eines Drachenfisches gemacht. Um seinen muskulösen Hals schlang sich eine Kette aus glänzenden, bunten Hornfischgräten. Seine gewaltige Hand hielt den hölzernen Schaft einer großen, eisernen Axt umklammert. Blaßblaue Augen funkelten Sam an wie die eines Todesengels. Die Nase des Mannes glich der eines Habichts.

Schneller! Schneller! schrie Sam den Rudergänger an. *Volle Kraft voraus!*

Aber die mächtigen Schaufelräder griffen eher gemütlich ins Wasser hinein. *Tschugg, tschugg, tschugg.* Und selbst durch das fiberglasisolierte Deck konnte man die sanften Vibrationen spüren. Und dann war der blonde Mann, der Erik Blutaxt hieß und ein Wikingerkönig aus dem zehnten Jahrhundert war, ganz übergangslos zwischen ihnen auf der Brücke.

Er schrie Sam Clemens in Altnorwegisch zu: *Verräter! Du Spottgeburt aus Dreck und Feuer! Erinnerst du dich, daß ich dir versprach, irgendwo am Flußufer auf dich zu warten? Du hast mich hintergangen, weil du das Eisen aus dem heruntergefallenen Stern für dich allein haben wolltest! Du wolltest das Schiff mit niemandem teilen!*

Sam floh, ließ die Brücke hinter sich, kletterte eiserne Leitern hinab, bis er sich in den halbdunklen Gängen der Maschinenräume wiederfand, aber stets war Erik Blutaxt nur zwei Schritte hinter ihm.

Er rannte an den überdimensionalen Elektromotoren vorbei, und dann war er plötzlich in den chemischen Laboratorien, wo die Ingenieure dabei waren, aus menschlichen Exkrementen Salpeter herzustellen, das sie mit Holzkohle und

Schwefel mischten, um daraus Schießpulver herzustellen. Sam nahm sein Feuerzeug, riß eine Pechfackel an sich, ließ eine kleine Flamme auflodern und hielt seinem Verfolger die Fackel entgegen.

Halt, oder ich jage das ganze Schiff in die Luft! schrie Sam.

Erik blieb zwar stehen, aber er schwang ununterbrochen die große Axt über seinem Kopf. Dann grinste er und sagte: *Tu's doch! Dir fehlt ja doch der Mumm dazu! Du liebst dieses Schiff mehr als alles andere auf dieser Welt – mehr noch als deine entzückende Livy! Du würdest es doch niemals zulassen, daß es in die Luft geblasen wird! Nichts wird mich davon abhalten, dir jetzt den Schädel zu spalten und dann das Schiff an mich zu reißen!*

Nein! schrie Sam. *Nein! Das darfst du nicht! Das kannst du nicht tun! Dieses Schiff ist meine ganze Liebe, mein Leben, meine Welt! Das kannst du nicht tun!*

Der Nordmann kam noch näher auf ihn zu. Immer noch zerschnitt die Axt leise zischend die Luft über seinem Kopf.

Ich kann es nicht? Warte nur ab!

Als Sam über die Schulter blickte, gewahrte er einen Schatten, der sich auf ihn zubewegte und zu einer hochgewachsenen, gesichtslosen Gestalt wurde. Sie gehörte X, dem geheimnisvollen Fremden, dem Renegaten unter den Ethikern, der dafür gesorgt hatte, daß der große Meteorit auf diesen Planeten gefallen war, damit Sam zu dem Eisen und Nikkel kam, das er benötigte, wenn er auf einer mineralienarmen Welt wie dieser zu seinem geplanten Schiff kommen wollte. Der Unbekannte hatte ihn dabei unterstützt, jetzt war es fertig und konnte den Weg flußaufwärts nehmen, bis es den See am Pol erreichte, wo der unter Wolkenbänken versteckte Turm, der Große Gral, oder wie immer man ihn auch nennen wollte, von dichten Nebeln umdräut stand. Einmal dort angekommen, würden Sam und die elf anderen Auserwählten nach einem Plan, den X ihnen noch immer nicht offenbart hatte, den Turm stürmen und herausfinden, daß . . . ja, was eigentlich? Was dort vor sich ging.

Fremder! rief Sam. *Steh mir bei! Rette mich!*

Das Gelächter des anderen war so kalt wie ein Nordwind und verwandelte das Innere seiner Magenwände in Kristall.

Rette dich selbst, Sam!

Nein! Nein! heulte Sam. *Du hast es mir versprochen!* Und

dann stöhnte er mit geöffneten Augen zum letzten Mal auf. Oder hatte er etwa nur geträumt, gestöhnt zu haben?

Er setzte sich auf. Sein Bett war aus Bambus. Die Matratze aus geflochtenen Bambusfasern und mit Blättern des Eisenbaums gefüllt. Das Laken bestand aus fünf mit Magnetverschlüssen aneinandergehefteten Tüchern. Das Bett stand mit dem Kopfende an der Wand eines zwanzig Quadratmeter großen Raumes, in dem ein großer und ein kleiner runder Tisch standen, des weiteren ein Dutzend aus Bambus- oder Pinienholz hergestellter Stühle und ein tönerner Nachttopf. Er sah einen aus dickem Bambusrohr gefertigten, halbvollen Wassereimer, eine große Kiste, in der hochkant aufgerollte Papierrollen standen, einen Ständer mit Bambus- und Pinienholzspeeren, die entweder Feuerstein- oder Eisenspitzen besaßen, Eibenholzbogen und Pfeile, eine Streitaxt aus Nikkeleisen und vier lange, stählerne Messer. An der Wand waren mehrere Haken angebracht, an denen weiße Tücher hingen. An einem Hutständer baumelte eine Seemannsmütze; die eines Offiziers. Sie war aus Leder und mit dünnem, weißem Stoff überzogen.

Auf dem großen Tisch stand sein Gral, ein grauer Metallzylinder mit einem Griff aus dem gleichen Material.

Auf dem runden Beistelltischchen: gläserne Fläschchen, deren Inhalt aus tiefschwarzer Tinte bestand, eine Anzahl von knöchernen Schreibstiften, ein Federhalter mit Nickeleisenspitze. Die daneben ausgebreiteten Blätter waren aus Bambus gemacht; andere wiederum aus dem feinen Pergament, das die Magenwände des Hornfisches lieferten.

Gläserne Fenster in den Wänden! Soweit Clemens wußte, war dies das einzige Haus seiner Art auf der ganzen Welt. Mit ziemlicher Sicherheit gab es jedenfalls keines im Umkreis von zehntausend Meilen.

Das einzige Licht kam vom Himmel herab. Obwohl das Morgengrauen noch nicht eingesetzt hatte, war es heller als bei Vollmond auf der Erde. Gigantische Sterne, von denen manche so hell waren, als seien sie abgebrochene Stücke des Mondes, leuchteten in allen Farben. Zwischen ihnen schwebten leuchtende Nebel dahin, und es sah fast so aus, als seien einige davon dieser Welt näher als die Sterne selbst: Es waren kosmische Gaswolken, Erscheinungen, die die etwas empfindsameren Bewohner des Flußtales stets aufs neue in Erstaunen versetzten.

Sam Clemens leckte sich die Lippen, die noch immer nach dem Likör schmeckten, den er vor dem Einschlafen zu sich genommen hatte. Sie schmeckten sauer. Aber auch der Alptraum hinterließ einen bitteren Nachgeschmack in Sams Mundhöhle. Er taumelte hoch und durchquerte den Raum. Erst als er vor dem Tisch stand, nach seinem Feuerzeug griff und mit dessen Flamme ein kleines Fischöllämpchen anzündete, öffnete er die Augen ganz.

Er machte eines der Fenster auf und schaute auf den Fluß hinab. Noch vor einem Jahr hätten seine Augen nichts weiter als eine flache Ebene mit einer Breite von eineinhalb Meilen erblickt, auf der außer kurzem, zähem, hellgrünem Gras keine Vegetation existierte. Was er jetzt sah, waren hochaufgetürmte Erdhügel, tief in den Boden getriebene Bergwerksschächte und unzählige Gebäude aus Bambus und Kiefernholz, in denen große, aus Ziegeln gemauerte Öfen brannten. Dies waren seine (sogenannten) Stahlwerke, Schmieden, Waffenkammern, Laboratorien und Chemiewerke. In einer Entfernung von einer halben Meile lag die schwer befestigte Palisadenwand, hinter der das erste metallene Schiff entstand, das hier vom Stapel laufen würde.

Zu Sams Linker leuchteten Fackeln auf. Selbst in der Nacht waren seine Leute dabei, dem harten Boden seine kostbaren Schätze zu entreißen.

Hinter seinem Haus hatte sich einst ein Wald aus tausend Fuß hohen Eisenbäumen, Rotfichten, Krüppelkiefern, Eichen, Eiben und Bambusdickichten befunden. Er hatte das gesamte, dem Gebirge vorgelagerte Hügelgebiet bedeckt: Die Hügel waren zum Großteil noch da, aber abgesehen von den Eisenbäumen, die als einzige den Axthieben der Männer widerstanden hatten, waren sie jetzt kahl. Sie hatten das zähe Gras geschnitten und seine Fasern so lange chemisch behandelt, bis man aus ihnen Seile und Papier machen konnte, obwohl ihre Wurzeln dermaßen ineinander verwebt waren, daß man sie nicht auseinanderbekam. Die Arbeit, die man hatte aufwenden müssen, um das Gras zu schneiden, war ungeheuer gewesen, und Unmengen von Material waren dabei verbraucht worden: Man hatte alles getan, um an das im Boden lagernde Metall heranzukommen. Sie hatten einen hohen Preis gezahlt – nicht etwa in Geld, weil es das hier nicht gab –, aber in Schweiß, Feuerstein und abgestumpften Werkzeugen aus Metall.

War die Umgebung vor den Minenarbeiten noch ein buntes, paradiesisches Fleckchen gewesen, wirkte es nun wie ein Schlachtfeld. Verschwunden waren die farbenprächtigen Blumen, die Ranken, die an den Bäumen wuchsen, und das gesamte Grün. Wenn sie wirklich das Schiff dergestalt bauen wollten, wie sie es vorhatten, mußten sie die Häßlichkeit um sich herum ertragen.

Der feuchte, unangenehm kalte Wind, der jede Nacht um diese Zeit aus dem Norden kam, ließ Sam frösteln, aber auch die ihn umgebende Einöde hatte ihren Anteil daran, daß er dastand und zitterte. Er liebte nichts mehr als die Schönheit und die Ordnung der Natur, und auch wenn er insgesamt anders über diese Welt in ihrer Gesamtheit dachte, hatte ihm die parkähnliche Gestaltung des Flußtales immer zugesagt. Nun hatte er es wegen eines Traumes unbewohnbar gemacht und würde es noch weiter verwüsten müssen, denn seine Mühlen und Fabriken brauchten immer mehr Brennstoff, um Papier und vor allem Holzkohle herstellen zu können. Alles, was dieser kleine Staat einst besessen hatte, war mittlerweile aufgebraucht, und aus Cernskujo, dem Land, das unmittelbar jenseits der nödlichen Grenze lag, begann man bereits ebenso unwillig wie im südlichen Publiujo mit den Holzvorräten herauszurücken. Wenn es so weiterging, würde ihm entweder nichts anderes übrigbleiben, als mit seinen engsten Nachbarn einen Krieg anzufangen oder sich auf der anderen Seite des Flusses nach neuen Handelspartnern umzusehen. Oder sie zu erobern und ihnen das Holz einfach wegzunehmen. Sam hatte keine Lust, so etwas zu tun; Kriege waren grundsätzlich abscheulich für ihn, allein darüber nachzudenken verursachte ihm psychischen Schmerz.

Aber wenn er sein Schiff bauen wollte, brauchte er Energie für seine Fabriken.

Und wenn er Aluminiumgeneratoren und Motoren bauen wollte, benötigte er Bauxit, Kryolith und Platin.

Eine ergiebige Lagerstätte all dieser drei Elemente lag in Soul City, das von einer Nation bewohnt wurde, deren Gebiet sechsundzwanzig Meilen flußabwärts lag und von Elwood Hacking beherrscht wurde, einem Mann, der die Weißen haßte.

Bisher war es Sam noch immer gelungen, Bauxit, Kryolith, Zinn und Platin gegen eiserne Waffen einzutauschen, obwohl sein eigenes Land, dem man den Namen Parolando gegeben hatte, sie selbst dringend benötigte. Nachdem Hakking ihnen eine Bedingung nach der anderen auferlegt hatte, verlangte er jetzt noch, daß die Männer von Parolando selbst zu ihm kommen sollten, um seine Erze abzubauen und flußaufwärts zu schaffen.

Sam stieß einen tiefen Seufzer aus. Warum zum Teufel war es dem geheimnisvollen Fremden nicht gelungen, den Meteor in der Nähe der Bauxitablagerungen niedergehen zu lassen? Dann wäre vieles für Blutaxts Wikinger und ihn einfacher gewesen: Sie hätten lediglich an Land zu gehen und die Umgebung in Besitz zu nehmen brauchen, das jetzt Hacking gehörte. Wenn er später aufgetaucht wäre, hätte er nichts anderes tun können, als sich Sam anzuschließen oder sich wieder fortzuscheren.

Aber immerhin: Selbst ein Wesen, das über solche Kräfte verfügte wie der unbekannte Renegat, konnte kaum dazu fähig sein, die Absturzstelle eines hunderttausend Tonnen wiegenden Eisen-Nickel-Meteors genau vorherzubestimmen. Offenbar hatte der Fremde angenommen, daß der Meteor genau am richtigen Fleck niedergegangen war, denn vor seinem Verschwinden hatte er Sam noch erzählt, daß die restlichen Mineralien, die er benötigte, sich in einer Entfernung von nicht mehr als sieben Meilen befänden. Aber er hatte sich geirrt, was Sam gleichzeitig wütend und glücklich machte. Wütend war er gewesen, weil die Mineralien nun doch außerhalb seiner Reichweite lagen; und glücklich fühlte er sich deswegen, weil ihm allmählich aufging, daß auch die Ethiker nicht unfehlbar waren.

Aber auch diese Erkenntnis würde den Menschen, die für ewig zwischen zwanzigtausend Fuß hohen Bergwänden in einem kaum mehr als neun Meilen breiten Tal gefangengehalten wurden, nicht weiterhelfen. Sie würden weiterhin hier ihre Tage fristen – es sei denn, es gelang Samuel Langhorne Clemens, sein geplantes Schiff fertigzustellen.

Sam trat an einen aus Pinienholz gefertigten Schrank, öffnete eine seiner Türen und entnahm ihm eine undurchsichtige gläserne Flasche, die etwa zwanzig Unzen reinsten Bourbons enthielt, der von Leuten stammte, die selbst nicht tranken. Er kippte sich drei Unzen rein, leckte sich die Lippen, stöhnte wohlig und strich sich zufrieden über den Magen. Ha! Es gab überhaupt nichts Besseres, um einen neuen Tag anzufangen, besonders dann, wenn man gerade aus einem Alptraum erwachte, den sogar der Ungeheure Traumzensor als unzumutbar zurückgewiesen hätte. Vorausgesetzt natürlich, der Ungeheure Traumzensor hegte irgendwelche Sympathien für den beliebten Traumerzeuger Sam Clemens. Vielleicht mochte ihn der Ungeheure Traumzensor auch überhaupt nicht. Es sah überhaupt so aus, als würden nur sehr wenige Leute ihn wirklich *lieben*. Und das lag daran, daß er, solange er den Bau des Schiffs vorantrieb, hin und wieder Dinge tun mußte, die ihm selbst nicht gefielen.

Und dann war da noch Livy, die auf der Erde fünfunddreißig Jahre lang seine Frau gewesen war.

Sam fluchte, rupfte an einem imaginären Schnauzbart, griff erneut in den Schrank und nahm die Flasche ein zweitesmal heraus. Er schluckte. In seinen Augen waren plötzlich Tränen; und er wußte nicht, ob sie das scharfe Getränk oder der Gedanke an Livy hervorgerufen hatte. Es war nicht unwahrscheinlich in dieser Welt der komplexen Zwänge und geheimnisvoller Vorgänge – und Treibkräfte –, daß es ein wenig an beidem gleichzeitig lag, zuzüglich einiger anderer Faktoren, die aufzuzählen ihn sein momentan bereits angeschlagenes Kleinhirn hinderte. Es würde abwarten, bis sein Großhirn auf der Strecke blieb, dann die intellektuellen Windungen anfallen und die Rückstände des ersteren in die Knie zwingen.

Sam ging an den Bambusmatten vorbei und warf einen Blick aus einem anderen Fenster. Unter ihm, etwa zweihundert Yards entfernt, lag unter den weitgestreckten Ästen eines Eisenbaumes eine runde, konisch zulaufende Hütte mit zwei Räumen, in deren Schlafzimmer sich jetzt wahrscheinlich Olivia Langdon Clemens – seine Frau! – seine *Ex*-Frau – und der große, hagere Savinien de Cyrano II de Bergerac, spitznasiger Raufbold und Degenfechter, Freigeist mit sensiblem Kinn, Saufaus und Literat das Bett teilten.

»Livy, wie konntest du mir das nur antun?« sagte Sam, übermannt von Selbstmitleid. »Wie konntest du nur so mein Herz brechen, das die Liebe deiner Jugend war?«

Ein Jahr war nun vergangen, seit sie überraschend an der Seite Cyrano de Bergeracs aufgetaucht war. Er war natürlich schockiert gewesen, und das mehr, als je zuvor in seinem zweiundsiebzig Jahre währenden Erdenleben und dem sich daran anschließenden neunundzwanzigjährigen auf der Flußwelt. Aber er war darüber hinweggekommen, das heißt, beinahe wäre es dazu gekommen, hätte er nicht bald darauf einen zweiten Schock erlitten, wenngleich dieser auch geringerer Natur gewesen war: Nichts würde den ersten jemals übertreffen können. Immerhin, er hatte erkannt, daß es Livy unmöglich gewesen sein mußte, einundzwanzig Jahre ohne einen Mann zu verbringen, schon gar nicht, wenn sie plötzlich wieder jung und hübsch und begehrenswert war und keine Hoffnung darauf bestand, daß sie ihn jemals wiedersah. Sam selbst hatte die Jahre mit einem halben Dutzend anderer Frauen verbracht, und es war idiotisch, anzunehmen, daß es ihr anders ergangen war. Aber er hatte dennoch erwartet, daß sie ihren Partner wieder verlassen würde, sobald sie ihn sah.

Aber dazu war es nicht gekommen. Sie liebte diesen Bergerac.

Seit jener Nacht, in der sie so plötzlich aus dem Nebel des Flusses erschienen war, hatte Sam sie fast jeden Tag gesehen. Sie hatten sich miteinander in freundschaftlichem Ton unterhalten, und hin und wieder eine Situation erlebt, in der sie wie in den alten Tagen auf der Erde lauthals miteinander lachten oder Scherze machten, und manchmal konnte man an ihrer beider Blicke erkennen, daß die alte Liebe erneut zwischen ihnen aufflackerte. Und dann, wenn Sam das Gefühl hatte, es nicht mehr länger aushalten zu können, während sie lachte und er das Gefühl verspürte, weinen zu müssen, hatte er einen Schritt auf sie zugetan, während Livy schnell an Cyranos Seite zurückgekehrt war, als sei dieser Mann er, und er selbst, Samuel, ein völlig anderer.

Jede Nacht verbrachte sie mit diesem dreckigen, ungeschlachten, spitznasigen, weichkinnigen, adamsäpfeligen, aber farbigen, intelligenten, schlagfertigen, energischen, talentierten und scharfzüngigen Franzosen. Dieser kraftstrotzende Gockel, dachte Sam. Er konnte ihn sich gut vorstellen, wie er durch das Zimmer sprang, krähend vor Geilheit, und die hellhäutige, kurvenreiche Gestalt Livys bestieg, wobei er unentwegt auf und nieder hüpfte und Geräusche ausstieß wie ein Laubfrosch . . .

Es lief ihm kalt den Rücken hinunter. All das machte ihm zu schaffen. Selbst wenn er gelegentlich heimlich eine Frau mit in seine Hütte nahm – wobei für seine Geheimnistuerei absolut kein Grund bestand –, konnte er Livy nicht vergessen. Selbst die gelegentliche Portion Traumgummi nützte da nichts. Und so segelte er immer wieder durch die von Drogen aufgepeitschte See des Unterbewußtseins, in dem die Stürme heulten, die sein Verlangen nach ihr nur noch mehr schürten. Das herrliche Schiff mit dem Namen *Livy;* ein Bauch aus weißen Segeln, ein Leib wie eine sauber geschnittene, stromlinienförmig gebogene Hülle . . .

Und dann hörte er ihr Lachen; ihr wunderbares Lachen. Das war das Allerschlimmste für ihn.

Sam durchquerte sein Haus und warf einen Blick durch die Vorderfenster. Neben ihm stand der eichene Untersatz mit dem großen, selbstgeschnitzten Steuerrad. Dieser Raum hier war seine Brücke. Das Gebäude lag an einem Hang, nahe der Ebene, und stand auf dreißig Fuß hohen Pfählen. Man konnte es von unten lediglich durch eine Leiter und von der Steuerbordseite her (um einen nautischen Begriff zu gebrauchen) durch eine Pforte direkt von dem hinter ihm aufragenden Hang aus betreten. Auf dem Dach der Brücke hing eine große Glocke; wahrscheinlich die einzige metallene Glocke dieser Welt. Sobald die in der Ecke angebrachte Wasseruhr sechs anzeigte, würde Sam die Glocke läuten. Und dann würde das jetzt noch im Dunkeln daliegende Tal zu neuem Leben erwachen.

15

Obwohl noch immer der Nebel über dem Fluß hing, der gelegentlich bis an die Uferbänke heranreichte, konnte Sam dennoch die großen, pilzförmigen Gralsteine, die sich am Strand entlangzogen, erkennen. Bald darauf entdeckte er ein winziges Boot, das aus dem Nebel kam. Zwei Männer sprangen an Land und zogen den Einbaum aus dem Wasser. Dann rannten sie rechterhand davon. Aber das Sternenlicht reichte aus, um sie für Sam erkennbar zu machen, wenngleich ihn hie und da ein Gebäude in der Sicht behinderte. Die Männer umrundeten das zweistöckige Gebäude der Töpferei und hielten dann geradewegs auf das Hügelgebiet zu. Sam verlor sie aus den Augen, aber es sah ganz danach aus, als seien die beiden auf dem Weg zu John Haderlumps »Palast«.

Aber genug über das Wachsystem des Staates Parolando. Entlang des Ufers befand sich jede Viertelmeile eine auf Pfählen stehende Hütte, die mit vier Wächtern bemannt war.

Und sie hatten die strikte Anweisung, sofort Alarm zu schlagen, sobald sie etwas Verdächtiges bemerkten. Man hatte sie deswegen extra mit Trommeln, aus Knochen gefertigten Hörnern und Fackeln ausgerüstet.

Und jetzt waren zwei Männer aus dem Nebel gekommen, um König John, dem Ex-König Englands, eine Botschaft zu übermitteln?

Eine Viertelstunde später sah Sam einen weiteren Schatten durch die Dunkelheit rennen. Das dünne Seil, das an einer kleinen Glocke über dem Eingang seines Hauses führte, bewegte sich. Es klingelte. Sam starrte durch das Steuerbordfenster und sah unter sich ein helles Gesicht. Es gehörte William Grevel, seinem Leibspion, einem ehemals bekannten Bürger der Stadt London, wo er Wollfabrikant gewesen war, bevor er im Jahre des Herrn 1401 abberufen wurde. Da es weder Schafe noch sonstige Säugetiere außer den Menschen auf dieser Welt gab, war der ehemalige Fabrikant zu einem verläßlichen Spion geworden, denn es lag einfach in seiner Natur, nächtelang aufzubleiben und herumzustrolchen.

Sam begrüßte ihn. Grevel eilte die »Leiter« herauf und trat ein, nachdem Sam die große Eichentür für ihn geöffent hatte.

»Saluton, Leutenanto Grevel«, sagte Sam in Esperanto. *»Kio estas?«* (»Hallo, Leutnant Grevel! Was führt Sie zu mir?«)

Grevel erwiderte: *»Bonan matenon, Estro. Ciu grasa fripono, Rego Johano, estas jus ekceptita duo spionoj.«* (»Guten Morgen, Boß. Der fette Schurke namens König John hat gerade zwei Spione empfangen.«)

Da weder Sam noch Grevel etwas mit dem Englisch des anderen anfangen konnten, hatten sie es sich angewöhnt, in Esperanto miteinander zu reden, was eine leidliche Verständigung ermöglichte.

Sam grinste. Bill Grevel hatte sich aus dem Geäst eines Eisenbaumes heruntergelassen, war geradewegs über dem Kopf eines Wachtpostens auf dem Dach des zweistöckigen Gebäudes gelandet und mit Hilfe eines Seiles in ein Fenster eingestiegen. Nachdem er einen Raum durchquert hatte, in dem drei Frauen schliefen, hatte er sich den obersten Stufen der in den ersten Stock hinabführenden Treppe genähert. John und die beiden Spione – einer war Italiener und stammte aus dem zwanzigsten Jahrhundert; der andere ein Ungar aus dem sechzehnten – hatten unter ihm an einem Tisch gesessen, während letztere von einer Fahrt berichteten, die sie flußaufwärts geführt hatte. König John war Grevel während der ganzen Unterhaltung ziemlich wütend erschienen.

Als Grevel endete, bekam Sam bald einen Wutanfall.

»Er hat versucht, Arthur von Neu-Britannien ermorden zu lassen?« fragte er entsetzt. »Was hat dieser Mann eigentlich noch alles vor? Will er uns denn vollkommen ins Unglück stürzen?«

Er lief wie ein wilder Stier herum, blieb plötzlich stehen, zündete sich eine Zigarre an und setzte seinen Weg fort. Noch einmal hielt er an, diesmal um Grevel etwas Wein und Käse anzubieten.

Es war eine Ironie des Zufalls – oder vielleicht auch der Ethiker, denn schließlich kannte man ja ihre Absichten nicht –, daß König John von England und sein Neffe, den er heimtückisch ermordet hatte, sich beide in einem Gebiet aufhielten, das nicht mehr als zweiunddreißig Meilen auseinanderlag. Arthur, ein britannischer Prinz der nicht mehr existierenden Erde, hatte die Leute in seiner Umgebung organisiert und einen Staat gegründet, den er Neu-Britannien nannte. Obwohl es nur wenige echte Angehörige der alten Bretonen in dieser Gegend gab, störte sich niemand auf dem zehn Meilen langen Landstrich, den er beherrschte, an der Namensgebung.

Es hatte acht Monate gedauert, bis Arthur herausgefunden hatte, daß dieser Onkel sein Nachbar war, dann war er inkognito nach Parolando gereist, um sich mit eigenen Augen davon zu überzeugen, daß John derjenige war, der ihm die Kehle durchgeschnitten und seinen Leichnam in die Seine geworfen hatte. Die Absichten, die Arthur nun verfolgte, lagen auf der Hand: Er wollte John in seine Gewalt bringen und ihn so lange am Leben erhalten, wie es die Folter zuließ. Er wollte seine Rache haben. Ein toter John, der vierundzwanzig Stunden später irgendwo an anderer Stelle wieder aufwachte, nützte ihm nichts.

Deswegen hatte Arthur Parlamentäre geschickt, die verlangten, daß man ihm seinen Onkel ausliefere. Man hatte dieses Ultimatum natürlich ablehnen müssen, obwohl, was Sam anging, ihn nur seine Aufrichtigkeit und die Furcht vor John daran gehindert hatten, Arthurs Verlangen zu erfüllen.

Und jetzt hatte John vier Männer mit dem Auftrag ausgeschickt, Arthur umzubringen. Zwei waren dabei getötet worden; die anderen hatten leichtverletzt die Flucht ergriffen. Das bedeutete Invasion. Jetzt würde Arthur sich nicht mehr damit zufriedengeben, John zu erhalten: Nun würde er auch alles daransetzen, das Metall in seine Hände zu bekommen.

Zwischen Parolando und Neu-Britannien existierte ein vierzehn Meilen langer Landstrich, den man entweder Chernskys Land oder – in Esperanto – *Cernskujo* nannte. Chernsky, ein dem sechzehnten Jahrhundert entstammender ukrainischer Kavallerieoberst, hatte zwar ein Zusammengehen mit Arthur abgelehnt, aber die Nation, deren Land sich gleich im Norden an Neu-Britannien anschloß, wurde von einem Mann namens Iyeyasu regiert. Iyeyasu war eine starke und ehrgeizige Persönlichkeit und hatte um 1600 auf der Erde das Shogunat Tokugawa gegründet, das man später Tokio nannte. Bald berichteten Sams Spione, daß der Japaner und der Bretone sich bereits zum sechsten Mal zu einer Kriegskonferenz getroffen hatten.

Im Norden von Iyeyasujo lag außerdem das Land Kleomanujo, das von Cleomenes, einem spartanischen König, regiert wurde, der ein Halbbruder jenes Leonidas gewesen war, der den Paß von Thermopylae gehalten hatte. Cleomenes hatte sich ebenfalls schon dreimal mit Arthur und Iyeyasu getroffen.

Südlich von Parolando befand sich das elf Meilen lange Reich Publia, das man nach seinem König Publius Crassus benannt hatte. Publius war während der Gallierkriege Offizier in Cäsars Kavallerie gewesen. Ihn konnte man am ehesten als freundlich einstufen, obwohl er horrende Preise dafür verlangte, daß Sams Leute seinen Baumbestand abholzten.

Südlich von Publia lag Tifonujo, über das Tai Fung herrschte, ein ehemaliger Hauptmann von Kublai Khans Reiterarmee, der auf der Erde betrunken vom Pferd gefallen war und sich das Genick gebrochen hatte.

Und an Tifonujo schloß sich Soul City an, die geführt wurde von Elwood Hacking und Milton Firebrass.

Sam blieb plötzlich stehen und richtete den Blick seiner von buschigen Brauen umsäumten Augen auf Grevel. »Es ist zum Verrücktwerden, Bill, aber ich weiß wirklich nicht, was ich jetzt tun soll. Wenn ich John auf den Kopf zusage, daß ich von seinem Mordanschlag weiß – auch wenn Arthur einen solchen Tod, nach allem, was ich von ihm gehört habe, vielleicht verdient hat –, erfährt er gleichzeitig, daß ich in seinem Haus Spione sitzen habe. Er würde ganz einfach alles abstreiten und verlangen, daß ich ihm meinen Zeugen persönlich gegenüberstelle. Und was dann aus *dir* wird, kannst du dir sicher vorstellen.«

Grevel erbleichte.

Sam sagte: »Sieh zu, daß du dein Herz wieder in Gang setzt. Natürlich würde ich so etwas niemals tun. Alles, was wir jetzt tun können, ist das Maul zu und die Augen offen zu halten. Aber ich kann allmählich nicht mehr zu all diesem Schwachsinn schweigen. Dieser Kerl ist der hinterhältigste Schuft, den ich je kennengelernt habe – und wenn du wüßtest, welchen Halunken ich im Laufe meines Lebens schon begegnet bin, einschließlich jener Sorte von Mensch, die sich Verleger nennt – wüßtest du, wovon ich rede.«

»John würde sich sicher gut als Steuereintreiber machen«, erwiderte Grevel, als sei dies die schlimmste Form der Beleidigung. Für ihn traf das zumindest zu.

»Es war ein schwarzer Tag, als ich mich dazu hinreißen ließ, John als Partner zu akzeptieren«, murmelte Sam und blies, sich Grevel zuwendend, eine Rauchwolke aus. »Aber hätte ich es nicht getan, hätten sich alle Chancen, an das Eisen heranzukommen, in Nichts aufgelöst.«

Nachdem er Grevel gedankt hatte, entließ er ihn. Der Himmel über den Bergen auf der anderen Seite des Flusses färbte sich allmählich rot. Bald würde das Felsengestein an den Rändern rosa und das darüberliegende Firmament blau werden, aber auch dann würde es noch eine geraume Weile dauern, ehe die Sonne das Tal beschien. Vorher würden sich auf jeden Fall die Gralsteine in Betrieb setzen.

Sam wusch sein Gesicht in einer Schüssel, strich seinen dicken, rötlichen Haarbüschel nach hinten, reinigte sich die Zähne, indem er Zahnpasta auf die Spitze seines Zeigefingers schmierte und im Mund herumfummelte. Darauf spülte er sich den Mund aus. Er schlang den Gürtel mit den vier Scheiden und dem kleinen, daran befestigten Beutel um die Hüften, legte eines der Tücher wie einen Umhang um die Schultern, nahm seinen eisenbeschlagenen Spazierstock aus Eichenholz und griff nach seinem Gral. Dann ging er die

Treppen hinunter. Das Gras war noch feucht, denn es regnete jede Nacht von drei bis halb vier, und das Tal wurde erst dann wieder getrocknet, wenn die Sonne kam. Zum Glück gab es auf diesem Planeten weder Krankheitserreger noch andere Viren, die einem gefährlich werden konnten. Wäre das nicht so gewesen, die Hälfte der Talbewohner würde jetzt schon nicht mehr am Leben sein, weil Grippe und Lungenentzündungen sie hinweggerafft hätten.

Obwohl Sam nun seit langer Zeit wieder jung und kräftig war, behagte es ihm immer noch nicht, an großen Feierlichkeiten teilzunehmen. Statt dessen wälzte er Pläne. Selbst jetzt, wo er sich auf den nächsten Gralstein zubewegte, dachte er an eine kleine Eisenbahnlinie, die man von seinem Haus aus bis an die Ufergestade bauen könnte. Aber das würde sie zu lange von wichtigeren Tätigkeiten abhalten. Warum sollte er nicht ein Automobil konstruieren, dessen Motor Alkohol verbrannte?

Die ersten Leute begannen sich ihm anzuschließen, und von nun an war Sam hauptsächlich damit beschäftigt *»Saluton!«* oder *»Bonan Matenon!«* zu sagen. Als er das Ende seines Weges erreicht hatte, überreichte er seinen Gral einem Mann, der ihn in eine der Vertiefungen auf der Oberfläche des pilzförmigen Steins stellte. Als etwa sechshundert der Metallzylinder ihren Platz gefunden hatten, zogen die Leute sich respektvoll zurück. Fünfzehn Minuten später wurde der Felsen von einem ungeheuren Aufbrüllen erschüttert. Blaue Flammen jagten fünfundzwanzig Fuß hoch in die Luft, während der Donner von den Bergwänden zurückgeworfen wurde. Nachdem sie erloschen waren, wurden die Grale an ihre Besitzer zurückgegeben. Sam ging auf seine »Brücke« zurück und stellte sich die ernsthafte Frage, wieso er noch nicht auf die Idee gekommen war, jemanden damit zu beauftragen, ihm diese lästige Abholpflicht abzunehmen. Die Antwort darauf war, daß jeder Mensch in einer solchen Abhängigkeit von seinem Gral lebte, daß er es einfach nicht zu riskieren wagte, ihn aus den Augen zu verlieren.

Nach Haus zurückgekehrt, öffnete Sam den Deckel. Die sechs übereinanderstehenden, am Rand des Zylinders befestigten Behälter enthielten die unterschiedlichsten Dinge.

Der Gral – jeder Gral – verfügte über einen doppelten Boden, in dem sich ein Energie-Materie-Umwandler befand, der für Abwechslung in der Nahrungsfolge sorgte. Heute morgen gab es Eier mit Speck, Toast mit Butter und Marmelade, ein Glas Milch, eine Scheibe einer Melonenart, zehn Zigaretten, einen Marihuana-Joint, einen Würfel Traumgummi, eine Zigarre und ein Fläschchen mit wohlschmekkendem Likör.

Sam nahm Platz. Er hatte sich vorgenommen, mit Appetit zu essen, aber bevor er dazu kam, fühlte er plötzlich einen Stich in der Magengrube. Als er aus dem Steuerbordfenster blickte (was er beim Frühstück bevorzugte, damit er nicht gezwungen war, auf Cyranos Hütte zu schauen), entdeckte er einen jungen Mann, der auf den Knien vor seiner Behausung hockte. Der Bursche betete, hatte die Augen geschlossen und die Hände gefaltet. Bekleidet war er lediglich mit einem Kilt und dem Rückgratknochen eines Fisches, der an einem Lederband um seinen Hals hing. Er hatte dunkelblondes Haar, ein breitflächiges Gesicht und einen muskulösen Körper. Allerdings waren seine Rippen deutlich zu erkennen.

Der betende Mann war kein anderer als Hermann Göring.

Sam stieß einen Fluch aus und sprang so heftig auf, daß der Stuhl, auf dem er gesessen hatte, nach hinten flog. Dann nahm er sein Frühstück und transportierte es von dem Beistelltischchen, an dem er ansonsten seine schriftlichen Arbeiten zu erledigen pflegte, und wanderte damit an den anderen hinüber, der die Mitte des Raumes einnahm. Görings Gegenwart hatte ihm bereits mehr als einmal den Appetit verschlagen, denn wenn Sam etwas im Leben nicht ausstehen konnte, waren es ehemalige Sünder, die plötzlich zu irgendeinem religiösen Glauben gefunden hatten und allen anderen Menschen mit ihrem Bekehrungsgefasel auf die Nerven gingen. Und ein Sünder war Göring zweifellos gewesen. Jetzt allerdings – das war seine Art der Kompensation – führte er sich auf wie ein Heiliger. Zumindest erschien er Sam so, denn Göring selbst pflegte sich ohne Unterlaß als die niedrigste Kreatur des Universums zu bezeichnen.

Scher dich zum Henker mit deiner aufgeblasenen, arroganten Art der Bescheidenheit, hatte Sam gesagt. *Oder zumindest weiter flußabwärts . . .*

Wäre die Magna Charta, die Sam erstellt hatte (unter dem Protest König Johns, von dem man nichts anderes hatte erwarten können), nicht gewesen, hätte er Göring und seine

Jünger längst des Landes verwiesen. Noch vor einer Woche hätte er das mit Leichtigkeit tun können. Aber jetzt gab die Magna Charta, die Verfassung des Staates Parolando, der demokratischsten Gesellschaft in der Geschichte der Menschheit, jedem Bürger absolute religiöse Freiheit und ebenso das Recht, auszusprechen, was er dachte. Das heißt beinahe, irgendwo mußte schließlich auch eine Grenze sein.

Und jetzt verbat das Dokument, daß Sam aufgesetzt hatte, ihm selbst, die Missionierungsversuche der Kirche der Zweiten Chance zu unterbinden.

Wenn Göring weiterhin gegen alles protestierte, wenn er weiterhin Reden schwang und noch mehr Leute zu seinem doktrinären pazifistischen Widerstand bekehrte, konnte Sam sein Flußboot in den Himmel schreiben. Hermann Göring hatte aus seinem Schiff ein Symbol gemacht; er behauptete, es repräsentiere die Überheblichkeit des Menschen, seine Habgier, seine Lust an der Gewalt und stehe im Widerspruch zu den Plänen, die der Schöpfer mit der Welt habe.

Die Menschen dürfen keine Boote bauen, sagte er, sondern sich damit begnügen, ihre Seelen zu durchleuchten. Alles, was die Menschheit benötige, sei ein Dach über dem Kopf, um sich vor dem Regen zu schützen, und ein paar dünne Wände, um sich hin und wieder in die Privatheit zurückziehen zu können, denn er brauche nun nicht länger mehr sein Brot im Schweiße seines Angesichts zu verdienen. Er erhalte Speis und Trank, ohne daß man dafür eine Gegenleistung von ihm erwarte, nicht einmal einen Dank, und er habe nun alle Zeit der Welt, um in sich zu gehen. Deswegen dürfe er sich gegen seinen Nächsten weder versündigen noch ihn seines Besitzes oder seiner Liebe berauben. Er müsse die anderen ebenso respektieren wie sich selbst, was nun einmal durch Diebstahl, Räuberei, Gewalt und Verachtung nicht möglich sei. Des weiteren müsse er . . .

Sam wandte sich ab. Zwar hatte Göring einige Ansichten, die unterstützenswert waren, aber es war einfach falsch von ihm anzunehmen, daß sie, wenn sie jenen Leuten, die für ihr Hiersein verantwortlich waren, die Stiefel leckten, darauf hoffen durften, ihre Welt würde in ein Utopia der geretteten Seelen verwandelt. Man hatte die Menschheit nur ein weiteres Mal hereingelegt; sie wurde benutzt, schlecht behandelt und mißbraucht. Alles, was man mit ihnen angestellt hatte

– die Wiedererweckung von den Toten, die körperliche Verjüngung, die absolute Gesundheit, die kostenlosen Lebens- und Genußmittel –, all das war nur ein schäbiger Trick, ein süßer Dauerlutscher, mit dem man die Menschheit in eine dunkle Gasse locken wollte, um sie zu ... Um sie zu was? Sam hatte keine Ahnung. Aber der geheimnisvolle Fremde hatte behauptet, seine Leute seien drauf und dran, die gesamte Menschheit in einer solch grausamen Art und Weise zum Narren zu halten, daß die blasphemische Existenz ihres Erdendaseins im Gegensatz dazu nur ein müder Scherz genannt werden könne. Man hatte die Menschheit erweckt und auf diesen Planeten transportiert, weil man sie angeblich studieren wollte, das war alles. Und sobald die Studien abgeschlossen waren, würde sie wieder in die Dunkelheit und das Vergessen zurückkehren. Zum zweitenmal angeschmiert.

Aber welchen Nutzen zog der Fremde daraus, wenn er dies einer kleinen Gruppe Auserwählter offenbarte? Warum hatte er sich der Mitarbeit einer kleinen Anzahl von Menschen versichert, um mit ihnen gegen seine eigenen Kollegen vorzugehen? Welche Absichten verfolgte der Fremde in Wirklichkeit? Hatte er Sam, Cyrano, Odysseus und all die anderen, die bis jetzt noch nicht zu ihnen gestoßen waren, angelogen?

Auch das wußte Sam Clemens nicht. Er befand sich auch auf dieser Welt in der Großen Dunkelheit, die er von der Erde her bereits kannte. Aber eins wußte er mit Sicherheit: Er würde sein Schiff bauen.

Die Nebel verzogen sich jetzt; die Frühstückszeit war vorüber. Sam kontrollierte die Wasseruhr und läutete die Glocke. Sobald das Geräusch sich fortpflanzte, erklangen die Pfeifensignale seiner Unterführer, die jeden Zipfel des zehn Meilen langen Landstrichs erreichten, der sich Parolando nannte. Dann setzten die Trommeln ein, und die Bürger gingen an die Arbeit.

16

In ganz Parolando lebten etwa tausend Menschen, aber dennoch würde das große Flußboot nur eine Besatzung von einhundertzwanzig haben. Zwanzig davon wußten bereits mit

Sicherheit, daß sie auf der Mannschaftsliste standen: Sam und Joe Miller, Lothar von Richthofen, van Boom, de Bergerac, Odysseus, drei Ingenieure, König John und deren Begleiterinnen war dies fest versprochen worden. Der Rest würde erst einige Tage vor dem Stapellauf erfahren, ob er umsonst oder mit einem Ziel vor Augen gearbeitet hatte: Dann würden die Namen der übrigen auf kleine Zettel geschrieben, in eine aus Draht konstruierte Lostrommel geworfen und herumgewirbelt werden, bis Sam sie anhielt und nach und nach – mit verbundenen Augen – hundert Namen aus ihr herauszog. Und die Glücklichen, deren Namen vorgelesen werden würden, konnten sich von da an zur Besatzung der *Nicht vermietbar* zählen.

Die *Nicht vermietbar* mußte, wenn die Angaben des Fremden stimmten, an die fünf Millionen Meilen zurücklegen. Wenn man einen Durchschnitt von 335 Meilen pro vierundzwanzig Stunden rechnete, würde es mehr als einundvierzig Jahre dauern, bis das Ende des Flußlaufes erreicht war. Aber natürlich war das die unterste Zeitgrenze, denn unzweifelhaft würde die Mannschaft dann und wann für längere Zeit an Land gehen oder Reparaturen auszuführen haben. Es war sogar möglich, daß das Schiff an reinem Verschleiß zugrunde ging, ungeachtet der Tatsache, daß Sam versuchen wollte, so viele Ersatzteile wie nur möglich mitzunehmen. Wenn es erst einmal unterwegs war, gab es keine Möglichkeit mehr umzukehren oder anderswo das an Bord zu nehmen, was man benötigte: Das Land, das vor ihnen lag, enthielt kein Metall, das ihnen von Nutzen sein konnte.

Es war ein seltsames Gefühl, sich vorzustellen, daß er einhundertvierzig Jahre alt sein würde, wenn sie die Quellen des Flusses endlich erreichten.

Aber was zählte das schon, wenn eine mehrtausendjährige Jugend vor einem lag?

Sam warf einen Blick durch die gewölbten Fenster. Die Ebene war jetzt voller Menschen, die von den Hügeln herabkamen und in die Fabriken strömten. Ebenso würde es in jenen Hügelzonen aussehen, die er im Moment nicht einsehen konnte. Eine kleine Armee mußte jetzt damit beschäftigt sein, an dem großen Damm im Nordwesten, direkt am Fuß der Berge, zu arbeiten: Dort entstand zwischen zwei steilen Hügeln eine Betonmauer, die das Wasser auffangen sollte, das von einer in den Bergen liegenden Quelle herabsprudelte. Wenn der hinter der Mauer liegende Stausee erst einmal voll war, würde das überflüssige Wasser ihnen dazu dienen, Generatoren anzutreiben, die die Mühlen in Bewegung versetzten.

Gegenwärtig kam die benötigte Energie aus einem Gralstein. Ein gigantischer Transformator aus Aluminium entnahm ihm die Energie dreimal am Tag und führte sie durch Aluminiumleitungen einer zweistöckigen Anlage zu, die man den Batacitor nannte. Hierbei handelte es sich um eine Erfindung des späten zwanzigsten Jahrhunderts, die in einer hundertstel Mikrosekunde Hunderte von Kilovolt in sich aufnehmen und in Einheiten zwischen einem Zehntel Volt bis hundert Kilovolt wieder abgeben konnte. Bei dieser Apparatur handelte es sich um den Prototyp des Geräts, das später auf der *Nicht vermietbar* eingesetzt werden würde. Zur Zeit wurde die Energie hauptsächlich zu einem von van Boom entwickelten Zerkleinerungsverfahren verwendet, um die Nickeleisenstücke zu zerschneiden, die man aus der Ebene grub. Natürlich wurde sie ebenfalls dazu verwendet, das Metall zu schmelzen. Das Aluminium für die Leitungen und den Batacitor selbst waren unter harter Arbeit aus Aluminiumsilikat angefertigt worden, den man dem Lehm, der unter dem Grasboden am Fuß der Berge lag, entnommen hatte. Aber diese Quelle war jetzt versiegt. Der einzige auf ökonomisch vernünftigem Wege abzubauende Rohstoff lag in Soul City.

Sam setzte sich an seinen Schreibtisch, zog eine Schublade heraus und entnahm ihr ein großformatiges, in Fischblasenleder gebundenes Buch, dessen Seiten aus Bambusfaserpapier hergestellt waren. Es war sein Tagebuch und trug den Titel *Die Memoiren eines Lazarus*. Bisher hatte er, um seine Reflexionen und die alltäglichen Geschehnisse, die ihm wichtig erschienen, niederschreiben zu können, dies mit einer Tinte getan, die aus Wasser, dem bräunlichen Extrakt von Eichenrinde und frischer Holzkohle bestand. Wenn die Technologie von Parolando erst einmal genügend fortgeschritten war, würde er irgendwann den elektronischen Aufzeichner benutzen, den van Boom ihm versprochen hatte.

Er hatte kaum mit seinen Aufzeichnungen angefangen, als die Trommeln zu schlagen begannen. Die großen Baßtrommeln signalisierten Bindestriche, die kleinen Soprantrommeln Punkte. Sie bedienten sich des Morsealphabets in Esperanto.

Von Richthofen würde in ein paar Minuten anlegen.

Sam stand erneut auf und blickte hinaus. In einer Entfernung von einer halben Meile war der Bambus-Katamaran zu erkennen, mit dem Lothar von Richthofen zehn Tage zuvor flußabwärts gereist war. Durch das Steuerbordfenster sah Sam eine gedrungene Gestalt mit dunkelbraunem Haar durch den Ausgang von König Johns Pfahlpalast gehen. Hinter ihm kamen seine Leibwächter und Speichellecker.

Offensichtlich wollte er verhindern, daß von Richthofen Sam Clemens irgendwelche geheimen Botschaften von Elwood Hacking überbrachte.

Der Ex-Monarch von England und gegenwärtige Mitbeherrscher von Parolando trug einen rotweißkarierten Kilt, einen aus Tüchern bestehenden ponchoartigen Umhang und knielange Flußdrachenstiefel. Um seine fetten Hüften schlang sich ein breiter Gürtel, an dem mehrere stählerne Messer in Scheiden, ein Kurzschwert und eine Stahlaxt baumelten. In einer Hand hielt er ein eisernes Koronet, das Zeichen seiner adligen Abkunft. Auch dies hatte einst zu den Streitpunkten zwischen ihm und Sam gehört, da dieser es für eine reine Verschwendung von Metall hielt, sich mit Zeptern zu behängen. Zudem hielt Sam dieses Ding für einen sinnlosen Anachronismus; aber John hatte darauf bestanden, und so hatte er schließlich nachgeben müssen.

Immerhin empfand er einige Befriedigung, wenn er an den Namen dachte, den sie ihrem kleinen Land gegeben hatten: Parolando war Esperanto und bedeutete, da diese Region zwei Herrscher aufzuweisen hatte, *Zweierland*. Was Sam König John allerdings wohlweislich verschwiegen hatte, war, daß man es ebensogut mit *Twainland** übersetzen konnte.

John ging über einen Pfad aus festgetretener Erde an einem langgestreckten, niedrigen Fabrikgebäude vorbei und nä-

---

* *»Mark Twain«, das Pseudonym des Schriftstellers Samuel Langhorne Clemens, ist von einem Begriff aus der Mississippi-Missouri-Schiffahrt abgeleitet und bedeutet soviel wie »zwei Faden Tiefe«. Clemens selbst war jahrelang Lotse auf Mississippi-Dampfschiffen. So wählte er diesen Ausdruck, als er zu schreiben begann, zu seinem Schriftstellernamen.*

herte sich Sams Hauptquartier. Sein Leibwächter, ein riesiger Schläger namens Sharkey, betätigte für ihn die Klingel.

Sam steckte den Kopf aus dem Fenster und rief: »Komm an Bord, John!«

König John warf ihm von unten herauf aus seinen blaßblauen Augen einen Blick zu und forderte dann Sharkey auf, allein vorzugehen. Er vermutete überall Meuchelmörder – und das nicht ohne Grund. Außerdem paßte es ihm nicht, daß er zu Sam kommen mußte, anstatt daß dieser sich dazu bequemte, bei ihm aufzutauchen; aber da er genau darüber im Bilde war, wen von Richthofen als ersten aufsuchte, hatte er keine andere Wahl.

Sharkey trat ein, inspizierte Sams Brücke und schnüffelte auch in den anderen Räumen herum. Plötzlich erklang ein grollendes, tiefes Brummen, wie von einem Löwen. Es kam aus dem hinteren Schlafraum. Eilig kehrte Sharkey zurück und zog leise die Tür hinter sich zu.

Sam lächelte und sagte: »Joe Miller mag zwar krank sein, aber er ist auch dann noch dazu fähig, zehn Preisboxer zum Frühstück zu verzehren und anschließend einen Nachschlag zu verlangen.«

Sharkey gab keine Antwort. Er gab John durch das Fenster das Signal, daß er hinaufkommen könne, ohne etwas befürchten zu müssen.

Der Katamaran hatte nun angelegt, und die kleine Gestalt von Richthofens kam, in der einen Hand einen Gral, in der anderen den mit hölzernen Schwingen ausgestatteten Parlamentärsstab, über die Ebene. Durch ein anderes Fenster sah er die schlaksige Figur Bergeracs, der eine Gruppe von Männern auf den Südwall zuführte. Livy war nirgendwo zu entdecken.

John trat ein.

»Bonan matenon, Johano«, sagte Sam.

Es stank John gewaltig, daß Sam sich weigerte, ihn mit *Via Rega Môsto* – Eure Majestät – anzusprechen. Sogar die offiziellen Titel, die sie beide in Parolando trugen – *La Konsulo* –, kamen selten freiwillig über Sams Lippen. Es gefiel ihm einfach, sich von den anderen *La Estro*, der Boß, nennen zu lassen, weil das John noch mehr ärgerte.

Mit einem Grunzen ließ John sich an Sams rundem Tisch nieder. Ein anderer seiner Leibwächter, ein großer, finsterer Frühmongole mit schweren Knochen und unglaublich starken Muskeln, der Zaksksromb hieß und mindestens dreißigtausend Jahre vor Christus das Zeitliche gesegnet hatte, zündete John eine riesige, braune Zigarre an. Zak, das war allgemein bekannt, war der stärkste Mann in Parolando – nach Joe Miller, der, wenn man genau war, nicht zu den Menschen gehörte; zumindest aber kein Vertreter der Gattung Homo sapiens war.

Sam wünschte sich, daß Joe aufstand. Zak machte ihn nervös. Aber daraus würde wohl nichts werden, denn Joe hatte Traumgummi genommen, um seine Schmerzen zu betäuben. Zwei Tage zuvor war er von einem herabstürzenden Felsen getroffen worden, der sich von einem Kran gelöst hatte. Zwar hatte der dafür verantwortliche Arbeiter Stein und Bein geschworen, daß es ein Unfall gewesen sei, aber Sam hatte so seine Vermutungen.

Er stieß einen Rauchkringel aus und sagte: »Hast du in letzter Zeit irgendwas von deinem Neffen gehört?«

John zeigte keine Überraschung, wenn man davon absah, daß sein Blick mißtrauischer wurde. Er starrte Sam über den Tisch hinweg an und erwiderte: »Nein. Sollte ich das?«

»Es war nur eine Frage. Ich habe darüber nachgedacht, ob wir Arthur nicht zu einer Konferenz einladen sollten. Es hat doch keinen Sinn, wenn ihr es darauf anlegt, euch gegenseitig umzubringen. Wir sind hier nicht mehr auf der Erde, wie du weißt. Ist es denn nicht möglich, all die früheren Streitigkeiten zu vergessen? Was hättest du davon, wenn du ihn in einen Sack steckst und im Fluß versenkst? Laß Vergangenes vergessen sein. Wir könnten sein Holz gut gebrauchen und benötigen dringend mehr Kalkgestein für Kalziumkarbonat und Magnesium. Und er hat eine Menge davon.«

John starrte ihn an, dann senkte er den Blick und lächelte.

Der hinterfotzige John, dachte Sam. Der aalglatte John. Das absolute Schlitzohr.

»Wenn wir an Kalkstein und Holz herankommen wollen«, führte John aus, »müssen wir mit Eisenwaren dafür bezahlen. Und ich habe nicht das geringste Interesse daran, daß mein braver Neffe noch mehr davon in die Hände bekommt.«

»Ich dachte bloß, es sei besser, dir vorher von der Sache zu erzählen«, sagte Sam, »weil ich heute mittag . . .«

John verkrampfte sich. »Ja?«

»Nun, ich dachte, es sei ein ganz guter Gedanke, diese Idee dem Rat vorzulegen. Wir sollten darüber abstimmen.«

John entspannte sich wieder. »Oh?«

Sam dachte: *Du fühlst dich deswegen so sicher, weil Pedro Anséurez und Frederick Rolfe auf deiner Seite sind und eine Abstimmung mit dem Ergebnis 5:3 einen Antrag zurückweist.*

Erneut nahm er sich vor, bei nächster Gelegenheit die Magna Charta zu ändern, damit jene Dinge, die einfach getan werden mußten, auch getan werden konnten. Aber ein solches Unternehmen konnte einen Bürgerkrieg bedeuten – und das Ende seines Großen Traumes.

Während John mit lauter Stimme von der Eroberung seiner letzten Blondine berichtete, lief Sam ungehalten auf und ab. Er versuchte die detailliert ausgeschmückte Geschichte einfach zu ignorieren und wurde fast verrückt bei dieser unglaublichen Prahlerei, denn bisher hatte noch immer jede Frau, die sich John freiwillig hingegeben hatte, anschließend nichts als allgemeinen Spott zu ertragen gehabt.

Wieder klingelte die kleine Glocke. Dann trat von Richthofen ein. Er trug das Haar nun lang und sah mit seinen leicht slawischen Gesichtszügen und der schlankeren Gestalt wie ein gutaussehender Bruder Görings aus. Die beiden kannten sich übrigens bereits aus dem Ersten Weltkrieg, wo sie beide unter Manfred von Richthofen, Lothars prominentem Bruder, gedient hatten. Lothar war ein temperamentvoller, quicklebendiger und grundsätzlich sympathischer Bursche, aber an diesem Morgen war von seinem Lächeln und seiner Freundlichkeit nicht viel übriggeblieben.

»Wie lauten die schlechten Nachrichten?« fragte Sam.

Lothar nahm den Becher mit Bourbon, den Sam ihm anbot, in die Hand, stürzte den Inhalt hinunter und erwiderte: »Sinjoro Hacking hat die Befestigungsarbeiten von Soul City nahezu beendet. Die Mauern sind jetzt zwölf Fuß hoch und an allen Seiten nicht weniger als zehn dick. Hacking hat sich mir gegenüber unverschämt verhalten; sehr unverschämt sogar. Er nannte mich einen *Ofejo* und einen *Honkio,* das sind Ausdrücke, die sogar mir neu sind. Ich habe mich auch nicht gewagt, ihn darum zu bitten, sie mir zu übersetzen.«

»*Ofejo* könnte vom englischen Ofay abgeleitet sein«, sagte Sam, »aber das andere Wort habe ich noch nie gehört. Was sagte er? *Honkio?*«

»In Zukunft wirst du es garantiert noch des öfteren zu hören bekommen«, meinte Lothar, »jedenfalls dann, wenn du es mit Hacking zu tun bekommst. Und das wirst du. Er kam, nachdem er einige tausend kränkende Ausdrücke ausgespuckt hatte, die meine nationalsozialistischen Nachfahren betrafen, endlich zur Sache. Solange ich auf der Erde lebte – wo ich 1922 bei einem Flugzeugabsturz starb, wie du weißt –, habe ich den Ausdruck ›Nazi‹ nicht einmal gehört. Auf jeden Fall schien er sich ziemlich zu ärgern, obwohl ich nicht sicher bin, ob sein Ärger in irgendeinem Zusammenhang mit mir stand. Die Essenz seiner Rede jedenfalls war, daß er vorhat, den Abbau des Bauxits und der anderen Mineralien einzustellen.«

Sam lehnte sich auf den Tisch, bis sein Bewußtsein diese Nachricht verarbeitet hatte. Dann sagte er: »Das sind finstere Dinge, die du mir da erzählst.«

Von Richthofen fuhr fort: »Es sieht ganz so aus, als sei Hacking mit dem Aufbau seines Staates nicht sonderlich zufrieden. Seine Bewohner sind zu einem Viertel Schwarze aus Harlem, die zwischen 1960 und 1980 starben; zu einem Achtel Schwarze aus dem Dahomey des achtzehnten Jahrhunderts. Aber er hat auch einen Fünfundzwanzig-Prozent-Anteil an dem vierzehnten Jahrhundert entrissenen nichtschwarzen Wahhabi-Arabern, und das sind Fanatiker, die immer noch an ihren Propheten Mohammed glauben und darauf bestehen, daß das Leben auf dieser Welt nur eine kleine Zwischenperiode darstellt, in der über sie gerichtet werden soll. Ein weiteres Viertel seiner Leute besteht aus einer Mischung von Indern und dunkelhäutigen Kaukasiern des dreizehnten Jahrhunderts und einem weiteren Achtel von Menschen aus allen möglichen Gegenden und Zeiten, von denen die Mehrheit aus dem zwanzigsten Jahrhundert kommt.«

Sam nickte. Obwohl die wiedererweckte Menschheit aus Personen bestand, die etwa zwischen 2000000 v. Chr. und 2008 n. Chr. gelebt hatten, war ein Viertel aller Menschen erst nach 1899 geboren worden – wenn die Schätzungen richtig waren.

»Hacking möchte Soul City zu einem Staat der Schwarzen machen. Er verriet mir, daß er auf der Erde sogar einmal zu denjenigen gehört habe, die eine Rassenintegration für möglich hielten. Die jungen Weißen seiner Tage waren größtenteils frei von den Vorurteilen ihrer Eltern gewesen, das hatte ihm Hoffnung gemacht. Jetzt aber halten sich innerhalb der Grenzen seines Landes viel zu wenig dieser Leute auf und zudem machen ihn die Wahhabi-Araber beinahe verrückt. Wußtet ihr, daß Hacking auf der Erde ein Moslem war? Er war zuerst ein Mitglied der Black Muslims, einer rein amerikanischen Sekte, doch dann schloß er sich den echten Mohammedanern an, machte eine Pilgerreise nach Mekka und glaubte, daß die dort lebenden Araber, auch wenn sie zu den Weißen zählten, keine Rassisten seien.

Aber das Massaker der sudanesischen Araber an ihren schwarzen Landsleuten und die Geschichte der arabischen Negersklaverei verunsicherten ihn immer mehr. Diese Wahhabi-Araber sind zwar keine Rassisten – aber religiöse Fanatiker können einem noch mehr Schwierigkeiten aufhalsen. Hacking sprach über diese Probleme zwar nicht offen, aber ich konnte in den zehn Tagen, in denen ich mich bei ihm aufhielt, genug davon mit meinen eigenen Augen sehen. Die Wahhabis sind drauf und dran, die ganze Stadt zum Islam zu bekehren – und wenn sie es nicht auf friedlichem Wege erreichen, werden sie es mit Feuer und Schwert versuchen. Hacking möchte sie und die Draviden, die sich wiederum jedem Afrikaner, ganz gleich welcher Hautfarbe, für überlegen halten, am liebsten sofort loswerden. Er wäre bereit, uns auch weiterhin Bauxit zu geben, vorausgesetzt, wir erklären uns damit einverstanden, daß wir ihm alle unsere schwarzen Bürger zuführen und dafür seine Araber und Draviden abnehmen. Außerdem will er geschmiedete Waffen und einen größeren Anteil am Rohmaterial.«

Sam stöhnte auf. König John spuckte auf den Fußboden. Sam runzelte die Stirn, warf ihm einen finsteren Blick zu und sagte: »*Merdo, Johano!* Nicht einmal einem Großkopfeten wie dir gestatte ich es, auf meine Brücke zu rotzen! Verstanden? Entweder benutzt du den Spucknapf oder du gehst nach draußen!«

Als König John die Zähne fletschte, zwang er sich mit aller Gewalt zur Ruhe. Es war jetzt nicht die richtige Zeit für eine Konfrontation. Dieser aufgeblasene Ochsenfrosch würde sich niemals dazu zwingen lassen, sich über einen Spucknapf zu beugen, selbst wenn er direkt vor ihm stehen würde.

Sam fuchtelte mit den Händen und sagte: »Ach, vergiß das Ganze, John. Spuck doch hin, wo du willst.« Allerdings konnte er sich nicht verkneifen hinzuzufügen: »Solange ich das gleiche Privileg in deinem Hause genieße, natürlich.«

John brummte und stopfte sich Schokolade in den Mund. Sein ganzer Habitus drückte aus, daß er nicht weniger geladen war als Sam und allergrößte Mühe hatte, die Selbstbeherrschung zu wahren.

»Dieser schwarze Sarazene Hacking hat jetzt schon zuviel bekommen«, knurrte er. »Ich sage euch, daß wir die Hand dieses Schwarzen jetzt lange genug geküßt haben. Seine unverschämten Forderungen haben den Bau unseres Seglers jetzt lange genug verzögert, und . . .«

»Ein Motorschiff bauen wir, John«, sagte Sam, »kein Segelschiff!«

»*Boato, smoato.* Ich sage euch, laßt uns Soul City erobern, die Leute da an die Arbeit jagen und die Mineralien hierherbringen. Dann könnten wir das Aluminium an Ort und Stelle herstellen. Wir könnten sogar das ganze Schiff dort unten fertigstellen. Und damit wir sicher sein können, daß niemand uns dabei stört, könnten wir gleich auch noch alle anderen Reiche, die zwischen Parolando und Soul City liegen, mit unterwerfen.«

Größenwahn-John.

Dennoch konnte Sam nicht umhin, ihm in einer Beziehung recht zu geben. In etwa einem Monat würde Parolando die Waffen haben, die das Land genau zu dem befähigen würden, was John vorgeschlagen hatte. Bedenklich war nur, daß Publia ihnen freundlich gesonnen war (und keine allzu hohen Preise berechnete), und Tifonujo (wo man nahm, was man nur kriegen konnte) ihnen erlaubt hatte, den Waldbestand abzuholzen. Es war allerdings auch nicht unmöglich, daß beide Staaten nur deswegen ihr Holz gegen Eisen eingetauscht hatten, weil sie beabsichtigten, mit den daraus geschmiedeten Waffen Parolando zu überfallen.

Und die Wilden auf der anderen Seite des Flusses planten eventuell ein ähnliches Husarenstück.

»Ich bin noch nicht fertig«, wandte von Richthofen ein. »Hacking unterbreitete mir sein Angebot unter vier Augen, und es wird zu keinen weiteren Verhandlungen kommen, bevor wir ihm nicht einen schwarzen Unterhändler schicken. Er ließ mich erkennen, wie beleidigt er sich dadurch fühlte, daß du ihm einen Preußen schicktest. Aber er wird das sicher vergessen, wenn wir ihm erst einmal ein schwarzes Ratsmitglied geschickt haben.«

Sam fiel beinahe die Zigarre aus dem Mund.

»Aber wir haben doch gar kein schwarzes Ratsmitglied!«

»Eben. Hacking will damit sagen, daß es uns besser anstünde, wenn wir rasch eines wählten.«

John fuhr mit beiden Händen durch sein schulterlanges Haar und erhob sich. Seine blaßblauen Augen funkelten wütend unter den beigefarbenen Brauen.

»Glaubt dieser Sarazene etwa, er könne sich in unsere innerstaatlichen Angelegenheiten einmischen? Ich sage nur eins: Krieg!«

Sam erwiderte: »Moment mal, Majestät. Du hast jetzt einen guten Grund, um wütend zu sein, sagte der alte Farmer, nachdem man ihn hereingelegt hatte – aber die Wahrheit ist, daß wir uns zwar ausreichend verteidigen können, aber nicht dazu in der Lage sind, eine Invasion zu beginnen und ein anderes Land zu okkupieren.«

»Okkupieren?« heulte John. »Wir werden die eine Hälfte der Bevölkerung erschlagen und die andere in Ketten legen!«

»Die Welt hat sich mächtig verändert, seit du starbst, John . . . äh . . . Majestät. Ich will nicht verhehlen, daß es andere Formen der Sklaverei gegeben hat als die jetzt vorherrschenden, aber ich habe keine Lust, mich jetzt in endlosen Definitionen zu verzetteln. Es hat keinen Sinn, den Beleidigten zu spielen, wenn einem die Trauben zu hoch hängen, das haben schon die Füchse erkannt. Wir brauchen lediglich einen weiteren Ratsherren zu finden, *pro tem.* Und den schicken wir dann zu Hacking.«

»Die Magna Charta sagt nichts über die Existenz eines *Pro-tem-*Ratsherrn aus«, warf Lothar ein.

»Dann ändern wir sie eben«, sagte Sam.

»Das würde eine Volksabstimmung erfordern.«

John schnaufte ablehnend. Er und Sam Clemens hatten sich seiner Meinung nach schon genug über die Rechte des Volkes in den Haaren gelegen.

»Da ist noch was«, sagte Lothar, der zwar wieder lächelte, aber den verärgerten Tonfall in seiner Stimme nicht verbergen konnte. »Hacking verlangt, daß man es Firebrass erlaubt, in Parolando eine Inspektionsreise zu unternehmen. Er ist hauptsächlich an unserem Flugzeug interessiert.«

John ächzte: »Er fordert allen Ernstes, daß wir ihm erlauben, einen seiner Spione hier herumschnüffeln zu lassen?«

»Ich weiß nicht«, meinte Sam. »Firebrass ist Hackings Stabschef. Vielleicht sieht er uns mit ganz anderen Augen. Er ist Ingenieur und hat wohl auch einen akademischen Grad in Physik. Ich habe von ihm gehört. Was weißt du über den Mann, Lothar?«

»Er hat mich sehr beeindruckt«, sagte von Richthofen. »Er wurde 1974 in Syracuse, New York, geboren. Sein Vater war Neger, seine Mutter zu einer Hälfte Irin und zur anderen Irokesin. Er gehörte der Mannschaft an, die die zweite Marslandung vornahm und als erste den Jupiter umkreiste . . .«

Sam dachte: Die Menschheit hat es wirklich geschafft! Sie war auf dem Mond und später auf dem Mars gelandet. Und all das hatte weder etwas mit den Visionen Jules Vernes noch mit den bunten Groschenheften um *Frank Reade jr.* zu tun. All diese Erkenntnisse waren phantastisch, wenn auch nicht phantastischer als die jetzige Welt. Und schwer zu verstehen für einen Mann des neunzehnten Jahrhunderts. Es war geradezu unglaublich.

»Wir berufen noch heute die Ratsversammlung ein, John«, sagte Sam, »wenn du nichts dagegen hast. Wir werden eine Abstimmung über den *Pro-tem*-Rat durchführen und schlagen dafür Uzziah Cawber vor.«

»Cawber war einst Sklave, nicht wahr?« fragte Lothar. »Ich weiß nicht, ob das richtig ist. Hacking sagte, er wolle keine Onkel Toms.«

Einmal ein Sklave, immer ein Sklave, dachte Sam. Selbst wenn er revoltiert, tötet, getötet wird, weil er sich gegen die Sklaverei erhoben hat – selbst nachdem man ihn hat von den Toten auferstehen lassen, sieht er sich selbst nicht als freier Mann. Geboren und aufgewachsen in einer Welt, die bis zum Halse in ihrer eigenen Schlechtigkeit steckt, ist jeder Gedanke, den er denkt, jeder Schritt, den er tut, von der Sklaverei begleitet, auch wenn sich ihre Formen ändern. Cawber wurde 1841 in Montgomery, Alabama, geboren, man brachte ihm, da er im Haus seines Besitzers als Sekretär dienen sollte, Lesen und Schreiben bei. Er tötete den Sohn seines Herrn im Jahre 1863, entkam, ging nach Westen und arbeitete hauptsächlich als Cowboy und Minenarbeiter. 1876 tötete ihn der Speer eines Sioux-Indianers; der Ex-Sklave fand den Tod durch die Hand eines Mannes, der sich selbst auf dem Weg in die Sklaverei befand. Cawber ist zufrieden mit dieser Welt – oder behauptet es jedenfalls –, da niemand ihn hier versklaven und in dieser Position festhalten kann. Aber er ist der Sklave seines eigenen Bewußtseins und seiner Reaktionen und Nerven. Selbst wenn er jetzt einen aufrechten Gang geht, würde er sich sofort wieder ducken, sobald jemand mit einer Peitsche knallt; und er wird den Kopf beugen, ehe ihm bewußt wird, was er tut . . .

Weswegen, oh, weswegen nur hatte man die Menschheit von den Toten wieder auferstehen lassen? Die Verhältnisse auf der Erde hatten sowohl die Männer als auch die Frauen zerbrochen, und auch jetzt würde sich ihnen keine Möglichkeit mehr bieten, dies rückgängig zu machen. Die Angehörigen der Kirche der Zweiten Chance behaupteten hingegen, daß ein Mensch sich verändern könne, und zwar grundlegend. Aber diese Leute waren auch eine Meute von Traumgummikonsumenten.

»Wenn Hacking Cawber einen Onkel Tom nennt, wird Cawber ihn umbringen«, sagte Sam. »Ich bin immer noch der Ansicht, daß er der geeignete Mann ist.«

John runzelte die Stirn. Sam war klar, daß er nachdachte. Möglicherweise fragte er sich jetzt, in welcher Form er Cawber benutzen konnte.

Sam warf einen Blick auf die Wasseruhr. »Es wird Zeit für den Kontrollgang. Kommst du mit, John? Ich bin gleich soweit.« Er nahm wieder Platz und machte einige Eintragungen in sein Tagebuch.

Dies gab John die Chance, das Haus als erster zu verlassen, wie es sich seiner Meinung nach für einen ehemaligen König von England und eines guten Teils von Frankreich geziemte. Obwohl Sam genau wußte, welcher Unfug es war, sich über derartige Protokollfragen Gedanken zu machen, wurmte es ihn doch, diesem Mann, den er auf den Tod nicht ausstehen konnte, auch nur den geringsten Sieg zu gönnen. Aber dennoch: Bevor er John seinen winzigen Triumph streitig machte und seine Zeit damit vergeudete, sich auf eine Diskussion einzulassen, gab es Arbeiten zu erledigen, die wichtiger waren.

Vor dem Eingang der Salpetersäure-Produktionsstätte schloß Sam sich der Gruppe, die auch die sechs Ratsherren umfaßte, an. Der Kontrollgang durch die einzelnen Fabriken war nur kurz. Der Gestank, den die unterschiedlichsten Säuren erzeugten, war so schlimm, daß sogar eine Hyäne gekotzt hätte. Überall roch es durchdringend nach Alkohol, Azeton, Terpentin, Kreosot. In den Eisenhütten fiel der Lärm mit einer solchen Macht über sie her, daß eine Unterhaltung unmöglich wurde. In den Häusern, wo man Magnesium und Kalk produzierte, legte sich eine weiße Schicht über ihre Gesichter. Im Aluminiumwerk wurden sie einerseits beinahe geröstet, andererseits halb taub gemacht.

Die Waffenschmieden in den Hügeln arbeiteten im Moment nicht. Abgesehen von den aus weiter Ferne herüberdringenden Geräuschen der anderen Produktionsstätten, herrschte hier eine fast paradiesische Ruhe. Aber die Umgebung war alles andere als hübsch. Man hatte die Erde aufgewühlt, die Bäume gefällt, und der Rauch, den die weiter flußaufwärts befindlichen Fabriken erzeugten, lag schwarz und ätzend zwischen den Hügeln.

Van Boom, der aus dem späten zwanzigsten Jahrhundert stammende Ingenieur, dessen Eltern Holländer und Zulus gewesen waren, kam auf sie zu. Er war ein gutaussehender Mann mit bronzefarbener Haut und lockigem Haar, maß beinahe einen Meter neunzig und wog weit über zwei Zentner. Er war während der Blutigen Jahre in einem Eisenbahnzug zur Welt gekommen. Obwohl er sie freundlich begrüßte (er mochte Sam; John tolerierte er nur), war das sonst übliche Lächeln aus seinem Gesicht verschwunden.

»Sie ist fertig«, sagte er, »aber ich möchte, daß Sie sich dennoch meine Einwände anhören. Es ist ein hübsches Spielzeug, macht eine Menge Lärm, sieht ziemlich beeindruckend aus und wird seinen Zweck – Menschen zu töten – erfüllen. Aber ich bin immer noch der Meinung, an diesem ineffizienten Ding meine Zeit vergeudet zu haben.«

»Sie reden wie ein Kongreßmann«, sagte Sam.

Van Boom führte sie durch ein großes Tor in das Innere des Bambushauses, wo auf einem Tisch eine stählerne Handfeuerwaffe lag. Er nahm sie in die Hand. Selbst in seiner überdimensionalen Hand wirkte die Waffe noch groß. Dann ging van Boom an den anderen Leuten vorbei und in das Sonnenlicht hinaus. Sam war verdutzt. Er hatte die Hand ausgestreckt, aber van Boom hatte sie völlig ignoriert. Wenn er vorgehabt hatte, ihnen die Waffe draußen zu demonstrieren, warum hatte er dies nicht gleich gesagt?

»Ingenieure«, murmelte Sam achselzuckend. Man konnte ebensogut versuchen, die Gedanken eines Maulesels zu lesen: van Booms Vorhaben waren ebenso unergründlich.

Der Ingenieur hielt die Waffe so, daß sich die Sonnenstrahlen auf ihrer silbergrauen Metallhülle brachen. »Diese Pistole hier trägt die Bezeichnung ›Mark I‹«, sagte er. »Sie heißt deswegen so, weil der Boß der Meinung ist, daß sie so heißen sollte.«

Sams Ärger schmolz dahin wie ein Eisblock, den man in die warmen Fluten des Mississippi geworfen hatte.

»Es handelt sich um eine von hinten zu ladende, einschüssige, mit einem Steinschloß versehene Handfeuerwaffe mit gezogenem Lauf und einer Sicherung.«

Er nahm die Pistole in die rechte Hand und fuhr fort: »Sie wird folgendermaßen geladen: Zuerst den Sicherungshebel auf der linken Seite des Laufes nach vorne drücken. Dadurch wird die Ladeöffnung freigelegt. Dann den Lauf mit der linken Hand nach unten drücken. Das bewegt den Abzugsbügel in den Griff hinein, von wo aus er wie ein Hebel auf den Hammer einwirkt.«

Van Boom griff in einen Beutel, der an seinem Gürtel hing, und brachte ein großes, braunes, halbkugelförmiges Objekt zum Vorschein. »Dies ist eine Bakelit- oder Phenolformaldehyd-Harz-Kugel vom Kaliber sechzig. Sie wird in den Lauf hineingedrückt, bis sie einrastet.«

Dann entnahm er dem Beutel ein Säckchen mit schwarzem Inhalt.

»Dies hier ist eine Ladung Schießpulver, eingewickelt in Zellulosenitrat, ähnlich der Schießbaumwolle. Irgendwann in der Zukunft werden wir anstelle von Schießpulver Kordit verwenden, natürlich nur dann, wenn wir dann noch Waffen dieser Art benutzen. Ich gebe die Ladung mit dem Zündhütchen jetzt in die Kammer. Das Zündhütchen besteht aus mit Schießpulver getränktem Nitratpapier. Nun hebe ich den Lauf mit der linken Hand wieder an seinen Platz. Jetzt ist die Mark I feuerbereit. Sollte in einem Notfall das Hütchen nicht zünden, so besteht auch die Möglichkeit, weiteres Pulver in das Loch einzufüllen, das Sie hier sehen. Im Falle einer Ladehemmung können Sie den Hammer auch mit dem rechten Daumen spannen. Aber achten Sie darauf, daß der auf der rechten Seite entstehende Feuerblitz nicht Ihr Gesicht trifft.«

Inzwischen hatte einer seiner Mitarbeiter eine hölzerne Zielscheibe herangebracht und stellte sie in einer Entfernung von zehn Metern auf. Sie stand auf vier Beinen. Van Boom wandte sich ihr zu, streckte den Waffenarm aus, umklammerte die Pistole mit beiden Händen und sah sich vorsichtig nach allen Seiten um.

»Sie sollten sich hinter mich stellen, Gentlemen«, sagte er dann. »Der Luftwiderstand, dem das Geschoß ausgesetzt ist, wird dessen Oberfläche dermaßen erhitzen, daß es eine Rauchwolke produziert, anhand derer sie seinen Flug vermutlich werden verfolgen können. Aufgrund des geringen Gewichts der Kugel hat sie auch das vergleichsweise große Kaliber. Deswegen auch der Luftwiderstand. Sollten wir uns für diese Waffe entscheiden – wogegen ich allerdings bin –, könnten wir das Kaliber bei einem weiteren Prototyp vielleicht gerade auf fünfundsiebzig erhöhen. Die effektive Reichweite der Mark I beträgt fünfzig Yards, aber die Zielgenauigkeit nimmt nach dreißig rapide ab. Übrigens ist das, was sie innerhalb von dreißig Yards bringt, auch nicht gerade das Gelbe vom Ei.«

Der Hahn der Waffe war jetzt gespannt. Wenn van Boom den Stecher durchzog, würde der Hammer herunterfallen und das Zündhütchen in Brand setzen. Er drückte ab. Es klickte leise, dann krachte es. Die Kugel zog einen Rauchfaden hinter sich her und kämpfte taumelnd gegen den Wind an. Sam, der ihren Kurs anhand des ausgestreckten Arms von van Boom mitverfolgte, sah, daß der Wind ihre Bewegung stark beeinträchtigte. Aber dennoch schien der Ingenieur bereits eine Weile mit der Pistole geübt zu haben, denn das Geschoß verfehlte die Zehn nur um ein Haar. Krachend traf sie auf die Zielscheibe auf und riß ein großes Loch in ihre Oberfläche.

»Die Kugel wird einen Menschen zwar nicht durchdringen können«, sagte van Boom, »aber sie wird ein großes Loch in ihm hinterlassen. Und wenn sie einem Knochen nahe kommt, kann sie ihn sicherlich auch zerschmettern.«

Die nächsten Stunden bestanden darin, daß die Ratsherren nacheinander auf die Zielscheibe feuerten. Ganz besonders König John schien von der Schußwaffe begeistert zu sein, auch wenn er sich anfangs ein wenig furchtsam anstellte: Pistolen waren für ihn etwas völlig Neues. Die ersten Erfahrungen mit Schießpulver hatte er mehrere Jahre nach seiner Wiedererweckung gemacht, und bis dato war er nur mit Bomben und Raketen in Berührung gekommen.

Schließlich sagte van Boom: »Wenn Sie so weitermachen, meine Herren, werden unsere Kugeln entweder bald knapp werden oder völlig aufgebraucht sein. Es nimmt eine Menge Zeit in Anspruch, Geschosse dieser Art herzustellen, was übrigens einer meiner Gründe ist, weswegen ich gegen die Massenproduktion dieser Waffe bin. Des weiteren bitte ich zu bedenken, daß diese Pistole einen zu kleinen Aktionsradius hat und der Ladevorgang einen solchen Zeitaufwand erfordert, daß es einem guten Bogenschützen ohne weiteres möglich wäre, drei Pistoleros zu töten, während sie laden. Und dazu müßte er nicht einmal in die Reichweite ihrer Schußwaffen kommen. Außerdem sind die Geschosse, die diese Waffe verfeuert, im Gegensatz zu den Pfeilen eines Bogenschützen nicht wieder verwendbar.«

Sam erwiderte: »Das ist doch alles Quatsch! Diese Pistolen würden doch schon hauptsächlich deswegen zu unserer Stärkung beitragen, weil sie unsere militärische und technologische Überlegenheit demonstrieren. Noch bevor es zu einer Schlacht käme, würde die Hälfte jeder gegnerischen Armee bereits vor lauter Angst gestorben sein. Außerdem vergessen Sie, wie lange es dauert, einen erstklassigen Bogenschützen auszubilden. Mit dieser Knarre hingegen kann jedes Kind sofort umgehen.«

»Sicher«, nickte van Boom. »Aber ich frage mich, ob sie auch etwas treffen würden. Ich habe darüber nachgedacht, ob es nicht besser wäre, unsere Leute mit stählernen Armbrüsten auszurüsten. Man kann sie zwar nicht so schnell handhaben wie Flitzebogen, aber sie benötigen auch nicht mehr Ausbildungsstunden als Pistolen, und die Metallbolzen, die sie verschießen, sind wiederverwendbar. Des weiteren sind sie weitaus tödlicher als diese krachenden und stinkenden Spielzeuge.«

»O nein, mein Herr!« entgegnete Sam. »Ich bestehe darauf, daß Sie mindestens zweihundert von diesen Pistolen herstellen. Wir werden damit eine neue Kampfgruppe ausrüsten, die wir die ›Parolando-Pistoleros‹ nennen. Man wird sie bald den ›Schrecken des Flusses‹ nennen – Sie werden sehen! Warten Sie nur ab!«

17

Was dies anbetraf, befand sich König John völlig auf Sams Seite. Er verlangte, daß die beiden ersten Waffen ihm und Sam ausgehändigt wurden und das nächste Dutzend an ihre Leibwächter ging. Anschließend sollte die neue Kampfgruppe ausgerüstet und trainiert werden.

Sam war ihm zwar dankbar für diese Rückenstärkung, nahm sich jedoch vor, darauf zu achten, wer in die Reihen der Pistoleros aufgenommen wurde. Er hatte kein Interesse daran, daß diese Truppe ausschließlich aus Männern bestand, die John treu ergeben waren.

Van Boom versuchte erst gar nicht, seinen Widerwillen gegen dieses Vorhaben zu verbergen. »Ich werde Ihnen was sagen«, meinte er wütend. »Ich nehme einen guten Bogen aus Eibenholz und ein Dutzend Pfeile und stelle mich fünfzig Yards entfernt von Ihnen allen auf! Auf ein Signal hin können Sie auf mich feuern – jeder von Ihnen mit einer Mark I ausgerüstet. Und ich werde jeden einzelnen von Ihnen umlegen, bevor Sie auch nur nahe genug an mich herangekommen sind, um mich zu treffen! Ist das ein Vorschlag? Ich bin mir so sicher, daß ich gewinnen werde, daß ich bereit bin, mein Leben dafür zu opfern!«

»Seien Sie nicht kindisch«, sagte Sam.

Van Boom hob den Blick zum Himmel. »*Ich soll kindisch sein?* Sie setzen die Existenz Parolandos aufs Spiel – *und* das Schiff –, nur weil Sie Pistolen haben wollen, mit denen Sie spielen können!«

»Sobald die Pistolen fertig sind«, sagte Sam, »können Sie all die Bogen herstellen, die Sie wollen. Schauen Sie, wir werden für die Pistoleros einfach Rüstungen herstellen! Macht das nicht schon Ihre ganze Argumentation hinfällig? Warum habe ich nicht sofort daran gedacht? Ja, unsere Männer werden Rüstungen tragen, die die Waffen unserer Gegner dorthin verweisen, wo sie hingehören: in die Steinzeit! Sollen sie doch meinetwegen weiterhin mit Bogen und mit Steinspitzen versehenen Pfeilen auf uns schießen. Sie werden den Rüstungen höchstens Beulen beibringen, während unsere Pistoleros in aller Seelenruhe nachladen und den Gegner in die ewigen Jagdgründe blasen!«

»Sie vergessen, daß wir einen beträchtlichen Teil unseres Erzes gegen Holz und andere Materialien, die wir brauchten, eingetauscht haben«, sagte van Boom. »Unsere Gegner werden also zumindest genügend Pfeile mit Eisenspitzen besitzen. Und die können auch Rüstungen gefährlich werden. Vergessen Sie nicht Grécy und Agincourt.«

»Mit Ihnen kann man einfach nicht vernünftig reden«, sagte Sam. »Sie müssen wirklich zur Hälfte Holländer sein. Sie sind stur wie ein Ochse.«

»Wenn Ihre Denkungsart repräsentativ für die weiße Rasse ist«, entgegnete van Boom, »dann kann ich mich nur glücklich schätzen, zur anderen Hälfte Zulu zu sein.«

»Nun seien Sie nicht gleich beleidigt«, erwiderte Sam. »Zur Konstruktion dieser Waffe kann ich Sie nur beglückwünschen. Warten Sie . . . wir könnten sie ebensogut die ›Van Boom-Mark I‹ nennen. Wie gefiele Ihnen das?«

»Ich würde meinen Namen nicht mit dieser Waffe in Zusammenhang gebracht wissen wollen«, meinte van Boom. »Also lassen Sie das. Ich werde Ihnen die zweihundert Pistolen machen, aber ich bestehe auf der verbesserten Version, von der ich eben sprach, der Mark II.«

»Machen Sie uns erst zweihundert von diesem Typ«, sagte Sam, »und anschließend die Mark II. Ich habe keine Lust, zuviel Zeit damit zu vergeuden, an einer perfekten Waffe herumzudoktern, um im Endeffekt dann festzustellen, daß es sie gar nicht gibt. Außerdem . . .«

Sie sprachen noch eine Weile über die Mark II, denn Sam hatte trotz allem ein Faible für technische Neuerungen. Auf der Erde hatte er selbst eine Reihe von Erfindungen gemacht und war dabei finanziell nicht schlecht gefahren. Allerdings war seine Fortschrittsgläubigkeit einmal zutiefst enttäuscht worden: Die Fehlinvestition in Paiges neuentwickelte Setzmaschine hatte nahezu alle Einkünfte aus seinen Buchpublikationen aufgefressen.

Sam dachte eine Weile über die vorsintflutliche Maschine nach, die ihn in die Pleite getrieben hatte, und hin und wieder verschwammen dabei die Gesichter Paiges und van Booms zu einem einzigen. Er bekam ein ungutes Gefühl und fühlte sich verunsichert.

Dann beschwerte sich van Boom über die Materialmengen und die Arbeitszeit, die in die AMP-1, den Prototyp ihrer Flugzeugindustrie, gesteckt wurden. Sam ignorierte ihn. Zusammen mit den anderen machte er sich schließlich auf zu dem nördlich von seinem Hauptquartier auf der Ebene gelegenen Hangar. Die Maschine war noch nicht fertig, aber auch auf ihrem Jungfernflug würde sie sich nicht viel von dem skelettartigen und zerbrechlich wirkenden Ding, das sie jetzt noch war, unterscheiden.

»Sie ähnelt einigen Flugzeugtypen, die man um 1910 herum baute«, erklärte von Richthofen. »Mein gesamter Oberkörper wird zu sehen sein, wenn ich im Cockpit sitze. Die Kiste sieht eigentlich mehr wie ein Flugdrachen aus, nicht wahr? Unsere Hauptaufgabe wird darin liegen, herauszufinden, wie der Motor auf den Methylalkohol reagiert, den wir als Treibstoff verwenden werden.«

Er versprach ihnen, daß der erste Flug in weniger als drei Wochen stattfinden könne, und zeigte Sam die Pläne für die Raketenwerfer, die man unter den Schwingen befestigen würde.

»Das Flugzeug kann etwa sechs kleine Raketen transportieren, in der Hauptsache aber für Aufklärungsflüge dienen. Es wird kaum mehr als vierzig Meilen gegen den Wind fliegen können, aber ich bin sicher, daß ich eine Menge Spaß dabei haben werde.«

Es brachte Sam etwas aus dem Konzept, daß die Maschine nur über einen Sitz verfügte, denn er war begierig darauf, den ersten Flug seines Lebens hinter sich zu bringen, oder auch seines zweiten Lebens, wenn man es genau nahm. Von Richthofen sagte, daß der zweite Prototyp auf jeden Fall ein Zweisitzer sein solle und daß Sam dann unbedingt die Rolle seines ersten Passagiers einnehmen müsse.

»Nachdem du sie getestet hast«, erwiderte Sam. Er hatte eigentlich erwartet, daß John nun protestieren und darauf bestehen würde, diese Ehre müsse als erstes ihm zuteil werden, aber nichts dergleichen kam. Anscheinend war er nicht allzu begierig darauf, den soliden Grund unter den Füßen mit der balkenlosen Luft zu vertauschen.

Den letzten Halt machten sie an der Schiffswerft, die auf halbem Wege zwischen dem Hangar und Sams »Brücke« lag. Das Schiff, das hinter den Palisaden seiner Fertigstellung entgegensah, würde innerhalb einer Woche einsatzbereit sein. Die *Feuerdrache I* stellte den amphibischen Prototyp einer Barkasse dar, nach deren Muster man die Arbeiten an ihrem großen Projekt in Angriff nehmen würde. Es war ein wunderbares Fortbewegungsmittel aus dickwandigem Magnalium, etwa zweiunddreißig Fuß lang, und besaß die

Form eines U.S. Navy-Kreuzers mit Schaufelrädern und verfügte auf dem Oberdeck über drei Türmchen. Sie wurde mit Dampf angetrieben, verbrannte Methylalkohol und konnte sowohl zu Wasser als auch zu Land operieren. Ihre Mannschaft bestand aus elf Mann, und das ganze Schiff würde, so hatte Sam erklärt, unbesiegbar sein.

Er tätschelte die kalte graue Hülle und sagte: »Warum sollten wir uns darüber Gedanken machen, ob wir genügend Bogenschützen haben? Was bräuchten wir schon, außer diesem Schiff? Dieser Moloch könnte jedes Königreich ganz allein zerschmettern. Er verfügt über eine dampfbetriebene Kanone, die weder die Erde noch dieser Planet jemals zu sehen bekam. Deswegen hat sie auch einen dermaßen großen Kessel.«

Alles in allem hatte der Kontrollgang ihn glücklich gemacht. Sicher, mit den Plänen für das große Flußschiff hatten sie gerade erst angefangen. Aber sie benötigten eben Zeit. Außerdem war es wichtiger, daß der Staat, den sie nun bildeten, sie in erster Linie beschützen konnte. Und die Vorbereitungsarbeiten machten Spaß. Sam rieb sich die Hände, zündete eine neue Zigarre an und inhalierte den grünen Rauch tief in seine Lungen.

Und dann sah er Livy.

Seine geliebte Livy, die so lange krank gewesen und schließlich 1904 in Italien gestorben war.

Ins Leben zurückgeholt, jung und schön wie einst – aber nicht für ihn zu haben.

Sie kam auf ihn zu und hielt einen Gral in der Hand. Ein scharlachrotkarierter Kilt schmiegte sich um ihre Hüften. Ein dünnes, weißes Kopftuch schlang sich um ihre Brust. Sie hatte eine zarte Figur, schöne Beine, anziehende Gesichtszüge, eine hohe und seidenweiße Stirn, große, leuchtende Augen und volle und wohlgeformte Lippen. Ihr Lächeln war attraktiv, und ihre Zähne klein und sehr weiß. Wie immer trug sie das dunkle Haar gescheitelt und vorne in die Stirn gekämmt, während es hinten zu einem Knoten verschlungen war. Hinter einem ihrer Ohren prangte eine der riesigen, rosenähnlichen, roten Blüten, die an den Ranken in den Eisenbäumen wuchsen. Ihre Halskette bestand aus den gleichfarbenen Gräten eines Hornfisches.

Sams Herz schien von einer unwiderstehlichen Kraft zusammengepreßt zu werden.

Als sie sich ihm näherte, winkte sie, und ihre Brüste wippten im Takt ihrer Schritte unter dem halbdurchsichtigen Stoff. Das war seine Livy, die stets so sittsam gekleidet gewesen war und zu ihren Lebzeiten auf der Erde nur sackartige Kleider getragen hatte, die vom Hals bis zu den Zehen reichten; die sich nie vor ihm entkleidet hatte, solange das Licht nach brannte. Sie erinnerte ihn plötzlich an die halbnackten Mädchen von den Sandwich-Inseln. Er fühlte sich unwohl und wußte auch weshalb. Seine Empfindlichkeit den Eingeborenen gegenüber hatte zum Teil daran gelegen, daß sie ihn unbewußt anzogen, obwohl er wußte, daß es zwischen ihnen keinerlei Brücke gab.

Livy hatte zwar eine puritanische Erziehung genossen, aber sie war davon nicht kaputtgemacht worden. Auf der Erde hatte sie es ebenso gelernt, dann und wann einen Drink zu nehmen wie Bier zu mögen; und hin und wieder hatte sie sogar geraucht und etwas zur Entwicklung des Landes zu sagen gehabt. Nicht daß sie revolutionäre Ansichten vertreten hätte – aber sie hatte zumindest an manchen Dingen ihre Zweifel artikuliert. Sie hatte sogar seine konstanten Flüche zu tolerieren gelernt und gelegentlich – wenn die Kinder aus dem Hause gewesen waren – selbst einen von sich gegeben. Was sie über seine im Entstehungsstadium befindlichen Bücher gesagt hatte, war für ihn ein Quell der Inspiration gewesen und hatte ihm eine Menge zu erwartender Strafprozesse nicht eingebracht.

Ja, Livy hatte immer schon große Anpassungsfähigkeit bewiesen.

Zu viel. Jetzt, nach einer zwanzigjährigen Abwesenheit, hatte sie sich in Cyrano de Bergerac verliebt. Und Sam wurde das ungute Gefühl nicht los, daß der wilde Franzose in ihr etwas erweckt hatte, das er hätte ebenso erwecken können, wenn er nur nicht so zurückhaltend gewesen wäre. Aber jetzt – nach so vielen Jahren auf dem Fluß und dem Genuß unzähliger Traumgummis – kannte er diese Selbstbeschränkungen nicht mehr. Und nun war es zu spät.

Es sei denn, Cyrano verließ diese Gegend . . .

»Hallo, Sam«, begrüßte sie ihn auf englisch. »Wie gehts dir an einem solch herrlichen Tag?«

»Jeder Tag hier ist schön«, erwiderte er. »Deswegen kann man nicht einmal über das Wetter reden, wenn man sich nichts anderes zu sagen hat.«

Sie lächelte bezaubernd. »Gehst du mit zum nächsten Gralstein?« fragte sie dann. »Es ist bald Mittagszeit.«

Er schwor sich jeden Tag aufs neue, ihr nicht zu nahe zu kommen, weil dies ihn zu sehr schmerzte, aber er ließ keine Gelegenheit aus, ihr so nahe wie nur möglich zu sein.

»Wie gehts Cyrano?« fragte Sam.

»Oh, ausgezeichnet, zumal er nun doch noch zu seinem Rapier kommt. Bildron, der Waffenschmied, hat ihm versprochen, daß er das erste bekommen würde – nachdem du und die Ratsherren die ihren haben, natürlich. Er hatte sich bereits mit dem Gedanken, niemals wieder eine Klinge in der Hand zu halten, abgefunden, als er hörte, daß in dieser Gegend ein Meteorit heruntergekommen sein solle. Deswegen kamen wir her – und jetzt hat der größte Degenfechter der Welt endlich einmal die Chance, denjenigen Lügenmäulern, die seine Fähigkeiten anzweifelten, zu zeigen, daß sein Ruf nicht übertrieben ist.«

»Ich würde nicht sagen, daß die Leute Lügengeschichten über ihn erzählen, Livy«, erwiderte Sam. »Höchstens, daß einige Geschichten über ihn erzählen, die übertrieben sind. Ich kann immer noch nicht glauben, daß er einmal ganz allein zweihundert Degenfuchtler aufgehalten haben soll.«

»Der Kampf an der Porte de Nesle ist authentisch! Und es waren gar keine zweihundert Männer! Du bist derjenige, der übertreibt, Sam, so wie du es immer getan hast. In Wirklichkeit war es eine Bande von Meuchelmördern, die nicht einmal hundert Mann auf die Beine brachten, obwohl sie das ruhig hätten tun können. Selbst wenn es nur fünfundzwanzig waren: Tatsache ist, daß Cyrano sie ganz alleine angriff, um das Leben seines Freundes Chevalier de Lignieres zu retten. Er brachte zwei der Angreifer um, verwundete sieben und schlug den Rest der Halunken in die Flucht. Das ist die heilige Wahrheit!«

»Ich habe keine Lust, mich mit dir über die Vorzüge deines Mannes zu streiten«, erwiderte Sam. »Ich will mich mit dir über *gar nichts* streiten. Laß uns über die Zeiten reden, in denen wir glücklich waren – vor deiner Krankheit.«

Livy blieb stehen. Ihr Gesicht wurde zu einer Maske.

»Ich habe immer gewußt, daß du mir meine Krankheit übel nahmst, Sam.«

»Nein, das ist nicht wahr«, erwiderte er. »Ich glaube sogar, daß ich mich wegen ihr schuldig fühlte, als sei ich selbst derjenige gewesen, der sie verursacht hat. Ich haßte nicht nur mich deswegen, sondern auch alle anderen Menschen.«

»Ich habe nicht behauptet, daß du mich haßtest«, sagte Livy, »sondern daß du mir die Krankheit übelnahmst. Und das hast du mir auf viele Arten gezeigt. Oh, möglicherweise hast du geglaubt, dich edel, freundlich und liebenswert zu verhalten – und meistens warst du das ja auch; das warst du wirklich. Aber es kam oft genug vor, daß du aussahst, sprachst und gestikuliertest, wie . . . wie soll ich das nur genau beschreiben? Ich kann es nicht, aber ich weiß, daß du mir diese Krankheit übel nahmst und dich vor mir ekeltest.«

»Das ist nicht wahr!« schrie Sam so laut, daß sich mehrere Leute ihnen zuwandten.

»Was sollen wir uns darüber streiten? Ob es stimmt oder nicht, ist doch jetzt unerheblich. Ich habe dich damals geliebt und tue das in einem gewissen Sinn immer noch. Aber das kann man mit meiner damaligen Liebe nicht mehr vergleichen.«

Den Rest des Weges auf den großen, pilzförmigen Stein zu schwieg Sam. Die Zigarre schmeckte plötzlich, als habe man sie mit den Exkrementen eines Stinktiers gebeizt.

Cyrano war nicht in der Nähe. Er leitete die Bauarbeiten an einem Turm, von dem aus man später das Flußgebiet überwachen würde. Sam war glücklich darüber. Es war schon schwer genug, Livy allein zu treffen, aber wenn sie mit dem Franzosen zusammen war, konnte er nicht einmal seine eigenen Gedanken ertragen.

Schweigend trennten sie sich voneinander.

Eine hübsche Frau mit lieblichen, honigfarbenen Haaren gesellte sich zu ihm, und für einige Augenblicke war Sam sogar dazu in der Lage, seine Gedanken über Livy zurückzudrängen. Die Frau hieß Gwenafra. Sie war im Alter von sieben Jahren zu jener Zeit, als die Phönizier sich aufgemacht hatten, die Zinnminen in Übersee auszubeuten, in einem Land geboren worden, das Cornwall sein mußte, gestorben und aufgewacht in einer Gegend, wo niemand ihr frühzeitliches Keltisch verstand. Sie hatte sich einer Gruppe Englisch sprechender Leute angeschlossen, von denen einer jener Richard Francis Burton gewesen war, den Sam kurz vor der Ankunft des Meteoriten durch das Fernglas erblickt zu haben glaubte. Burton und seine Freunde hatten ein kleines Segelboot gebaut und waren den Quellen des Flusses entgegengefahren – wie man es von einem Mann, der sein halbes Leben damit verbracht hatte, die Wildnis Afrikas und anderer Kontinente zu erforschen, erwarten mußte. Auf der Erde hatte Burton nach den Quellen des Nils gesucht und statt dessen den Tanganjikasee entdeckt. Und auch auf dieser Welt hatte er sich aufgemacht, desgleichen zu tun: Er war aufgebrochen, nach den Quellen des größten Flusses aller Zeiten zu suchen, ungeachtet der Tatsache, daß er dabei vielleicht mehrere Millionen Meilen zurückzulegen hatte.

Nach etwas mehr als einem Jahr war sein Boot von unbekannten Schurken angegriffen worden, und einer davon hatte die kleine Gwenafra mit einem Messer getötet und in den Fluß geworfen. Am nächsten Tag war sie irgendwo an einem Ufer der nördlichen Hemisphäre erwacht, wo das Wetter kälter und die Sonne schwächer war und die Leute sagten, daß man von hier aus nicht mehr als zwanzigtausend Gralsteine hinter sich bringen mußte, um in Zonen zu gelangen, wo die Sonne stets halb über und halb hinter den Bergen schwebte: Dort sollten haarige, affengesichtige Menschen leben, die zehn Fuß groß waren und sieben- bis achthundert Pfund wögen. (Was der Wahrheit entsprach, denn einer der einst dort lebenden Titanthropen hieß Joe Miller).

Die Leute, unter denen sie von nun an lebte, sprachen *Suomenkieltä*, was Finnisch bedeutete. Flußabwärts von ihnen lebte ein friedfertiges Volk von dem zwanzigsten Jahrhundert entstammenden Schweden. Gwenafra war relativ glücklich bei ihren Pflegeeltern aufgewachsen, hatte Finnisch, Schwedisch, Englisch, einen chinesischen Dialekt aus der Zeit des 4. Jahrhunderts vor Christi und Esperanto gelernt. Eines Tages war sie bei einem Unfall ertrunken und wieder in dieser Gegend zu sich gekommen. Sie erinnerte sich noch immer gut an Burton und hegte die Kindheitserinnerung, die sie an ihn hatte. Dennoch war sie – realistisch wie sie war – dazu in der Lage, auch andere Männer zu lieben. Wie Sam gehört hatte, hatte sie sich gerade von einem getrennt. Sie befand sich auf der Suche nach einem Menschen, der treu sein konnte, und die waren auf dieser Welt nicht leicht zu finden.

Sie gefiel Sam sehr. Das einzige, was ihn zurückhielt, sie zu fragen, ob sie bereit sei, mit ihm zu kommen, war die Angst, er könne Livy verärgern. Diese Befürchtung war natürlich grundlos, denn solang sie mit Cyrano zusammenlebte, konnte sie nicht den geringsten Anspruch auf ihn geltend machen. Und hatte sie ihm nicht deutlich gezeigt, daß es ihr gleichgültig war, wie sein Privatleben aussah? Dennoch – bar jeder Logik – fürchtete Sam sich davor, sich einer letzten Chance zu berauben, seine Frau wiederzugewinnen. Er schaffte es einfach nicht, eine andere Frau zu bitten, mit in sein Haus zu kommen und seine Gefährtin zu sein.

Er unterhielt sich eine Weile mit Gwenafra und fand bestätigt, daß sie noch immer ungebunden war.

18

Das Mittagsmahl war ein Schlangenfraß. Das in den doppelten Boden des Grals eingebaute »Roulette« eines Zufallsgenerators versorgte ihn diesmal mit einer Mahlzeit, die höchstens ein ausgehungerter Großstadtpenner als verdaulich angesehen hätte, wenngleich bei ihrem Verzehr auch seine Magenwände ungewöhnliche Verkrampfungen hätten zeigen müssen. Sam entnahm seinem Gral die Lebensmittel, warf sie weg und begnügte sich mit zwei Zigarren, einigen Zigaretten und sechs Unzen eines ihm unbekannten alkoholischen Getränks, dessen Geruch allein seine Geschmacksnerven zum Klingen brachte.

Das anschließende Treffen mit John und dem Rat dauerte drei Stunden. Nach einigen Diskussionen und Abstimmungen wurde der Beschluß gefaßt, die Bevölkerung darüber abstimmen zu lassen, ob eine Änderung der Magna Charta durchgeführt werden sollte, damit es möglich wurde, einen *Pro-tem*-Ratsherrn zu wählen. Bevor es allerdings dazu kam, hielt John die Versammlung eine Stunde lang mit dem Einwand auf, daß eine Abstimmung unnötig sei. Warum konnte die Ratsversammlung nicht von sich aus einen Ergänzungsantrag einbringen und es dabei bewenden lassen? Jede Erklärung, die man ihm gab, schien einfach nicht in seinen Kopf hineinzugehen. Nicht etwa, daß John ein Dummkopf war: Es paßte ihm einfach nicht, daß in einer Demokratie Leute das Sagen hatten, die nicht wie er eine Führungsfunktion einnahmen.

Man beschloß einstimmig, Firebrass als Hackings Stellvertreter zu akzeptieren, nahm sich jedoch vor, ihn keine Sekunde aus den Augen zu lassen.

Anschließend stand John auf und hielt eine Rede, wobei er hin und wieder, wenn seine Gefühle ihn überwältigten, vom Esperanto in sein normannisches Französisch überwechselte. Er plädierte dafür, daß Parolando Soul City überfallen sollte, bevor Hacking Parolando angriff. Die Invasion sollte sofort nach Fertigstellung der ersten zweihundert Schußwaffen stattfinden und sobald die *Feuerdrache I* einsatzbereit sei. Um die eigene Kampfkraft zu testen, sei es vielleicht angebracht, sie zuerst an Neu-Britannien zu testen. Seine Spione hätten angeblich herausgefunden, daß Arthur ebenfalls einen Angriff auf Parolando plane.

Seine beiden Speichellecker unterstützten ihn kräftig dabei, aber die anderen, einschließlich Sam, stimmten ihn nieder. Johns Gesicht lief rot an, er fluchte, drohte und drosch mit beiden Fäusten auf den eichenen Versammlungstisch ein, aber niemand änderte seine Meinung.

Nach dem Abendessen überbrachten die Trommeln eine Botschaft von Hacking. Firebrass würde am nächsten Tag, um die Mittagszeit herum, in Parolando ankommen.

Sam zog sich in sein Büro zurück. Im Licht der fischölgespeisten Lampe – es würde nicht mehr lange dauern, bis sie auf Elektrizität überwechseln konnten – diskutierte er zusammen mit van Boom und den beiden anderen Ingenieuren, Tanja Welitskij und John Wesley O'Brien, seine Auffassung von der Konstruktion des Schiffes und brachte sie vorerst in rohen Skizzen zu Papier. Papier war ebenfalls noch knapp. Wenn es an die Reinzeichnungen ging, würden sie Unmengen davon benötigen. Van Boom meinte, daß man so lange warten solle, bis sie in der Lage seien, eine bestimmte Art von Kunststoff herzustellen, auf dem man mit magnetisierten »Schreibern« Linien ziehen könne. Außerdem könne man auf Material dieser Art sehr leicht Korrekturen vornehmen. Sam hielt das für einen guten Einfall; bestand jedoch darauf, mit dem Bau des Schiffes in dem Moment zu beginnen, in dem der Prototyp fertiggestellt war. Van Boom war damit nicht einverstanden. Seiner Meinung nach mußten sie noch zu viele Engpässe im Bereich anderer Materialien überwinden.

Als das Treffen sich dem Ende zuneigte, zog van Boom eine Mark I aus einem mitgebrachten Sack. »Wir haben jetzt zehn Stück fertiggestellt«, sagte er. »Diese hier gehört Ihnen. Ich überreiche sie mit den besten Empfehlungen der Ingenieursvereinigung von Parolando. Und hier sind zwanzig Pulverladungen und ebenso viele Plastikkugeln. Sie sollten sie unter ihr Kopfkissen legen.«

Sam dankte ihm. Dann brachen die Ingenieure auf, und er verrammelte die Tür. Anschließend ging er ins Hinterzimmer und unterhielt sich eine Weile mit Joe Miller. Joe war noch wach und sagte, daß er in der kommenden Nacht keinerlei Beruhigungsmittel nehmen wolle. Er habe vor, am nächsten Morgen wieder aufzustehen. Sam wünschte dem Riesen eine gute Nacht, zog sich in sein neben der »Brücke« liegendes eigenes Schlafzimmer zurück, trank zwei Schlucke von dem Bourbon und legte sich nieder. Nach einer Weile gelang es ihm trotz des ständigen Gedankens an den Drei-Uhr-Regen, der ihn unbarmherzig wecken und ihm erneute Einschlafbeschwerden verursachen würde, einzuduseln.

Als er erwachte, war die Regenperiode längst vorbei. Von irgendwoher drangen Rufe an seine Ohren, dann ließ eine Explosion sein Haus erbeben. Sam sprang aus dem Bett, schlang einen Kilt um seine Hüften und stürmte auf die »Brücke«. Erst jetzt fiel ihm die Pistole ein, aber er rang sich dazu durch, sie erst dann zu holen, wenn er herausgefunden hatte, was dort draußen vor sich ging.

Der Fluß war noch immer von dichten Nebelbänken bedeckt, aber dennoch konnte er mit aller Deutlichkeit Hunderte von Männern daraus hervorbrechen sehen. Sam sah die Mastspitzen mehrerer Schiffe. Überall am Uferstreifen flakkerten Fackeln auf. Die Warntrommeln erzeugten ungeheuren Lärm.

Und dann eine weitere Explosion. Die Tore der König Johns Palast umgebenden Palisadenwand flogen auf und Männer strömten heraus. Sogar John selbst befand sich unter ihnen.

Das Nebelfeld am Fluß spuckte jetzt immer mehr Männer aus. Unter dem Sternenlicht konnte Sam erkennen, daß sie kriegsmäßige Formationen einnahmen. Die ersten Invasionstruppen hatten jetzt das Fabrikgelände erreicht und bewegten sich über die Ebene hinweg auf das Hügelgebiet zu. Einige der Explosionen schienen direkt aus den Fabriken zu kommen, als lege man es dort darauf an, die Invasoren zu verwirren. Sam sah plötzlich einen in seine Richtung rasenden Feuerschweif und warf sich auf den Boden. Es krachte, dann begann unter ihm der Boden zu wackeln. In einem

Scherbenregen zerplatzten die Fensterscheiben. Übelriechender Qualm breitete sich aus.

Sam wollte aufstehen und fliehen, aber er konnte es nicht. Er war halbbetäubt und konnte kein Glied rühren. Wenn jetzt eine zweite Rakete in dieser Umgebung einschlug und näher an ihn herankam . . .

Eine überdimensionale Hand ergriff seine Schulter und riß ihn hoch. Eine zweite schnappte sich seine Beine, und dann wurde er hinausgetragen. Die Arme und die Brust, an der Sam lehnte, waren ungeheuer haarig, fast wie bei einem Gorilla. Eine Stimme, die so tief war, als dränge sie vom Ende eines Eisenbahntunnels zu ihm durch, grollte: »Immer mit der Ruhe, Boff.«

»Laß mich runter, Joe«, erwiderte Sam. »Mir ist nichts passiert, außer daß ich mich schäme. Und das ist ganz in Ordnung, weil ich dazu einen Grund habe.«

Der Schock verging und eine relative Kühle drang in ihn ein, um das entstandene Vakuum aufzufüllen. Das Auftauchen des riesenhaften Titanthropen hatte ihn wieder in die Realität zurückgebracht. Der gute alte Joe – auch wenn er nicht gerade mit übermäßiger Intelligenz geschlagen und momentan nicht im Vollbesitz seiner körperlichen Kräfte war –, er ersetzte immer noch ein ganzes Bataillon.

Joe legte seine lederne Rüstung an. In seiner Hand funkelte das stählerne Blatt einer mächtigen Streitaxt.

»Wer ift daf?« fragte er. »Die Leute auf Foul Fity?«

»Keine Ahnung«, erwiderte Sam. »Glaubst du, daß du kämpfen kannst? Was macht dein Kopf?«

»Er tut weh. Ficher kann ich kämpfen. Wo gehen wir alf erftef hin?«

Sam brachte ihn zur Ebene hinab, wo die Männer sich um König John sammelten. Er hörte, wie jemand seinen Namen rief, wandte sich um und sah die hochgewachsene, linkische Gestalt de Bergeracs. Livy stand neben ihm. Sie trug einen kleinen, runden, lederbezogenen Schild und einen Speer mit eiserner Spitze. Cyranos Hand umklammerte eine lange, mattschimmernde Klinge. Sam riß die Augen auf. Es war ein Rapier.

Cyrano sagte: *»Morbleu!«* Dann fuhr er auf Esperanto fort: »Der Waffenschmied hat es mir schon nach dem Abendessen gegeben. Er meinte, daß es keinen Grund dazu gäbe, noch weiter darauf zu warten.«

Er hob die Klinge und zersäbelte damit die Luft.

»Ich bin zu neuem Leben erwacht! Stahl – scharfer Stahl!«

Eine nahe Explosion ertönte. Alle warfen sie sich zu Boden. Sam wartete, bis er sicher sein konnte, daß nicht eine weitere Rakete auf sie zuflog, und warf dann einen Blick auf sein Haus. Es hatte einen direkten Treffer erhalten; die ganze Vorderseite war zerstört und ein Feuer war im Begriff, sich mit rasender Schnelligkeit in den einzelnen Räumen auszubreiten. Sein Tagebuch war verloren, nach dem Gral mußte er später sehen. Immerhin war er unzerstörbar.

Ein paar Minuten später trat die Raketenabwehr Parolandos in Aktion. Abgeschossen von hölzernen Rampen jagten die Projektile auf die feindlichen Linien zu, wirbelten Dreck und Gras in die Luft und begannen mit ihrem Vernichtungswerk. Manche landeten direkt vor oder genau zwischen den Feinden und explodierten mit gewaltigen Donnerschlägen, erzeugten leuchtende Feuerbälle und entwickelten fette Rauchfahnen, die der Wind sofort wieder beiseite wehte.

Drei Läufer berichteten: Der Angriff war gleichzeitig von drei Punkten aus erfolgt. Die Hauptstreitmacht des Gegners hatte sich hier konzentriert, um die Führer Parolandos auszuschalten, aber auch deswegen, weil hier der Prototyp des Schiffes und die wichtigsten Fabriken lagen. Die beiden anderen Armeen standen derzeit jeweils eine Meile rechts und links von ihnen. Die Invasoren stammten aus Neu-Britannien und Kleomenujo und wurden von den Ulmaks, die auf der anderen Seite des Flusses lebten, unterstützt. Letztere waren Angehörige eines Volkes, das etwa 30000 Jahre vor Christi in Sibirien gelebt hatte. Ihre Nachkommen waren jene Völkerschaften gewesen, die über die Beringstraße nach Amerika vorgedrungen waren; die Vorfahren der Indianer.

Da sehen wir, was Johns Nachrichtendienst taugt, dachte Sam. Man kann sich nur auf ihn verlassen, wenn John in der Position des Angreifers ist. Aber wenn er das wäre, würde er nicht hier, wo man ihn jede Sekunde töten kann, herumstehen . . .

Auf jeden Fall war ihnen nun klar, daß Arthur von Neu-Britannien nicht dazu bereit war, über den Onkel, der ihn einst umgebracht hatte, zu verhandeln.

Immer wieder schlugen auf beiden Seiten die Raketen ein,

deren fünf Pfund schwere Köpfe mit kleinen Felsbrocken gefüllt waren, um die Wirkung von Schrapnells hervorzurufen. Die Parolandos hatten einen Vorteil: Sie konnten sich hinlegen, während ihre Raketen innerhalb aufrechtgehender Ziele explodierten, denn die Invasoren mußten sich bewegen und vordringen, sonst hätten sie gleich zu Hause bleiben können.

Dessenungeachtet war es furchterregend, flach auf dem Bauch zu liegen und auf die nächste Detonation zu warten. Jeder hoffte, daß die nächste Rakete nicht näher kommen würde als die vorhergegangene. Von überallher erklangen die Schreie der Verwundeten, und Sam schätzte sich glücklich, daß die ununterbrochenen Detonationen sein Gehör so stark mitgenommen hatten, daß er sie nicht in voller Lautstärke zu hören brauchte. Dann, auf einmal, hörten die Raketen auf, die Welt in die Luft zu sprengen. Eine riesige Hand legte sich auf Sams Schulter. Als er aufsah, stellte er fest, daß die ihn umringenden Leute nach und nach aufstanden. Unterführer brüllten die halbtauben Männer an, einen Kordon zu bilden. Der Gegner war jetzt so weit an die Linien der Verteidiger herangekommen, daß die Angreifer den Raketenbeschuß vom Fluß aus hatten einstellen müssen, um die eigenen Leute nicht zu gefährden.

Vor ihnen wälzte sich ein einziger, dunkler Körper heran, ein Meer aus schreienden und jubelnden Unholden. Die Angreifer rannten jetzt bergauf, während ihnen eine Welle von Pfeilen entgegenzischte. Die erste Reihe fiel, dann die zweite und die dritte. Aber die Angriffswelle kam keinesfalls zum Erliegen. Mehr und mehr Männer kamen. Sie kletterten einfach über die Leichen der Gefallenen hinweg, durchbrachen die Reihen der Bogenschützen und verwickelten sie in Nahkämpfe.

Sam blieb dicht hinter Joe Miller, der sich langsam vorwärtsbewegte und seine Streitaxt kreisen ließ. Dann fiel der Gigant um, und eine Schar von Invasoren warf sich wie eine Herde Schakale auf seinen Rücken. Sam versuchte zu Joe durchzudringen; seine Axt fuhr auf und nieder, durchschlug ein Schild, einen Kopf und einen hochgereckten Arm, und plötzlich fühlte er einen stechenden Schmerz in der Rippengegend. Er wurde nach hinten geschleudert und verlor die Axt, die durch die Luft segelte, den Schädel eines Angreifers spaltete und ihm so verloren ging. Über ihm war der brennende Boden seines immer noch auf drei Säulen stehenden Hauses.

Sam fiel auf die Seite. Neben ihm lag plötzlich die Handfeuerwaffe, die er an seinem Bett zurückgelassen hatte. Er fand drei Pulverpäckchen und eine Anzahl von Plastikkugeln. Die Explosion mußte alles aus dem Haus herausgeschleudert haben.

Zwei Männer wirbelten wie in einem Tanz an ihm vorbei, während sie einander gepackt hielten, keuchend miteinander rangen und sich gegenseitig in die blutbesudelten Gesichter starrten. Sie hielten an und Sam erkannte König John. Der Mann, mit dem er kämpfte, war größer als er, aber keinesfalls von einer ähnlich schwerfälligen Statur. Er hatte seinen Helm verloren; Sam sah dunkelbraunes Haar und die gleichen blaßblauen Augen wie die Johns.

Sam drückte den Lauf der Pistole nach unten, legte eine Kugel ein und verfuhr mit der Waffe genau so, wie er es am Morgen zuvor in den Hügeln gelernt hatte. Dann entriegelte er den Sicherungshebel und stand auf. Die beiden Männer kämpften noch immer um jeden Fußbreit Boden und versuchten einander die Beine unter dem Körper wegzutreten. John war mit einem stählernen Messer bewaffnet; sein Kontrahent mit einer aus dem gleichen Material gefertigten Streitaxt. Jeder umklammerte den Waffenarm des anderen.

Sam blickte sich um. Momentan drohte ihm keinerlei Gefahr. Er machte einige Schritte nach vorn, hob den Lauf seiner Pistole und umklammerte den Griff fest mit beiden Fäusten. Dann zog er den Stecher durch. Er hörte ein leises Klicken, fühlte wie die Waffe in seinen Händen tanzte, als der Hammer niedersauste, sah einen hellen Lichtblitz, dann eine Rauchwolke und schließlich Johns Gegner zu Boden sinken. Das Geschoß hatte ihm das halbe Gesicht weggerissen.

John stürzte keuchend zu Boden. Schließlich stand er ohne Hilfe wieder auf und sah Sam an, der bereits wieder im Begriff war, die Pistole nachzuladen. »Vielen Dank, Partner«, sagte John. »Der Mann, den du umgebracht hast, war mein Neffe Arthur!«

Sam schwieg. Wäre er kaltblütig gewesen, hätte er solange gewartet, bis Arthur John getötet hatte, um ihn *dann* umzubringen. Es war geradezu eine Ironie des Schicksals, daß er, Sam, das Leben jenes Mannes gerettet hatte, von dessen Tod er nur hätte profitieren können. Davon abgesehen konnte man von John keinerlei aufrichtigen Dank erwarten: Aufrichtigkeit war ein Begriff, der in seinem Wortschatz einfach nicht vorkam.

Sam lud die Pistole nach und machte sich dann auf, um nach Joe Miller Ausschau zu halten. Statt dessen sah er Livy, die sich mit erhobenem Schild gegen einen heftig auf sie einschlagenden Ulmak, dessen linker Arm stark blutete, verzweifelt zur Wehr setzte. Der Ulmak besaß eine Axt, die er mit wuchtigen Schlägen in Livys Schild trieb. Ihr Speer war bereits zerbrochen, und es war nur noch eine Frage von Sekunden, daß sie umfiel oder den Schild sinken ließ. Sam ergriff die Pistole am Lauf und drosch mit dem eisernen Knauf auf den Schädel des Mannes ein. Livy fiel weinend und zitternd zu Boden. Normalerweise hätte Sam sich jetzt über sie gebeugt und sie getröstet, aber allem Anschein nach drohte ihr jetzt keine unmittelbare Gefahr mehr – und er hatte Joe Miller noch immer nicht gefunden. Als er sich wieder in das Kampfgetümmel warf, stellte er fest, daß Joe bereits wieder auf den Beinen war: Seine Streitaxt wirbelte durch die Luft und erledigte einen Gegner nach dem anderen.

Ein paar Schritte von einem Mann entfernt, der gerade im Begriff war, Joe hinterrücks anzufallen, blieb Sam stehen und feuerte. Die Axt des Burschen entfiel seinen kraftlosen Händen.

Eine Minute später liefen die Invasoren bereits um ihr Leben. Der Himmel wurde grau, und in dem jetzt besseren Licht konnte man erkennen, daß die Parolandos von Norden und Süden auf sie zukamen. Die beiden restlichen Gruppen der Angreifer waren vernichtet worden, und jetzt rückten die Truppen von allen Seiten gegen sie vor. Außerdem brachten sie Raketen mit, die sie nun gegen die Boote einsetzten, die die Flüchtenden aufnehmen sollten.

Die Menschenleben und Zerstörungen, die der unerwartete Angriff gefordert hatte, deprimierten Sam zutiefst. Zum ersten Mal hatte er allerdings auch das Gefühl, die Niedergeschlagenheit, die ihn jedesmal ergriff, wenn es zu einem Kampf kam, überwunden zu haben. Die letzten zehn Minuten der Schlacht hatten ihm geradezu Spaß gemacht.

Kurz darauf war das Gefühl aber auch schon wieder vorbei. Ein wildäugiger, nackter Hermann Göring erschien mit blutverschmiertem Schopf auf dem Schlachtfeld. Er riß die Arme hoch und schrie: »Oh, meine Brüder und Schwestern!

Schämt euch! Schämt euch! Ihr habt getötet und gehaßt und Lust gespürt bei all diesem Blut und der Ekstase des Mordens! Warum habt ihr nicht eure Waffen gesenkt und eure Gegner mit Liebe empfangen? Warum ließet ihr sie nicht tun, was sie wollten? Auch wenn ihr dabei umgekommen wäret, hättet ihr den größten und schönsten Sieg davongetragen! Der Feind hätte eure Liebe gespürt – und sich beim nächsten Krieg daran erinnert. Und beim übernächsten Mal hätte er sich vielleicht schon gefragt: ›Was tue ich da? Warum tue ich das? Welchen Nutzen hat es, was ich hier tue? Es bringt mir doch nichts ein‹ – und eure Liebe hätte sein steinernes Herz zum Erweichen gebracht und . . .«

John, der jetzt hinter Göring auftauchte, versetzte dem Mann mit dem Griff seines Messers einen Schlag auf den Kopf. Göring taumelte, fiel auf das Gesicht und rührte sich nicht mehr.

»Die richtige Antwort für einen Defätisten«, schrie König John. Er sah sich mit einem wilden Blick um und kreischte dann: »Wo sind meine Botschafter Trimalchio und Mordaunt?«

Sam erwiderte: »Keiner von beiden würde so dumm sein und sich jetzt hier herumtreiben. Und du wirst sie niemals in die Finger bekommen, weil sie jetzt wissen, daß du von ihrem schändlichen Plan weißt, uns an Arthur zu verkaufen.«

Obwohl Johns Schlag auf Görings Kopf bei der in Parolando garantierten Meinungsfreiheit ein Vergehen gewesen war, beabsichtigte Sam in diesem Augenblick nicht, gegen den Ex-König vorzugehen. Im Augenblick konnte es einen großen Fehler bedeuten, ihn festsetzen zu lassen. Ganz davon abgesehen, hätte nicht mehr viel gefehlt, und er hätte Göring selbst niedergeschlagen.

Die immer noch weinende Livy erhob sich und ging fort. Sam folgte ihr zu einem Leichenberg, auf dessen Spitze Cyrano saß. Der Franzose hatte ein rundes Dutzend Wunden davongetragen, von denen allerdings keine ernsthaft zu sein schien. Sein Rapier war von der Spitze bis zum Griff mit Blut bedeckt. Er hatte sich wirklich wacker geschlagen.

Als Livy sich an ihn klammerte, blickte Sam zur Seite. Sie hatte ihm nicht einmal dafür gedankt, daß er ihr das Leben gerettet hatte.

Hinter ihm erklang ein Knirschen. Sam wandte sich um

und sah, wie die Überreste seines Hauses ineinanderstürzten.

Obwohl er sich sehr erschöpft fühlte, wußte er, daß der Tag für ihn nur wenig Zeit zum Ausruhen bringen würde. Zunächst mußte festgestellt werden, inwiefern die Zerstörungen sie in ihrer Arbeit zurückgeworfen hatten. Dann mußte man die Toten einsammeln und in die Verwertungsfabrik bringen, da man ihr Fett benötigte, um daraus Glyzerin herzustellen. Diese Praxis war trotz ihrer Scheußlichkeit unumgänglich; und außerdem tat sie den Gefallenen nicht mehr weh: Ein jeder von ihnen würde binnen vierundzwanzig Stunden an anderer Stelle des Flußtales materialisieren und zu neuem Leben erwachen.

Zusätzlich hatte sich die gesamte Bevölkerung dafür bereitzuhalten, die beschädigten Befestigungsanlagen wieder aufzurichten. Kundschafter und Kuriere mußten ausgesandt werden, um genau zu prüfen, wie es mit der militärischen Stärke Parolandos bestellt war. Es war nicht auszuschließen, daß die Neu-Britannier zusammen mit den Kleomenujo und den Ulmaks bald zu einem Vergeltungsschlag ausholten.

Einer von Sams Hauptmännern berichtete, daß man Kleomenes, den Führer von Kleomenujo, tot am Flußufer aufgefunden habe. Ein Schrapnell hatte seinen Schädel durchdrungen und dem Leben des Spartaners, Halbbruder des großen Leonidas, des Verteidigers des Thermopylen-Passes, ein Ende bereitet. Zumindest jedoch seinem Leben in dieser Gegend der Flußwelt.

Sam beauftragte zwei Männer, sich sofort mit Booten aufzumachen und die beiden besiegten Nationen aufzusuchen. Sie sollten dort bekanntgeben, daß Parolando keinesfalls einen Rachefeldzug plante, vorausgesetzt, die neuen Führer dieser Länder erklärten sich zu einer Freundschaftserklärung gegenüber dem Sieger bereit. John beschwerte sich darüber mit dem Argument, daß er, was dieses Thema anging, nicht konsultiert worden sei. Es kam zu einer heftigen, aber kurzen Auseinandersetzung. Schließlich gab Sam zu, daß John im Prinzip sicher recht habe; aber leider sei jetzt nicht die richtige Zeit, um gewisse Dinge gründlich auszudiskutieren. Daraufhin erwiderte John, daß Sam aufgrund der bestehenden Gesetze dazu verpflichtet sei, sich die nötige Zeit zu *nehmen*, da jede getroffene Entscheidung der Zustimmung beider Seiten bedürfe.

Obwohl es Sam nicht leichtfiel, mußte er John auch in diesem Punkt recht geben. Es war einfach unmöglich, daß sie einander widersprechende Anweisungen gaben.

Dann machten sie sich zusammen auf, um die Fabriken zu inspizieren. Sie waren nicht allzu schwer beschädigt worden, da die Invasoren möglicherweise vorgehabt hatten, sie in ihren Besitz zu bringen. Das Amphibienfahrzeug, die *Feuerdrache I*, war unversehrt. Bei der Vorstellung, das Boot wäre bereits fertig gewesen und könne in die Hände des Feindes gefallen sein, schauderte Sam. Dann hätte es für Parolando keine Rettung mehr gegeben. Von jetzt ab mußten sie das Gefährt noch schärfer bewachen.

Nach dem Mittagessen fiel er im Rathaus in einen tiefen Schlaf. Als er geweckt wurde, hatte Sam immer noch den Eindruck, die Augen gerade erst geschlossen zu haben. Vor ihm stand Joe. Sein Atem roch nach einer starken Dosis Alkohol.

»Die Delegation von Foul Fity ift gerade angekommen«, meldete er.

»Firebrass!« rief Sam aus und erhob sich aus seinem Sessel. »Den hätte ich beinahe vergessen! Und ausgerechnet jetzt muß er bei uns aufkreuzen.«

Er ging an den Fluß hinunter, wo in der Nähe eines Gralsteins ein Katamaran angelegt hatte. John wartete bereits auf ihn und begrüßte die Delegation, die aus sechs Schwarzen, zwei Arabern und zwei Indern bestand. Firebrass war ein kleiner, bronzehäutiger Mann mit lockigem Haar und braun-grün gesprenkelten Augen. Seine hohe Stirn, die breiten, muskulösen Schultern kontrastierten stark mit seinen beinahe dürren Beinen. Er sprach zunächst Esperanto mit ihnen und wechselte dann ins Englische über. Er benutzte ein ziemlich komisches Englisch, das von Ausdrücken und Begriffen wimmelte, die Sam nicht verstand. Dennoch war der Mann ihm sympathisch. Er hatte eine angenehme Ausstrahlung und einen offenen Charakter.

»Reden wir besser Esperanto«, schlug Sam lächelnd vor und schenkte Firebrass noch etwas Scotch nach. »Ist die Sprache, die Sie benutzen, eine Fachsprache der Raumfahrer oder der in Soul City vorherrschende Dialekt?«

»Marsianisch«, erwiderte Firebrass. »Das Englisch, das man in Soul City spricht, ist ganz schön daneben, deswegen bedienen wir uns hauptsächlich des Esperanto, obwohl Hakking an sich den Plan hatte, das Arabische zur Hauptsprache zu machen. Aber mittlerweile ist er mit seinen Arabern nicht mehr so besonders glücklich.« Bei den letzten Worten, die er etwas leiser ausgesprochen hatte, fiel sein Blick auf Abd ar-Rahman und Ali Fazghuli, die beiden arabischen Angehörigen der Delegation.

»Wie Sie sicher schon gemerkt haben«, meinte Sam, »werden wir wenig Zeit haben, eine lange und gemächliche Konferenz abzuhalten. Jedenfalls nicht jetzt. Zuerst müssen wir in unserem Land Ordnung schaffen; herausfinden, was außerhalb der Grenzen vor sich geht, und unsere Verteidigungsanlagen reparieren. Aber natürlich sind Sie bei uns willkommen. Ich bin sicher, daß wir uns in wenigen Tagen unter erfreulicheren Umständen wieder zusammensetzen können.«

»Macht nichts«, erwiderte Firebrass. »Ich werde mich, wenn Sie nichts dagegen haben, in der Zwischenzeit ein wenig bei Ihnen umsehen.«

»Was mich anbetrifft, habe ich nichts dagegen. Aber wir sollten nicht versäumen, zu diesem Punkt auch die Ansichten meines Mitkonsuls zu hören.«

Obwohl ihm Firebrass' Vorhaben überhaupt nicht in den Kram paßte, grinste König John wie ein Honigkuchenpferd. Auch er habe keinerlei Bedenken gegen die Delegierten, sagte er, aber dennoch bestünde er auf die Präsenz einer Ehrengarde, die ihr zu jeder Zeit, wenn sie die ihnen zugewiesenen Quartiere verlassen wolle, zu ihrer Verfügung stünde. Firebrass sprach ihm seinen Dank aus, aber einer seiner Begleiter, ein Mann namens Abdulla X, protestierte lautstark gegen diese Behandlung und benutzte dabei hin und wieder einige unfeine Worte. Mehrere Minuten lang sagte Firebrass nichts, dann hob er den Kopf und riet Abdullah, etwas mehr Freundlichkeit an den Tag zu legen, schließlich halte man sich in Parolando als Gast auf. Sam war ihm für diesen Einspruch äußerst dankbar; er kam allerdings nicht an der heimlichen Frage vorbei, ob Abdullahs Protest und Firebrass' Reaktion darauf nicht von vornherein abgesprochen waren.

Des weiteren war es nicht einfach für ihn gewesen, still dazusitzen und sich Abdullahs Beschimpfungen anzuhören, auch wenn sie gegen die weiße Rasse im allgemeinen und gegen niemand im besonderen vorgebracht worden waren.

Obwohl die Anklagen des Farbigen ihn trafen, war er innerlich mit ihm einer Meinung. Zumindest in den Fällen, wo sie die Vergangenheit betrafen. Aber die alte Erde war tot; sie lebten nun auf einer völlig anderen Welt.

Sam geleitete die Delegierten persönlich zu den drei Hütten, in denen sie paarweise wohnen sollten. Die Häuser standen leer, ihre ehemaligen Bewohner waren bei der vergangenen Schlacht ums Leben gekommen. Dann quartierte er sich selbst in unmittelbarer Nähe der Besucher ein.

Vom Ufer her drang das Geräusch von Trommelschlägen an seine Ohren. Eine Minute später wurden die Signale von der anderen Flußseite erwidert. Der neue Häuptling der Ulmaks bat um Frieden. Man hatte den alten, Shubgrain, umgebracht, und man sei bereit, seinen Kopf herüberzubringen, wenn das einem Frieden dienlich sein könne: Er habe, indem er sein Volk in eine Niederlage hineinführte, sein Leben verwirkt.

Sam gab die Anweisung aus, sofort Kontakt mit dem neuen Häuptling, einem Mann namens Threelburm, aufzunehmen und ihn zu einer Konferenz einzuladen.

Dann meldeten die Trommeln aus Chernskys Land, daß Iyeyasu, der einen zwölf Meilen langen Streifen Land zwischen Neu-Britannien und Kleomenujo beherrschte, das Land des gefallenen Arthur überfallen habe. Obwohl das bedeutete, daß Neu-Britannien für Parolando keine Gefahr mehr darstellte, beunruhigte diese Nachricht Sam dennoch. Iyeyasu war ein ziemlich eitler Mann. Wenn es ihm erst einmal gelungen war, sein Reich mit Neu-Britannien zu vereinigen, konnte er schnell zu der Ansicht gelangen, nun stark genug zu sein, um auch Parolando zu vereinnahmen.

Die Trommeln schwiegen noch immer nicht. Publius Crassus übersandte seine besten Grüße und Empfehlungen und kündigte für den nächsten Tag seinen Besuch an, um zu sehen, in welcher Weise er Parolando dienlich sein könne.

Und um herauszubekommen, wie stark wir angeschlagen sind, und ob wir ein leichtes Ziel für ihn bieten, dachte Sam. Bis jetzt hatte Publius sich kooperativ gezeigt, aber wer konnte schon wissen, ob es einen Mann, der schon unter Julius Cäsar gedient hatte, nicht danach gelüstete, sein Imperium ebenfalls zu vergrößern?

Göring, den blutiggeschlagenen Kopf mit zwei Handtüchern umwickelt, taumelte, gestützt von zweien seiner Jünger, vorbei. Sam hoffte, daß der Mann den Wink, daß er Parolando so schnell wie möglich verlassen sollte, verstanden hatte, obwohl er die Auffassungsgabe des Deutschen nicht sonderlich hoch einschätzte.

Als er in dieser Nacht zu Bett ging, flackerten überall im Land die Fackeln. Wachen patrouillierten auf und ab und starrten in der Dunkelheit jedem Schatten nach, den die Nebelbänke über dem Fluß warfen. Sam schlief unruhig, trotz seines Erschöpfungszustandes; er wälzte sich hin und her und wachte einmal sogar mit dem sicheren Gefühl auf, daß sich in der Hütte eine dritte Person befand. Er rechnete damit, daß jeden Augenblick die schattenhaften Umrisse des geheimnisvollen Fremden aus der Finsternis auftauchten und seine Gestalt neben seinem Lager niederkniete. Aber es war niemand da außer dem monströsen Leib Joe Millers, der auf einem großen Bambusbett in Sams unmittelbarer Nähe schlief.

19

Am nächsten Morgen erwachte Sam wie zerschlagen innerhalb einer regenerierten Welt. Der Drei-Uhr-Regen hatte sowohl das Blut wie den Gestank des Schießpulvers hinweggewaschen. Die Leichen waren fort, der Himmel wieder blau und klar. Die Arbeit wartete auf die Bürger von Parolando, die jetzt vierhundertfünfzig weniger waren als am Vortag: Die Hälfte davon war tot, die andere bedurfte aufgrund ihrer Verletzungen dringlicher Pflege. Denjenigen, die von ihrem Elend erlöst zu werden wünschten, hatte man nachgegeben. Die Zeiten, in denen die Axt für solche Dinge zuständig war, gehörten der Vergangenheit an: längst übernahm eine Pille diese Arbeit.

Manche der Schwerverwundeten entschieden sich, die Sache durchzustehen. Andere, die glaubten, die Schmerzen nicht ertragen zu können, baten um das Gift, und die Körper, die sie zurückließen, wurden der Verwertungsanlage zugeführt.

Sams Sekretärin gehörte ebenfalls zu den Toten, und so fragte er Gwenafra, ob sie bereit sei, Millies Platz einzunehmen. Sie schien sich geehrt zu fühlen. Die neue Position verlieh ihr einen höheren Status, und außerdem hatte sie niemals ein Geheimnis daraus gemacht, daß sie Sam gut leiden konnte. Lothar von Richthofen schien dies allerdings weniger zu gefallen.

»Warum sollte sie nicht meine Sekretärin sein?« fragte Sam zurück. »Gibt es einen Grund dafür, außer dem, daß du hinter ihr her bist?«

»Natürlich gibt es keinen Grund dafür«, erwiderte Lothar. »Aber du schmälerst meine Chancen, wenn sie den größten Teil des Tages in deiner Nähe ist.«

»Möge der beste Mann gewinnen.«

»Das meine ich auch, aber es gefällt mir einfach nicht, daß du sie zeitlich in Anspruch nimmst, obwohl ich genau weiß, daß du doch auf keine andere Frau Wert legst, solange Livy in der Nähe ist.«

»Es geht Livy überhaupt nichts an, was ich tue«, grollte Sam. »Das solltest du dir hinter die Ohren schreiben.«

Lothar lächelte dünn und sagte: »Sicher, Sam.«

Gwenafra ging mit Sam herum, erledigte seinen Schriftkram, sandte in seinem Namen Botschaften ab, brachte seinen Terminkalender auf Vordermann und erinnerte ihn an angesetzte Besprechungen. Trotz seiner vielen Verpflichtungen fand er sogar hin und wieder die Zeit dazu, mit ihr zu plaudern und Witze zu reißen, und jedesmal wenn er sie dabei ansah, spürte er, daß sie ein warmes Gefühl in ihm erzeugte. Gwenafra schien ihn tatsächlich zu verehren.

Zwei Tage zogen ins Land. Die ununterbrochenen Arbeiten an dem Amphibienfahrzeug zeigten die ersten Resultate: In zwei Tagen würde es fertig sein. Die Delegation aus Soul City sah sich unterdessen, bewacht von zwei Männern aus Johns Garde, im Lande um. Joe Miller, der nach der Schlacht seine Verletzung im Bett auskuriert hatte, meldete sich gesund wieder zur Arbeit. Jetzt, wo sowohl Gwenafra als auch der Titanthrop wieder zu seiner Verfügung standen, fühlte Sam sich schon besser – obwohl er noch immer weit genug von einer Hochstimmung entfernt war. Die Trommeln berichteten, daß mittlerweile seine Schiffe mit Feuerstein beladen waren, sich auf dem Rückweg befanden und in einem Monat eintreffen würden. Eine Flotte von zehn Booten war flußabwärts gefahren, um mit der Führerin von Selinujo ein Geschäft abzuschließen. Auf der Erde war diese Frau eine Gräfin Huntington gewesen, die von 1707 bis 1791 gelebt hatte. Ihr Name war Selina Hastings und jetzt gehörte sie der

Kirche der Zweiten Chance an. Daß sie an ihr Feuersteinlager herankamen, lag hauptsächlich daran, daß man es Görings Anhängern erlaubt hatte, in Parolando ungehindert ihre Theorien zu verbreiten. Als Gegenleistung hatte man ihr außerdem ein kleines, metallenes Dampfschiff versprechen müssen, in dem sie später flußauf- und flußabwärts fahren wollte, um Predigten abzuhalten. Sam hielt diese Frau für eine ausgemachte Närrin, denn er zweifelte nicht daran, daß man ihr – allein um an ihr Boot heranzukommen – bereits am ersten Anlegeplatz die Kehle durchschneiden würde. Aber das war ihr Problem.

Dann trafen sich die Ratsherren mit der schwarzen Delegation am größten Tisch in Johns Palast. Sam hätte die Besprechung am liebsten abgeblasen, da John sich in einer mordsmäßigen Stimmung befand. Angeblich hatte eine seiner Frauen kurz zuvor versucht, ihn umzubringen (jedenfalls behauptete er das), und ihm eine Messerspitze in den Wanst gejagt, bevor es ihm gelungen war, ihr den Unterkiefer zu zerschmettern und sie mit dem Kopf gegen eine Tischkante zu knallen. Die Frau war eine Stunde später, ohne das Bewußtsein wiederzuerlangen, gestorben, und was Johns Behauptung anging, sie habe ihn zuerst angegriffen, so blieb den anderen kaum etwas übrig, als das zu akzeptieren. Am liebsten hätte Sam nach etwaigen Augenzeugen forschen lassen, aber das war unter den gegebenen Umständen ein Ding der Unmöglichkeit.

John wand sich vor Schmerzen. Außerdem war er halb betrunken, weil er den Gedanken, daß eine Frau gewagt hatte, sich ihm zu widersetzen, nicht ertragen konnte. Er ließ sich ächzend in einen mit großer Rückenlehne versehenen, mit Ornamenten verzierten und mit rotem Hornfischleder überzogenen Sessel sinken und umklammerte mit einer Hand einen riesigen Becher mit Whisky, während in seinem Mundwinkel eine Zigarette hing. Er musterte jeden einzelnen Anwesenden mit finsterem Blick.

Firebrass sagte: »Vor langer Zeit war Hacking der Ansicht, daß es zu einer völligen Trennung von Weißen und Nichtweißen kommen müsse. Er glaubte mit höchster Inbrunst daran, daß die Weißen niemals – jedenfalls nicht mit ihrer ganzen Seele – die Nichtweißen akzeptieren würden: also die Schwarzen, Mongolen, Polynesier und Indianer. Er glaubte, daß die einzige Möglichkeit, mit den Weißen und mit ihrem eigenen Charakter und Stolz fertigzuwerden, darin läge, sich für eine absolute Trennung von Schwarz und Weiß vorzubereiten. Gleichheit: ja. Aber in unterschiedlichen Zonen. Dann sagte sich sein Führer Malcolm X von den Black Muslims los, weil er erkannt hatte, einem falschen Weg gefolgt zu sein, daß nicht alle Weißen Teufel und rassistische Ungeheuer wären; ebensowenig wie alle Schwarzen breite Nasen hätten. Hacking verließ die Vereinigten Staaten, um in Algerien zu leben, und dort fand er heraus, daß Geisteshaltungen es sind, die Rassismus erzeugen, und nicht die Farbe der Haut.«

Eigentlich weder eine originelle noch überraschende Erkenntnis, dachte Sam. Aber er hatte sich vorgenommen, Firebrass nicht zu unterbrechen.

»Und plötzlich warfen die jungen Weißen der Vereinigten Staaten – jedenfalls sehr viele –, die Vorurteile ihrer Eltern einfach über Bord und unterstützten die Schwarzen in ihrem Kampf. Sie gingen auf die Straße und demonstrierten, probten den Aufstand und warfen sogar ihr Leben für die Schwarzen in die Waagschale. Sie schienen die Schwarzen plötzlich zu mögen, und nicht etwa, weil jemand sie dazu zwang, sondern weil sie erkannt hatten, daß sie menschliche Wesen sind und daß man menschliche Wesen mögen oder gar lieben kann.

Hacking allerdings liebte die Weißen noch immer nicht, wenngleich er sie allerdings durchaus für menschliche Wesen hielt. Seine Vorstellungen wurden ebenso wie die der meisten älteren Weißen in ihren Grundfesten erschüttert. Aber er gab sich die größte Mühe, diejenigen Weißen, die auf seiner Seite kämpften, zu lieben und jene, die zu ihren Eltern sagten, sie sollten sich mit ihren Vorurteilen zum Teufel scheren, zu respektieren.

Dann starb er – wie jeder Mensch auf der Erde, egal ob seine Haut nun schwarz oder weiß war. Er fand sich in einer Gruppe frühzeitlicher Chinesen wieder, was ihn nicht sonderlich glücklich machte, weil sie jedes Volk außer ihrem eigenen für minderwertig hielten.«

Sam erinnerte sich an die Chinesen, die er in den frühen sechziger Jahren des neunzehnten Jahrhunderts in Nevada und Kalifornien kennengelernt hatte: schwer arbeitende, stille, sparsame, freundliche kleine braune Männer und Frauen. Sie hatten Verhältnisse akzeptiert, die die meisten

Weißen nicht einmal einem Maultier zugemutet hätten, hatten sich anspucken, verfluchen, foltern, steinigen, ausplündern, vergewaltigen und Gemeinheiten über sich ergehen lassen, die kaum ein anderes Volk hätte ertragen können. Sie hatten weder irgendwelche Rechte besessen noch jemanden gekannt, der sich ihrer annahm und sie beschützte. Und dennoch hatten sie sich niemals zur Wehr gesetzt oder auch nur einen ihrer Peiniger offen verflucht. Sie hatten alles über sich ergehen lassen. Aber welche Gedanken hatten ihre maskenartigen Gesichter verborgen? Ob sie ebenso wie jene, denen Hacking begegnet war, an die Überlegenheit ihrer Rasse über die verhaßten weißen Teufel geglaubt hatten? Wenn ja – warum hatten sie nicht zurückgeschlagen? Es stand außer Frage, daß ein solches Unternehmen in einem Massaker geendet hätte, aber immerhin wären sie doch für einen gewissen Zeitraum Männer gewesen.

Aber das chinesische Volk glaubte an die Macht der Zeit; die Zeit stand ihnen bei. Wenn sie dem Vater nicht das Glück bescherte, würde sie es für den Sohn bereithalten. Oder für den Enkel.

Firebrass fuhr fort: »Hacking verließ diese Leute in einem Einbaum, ließ sich flußabwärts treiben und viele tausend Meilen weiter bei einer Gruppe von Schwarzen nieder, die aus Afrika stammten, aus dem siebzehnten Jahrhundert. Es waren Vorfahren jener Zulustämme, die später ins südliche Afrika emigrierten. Nach einer Weile aber verließ er auch sie. Ihre Sitten waren ihm widerlich, sie waren ihm zu blutrünstig für seinen Geschmack.

Er lebte dann in einer Gegend, die von Angehörigen eines Hunnenvolkes aus dem Mittelalter und dunkelhäutigen Weißen aus der Neusteinzeit bevölkert war. Obwohl er unter ihnen einigermaßen gut lebte, vermißte er nach einer Weile doch sein eigenes Volk, die schwarzen Amerikaner. Also machte er sich erneut auf den Weg, geriet in die Gefangenschaft frühzeitlicher Moabiter, entkam und wurde von Hebräern versklavt, die ihm auch noch seinen Gral raubten. Aber auch ihnen konnte er entwischen und schlug sich zu einer kleinen Kolonie ehemaliger schwarzer Südstaaten-Sklaven aus der Zeit vor dem Sezessionskrieg durch. Eine Weile fühlte er sich glücklich unter ihnen, bis ihm ihre Onkel-Tom-Mentalität und ihr Aberglaube auf die Nerven gingen und er sich erneut flußabwärts treiben ließ, wo er unter den verschiedensten Gruppierungen lebte. Eines Tages jedoch wurden die Leute, bei denen er sich gerade aufhielt, von großen, blonden Weißen – möglicherweise irgendwelchen Deutschen – überfallen, die ihn im Kampf töteten.

Als Hacking wieder erwachte, befand er sich hier. Und er gelangte zu der Ansicht, daß nur solche Staaten ohne rassistische Umtriebe existieren können, in denen von vornherein jeder die gleiche Hautfarbe und den gleichen Geschmack hat und der gleichen Zeitperiode entstammt. Er ist der Meinung, daß jede andere Gesellschaftsform zum Scheitern verurteilt ist, da sich die Menschen niemals ändern. Auf der Erde hatte er noch an einen Umschwung glauben können, weil die jungen Leute Vorurteile mit ins Grab nahmen. Aber hier ist das nicht möglich, weil die Vorurteilsbeladenen in der Mehrheit sind und die Gruppen der dem späten zwanzigsten Jahrhundert entstammenden jungen Weißen in der Minderzahl. Und nur dort würde es möglich sein, ohne Rassismus zu leben. Natürlich hatten auch die Weißen aus der Frühzeit der Menschheit nichts gegen die Schwarzen – aber es ist für einen zivilisierten Menschen äußerst schwierig, unter ihnen zu leben.«

Sam fragte: »Auf was wollen Sie hinaus, Sinjoro Firebrass?«

»Wir wollen eine homogene Nation. Natürlich ist es nahezu unmöglich, ausschließlich Schwarze aus dem zwanzigsten Jahrhundert um uns zu sammeln, aber wir können zumindest so viele Schwarze zu uns holen wie möglich. Wir sind darüber informiert, daß in Parolando um die dreitausend Schwarze leben. Wir möchten sie gegen unsere Draviden, Araber und sonstigen Nichtschwarzen eintauschen. Hacking ist derzeit dabei, auch Ihren Nachbarn ähnlich lautende Vorschläge zu unterbreiten, aber gegen sie hat er nichts in der Hand.«

König John richtete sich auf und sagte laut: »Sie meinen, er besitzt nichts, was unsere Nachbarn gerne von ihm hätten?«

Firebrass sah ihn kühl an und erwiderte: »So könnte man es ausdrücken. Zumindest ist das im Moment noch der Fall.«

»Meinen Sie, das würde sich ändern, sobald Sie genügend Metallwaffen besitzen?« fragte Sam.

Firebrass zuckte die Achseln.

John schmetterte seinen leeren Becher mit aller Kraft auf die Tischplatte. »Nun, auch wir wollen weder ihre Araber noch ihre Draviden oder sonst irgend jemand, der sich bei Ihnen herumtreibt!« donnerte er. »Aber ich will Ihnen etwas anderes erzählen! Für jede Tonne Bauxit oder Kryolit und jede Unze Platin werden wir Ihnen einen unserer schwarzen Bürger überlassen! Was Ihre sarazenischen Heiden angeht, so können Sie sie meinetwegen flußabwärts jagen oder noch am besten gleich ersäufen!«

»Moment mal«, unterbrach ihn Sam. »Wir können doch unsere Mitbürger nicht so einfach verkaufen! Wenn sie freiwillig dazu bereit sein sollten – gut! Aber wir können doch nicht einfach Entscheidungen über ihre Köpfe hinweg treffen! Immerhin haben wir hier eine Demokratie!«

Johns Ausbruch hatte Firebrass' Gesicht verfinstert. »Ich habe keinesfalls gesagt, daß Sie uns die Leute *schenken* sollen«, sagte er. »Wir sind schließlich keine Sklavenhändler. Was wir anstreben, ist ein Austausch eins zu eins. Die Wahhabi-Araber, die hier von ar-Rahman und Fazghuli repräsentiert werden, sind der Ansicht, in Soul City nicht willkommen zu sein. Sie wären durchaus bereit, irgendwo hin zu gehen, wo sie ihre eigene Gemeinschaft – oder Kasbah, wie sie es nennen – gründen könnten.«

Das kam Sam nicht ganz geheuer vor. Warum konnten die Araber nicht das gleiche innerhalb der Grenzen von Soul City tun? Warum sammelten sie sich nicht einfach und wanderten aus? Immerhin war einer der Vorzüge dieser Welt die Tatsache, daß man sich weder um seine Ernährung noch um irgendwelche Besitzstände zu kümmern brauchte. Jeder Mensch konnte das, was ihm gehörte, bequem auf dem Rükken tragen und sich dorthin verziehen, wo Bambus wuchs und genug Platz war, um sich eine Hütte zu bauen.

Es war nicht unmöglich, daß Hacking seine Leute deswegen in Parolando haben wollte, weil sie für ihn die ideale Konterbande darstellten, wenn er sich plötzlich dazu entschloß, gegen Sam und seine Leute vorzugehen.

»Wir werden den Vorschlag mit dem Eins-zu-eins-Austausch, den Sinjoro Firebrass formuliert hat, prüfen«, sagte Sam. »Das ist alles, was wir im Moment versprechen können. Lassen Sie uns jetzt zu der Frage kommen, ob Sinjoro Hacking uns weiterhin mit den von uns benötigten Mineralien zu beliefern gedenkt?«

»Solange Sie uns weiterhin Rohmaterial und eiserne Waffen dagegen eintauschen«, sagte Firebrass, »aber Hacking sinniert jetzt schon darüber nach, ob er nicht die Preise erhöhen soll.«

Jetzt war es Johns Faust, die auf die Tischplatte niederkrachte. »Wir lassen uns nicht ausrauben!« schrie er. »Sie spielen eine zu hohe Karte! Setzen Sie uns nicht unter Druck, Sinjoro Firebrass, sonst werden Sie letzten Endes feststellen müssen, daß Sie gar nichts gewonnen haben! Überhaupt nichts! Nicht einmal Ihr Leben!«

»Sachte, sachte, Majestät«, wandte Sam beruhigend ein. Und zu Firebrass gewandt: »John fühlt sich heute nicht sonderlich wohl. Bitte verzeihen Sie ihm. Auf jeden Fall hat er seinen Standpunkt. Und den müssen wir achten.«

Abdullah X, ein großer, schwarzer Mann, sprang plötzlich auf und deutete mit dem Zeigefinger auf Sam, als wollte er ihn aufspießen. Dann sagte er auf englisch: »Es würde euch Säcken besser anstehen, uns nicht für dümmer zu halten als wir sind. Wir wollen Ihren Schund überhaupt nicht, Mr. Weißkopf! Gar nichts davon! Und schon gar nicht wollen wir etwas von einem Burschen wie Ihnen, der ein solches Buch über Nigger-Jim geschrieben hat! Wir wollen hier keine weißen Rassisten, und daß wir mit Ihnen verhandeln, liegt daran, daß wir im Moment keine Möglichkeiten haben.«

»Immer mit der Ruhe, Abdullah«, warf Firebrass ein. Er lächelte plötzlich, und Sam fragte sich, ob dies der zweite Teil eines vorher abgesprochenen Dialogs war. Möglicherweise aber fragte Firebrass sich im Moment ebenfalls, ob auch Johns Explosion Teil eines abgekarteten Spiels sein mochte. Schauspieler brauchten zwar nicht die Fähigkeiten von Politikern zu haben, aber umgekehrt war ein Überleben in der Haifischbranche wohl nicht möglich.

Sam ächzte und sagte dann: »Sie haben *Huckleberry Finn* gelesen, Sinjoro X?«

Abdullah schnaufte und erwiderte: »Ich lese keinen Schund.«

»Dann wissen Sie also gar nicht, über was Sie reden, oder?«

Abdullahs Gesicht verfinsterte sich. Firebrass grinste.

»Ich brauchte diesen rassistischen Dreck gar nicht zu lesen, Mann!« schrie Abdullah. »Hacking hat mir genug darüber erzählt, und was er sagte, reicht mir schon!«

»Sie lesen es, und dann kommen Sie zurück, damit wir darüber diskutieren können«, erwiderte Sam.

»Sind Sie übergeschnappt?« fauchte Abdullah. »Sie wissen genausogut wie ich, daß es hier keine Bücher mehr gibt!«

»Dann steht die Sache wohl eins zu null für mich, oder wie sehen Sie das?« erwiderte Sam. Er zitterte ein wenig; es war ihm bisher noch nie passiert, in diesem Ton von einem schwarzen Mann angesprochen zu werden. »Außerdem«, fügte er hinzu, »haben wir hier kein literarisches Kaffekränzchen einberufen. Laßt uns zum Thema zurückkommen.«

Abdullah hörte allerdings nicht auf, die Bücher zu verfluchen, die Sam geschrieben hatte. Schließlich platzte John der Kragen. Er sprang auf und schrie: *»Silentu, negraco!«*

Damit brachte er das Faß zum Überlaufen.

Es folgte eine Sekunde schockierten Schweigens. Abdullahs offener Mund klappte zu, und er warf Firebrass einen triumphierenden, ja, beinahe erfreuten Blick zu. Der Vertreter Hackings biß sich auf die Unterlippe. John lehnte sich mit geballten Fäusten auf die Tischplatte und starrte finster um sich. Sam paffte verdrossen an seiner Zigarre. Er wußte, daß die Verachtung, die der Ex-König allen Menschen entgegenbrachte, egal wie ihre Hautfarbe auch aussah, ihn dazu verleitet hatte, diesen Terminus in eine Sprache einzubringen, in der er bisher gar nicht existiert hatte. John hatte im Grunde keine rassistischen Ansichten; während seines Lebens auf der Erde waren ihm nicht mehr als fünf oder sechs Schwarze über den Weg gelaufen. Aber natürlich wußte er sehr gut, wo man den Hebel ansetzen mußte, wenn man jemanden beleidigen wollte. Dieses Wissen entsprach völlig seiner Natur.

»Ich gehe!« verkündete Abdullah X. »Und falls ich zu Hause ankommen sollte, können Sie sich jetzt schon darauf gefaßt machen, daß es mit Aluminium und Platin vorbei ist, darauf können Sie Ihren weißen Arsch verwetten, Mr. Charlie!«

Sam stand auf und sagte: »Warten Sie eine Sekunde. Wenn Sie eine Entschuldigung wünschen, bin ich bereit, sie im Namen von ganz Parolando auszusprechen.«

Abdullah sah Firebrass an, doch der schaute in eine andere Richtung. Dann sagte Abdullah: »Ich will nur eine Entschuldigung von *ihm* hören!« Er deutete auf König John.

Sam beugte sich zu John hinüber und sagte leise: »Es steht

für uns zuviel auf dem Spiel, als daß Sie sich erlauben könnten, den stolzen Monarchen zuspielen, Majestät! Sie würden Ihnen nur in die Hände arbeiten, wenn Sie sich jetzt weigern würden. Sie haben etwas vor, darauf gehe ich jede Wette ein. Entschuldigen Sie sich.«

Johns Gestalt straffte sich. Dann stieß er hervor: »Ich denke gar nicht daran, mich bei irgend jemandem zu entschuldigen; und schon gar nicht bei einem Menschen von niedriger Abkunft, der außerdem noch ein ungläubiger Heide ist!«

Sam stieß ein aufgebrachtes Knurren hervor und fuchtelte mit seiner Zigarre vor Johns Gesicht herum. »Hast du denn immer noch nicht kapiert, daß es weder königliches Geblüt noch so etwas wie ein von Gott verliehenes natürliches Recht des Adels gibt und wir alle von niedriger Abkunft – oder Könige – sind?«

John gab keine Antwort. Er ging hinaus. Abdullah sah Firebrass an, der ihm zunickte. Abdullah ging ebenfalls hinaus.

Sam sagte: »Nun, Sinjoro Firebrass, was machen wir jetzt? Werden Sie mit Ihren Leuten nach Hause fahren?«

Firebrass schüttelte den Kopf. »Nein, ich halte nichts von hastig getroffenen Entscheidungen. Aber soweit es die Delegierten von Soul City anbetrifft, ist die Konferenz beendet. Ehe John Lackland sich nicht entschuldigt . . . Ich gebe ihm die Möglichkeit, bis morgen mittag darüber nachzudenken.«

Firebrass wandte sich zum Gehen. Sam sagte: »Ich werde mit ihm sprechen, auch wenn sein Dickschädel den eines jeden Missouri-Maulesels bei weitem übertrifft.«

»Es wäre schade, wenn wir unsere Besprechung beenden müßten, bloß weil ein Mann sich nicht zusammenreißen kann«, erwiderte Firebrass. »Und außerdem fände ich es schade, wenn unser Handel zum Erliegen käme, weil das darauf hinausliefe, daß aus Ihrem geplanten Schiff nichts wird.«

»Verstehen Sie mich nicht falsch, Sinjoro Firebrass«, sagte Sam, »und das, was ich Ihnen jetzt sage, soll keinesfalls eine Drohung sein: Ich werde das Aluminium erhalten, und wenn ich dazu John eigenhändig aus diesem Land hinauswerfen müßte. Und auch dann, wenn meine einzige Alternative darin bestünde, daß ich zu Ihnen hinunterkommen und mir das Zeug selber holen müßte.«

»Ich verstehe«, sagte Firebrass. »Aber Sie scheinen nicht zu begreifen, daß Hacking gar kein Interesse daran hat, mit jemandem seine Kräfte zu messen. Er will nichts anderes als ein sicheres Staatsgebilde, in dem es den Leuten Freude macht zu leben. Und es *wird* ihnen Freude machen, weil sie in diesem Staat alle die gleiche Hautfarbe haben und dieselben Ansichten vertreten. Sie verfolgen auch die gleichen Ziele.«

Sam grunzte. Dann meinte er: »Na schön.« Er verfiel in ein tiefes Schweigen, aber als Firebrass Anstalten machte, den Raum zu verlassen, sagte er: »Einen Moment noch. Haben Sie *Huckleberry Finn* gelesen?«

Firebrass wandte sich um. »Sicher. Als ich noch ein kleiner Junge war, hielt ich es sogar für ein großartiges Buch. Als ich dann aufs College ging, las ich es noch einmal und erkannte seine Schwächen; aber trotzdem mochte ich es immer noch, selbst als Erwachsener.«

»Hat es Sie gestört, daß Jim ständig ›Nigger-Jim‹ genannt wurde?«

»Sie sollten nicht vergessen, daß ich 1975 auf einer Farm in der Nähe von Syracuse, New York, geboren wurde. Zu dieser Zeit sah die Welt schon ziemlich anders aus. Die Farm hatte ursprünglich mein Ur-Ur-Urgroßvater aufgebaut, der von Georgia nach Kanada ging und sich nach dem Bürgerkrieg dort niederließ. Nein, ich kann nicht behaupten, daß dieses Wort mich verletzte. In der Zeit, in der Sie dieses Buch schrieben, wurden alle Neger öffentlich ›Nigger‹ genannt, ohne daß jemand groß darüber nachdachte. Natürlich war das Wort eine Beleidigung, aber Sie als Autor haben doch nichts anderes getan, als die Leute, die damals lebten, so zu beschreiben, wie sie tatsächlich waren und sprachen. Was die ethischen Grundvoraussetzungen Ihres Romans anging, der innere Konflikt, dem Huck ausgesetzt war, als er sich zwischen seinen Bürgerpflichten und den Gefühlen, die er Jim entgegenbrachte, entscheiden mußte – was schließlich damit endete, daß er in Jim einen Menschen sah und sein Gewissen einen herrlichen Sieg davontrug –, hat mich tief bewegt. Im ganzen war das Buch für mich eine Anklageschrift gegen die Sklaverei, die halbfeudale Gesellschaft jener Zeit und den Aberglauben. Es prangerte alle Dummheiten jener

Zeit an. Weswegen also sollte ich mich dadurch verletzt fühlen?«

»Aber warum ...«

»Abdullah? Sein richtiger Name ist George Robert Lee. Er wurde 1925 geboren, und Hacking 1938. Damals waren die Schwarzen für eine Menge Weiße noch Nigger, wenn auch nicht für alle. Sie fanden damals heraus, daß sie, wenn sie die Bürgerrechte haben wollten, keine andere Wahl hatten, als die Gewalt, mit denen die Weißen sie unterdrückten, mit Gegengewalt zu beantworten. Sie starben 1910, nicht wahr? Aber ich nehme an, daß eine ganze Reihe von Leuten, die nach Ihnen lebten, Sie über die spätere Zeit informiert haben?«

Sam nickte. »Ich kann sie mir nur schwer vorstellen. Davon möchte ich natürlich die Rassenunruhen ausnehmen, denn die hat es auch schon zu meinen Lebzeiten gegeben. Soweit ich darüber informiert bin, hat es übrigens nie wieder einen Aufstand gegeben wie jenen, der während des Bürgerkriegs in New York als Reaktion auf das Draft-Gesetz erfolgte. Was ich meine, wenn ich sage, daß ich mir das späte zwanzigste Jahrhundert nur schwer vorstellen kann, ist die damals herrschende Zügellosigkeit.«

Firebrass erwiderte lachend: »Und das, obwohl Sie jetzt in einer Gesellschaft leben, die weitaus freier und zügelloser ist – jedenfalls vom Standpunkt des neunzehnten Jahrhunderts aus betrachtet –, als jede andere, die im zwanzigsten existierte? Obwohl Sie sich an sie angepaßt haben?«

»Wahrscheinlich habe ich das«, erwiderte Sam. »Die ersten zwei Wochen der absoluten Nacktheit nach der Wiedererweckung schienen mir jedenfalls darauf hinzudeuten, daß die Menschen nicht mehr das geringste mit ihrer eigenen Vergangenheit zu tun haben würden. Aber nicht nur deswegen, weil sie nackt waren: Der plötzliche Schock des Weiterlebens nach dem Tode hätte vielerlei fixe Ideen und Verhaltensweisen zerschmettern müssen. Aber das war ein Trugschluß. Die Unbelehrbaren sind immer noch unter uns, und Abdullah ist da ein besonders gutes Beispiel.«

»Sagen Sie, Sinjoro Clemens«, meinte Firebrass, »Sie waren doch ein früher Liberaler und Ihrer Zeit in vielen Dingen weit voraus. Sie haben sich gegen die Sklaverei ausgesprochen und für die Gleichheit stark gemacht. Als Sie die Magna Charta Parolandos verfaßten, haben Sie darauf bestanden, daß in diesem Staat alle Menschen die gleichen Rechte haben, ganz gleich welcher Rasse oder welchem Geschlecht sie angehören. Nun habe ich festgestellt, daß direkt neben Ihnen ein schwarzer Mann mit einer weißen Frau zusammenlebt. Seien Sie ehrlich: Stört es Sie, das ansehen zu müssen?«

Sam saugte an seiner Zigarre, stieß dann den Rauch wieder aus und erwiderte: »Um ehrlich zu sein: Ja, es störte mich. Und um die reine Wahrheit zu sagen: Es brachte mich beinahe um! Was mein Bewußtsein sagte und mit welchen Reflexen ich darauf reagierte, waren zwei völlig verschiedene Dinge. Zuerst konnte ich es nicht verstehen, doch ich hielt den Mund und ging eines Tages zu den beiden hinüber, um sie kennenzulernen. Jetzt, ein Jahr später, wo ich weiß, daß sie nette Leute sind, stört es mich eigentlich nur noch ein ganz klein wenig. Und ich bin sicher, daß ich diesen Rest an Abneigung bald ganz überwunden haben werde.«

»Der Unterschied zwischen Ihnen – dem weißen Liberalen – und der Jugend unserer Zeit war der, daß wir uns an solchen Dingen überhaupt nicht mehr störten. Wir akzeptierten sie einfach.«

»Glauben Sie nicht, daß es schon ein Fortschritt ist, wenn ich mich an meinen eigenen Haaren aus dem Sumpf anerzogener Vorurteile gezogen habe?« fragte Sam.

»Rattetitack«, sagte Firebrass und verfiel wieder in ein Englisch, das Sam größte Schwierigkeiten bereitete. »Zwei Grade unter hundert zu stehen ist besser als neunzig. Auf alle Fälle.«

Er ging hinaus. Jetzt war Sam allein. Er blieb noch eine Weile sitzen, bevor er aufstand und ebenfalls hinausging. Der erste Mensch, der ihm begegnete, war Hermann Göring. Sein Kopf war immer noch verbunden, aber sein Gesicht hatte wieder etwas Farbe. Außerdem trug er nicht mehr diesen leidenden Blick zur Schau.

»Was macht Ihr Kopf?« fragte Sam.

»Er schmerzt immer noch. Aber wenigstens kann ich jetzt wieder laufen, ohne das Gefühl zu haben, jemand würde ihn mit glühenden Nadeln piesacken.«

»Es gefällt mir nicht, mitansehen zu müssen,wenn ein Mensch leidet«, meinte Sam. »Und damit Sie nicht noch mehr Leiden ausgesetzt sind, würde ich vorschlagen, daß Sie solchen unangenehmen Dingen dadurch aus dem Wege gehen, indem Sie Parolando verlassen.«

»Wollen Sie mich etwa bedrohen?«

»Aber nicht doch. Es gibt hier allerdings eine ganze Anzahl von Leuten, die sich mit einer Bedrohung Ihrer Person nicht zufriedengeben würden. Ich weiß nicht einmal genau, ob darunter nicht einige sind, die Sie liebend gern zum Fluß hinunterschleppen und ersäufen möchten. Sie gehen den Leuten mit Ihren Predigten auf die Nerven. Dieser Staat hier wurde nur aus einem einzigen Grund gegründet: Um ein Schiff zu bauen. Jeder kann hier grundsätzlich sagen, was er will, solange er sich im Rahmen der herrschenden Gesetze äußert, aber man darf nicht vergessen, daß es überall Leute gibt, die die Gesetze übertreten, weil irgend jemand sie dazu provoziert. Ich würde es nicht mögen, diese Leute anschließend verurteilen zu müssen, weil sie sich Ihnen gegenüber zu Gewalttaten haben hinreißen lassen. Deswegen würde ich es begrüßen, wenn Sie sich auf Ihren christlichen Auftrag beschränkten und Ihre Nase aus allen anderen Dingen heraushielten. Das, glaube ich, sollte genügen, um niemanden zu einer Gewalttat zu verleiten.«

»Ich bin kein Christ«, sagte Göring.

»Ich schätze Menschen, die es wagen, das zuzugeben. Und ich habe ganz sicher noch nie einen Prediger getroffen, der das auf so viele verschiedene Arten sagen konnte wie Sie.«

»Sinjoro Clemens«, begann Göring, »als ich noch ein junger Mann war und in Deutschland lebte, habe ich Ihre Bücher gelesen, zuerst auf deutsch, dann auf englisch. Aber hier werden weder Ironie noch Zynismus dazu beitragen, uns weiterzubringen. Obwohl ich abstreite, ein Christ zu sein, bin ich mir dennoch sicher, ein Repräsentant der besseren Seiten des Christentums zu sein. Ich bin Missionar der Kirche der Zweiten Chance. Alle irdischen Religionen haben sich selbst diskreditiert, auch wenn manche Leute das noch immer nicht einsehen wollen. Unsere Kirche repräsentiert die erste Religion, die auf dieser neuen Welt begründet wurde, und ist die einzige, die reale Überlebenschancen hat. Sie . . .«

»Ersparen Sie mir diese Lektion«, sagte Sam. »Ich habe sowohl von Ihren Vorgängern als auch von Ihnen selbst genug zu diesem Thema gehört. Was ich Ihnen in aller Freundlichkeit nahebringen will, ist nichts anderes, als daß ich danach strebe, Sie mit allen Kräften vor körperlichem Schaden zu bewahren und – um ehrlich zu sein – verschwinden zu sehen. Sie sollten sich davonmachen, und zwar gleich, auf der Stelle. Bevor man Sie umbringt.«

»In einem solchen Fall würde ich einen Tag später anderswo wieder erwachen und die Wahrheit jenen Menschen predigen, unter denen ich mich wiederfinde. Sie sehen, hier wie auf der Erde ist das Blut des Märtyrers die Saat der Kirche. Wer immer uns auch tötet, er sorgt lediglich dafür, daß wir die Wahrheit, die Möglichkeit zur Erlangung ewiger Seligkeit, nur noch mehr Menschen zukommen lassen. Morde haben unsere Botschaft weitaus schneller flußaufwärts und flußabwärts getragen als jede konventionelle Art der Fortbewegung.«

»Herzlichen Glückwunsch«, sagte Sam auf englisch, wie er es des öfteren tat, wenn der Zorn ihn übermannte. »Aber sagen Sie mir, ob diese fortgesetzte Ermordnung von Missionaren Ihnen nicht allmählich Kopfzerbrechen bereitet? Befürchten Sie nicht, daß Ihnen eines Tages die Körper ausgehen?«

»Wie meinen Sie das?«

»Keine These zur Hand?«

Außer einem verwirrten Blick zeigte Göring keinerlei Reaktion. Schließlich sagte Sam auf esperanto: »Eine Ihrer Hauptthesen besagt, wenn ich mich recht erinnere, daß der Mensch nicht wiedererweckt wurde, damit er hier das ewige Leben genießt, sondern weil er sich hier in einer Art Wartezimmer aufhält, in dem er nur kurzfristig untergebracht ist, wenngleich manchem – und besonders dem, der dieser Welt nichts abgewinnen kann – diese kurze Zeit auch recht lang erscheinen mag. Ihre Kirche geht weiterhin von der Existenz einer Analogie zur Seele, einem Etwas, das sie ›Psychomorph‹ nennt, aus, richtig? Manchmal nennt Ihr es auch *Ka*. Und das müßt Ihr, weil Ihr sonst nicht auf der Beständigkeit der Identität des Menschen beharren könnt. Ohne dieses *Ka* bleibt ein einmal gestorbener Mensch tot, selbst wenn sein Körper erneut reproduziert wurde und weiterlebt. Der zweite Körper ist dann nichts als eine Reproduktion. Dieser Lazarus verfügt zwar über das Bewußtsein und die Erinnerungen des Gestorbenen, also *hält* er sich für den Gestorbenen. Aber das ist er nicht. Er ist nicht mehr als ein zum Leben erwecktes Duplikat. Der Tod hat das Leben des wirklichen Menschen beendet. Er hat dieses Tal verlassen.

Aber Ihre Kirche versucht diesem Problem dadurch zu

Leibe zu rücken, in dem sie das *Ka* erfindet, das irgendeine Art von Seele darstellen soll und als Entität interpretiert wird, die zusammen mit dem Körper geboren wird, ihren Träger das ganze Leben hindurch begleitet und alles registriert und aufzeichnet, was der Körper tut. Das *Ka* müßte also in der Tat so etwas wie ein immaterielles Aufzeichnungsgerät sein, wenn Sie diesen Widerspruch hinzunehmen bereit sind. Und wenn der Körper stirbt, existiert das *Ka* immer noch. Es existiert in einer Art vierten Dimension oder Polarisation als Aufzeichnung, in der es weder protoplasmische Augen sehen noch mechanische Geräte aufspüren können. Ist das korrekt?«

»Beinahe«, erwiderte Göring. »Sie haben es grob umschrieben, aber im großen und ganzen ist das richtig.«

»Bis jetzt«, fuhr Sam fort und stieß eine dicke Qualmwolke aus, »haben wir – das heißt Sie, nicht ich – nicht mehr getan, als jene Attribute aufgezählt, die man sowohl der christlichen als auch der islamischen und allen anderen Seelen *ad nauseam* zuschreibt. Aber Sie behaupten, daß die Seele weder in eine Hölle noch in irgendeine Art Himmel gelangt, sondern in einer Art vierdimensionalem Fegefeuer schwebt. Und das würde sie bis in alle Ewigkeit tun, würden sich nicht andere Wesen in ihr Dasein einmischen: Irgendwelche Extraterrestrier, die schon existierten, als es die Menschheit noch gar nicht gab. Diese Überwesen tauchten bereits vor den ersten Menschen auf der Erde auf – und besuchten auch jeden anderen Planeten im Universum, der ihrer Ansicht nach gute Aussichten bot, irgendeines Tages Leben zu entwickeln.«

»Das ist nicht die exakte Wiedergabe unserer These«, unterbrach ihn Göring. »Wir stehen auf dem Standpunkt, daß jede Galaxis eine – oder vielleicht sogar mehrere – frühzeitliche Spezies hervorgebracht hat, die bestimmte Planeten bewohnten. Möglicherweise entwickelte sich diese Spezies in unserer Galaxis, vielleicht aber auch in einer anderen, die längst untergegangen ist, oder einem anderen Universum. In jedem Fall ist diese Spezies weise und wußte seit langem, daß sich auf der Erde irgendwann Leben entwickeln mußte. Deswegen begann sie von dem Augenblick an, als die ersten Lebewesen dort auftauchten, mit der Aufzeichnung desselben – und zwar mit Mitteln, die die Menschen niemals entdeckten.

Zu einem Zeitpunkt, den die Alten – wie wir sie nennen –

vorausbestimmen, werden alle diese Aufzeichnungen an einen bestimmten Ort gebracht. Dort erschaffen sie anhand ihrer Unterlagen und mit Hilfe eines Energie-Materie-Umwandlers die Körper der längst Zerfallenen neu und zeichnen dann deren Impulse auf. Dann werden auch diese wieder vernichtet, und die abermals Gestorbenen erwachen auf einer neuen Welt, auf einem Planeten wie diesem, wiederum unter Zuhilfenahme des Energie-Materie-Umwandlers.

Die Psychomorphen oder *Kas* müssen eine starke Ähnlichkeit mit ihren protoplasmischen Zwillingsbrüdern aufweisen. In dem Augenblick, wo das Duplikat eines toten Körpers hergestellt wird, schließen sie sich selbsttätig an ihn an und beginnen erneut mit ihrer Aufzeichnungstätigkeit. Deswegen enthält jedes *Ka*, selbst wenn sein Trägerkörper hundertmal getötet und neugeschaffen wurde, stets wieder das gleiche Bewußtsein, die gleichen Erinnerungen und die gleiche Identität, die auch die vorherigen Körper besaßen. Das *Ka* enthält also keinesfalls nur das Wissen, was sein letzter Körper zu seinen Lebzeiten machte, sondern das Gesamtwissen aller vorherigen. Es enthält sowohl die Erinnerungen der ursprünglichen Existenz wie auch alle späteren Erfahrungen, die nachfolgende Körper in dieser Umwelt erfuhren.«

»Aber!« sagte Sam, fuchtelte mit seiner Zigarre vor Görings Nase herum und stieß ihm beinahe deren glühendes Ende ins Gesicht. »Aber! Sie behaupten, daß kein Mensch eine unendliche Anzahl von Toden sterben kann. Und Sie sagen ferner, daß nach einigen hundert Toden irgendwann einmal der Fall eintritt, wo er nicht mehr aufwacht, weil das fortgesetzte Sterben die Verbindung zwischen Körper und *Ka* schwächt und es schließlich zu einer Duplikation kommt, die es nicht mehr mitmacht. Dann löst sich das *Ka* vom Körper, wirbelt durch die geisterhaften Korridore der vierten Dimension – oder durch sonst was – und wird im wahrsten Sinne des Wortes zu einem Geist, einer verlorenen Seele.«

»Das ist die Essenz unseres Glaubens«, sagte Göring. »Aber ich sollte besser sagen, die Essenz unseres Wissens, weil wir wissen, daß es so ist.«

Sam runzelte die Stirn. »Ach ja? Sie wissen es?«

»Ja. Der Gründer unserer Kirche erfuhr ein Jahr nach der Wiedererweckung die Wahrheit; genau am Jahrestag des Wiederauferstehens von den Toten. Er hatte sich auf einen

Berg zurückgezogen und betete um eine Erleuchtung, als sich ihm ein Mann näherte und ihm Dinge erzählte und zeigte, die kein sterblicher Erdenmensch wissen oder kennen konnte. Dieser Mann war ein Agent der Alten, und er offenbarte ihm die Wahrheit und wies ihn an, in die Welt hinauszugehen und die Doktrin der Zweiten Chance zu verbreiten.

Tatsächlich ist die Bezeichnung ›Zweite Chance‹ ein falscher Begriff, da wir in Wirklichkeit erst unserer Ersten Chance gegenüberstehen, dann wir hatten ja auf der Erde nie die Möglichkeit, das ewige Leben und das Seelenheil zu erringen. Aber unser irdisches Dasein war ein notwendiges Vorspiel auf dem Weg zu dieser Flußwelt. Der Schöpfer erschuf das Universum, und dann züchteten die Alten die Menschheit – und nicht nur sie, denn sie sind auch für alle anderen Formen des Lebens im Universum verantwortlich. Sie *züchteten* uns! Aber das ewige *Heil* ist nur dem Menschen vorbehalten! Jetzt liegt es an jedem einzelnen selbst, was er aus sich macht, denn jetzt ist ihm die Chance wirklich gegeben worden!«

»Und nur durch die Existenz der Kirche der Zweiten Chance, nehme ich an«, sagte Sam. An sich hatte er es vermeiden wollen, spöttisch zu wirken, aber es kam einfach über ihn.

»Daran glauben wir«, erwiderte Göring.

»Mit welcher Art von Beglaubigungsschreiben hat sich dieser mysteriöse Fremde denn ausgewiesen?« fragte Sam. Er dachte plötzlich an *seinen* geheimnisvollen Bekannten und fragte sich, ob die beiden vielleicht identisch sein mochten. So etwas wie Panik stieg in ihm hoch. Vielleicht handelte es sich aber auch um verschiedene Leute aus dem gleichen Lager? *Sein* Fremder, der Mann, der für den Absturz des Nikkeleisenmeteoriten verantwortlich war und dafür gesorgt hatte, daß es Joe Miller gelungen war, den von Nebeln umsäumten Turm im nördlichen Polarsee zu sehen, war ein Renegat; jemand, der sich von seinen Leuten heimlich losgesagt hatte. Das heißt, wenn man ihm glauben konnte.

»Beglaubigungsschreiben?« fragte Göring. »Erwarten Sie etwa von Gott Schriftstücke?« Er lachte. »Der Gründer unserer Kirche erkannte schon daran, daß sein Besucher Dinge wußte, die nur ein Gott oder ein höheres Wesen wissen konnte, daß er keinen gewöhnlichen Menschen vor sich hatte. Und außerdem zeigte dieser Bote ihm Dinge, die er einfach glauben mußte. Er erzählte ihm, wie man uns zum Leben erweckt habe und warum. Er hat ihm natürlich nicht alles erzählt, aber irgendwann werden wir auch den Rest erfahren. Es gibt Dinge, die wir selbst herausfinden müssen.«

»Wie hieß dieser seltsame Kirchengründer?« fragte Sam. »Oder wissen Sie das nicht? Ist das auch eines Ihrer Geheimnisse?«

»Niemand weiß es«, erwiderte Göring. »Und es ist auch nicht notwendig, darüber informiert zu sein. Was ist schon ein Name? Er nannte sich selbst Viro. Das ist Esperanto und heißt nichts anderes als ›Mensch‹, abgeleitet vom lateinischen *Vir*. Wir nennen ihn *La Fondinto*, den Gründer – oder *La Viro*, den Menschen.«

»Haben Sie ihn je getroffen?«

»Nein, aber ich habe zwei andere kennengelernt, die ihn sehr gut kannten. Einer davon war sogar dabei, als La Viro die erste Predigt hielt. Das war sieben Tage nach seinem Zusammentreffen mit dem Fremden.«

»Sind Sie sicher, daß La Viro ein Mann ist und keine Frau?«

»Oh, ja!«

Sam seufzte tief auf und sagte: »Das beruhigt mich zutiefst. Wenn sich nämlich herausgestellt hätte, daß der Gründer mit Mary Baker Eddy identisch ist, müßte ich mir einen Mühlstein um den Hals hängen und mich ersäufen.«

»Wie bitte?«

»Schon gut«, erwiderte Sam und grinste. »Ich schrieb einst ein Buch über sie, deswegen habe ich keine Lust, ihre Bekanntschaft zu machen. Sie würde mich garantiert skalpieren. Aber einige dieser mystischen Dinge, die Sie mir erzählten, scheinen geradezu frappierend auf sie zu passen.«

»Abgesehen von der Existenz des *Ka* sind alle unsere Erklärungen rein physikalisch. Und für unseren Realitätsbegriff – den Sie sicher für einen schiefen Blickwinkel halten – ist das *Ka* durchaus auch stofflich. Wir glauben, daß unsere Thesen wissenschaftlichen Anspruch besitzen, weil sie auf der Wissenschaft der Alten basieren, die uns erneut das Leben schenkten. In unserer Religion ist nichts Übernatürliches, ausgenommen unseren Glauben an den Schöpfer natürlich. Aber alles andere ist reine Wissenschaft.«

»Wie Mary Baker Eddys Religion?« fragte Sam.

»Ich habe von dieser Frau noch nie gehört.«

»Wie also erreichen wir das Stadium der ewigen Seligkeit?«

»Indem wir zur Liebe selbst werden. Das impliziert natürlich, daß wir keinerlei Gewalt praktizieren, nicht einmal Selbstverteidigung zulassen. Wir glauben daran, daß wir diesen Zustand nur dadurch erreichen können, indem wir ein transzendentes Stadium durchlaufen, was wir wiederum nur dadurch erringen, indem wir uns selbst erkennen lernen. Aber bis jetzt hat der größte Teil der Menschheit noch nicht einmal gelernt, den Traumgummi richtig einzusetzen. Sie hat die Droge falsch angewendet; ebenso falsch wie alles andere.«

»Und Sie glauben, daß Sie diesen Zustand des *Selbst-Liebe-werdens*, was immer diese Phrase auch bedeuten soll, bereits erreicht haben?«

»Noch nicht. Aber ich bin auf dem besten Wege dazu.«

»Durch Traumgummi?«

»Nicht *allein* damit. Er leistet Hilfestellung. Aber man muß auch handeln, predigen und bereit sein, für seinen Glauben zu leiden. Und man muß lernen, nicht zu hassen, und statt dessen zu lieben.«

»Deswegen sind Sie also gegen den Bau meines Schiffes. Sie glauben, daß wir unsere Zeit damit sinnlos vergeuden.«

»Sie verfolgen ein Ziel, das niemandem etwas Gutes bringen wird. Jetzt schon kann man erkennen, wohin Ihr Plan uns gebracht hat: Das Land ist verwüstet und verödet. Man schlägt sich die Schädel ein, kämpft um das Metall. Es herrschen Blutdurst, Mißtrauen und Verrat. Und Haß, Haß, Haß! Und aus welchem Grund? Damit Sie etwas haben können, das niemand sonst hat: Ein gigantisches Schiff aus Metall, das von Elektrizität angetrieben wird; das höchste Gut, das dieser Planet anzubieten hat: Ein Narrenschiff, mit dem Sie flußaufwärts fahren wollen, um die Quellen des Flusses zu erkunden. Und wenn Sie Ihr Ziel erreicht haben, was dann? Sie sollten sich lieber auf die lange Fahrt zu den Ursprüngen Ihrer Seele vorbereiten!«

»Es gibt einige Dinge«, sagte Sam, »von denen Sie keine Ahnung haben.« Dennoch hatte seine Selbstzufriedenheit einen Knacks erlitten. Da war irgendwo ein Teufel durch die Dunkelheit gekrochen und hatte ihm etwas ins Ohr geflüstert. Und gleichzeitig hatte sich ein anderer an den Gründer dieser Kirche herangemacht und ihm andere Instruktionen gegeben. Welcher von beiden war der wahre Teufel? Jener, der den Kirchenmann aufgesucht hatte? Oder das Wesen, das bei Samuel Clemens aufgetaucht war und behauptet hatte, die anderen seien die Teufel, er hingegen habe nichts anderes im Sinn, als die Menschheit zu retten?

Jeder Teufel würde sich einem Menschen auf diese Weise nähern.

»Treffen meine Worte Sie nicht im Innersten Ihres Herzens?« fragte Göring.

Sam schlug sich mit der geballten Faust gegen die Brust und sagte: »Ja, zumindest werde ich das Gefühl nicht los, nun eine Magenverstimmung zu haben.«

Göring ballte die Fäuste und preßte die Lippen aufeinander.

Sam hob die Hand. »Vorsicht! Achten Sie darauf, daß die Liebe nicht von Ihnen weicht«, sagte er und ging weiter. Dennoch kam er sich nicht wie ein strahlender Sieger vor. Er verspürte tatsächlich ein drückendes Gefühl in der Magengegend. Obwohl er an sich die Meinung vertrat, daß man über blinde Ignoranz nur lachen sollte, verursachte sie in ihm stets körperliches Unbehagen.

20

Der Nachmittag des nächsten Tages rückte heran. Sam Clemens und John Lackland hatten sich den ganzen Morgen über gestritten. Schließlich raffte sich Sam auf, vergaß alle Vorsicht und Zurückhaltung und sagte: »Wir können es uns einfach nicht leisten, daß Hacking uns von seinem Bauxit abschneidet! Wir können uns überhaupt nichts leisten, was den Bau unseres geplanten Schiffes verhindert! Ich glaube beinahe, daß du dich nur deswegen so aufführst, weil du es darauf anlegst, einen Krieg zwischen Soul City und uns zu provozieren. Aber damit kommen Sie nicht durch, Majestät!«

Die ganze Zeit über, während er diese Worte von sich gegeben hatte, war Sam auf und ab gegangen. John hatte sich vor seinem runden Eichentisch in einen Sessel geflegelt, während Joe Miller in einer Ecke des Raumes auf einem extra für ihn angefertigten Stuhl hockte. Der hünenhafte, dem Paläolithikum entstammende Mongole Zaksksromb hatte hinter John Stellung bezogen.

Sam wirbelte plötzlich herum, knallte beide Fäuste auf die Tischplatte, stützte sich darauf ab, während die Zigarre von einem Mundwinkel in den anderen wanderte, runzelte die Stirn und fuhr aufgebracht fort: »Du hast nur einmal nachgegeben, und zwar damals, als du die Magna Charta unterzeichnet hast. Es war möglicherweise die einzige anständige Tat, die du in deinem ganzen Leben getan hast, obwohl es einige Leute gibt, die beschwören würden, daß du dabei die Finger kreuztest, als wolltest du einen bösen Fluch von dir abwenden. Nun, jetzt steht uns die nächste Kraftprobe bevor, John, Eure Majestät, ganz nach Belieben. Du wirst dich bei Abdullah entschuldigen, weil er ein Recht darauf hat. Wenn du das nicht tust, werde ich eine Sondersitzung des Rates einberufen, um überprüfen zu lassen, ob du als Mitkonsul von Parolando noch tragbar bist!«

John starrte ihn mindestens eine Minute lang wortlos und wütend an. Dann erwiderte er: »Deine Drohungen schrekken mich nicht. Aber es ist wohl offensichtlich, daß du eher dazu bereit bist, unser Land in einen Bürgerkrieg zu stürzen, als gegen Soul City ins Feld zu ziehen. Ich verstehe diesen Schwachsinn nicht, aber es ist für einen rational denkenden Menschen schon immer schwierig gewesen, sich in der Irrationalität zurechtzufinden. Ich werde mich also entschuldigen. Warum auch nicht? Ein König kann es sich immer leisten, sich einem Menschen von niedriger Abkunft gegenüber großzügig zu zeigen. Es kostet ihn nichts und stärkt außerdem noch sein Ansehen.«

Er stand auf und ging hinaus. Sein Leibwächter folgte ihm auf dem Fuße.

Zehn Minuten später erfuhr Sam, daß John die schwarze Delegation in ihren Quartieren aufgesucht und um Verzeihung gebeten hatte. Abdullah X hatte seine Entschuldigung zwar entgegengenommen, hatte dabei aber äußerst unwillig gewirkt. Fraglos hatte man ihn dazu gezwungen.

Kurz bevor die Fabrikpfeifen das Ende der Mittagspause ankündigten, trat Cawber ein und nahm Platz, ohne darauf zu warten, daß man ihm einen Stuhl anbot. Sam runzelte die Stirn, denn so hatte sich Cawber noch nie verhalten. Irgend etwas an seinem Verhalten hatte sich verändert. Sam, der ihn nicht aus den Augen ließ und sorgfältig seinen Worten lauschte, kam schließlich zu dem Schluß, daß hier ein Mann vor ihm saß, der sich dazu durchgerungen hatte, nie wieder ein Sklave zu sein.

Cawber wußte, daß er für Soul City eine Art Kundschafterfunktion ausübte. Er beugte sich vor, legte seine langen schwarzen Arme auf die Lehnen und spreizte die Finger. Dann lieferte er seinen Bericht. Er sprach Esperanto und drückte sich dabei, wie die meisten Leute, im Präsens aus, wobei er hin und wieder ein Verb einwarf, das anzeigte, ob er von der Zukunft oder der Vergangenheit sprach.

Cawbers Team hatte mittlerweile mit jedem der schätzungsweise dreitausend Köpfe umfassenden Gruppe derjenigen Bürger gesprochen, die zweifelsfrei Neger waren (es bestanden noch einige Unklarheiten über den Status einiger Frühmenschen). Ein Drittel der Befragten hatte sich willig gezeigt, in Hackings Reich überzusiedeln, obwohl sich darunter niemand befand, der besonders begeistert darüber war, gegen dessen unwillkommene Bürger ausgetauscht zu werden. Die meisten der in Parolando lebenden Schwarzen stammten aus dem späten zwanzigsten Jahrhundert. Die restlichen führten an, daß sie schon deswegen hier bleiben wollten, weil sie einer Arbeit nachgingen, die ihnen hohes Prestige verschaffte, und der Meinung waren, gegenüber den Weißen in diesem Gebiet nicht zu kurz zu kommen, oder sich ganz einfach die Chance nicht entgehen lassen wollten, irgendwann in die Mannschaft des geplanten Schiffes aufgenommen zu werden.

Das letztere war möglicherweise das ausschlaggebendste Motiv, vermutete Sam. Er war nicht der einzige, dem dieser Gedanke ständig Auftrieb gab, das Schiff geisterte durch die Träume der Menschen wie ein leuchtendes Juwel, das während des Schlafes durch ihr Bewußtsein segelte.

Schließlich lud man die schwarze Delegation in den Konferenzraum ein. Firebrass selbst verspätete sich etwas. Er hatte sich das im Bau befindliche Flugzeug angesehen und zeigte sich angesichts des altmodischen Designs, der Zerbrechlichkeit und Langsamkeit der Maschine ziemlich amüsiert. Dennoch war er ehrlich genug zuzugeben, daß er von Richthofen, der sie fliegen würde, ein wenig beneidete.

»Sicher wird sich auch Ihnen eine Möglichkeit bieten, die Maschine zu fliegen«, meinte Sam. »Vorausgesetzt natürlich, daß Sie noch hier sind, wenn sie . . .«

Firebrass wurde wieder ernst. »Was den Vorschlag meiner Regierung angeht, Gentlemen: Haben Sie schon eine Entscheidung getroffen?«

Sam sah John an, der ihm mit einem Zeichen zu verstehen gab, daß es an ihm sei, die Verhandlungen zu führen. Offenbar wollte er vermeiden, daß es wieder an ihm hängenblieb, wenn irgend jemand zu der Ansicht gelangen sollte, er sei verletzend behandelt worden.

»Wir haben hier eine Demokratie«, erklärte Sam. »Deswegen ist es uns unmöglich, Bürger unseres Staates per Dekret auszubürgern. Dies wäre nur in solchen Fällen möglich, in denen jemand gegen die geltenden Gesetze verstoßen hätte. Wie ich – oder wie *wir* – die Dinge sehen, steht es jedem unserer Bürger frei, zu Ihnen überzusiedeln, wenn er das Verlangen danach hat. Ich glaube, daß wir uns darüber schon grundsätzlich bei unserem ersten Zusammentreffen geeinigt haben. Es wird also die Aufgabe Ihrer Regierung sein, mit jedem unserer Bürger individuell zu verhandeln. Was Ihre Araber, Draviden und so weiter angeht, so sind wir bereit, es mit ihnen zu versuchen, wenn sie hier leben wollen. Aber wir behalten uns das Recht vor, sie wieder an die Luft zu setzen, wenn sie sich nicht unseren Vorstellungen gemäß verhalten. Und wohin sie dann gehen, bliebe allein ihnen überlassen.«

»Nun«, warf Firebrass ein, »ich könnte mir allerdings auch nicht vorstellen, daß Hacking jeden mit offenen Armen empfängt, nur weil er eine schwarze Haut hat.«

»Was ist eigentlich mit den Rohstofflieferungen los?« fragte Sam. »Wird während dieser Verhandlungen bei Ihnen überhaupt weiter abgebaut?«

»Das weiß ich wirklich nicht«, entgegnete Firebrass. »Ich bezweifle es, aber um mir völlige Klarheit zu verschaffen, müßte ich erst mit Hacking reden. Was Sie natürlich nicht dazu verleiten sollte, jetzt Ihrerseits die Erz- und Waffenlieferungen einzustellen, bevor die Mineralienpreise steigen.«

»Ich stelle fest, daß Sie anstelle von möglichen Preissteigerungen von bestimmten gesprochen haben«, sagte Sam.

»Alles was ich hier sage, bedarf weiterer Rückversicherungen und endgültiger Entscheidungen«, meinte Firebrass lächelnd.

Anschließend einigte man sich darüber, daß Cawber, sobald die Charta geändert worden war, als Botschafter Parolandos zu Hacking gehen sollte. Also hing immer noch alles in der Luft, und Sam Clemens wurde den Eindruck nicht los, daß Firebrass überhaupt kein Interesse daran hatte, die Verhandlungen schnellstens hinter sich zu bringen. Eher war das Gegenteil der Fall: Der Mann ließ keinerlei Unwillen über die schleppend vorangehenden Verhandlungen erkennen und hakte nie nach, um auf dem laufenden zu bleiben. Offenbar hatte er vor, noch eine Weile in Parolando zu bleiben. Den Grund dafür konnte Sam sich leicht denken: Bestimmt hatte man ihm befohlen, das Land auszuspionieren. Vielleicht war er auch gekommen, um ihnen einen Knüppel zwischen die Beine zu werfen.

Als die Konferenz beendet war, diskutierte Sam die Verhandlungen mit John. Der Ex-König vertrat ebenfalls die Ansicht, daß Firebrass als Spitzel zu ihnen gekommen war, aber er konnte sich nicht vorstellen, wie er ihnen Schwierigkeiten bereiten wollte.

»Ich habe eher den Eindruck, daß ihn nichts mehr interessiert, als daß wir das Schiff so schnell wie möglich fertigstellen. Und je eher es fertig ist, desto eher wird Hacking versuchen, es an sich zu reißen. Hast du etwa einen Moment lang daran gezweifelt, daß er nicht die Absicht hat, uns das Schiff wegzunehmen? Glaubst du etwa, daß auch nur einer unserer unmittelbaren Nachbarn *nicht* mit dem Gedanken spielt, uns zu überrumpeln? Arthur hat nur deswegen so verfrüht zugeschlagen, weil er mich haßte. Er hätte warten sollen, bis die Arbeiten sich dem Ende nähern, und dann mit Kleomenes und den Ulmaks in einem Überraschungsangriff unter Zusammenziehung aller Kräfte zuschlagen müssen. Seine Voreiligkeit hat nur dazu geführt, daß er und Kleomenes jetzt tot sind und Iyeyasu ihre Länder überfiel, noch während ihre Nachfolger um die Macht stritten.«

»Laut den Berichten unserer Spione hat Iyeyasu alle Chancen, den Kampf zu gewinnen«, sagte Sam.

»Wenn er seinen Staat mit den beiden anderen zusammenschweißt«, erwiderte John, »haben wir es mit einem ernstzunehmenden, nicht zu unterschätzenden Gegner zu tun.«

Einem Gegner wie dir, John Lackland, dachte Sam. Von allen Leuten, die ich, sobald das Schiff vom Stapel läuft, im Auge behalten werde, wirst du derjenige sein, auf den ich mein Hauptaugenmerk richte . . .

Firebrass gab bekannt, daß während der laufenden Verhandlungen mit seinem Regierungschef seine Begleiter und er als offizielle Botschafter in Parolando zurückbleiben würden.

»Es ist nett, Sie hier zu haben«, sagte Sam, »zumal ich weiß, daß Soul City über ihre eigenen Industrien verfügt. Es ist mir nicht unbekannt, daß man dort aus dem von uns eingehandelten Erz vorzugsweise Waffen herstellt. Zumindest sagen *unsere* Spione das.«

Firebrass warf ihm zuerst einen überraschten Blick zu, dann lachte er lauthals los. »Da schnallst du ab, Mann!« sagte er dann auf englisch und fügte auf esperanto hinzu: »Na ja, warum sollten wir nicht offen sein? Sie gefallen mir. Sicher, wir wissen, daß Sie Ihre Spione auch bei uns haben – ebenso, wie Sie wissen, daß auch in Parolando einige Leute für uns arbeiten. Wer hat denn keine Spione in seinen Nachbarländern sitzen? Aber ich habe nicht verstanden, auf was Sie da eben anspielten.«

»Sie sind – technologisch gesehen – der bestausgebildetste Mann, den Hacking hat. Sie sind Doktor der Naturwissenschaften und Physiker und damit möglicherweise der einzige Mann, der in der Lage ist, die hiesige Lage richtig zu beurteilen. Warum hat Hacking Sie zu uns geschickt, wenn er Sie zu Hause viel dringender braucht?«

»Ich bin der Meinung, man sollte sich für alles die nötige Zeit nehmen. Zu Hause braucht man meine Mitarbeit derzeit nicht. Es wurde mir langweilig; deswegen kam ich her. Das ist alles.«

»Damit Sie sehen können, wie weit wir mit unseren Handfeuerwaffen, dem Flugzeug, dem Amphibienfahrzeug und dessen Dampfkanone sind?«

Firebrass nickte lächelnd. »Sicher. Warum auch nicht? Wenn ich diese Dinge nicht zu Gesicht bekommen hätte, hätte ein anderer sie gesehen.«

Sam entspannte sich und sagte: »Rauchen Sie eine Zigarre. Sie können sich ansehen, was Sie wollen. Wir produzieren hier außer dem, was Sie sowieso erwartet haben, nichts; abgesehen vielleicht von der Dampfkanone. Und die ist, nebenbei gesagt, meine Erfindung. Begleiten Sie mich. Ich bin ziemlich stolz auf sie und möchte, daß Sie sie sich ansehen. Sie ist beinahe fertig.«

Die *Feuerdrache I* ruhte immer noch in den Gerüsten ihrer

hölzernen Werft. Sie war silbergrau und ziemlich flach und hatte an jeder Seite sieben große Metallräder mit Kunststoffbereifung. Zwei abgedeckte Schiffsschrauben ragten aus ihrem Heck. Das Boot war dreißig Fuß lang, zehn breit und zwölf hoch. Drei turmartige Aufbauten ragten aus dem Oberdeck: Eins davon war für den Steuermann, den Kapitän und den Funker (obwohl Parolando im Moment noch nicht über Funk verfügte). Der Mittelaufbau war höher als die anderen, und aus ihm ragte der Lauf einer kurzen, stummelförmigen Waffe heraus, die jetzt noch von einer hölzernen Tarnkonstruktion verdeckt wurde. Der dritte Turm war für ein Schützenkommando gedacht, das mit Mark-I-Pistolen oder eventuell Gewehren ausgestattet sein würde.

»Das Amphibienfahrzeug verbrennt Methylalkohol, um Dampf zu erzeugen«, erklärte Sam. »Lassen Sie uns durch die Falltür da hinten einmal hineingehen. Sie werden feststellen, daß der Kessel ein gutes Drittel des gesamten Innenraums einnimmt. Aber dafür gibt es einen guten Grund, wie Sie gleich sehen werden.«

Über eine Leiter erreichten sie das Innere des Geschützturms. Er wurde von einer einzigen Glühbirne erhellt. Firebrass zeigte sich überrascht: Glühbirnen hatte er auf dieser Welt bisher noch nicht gesehen. Sam erklärte ihm, daß sie von einer Batterie gespeist würde.

»Und hier haben wir unsere vortreffliche Dampfkanone«, sagte er und deutete auf das aus dem Turm herausragende graue Metallrohr. An der Unterseite der Kanone befand sich ein pistolenähnlicher Griff mit Abzug. Firebrass nahm die Position des Schützen ein, legte eine Hand um den Pistolengriff und warf einen Blick durch die oberhalb des Laufs befindliche Sichtöffnung. Dann hob und senkte er das Kanonenrohr mehrere Male.

»Wir werden noch einen Sitzplatz für den Kanonier anbringen«, erklärte Sam. »Dann kann er die Waffe in jede gewünschte Richtung drehen, indem er einfach ein paar Pedale betätigt. Man kann die Kanone bis zu zwanzig Grad nach oben oder unten schwenken. Der Dampf aus dem Kessel treibt die Plastikkugel an. Die Kanone wird mit offenem Verschluß abgefeuert – das heißt, das Geschoß ist noch nicht im Lauf, wenn der Abzug betätigt wird. Wird er betätigt, löst er eine Sperre, und der Verschluß wird durch eine Feder nach vorn geschleudert. Während dieser Bewegung löst der Verschlußblock eine Plastikkugel aus ihrer Halterung im Magazin und schiebt sie in den Lauf. In dem Moment, in dem der Verschlußblock den Verschluß erreicht, gleiten die seitlichen Führungen in die Nuten, drehen den Block um neunzig Grad, und der Verschluß ist zu. Verstanden?«

Firebrass nickte.

»Gut. Sobald die Drehung des Verschlußblocks ausgeführt ist, hat gleichzeitig der in den Block gebohrte Kanal Verbindung mit dem Rohr der Dampfzuleitung. Der Dampf, etwa 130 bis 150 Grad heiß, strömt in die Kammer zwischen Verschlußblock und Geschoß und treibt dieses aus dem Lauf. Und gleichzeitig wirkt der Dampfdruck auf den Block zurück, löst ihn aus seiner Verankerung, treibt ihn zurück, spannt die Feder und öffnet den Verschluß. Da der Block aber wesentlich schwerer als das Geschoß ist, öffnet sich der Verschluß nicht, bevor die Kugel den Lauf verlassen hat.

Sowie der Block zurückfährt und seine Drehung um 90 Grad rückwärts ausführt, wird gleichzeitig die Dampfzufuhr abgeriegelt. Solange der Abzug betätigt ist, wiederholt sich dieser Vorgang unaufhörlich, und die Kanone feuert automatisch.«

Firebrass war sichtlich beeindruckt und stellte Sam mehrere fachtechnische Fragen, die bewiesen, daß er – im Gegensatz zu manch anderem Mitarbeiter, wie Sam lächelnd ausführte – die Erklärungen seines Gastgebers durchaus verstand.

Schließlich meinte er: »Ich bin wirklich überrascht, Sinjoro Clemens. Aber glauben Sie nicht, daß dieses Geschütz noch effektiver funktionieren würde, wenn seine Eigentemperatur ebenso hoch wäre wie die des einströmenden Dampfes? Denn dann würde man weniger Energie aufzuwenden haben, um die Kanone zu heizen. Die so eingesparte Energie könnte der Plastikkugel mehr Geschwindigkeit verleihen. Ah, jetzt verstehe ich! Den Lauf umgibt ein Hohlmantel, den der Dampf durchläuft, ehe er in die Waffe selbst eindringt, stimmt's?«

»Ja. Eine Isolierschicht aus Mörtel, mit Holz verschalt. Sehen Sie sich die Ladeklappe an. Sie erlaubt es, die Kanone wenige Sekunden vor dem Abfeuern aufzuheizen. Wenn das nicht geschähe, könnte die Waffe blockiert werden. Und da ihre Maximaltemperatur die gleiche Höhe erreicht wie der Kesseldampf, verhindern wir, daß uns das Ding durchbrennt. Man kann das Geschütz wie eine Feuerspritze benutzen. Und tatsächlich wird sie so gehandhabt auch die höchste Effektivität erzielen. Die Zielgenauigkeit einer leichten Plastikkugel mit solch relativ niedriger Mündungsgeschwindigkeit ist nicht sehr hoch.«

Die Erkenntnis, daß Parolando aufgrund der militärischen Überlegenheit allein des Amphibienfahrzeugs unbesiegbar werden würde, schien Firebrass nicht im geringsten zu deprimieren. Möglicherweise lag das aber auch daran, daß er sich schon jetzt mit dem Gedanken trug, für sein eigenes Land ein Fahrzeug der gleichen Art zu konstruieren. Da Parolando bereits eines besaß, vielleicht sogar zwei, würde das nichts anderes bedeuten, als daß man in Parolando dazu übergehen würde, sich drei Amphibienfahrzeuge zuzulegen.

Natürlich konnte Soul City Parolando in dieser Hinsicht nicht übertreffen. Andererseits hatte es keinen Sinn, dem anderen Staat die Metallieferungen zu kürzen. Hacking konnte ganz einfach damit kontern, indem er sie von den Mineralien abschnitt, die sie selbst so dringend brauchten: Bauxit, Kryolith, Platin und Iridium.

Die Heiterkeit und Freude, die Sam dabei empfunden hatte, als er Firebrass seine tödliche Erfindung vorführte, verschwand beinahe augenblicklich. Wenn Soul City wirklich mit einem Wettrüsten begann, würde Parolando nur eine einzige Lösung verbleiben: Es mußte den Gegner vernichten und sich den Besitz der Mineralien sichern. Das wiederum würde den Bau des Schiffes verlangsamen und zu Schwierigkeiten mit Publiujo und Tifonujo führen, jenen beiden Staaten, die zwischen Parolando und dem Machtbereich Hackings lagen. Wenn diese beiden Nationen sich zusammentaten, stellten sie – besonders unter dem Aspekt, daß Parolando sie im Austausch für ihr Holz mit metallenen Waffen versorgt hatte – einen gewichtigen Machtfaktor dar.

Allein diese potentielle Gefahr, dachte Sam, ist schlimm genug.

Mehrere Tage darauf hatte Iyeyasu seine Eroberungskriege beendet und schickte einen Kurier nach Parolando, der Sam erklärte, daß er nichts verlange, über das man sich nicht einigen könne. In gewisser Beziehung reinigten seine Vorschläge sogar die Luft, denn er erklärte zwar, daß seine Ländereien jetzt genug Bäume verloren hätten und er es jetzt erst einmal darauf anlege, sie nachwachsen zu lassen – andererseits sei er jedoch durchaus bereit, Parolando mit einer weiteren großen Lieferung von Holz und Exkrementen für die Schießpulverproduktion unter die Arme zu greifen; vorausgesetzt, man zahle einen angemessenen Preis in Waffen. Er wollte jene Territorien, die den seinigen gegenüber lagen, überfallen und den Menschen dort ihr Holz abnehmen.

Natürlich liefe das darauf hinaus, daß man ihn, Iyeyasu, für etwas bezahle, das er seinen Nachbarn stahl; aber angesichts der Tatsache, daß es Sams Männer erspart bliebe, selbst in den Krieg zu ziehen und zu rauben, sei dies immer noch ein annehmbarer Preis. Und Sam würde endlich wieder ruhig schlafen können, weil es nichts mehr gab, was ihn am Grübeln hielt.

John Lackland bezeichnete diesen Vorschlag als ausgezeichnet. »Unsere Werke stellen genügend Waffen her«, sagte er. »Wir können es uns doch erlauben, etwas mehr davon zu exportieren. Außerdem können wir eine ganze Flotte von Feuerdrachen bauen. Dann können die Schwerter, die wir Iyeyasu geben, zumindest uns nichts mehr anhaben.«

»Und wann, wenn ich fragen darf, wollen wir endlich mit der Realisierung unseres ursprünglichen Projekts anfangen?« fragte Sam.

Er erhielt zwar keine Antwort auf seine Frage, aber am nächsten Tag kamen van Boom, Welitskij und O'Brien, die Chefingenieure, zu ihm und legten die ersten Skizzen vor. Man hatte sie schwarz auf weiße Plastiktafeln gezeichnet, und zwar mit einem neuen Schreibgerät, das mit einer Batterie verbunden war: Das magnetische Feld an der Spitze des Schreibers gruppierte die ungebundenen und sehr feinen Partikel innerhalb ihrer Reichweite einfach um. Die Linien, die das Gerät zog, blieben solange erhalten, bis sie von einem Umkehrfeld wieder gelöscht wurden. Damit war die Papierknappheit ein Problem der Vergangenheit; jetzt konnte jeder gezeichnete Plan nach Belieben geändert werden.

Firebrass äußerte die Ansicht, daß er gerne beim Bau des Flußbootes helfen würde, und man erlaubte es ihm, obwohl John zunächst gegen ihn opponierte. Sam hielt ihm vor, daß jede Art von Hilfe auch die Fertigstellung des Schiffes begünstige und er außerdem nicht einsähe, wieso das Wissen, das Firebrass über das Schiff besaß, ihm das Stehlen erleichtern sollte. Was er sich im stillen dachte, sprach er natürlich nicht aus: Er hatte den Plan, Firebrass dermaßen in die Arbeit miteinzubeziehen und ihn so für seine Sache zu begeistern, daß er schließlich ein Angebot, auf der *Nicht vermietbar* eine Koje zu beziehen, nicht mehr ablehnen konnte.

Die Maschinen, deren Aufgabe es sein würde, die ersten Stahlplatten für die Schiffshülle zu produzieren, waren beinahe fertig. Eine Woche zuvor hatte man den Damm seiner Bestimmung übergeben, und jetzt füllte das aus den Bergen herabkommende Wasser den dahinterliegenden Stausee allmählich auf. Die Aluminiumleitungen, die der Wasserüberlauf des Dammes speisen würde, wurden verlegt. Der Prototyp des Batacitors (er würde vier Stockwerke hoch werden) konnte in vier Wochen die Arbeit aufnehmen, vorausgesetzt, daß das Material nicht ausging.

Ein paar Tage später tauchten in Parolando fünfhundert Missionare der Kirche der Zweiten Chance auf und baten um Asyl. Iyeyasu hatte sie aus seinem neugeformten Staat verbannt und ihnen mit peinlicher Folter gedroht, wenn sie es wagen sollten, sich seiner Anweisung zu widersetzen oder jemals zurückzukehren. Es dauerte eine Weile, bis Sam von dem Auftauchen dieser Leute erfuhr, da er sich zur Zeit ihrer Ankunft gerade am Damm aufhielt.

Als John ihnen die Nachricht übermitteln ließ, daß sie auf der Stelle weiterziehen sollten, weigerten sie sich. Als John Lackland dies hörte, lachte er wölfisch, raufte seine gelbe Löwenmähne und stieß seinen Lieblingsfluch aus: »Bei Gottes Gebiß!«

Unterdessen inspizierte Sam Clemens die letzten Arbeiten an der Staumauer, die darin bestanden, daß die Männer einige absichtlich in die Mauer eingebrachte Vertiefungen mit Sprengstoff füllten. Er verfolgte damit die Absicht, in jedem Fall einer Gefahr – und dabei dachte er an eine feindliche Invasion – noch einen letzten Trumpf im Ärmel zu haben, auch wenn dieser möglicherweise selbstmörderisch aussah.

Schließlich rannte von Richthofen auf ihn zu. Er keuchte und schwitzte und berichtete von den unfreiwilligen Emigranten und deren Entschluß, hierbleiben zu wollen. Von John sagte er nichts.

Sam beauftragte Lothar, den Chancisten zu sagen, daß er gegen Abend zu ihnen hinunterkommen würde. Sie sollten auf ihn warten, aber bloß nicht auf die Idee kommen, sich weiter als zwanzig Yards von dem Gralstein zu entfernen, an dem sie angelegt hatten. Einen Moment lang spielte er sogar mit dem Gedanken, sie auf der Stelle des Landes zu verweisen und es seinen Männern zu erlauben, sie ein wenig mit den Spitzen ihrer Schwerter zu kitzeln, um dieser Aufforderung Nachdruck zu verleihen, und das lag nicht nur daran, weil er gerade mit Zementstaub bedeckt war und unter der Hitze litt, sondern er konnte die Chancisten tatsächlich nicht ausstehen. Nun befand sich die Menschheit zum ersten Mal in einer Welt, in der sie weder Fliegen noch Moskitos störten – und schon strömten die Prediger zusammen, um diese Lücke zu füllen.

Das Rumpeln und Quietschen der gewaltigen Zementmischmaschinen, der Lärm der Hammerschläge, die schabenden Geräusche zahlloser Schaufeln und das Geklapper der eisernen, mit Holzrädern versehenen Schubkarren verhinderten zudem, daß die krachenden Explosionen, die eine halbe Stunde später die Ebene erzittern ließen, überhaupt an sein Ohr drangen. Er wußte nichts von dem, was geschehen war, und erfuhr es erst, als von Richthofen erneut zu ihm heraufeilte.

Es kam über ihn wie ein Blitz aus heiterem Himmel. John Lackland hatte die neuen Pistolen an den Chancisten ausprobiert. Einhundert Mark-I-Waffen hatten beinahe fünfhundert Männer und Frauen innerhalb von drei Minuten vom Leben zum Tode befördert. John selbst hatte zehnmal nachgeladen und seine Pistole abgefeuert; mit den letzten fünf Kugeln hatte er sogar auf Verwundete angelegt.

Etwa dreißig Frauen – und zwar die allerschönsten – hatte er verschont. Man hatte sie in seinen Palast gebracht.

Noch ehe er das Flußufer erreichte, sah Sam aus der Ferne die Menschenmenge, die sich in der Umgebung des Gralsteins versammelt hatte. Er schickte Lothar voraus, der ihm den Weg freimachen sollte. Die Menge teilte sich vor ihm, wie einst das Rote Meer vor Moses, aber sie schloß sich wieder hinter ihm, bevor er ihr Ende erreicht hatte. Man hatte die Leichen inzwischen nebeneinander aufgereiht. Überall war Blut, zerfetztes Fleisch. Die großkalibrigen Kugeln hatten zahlreichen Opfern die Knochen zerschmettert. In den siebenundneunzig Jahren seines Lebens war Sam der Tod niemals in einer solchen Stille begegnet. Er schien über ihnen zu schweben wie eine unsichtbare, furchteinflößende Wolke. Der Mund, der nie wieder sprechen würde, das Bewußtsein, das nicht mehr dachte . . .

Nicht einmal der Gedanke, daß diese Leute am nächsten Tag wieder an anderer Stelle zu einem neuen Leben erwachen würden, konnte ihm Erleichterung verschaffen. Die Betroffenheit, die der Tod hervorrief, konnte auch nicht dadurch abgeschwächt werden, daß man ihn intellektualisierte.

John war bereits dabei, Anweisungen zu geben, wie mit den Leichen zu verfahren war: Nachschub für die Seifen- und Hautverwertungsstellen. Als Sam sich ihm näherte, grinste er wie ein Schuljunge, der nichts Schlimmeres getan hat, als einer Katze eine Blechdose an den Schwanz zu binden.

»Das war ein Massaker!« schrie Sam. »Ein Massaker! Überflüssig und unentschuldbar! Dafür war nicht der geringste Grund vorhanden, du blutrünstiges Ungeheuer! Und etwas anderes bist du nie gewesen, du ekelhafte Ratte! Du Schwein! Schwein! Schwein!«

John gefror das Lächeln auf den Lippen. Als Sam mit geballten Fäusten näher kam, tat er einen Schritt zurück. Der riesenhafte, starkknochige Zakskromb stellte sich Sam in den Weg. Er hielt einen überdimensionalen, am Ende mit funkelnden Eisenspitzen bewehrten Knüppel in der Hand.

Lothar von Richthofen schrie plötzlich: »He, du – verschwinde! Wenn du nicht sofort einen Rückzieher machst, rufe ich Joe Miller! Und der erste andere Mann, der Sam aufzuhalten versucht, kriegt von mir höchstpersönlich eine Kugel zwischen die Augen!«

Sam wandte sich um. Lothar hielt seine Pistole in der Hand. Ihre Mündung war auf John gerichtet, der nun deutlich blasser wurde. Er riß die Augen entsetzt auf. Sogar deren Iris schien heller zu werden.

Erst später wünschte Sam sich, Lothar hätte in diesem Augenblick die Gelegenheit genutzt und geschossen. Auch wenn die einhundert Pistoleros John treu ergeben waren – sie hätten möglicherweise doch nicht das Feuer erwidert, wenn ihr Führer den ersten Schuß nicht überlebt hätte. Immerhin wurden sie von mehreren hundert Männern und Frauen umringt, die John nicht mochten und noch ganz unter dem Schock des Gemetzels standen. Vielleicht hätten sich Johns Männer zurückgehalten. Und selbst wenn sie es nicht getan hätten, hätte Sam noch die Chance gehabt, sich zu Boden zu werfen und ihren Kugeln zu entgehen. Aber es war müßig, darüber zu spekulieren.

Und außerdem hatte es keinen Zweck, sich Selbstvorwürfe zu machen: Schließlich hatte er Lothar keine Anweisung dieser Art gegeben.

Sam wurde klar, daß er jetzt ein Exempel statuieren mußte: Wenn er John so einfach davonkommen ließ, würde er nicht nur den Respekt der Leute verspielen, sondern auch sich selbst nicht mehr in die Augen blicken können. Ebensogut konnte er die Konsulswürde gleich abgeben. Dann war es mit seinem Schiff auf alle Fälle aus.

Langsam drehte Sam den Kopf, ohne John jedoch auch nur den kleinsten Moment aus seinem Blickwinkel zu verlieren. Er sah Livys helles Gesicht und ihre dunklen Augen. Sie sah aus, als stehe sie kurz davor, sich zu übergeben. Sam ignorierte sie und rief Cyrano de Bergerac, der sich – das gezogene Rapier in der Hand – in seiner unmittelbaren Nähe aufhielt.

»Hauptmann de Bergerac!« rief er und deutete auf John. »Nehmen Sie den Mitkonsul fest!«

Obwohl John eine Pistole in der Hand hielt, schien er es nicht zu wagen, die Mündung anzuheben.

Mit milder Stimme sagte er: »Ich protestiere. Ich habe diesen Leuten befohlen, das Land sofort wieder zu verlassen, und sie weigerten sich. Ich warnte sie – und sie weigerten sich immer noch. Also ordnete ich an, sie zu erschießen. Was ist denn daran so tragisch? Morgen werden sie doch wieder am Leben sein.«

Cyrano marschierte auf John zu, hielt an, salutierte und sagte: »Ihre Waffe, Sire.«

Zakskromb knurrte und hob seinen Knüppel.

»Nein, Zak«, sagte John Lackland. »Aufgrund der Charta ist es möglich, daß ein Konsul den anderen festnehmen läßt, wenn er glaubt, daß dieser sich nicht der Charta gemäß verhalten hat. Ich werde nicht lange im Arrest sein.«

Er gab Cyrano die Pistole mit dem Griff zuerst, dann legte er seinen Gürtel ab und händigte ihn ebenfalls aus. In den beiden Scheiden baumelten ein langes Messer und ein Kurzschwert.

»Während der Rat über mein Schicksal beschließt, werde ich mich in meinen Palast zurückziehen«, verkündete er.

»Was die Bestimmungen betrifft, muß der Rat innerhalb einer Stunde zusammentreten und nach einer weiteren seine Entscheidung bekanntgeben, solange er nicht durch einen nationalen Notstand an der Ausübung seiner Tätigkeit gehindert wird.«

Dann ging er. Cyrano folgte ihm. Johns Männer zögerten zunächst, dann schlossen sie auf einen brüllend ausgestoßenen Befehl Zaksksrombs auf und marschierten auf Johns Palast zu. Sam starrte ihnen nach. Er hatte größeren Widerstand erwartet. Plötzlich wurde ihm klar, daß John es darauf anlegte, ihn zu einer Entscheidung zu zwingen, wenn er es vermeiden wollte, sein Gesicht zu verlieren. Der Ex-König kannte ihn zu gut. Er war sicher, daß Sam kein Interesse daran hatte, eine Entscheidung zu treffen, die das Land in einen Bürgerkrieg stürzen konnte. Und den würde er bekommen, wenn er John von der Macht fernhielt. Adieu, mein Schiff.

John überließ die Sache also ihm alleine. Er wollte es nicht auf eine Kraftprobe ankommen lassen, jedenfalls nicht jetzt. Im Moment war sein Blutdurst gestillt. Wenn die Ratsversammlung zusammentrat, würde das Ergebnis besagen, daß John innerhalb seiner Rechte gehandelt hatte. Moralisch natürlich nicht, obwohl seine Speichellecker auch darauf bestehen würden. Wie man die Sache auch drehte und wendete, die Chancisten würden am nächsten Tag wieder unter den Lebenden weilen, und die Lektion, die man ihnen erteilt hatte, würde andere vielleicht abschrecken. Und schließlich würde Sam sogar zugeben müssen, daß dieser Zustand allzu schlecht auch nicht war, denn wenn die Chancisten weiterhin ihrer Missionierungstätigkeit nachgingen, würde das Schiff niemals fertig werden. Die Möglichkeit, daß jene Staaten, die die Missionare weniger aufgeweicht hatten, die Möglichkeit nutzten und Parolando überfielen, bestand immer.

Und er, Sam Clemens, würde nach dieser Feststellung als nächstes akzeptieren müssen, daß es deswegen nur rechtens sei, wenn Johns Anhänger damit anfingen, ihnen mißliebige Personen zu foltern. Schließlich erlitten sie dabei ja lediglich Schmerzen und außerdem konnte man jeden, der diese nicht ertrug, dadurch erlösen, daß man ihn umbrachte. Und anschließend würde man dann Vergewaltigungen legalisieren, nach denen man die Frauen tötete, um sie nicht zu schwängern. Wenn ihnen dabei weh getan wurde, war das eben

Pech. Bringt sie einfach um, immerhin konnte niemand abstreiten, daß sie am nächsten Tag wieder lebten. Und die geistigen Schäden, die sie dabei davontrugen? – Denen konnte man mit einer Dosis Traumgummi zu Leibe rücken.

Trotzdem, würde Sam daraufhin sagen, geht es hier nicht nur um die Frage des Mordes, sondern auch um die der Menschenrechte: Wenn man einen Menschen tötet, versetzt man ihn gleichzeitig auch gegen seinen Willen an einen Ort, der Jahrzehnte von seinem Zuhause entfernt ist, und bewirkt, daß vor ihm eine Strecke liegt, die er nie wieder überbrücken kann. Man nimmt ihm damit seine Frau, seine Freunde und seine Heimat. Gewalt sei Gewalt und deswegen . . .

Oho! Er würde auf sich achtgeben müssen!

»Sam«, sagte plötzlich eine Stimme, die in ihm eine Saite zum Erklingen brachte.

Sam wandte sich um. Livy war zwar immer noch blaß, aber ihr Blick sagte, daß sie sich soweit wieder gefangen hatte.

»Sam! Was wird aus den Frauen, die er in seinen Palast gebracht hat?«

»Wo steht mir nur der Kopf?« stöhnte Sam. »Komm her, Lothar«, sagte er dann und winkte Joe Miller zu, der in einiger Entfernung von ihnen über die Ebene herankam. Lothar übernahm das Kommando über hundert Bogenschützen, die gerade ankamen, um sich ihnen anzuschließen.

In der Nähe des Rathauses verlangsamte Sam seinen Schritt. John hatte in der Zwischenzeit sicher auch bemerkt, daß sein Mitkonsul vergessen hatte, nach den entführten Frauen zu fragen, und konnte sich denken, daß Sam bald bei ihm auftauchen würde, um dies nachzuholen. Möglicherweise war der Ex-König deswegen bereit gewesen, sich der Ratsversammlung zu stellen, weil er damit rechnete, mit einem blauen Auge davonzukommen. Aber wenn er den Frauen etwas antat, konnten sich seine Vorausberechnungen leicht als Irrtum erweisen. Wenn seine Gemeinheit und sein Temperament mit ihm durchgingen, konnte er sich auf einen Bürgerkrieg gefaßt machen, der Parolando in Stücke riß.

21

Als etwa dreißig Frauen die Palisadenumzäunung von Johns Palast durch die geöffneten Tore verließen, wurde Sam klar, daß sein Gegenspieler beschlossen hatte, ihm keinen Vorwand zu liefern. Freiheitsberaubung war in dieser Welt ein noch schlimmeres Verbrechen als Mord. Wenn sich herausstellte, daß den Frauen nichts geschehen war, würde es allerdings schwierig werden, ihren Entführer festzunageln.

Sam blieb plötzlich stehen. Er glaubte, sein Herzschlag müsse aussetzen, als er feststellte, daß Gwenafra sich unter den Frauen befand!

Laut ihren Namen rufend, rannte Lothar von Richthofen auf das Mädchen zu. Gwenafra breitete die Arme aus, lief ihm entgegen und fiel ihm um den Hals.

Sie umarmten und küßten sich. Gwenafra weinte, aber schließlich löste sie sich aus Lothars Griff und umarmte Sam, der sich in diesem Augenblick den größten Narren schalt, der je über die Oberfläche dieses Planeten gewandelt war. Hatte er ihr in dem Moment, in dem sie ihm zu verstehen gegeben hatte, daß er sie haben konnte, nicht sagen können, wie sehr er sie begehrte? Nun gehörte sie Lothar. Warum hatte er es ihr nicht gesagt? Wieso hatte er sich überhaupt in die schwachsinnige Idee verrannt, Livy würde eines Tages zu ihm zurückkehren, wenn er darauf verzichtete, sich mit einer anderen Frau zusammenzutun?

Sein Denken war eine einzige Fehleinschätzung der Lage gewesen. Aber was immer die Philosophen auch behaupteten, er war sicher nicht der einzige, der die Logik nur dann anwandte, wenn es darum ging, die eigenen Emotionen zu analysieren.

Gwenafra küßte ihn ebenfalls, und dabei liefen ihr die Tränen über das Gesicht. Als sie ihn losließ und zu Lothar zurückkehrte, ließ sie Sam Clemens mit dem Problem, was er mit (oder besser *gegen*) John Lackland tun sollte, allein.

Sam durchschritt das Tor zu Johns Fort. Direkt hinter ihm ging Joe Miller. Kurz darauf hatte auch von Richthofen den Schritt aufgenommen. Er fluchte und murmelte auf deutsch: »Ich bringe ihn um!«

Sam blieb erneut stehen. »Du bleibst draußen«, ordnete er mit fester Stimme an. »Es reicht schon, wenn ich in dieser miesen Stimmung bin, aber jetzt sind wir in der Höhle des

Löwen, und wenn du da irgendwelche Dummheiten versuchst, kann er dich abservieren lassen und im Endeffekt noch auf einer Notwehrlage bestehen. Und das würde er tun. Ich traue ihm sogar zu, daß er all das lediglich deswegen inszeniert hat, um sich uns vom Halse zu schaffen.«

»Nur du und Joe?« fragte Lothar erschreckt.

»Du solltest Joe besser nicht mit dem Wörtchen *nur* in Zusammenhang bringen!« erwiderte Sam. »Und wenn du nicht so stark damit beschäftigt gewesen wärst, mit Gwen zu schmusen, hättest du sicher auch mitbekommen, daß ich unseren Leuten befohlen habe, den Palast zu stürmen und jeden, den sie dort antreffen, umzubringen, wenn wir in fünfzehn Minuten nicht mit heiler Haut aus ihm herauskommen.«

Lothar starrte Sam an. »Du scheinst ja ganz schön geladen zu sein«, stellte er fest.

»Je mehr Ärger man mir bereitet und je länger sich der Bau unseres Schiffes verzögert«, erwiderte Sam, »desto höher steigt auch der Grad meiner Gemeinheit.« Er sagte wohlweislich nichts davon, daß der Zorn, den er auf John hatte, durch die Wut angesichts seines mit Gwenafra turtelnden Freundes eher noch angestachelt worden war. Zudem hatte der Ex-König ihm während der Zeit ihres Zusammenlebens soviel angetan, daß es nun endlich aus ihm heraus mußte, wollte er nicht daran eingehen.

Sam betrat das größte der hinter dem Palisadenzaun liegenden Gebäude und marschierte an Sharkey vorbei. Der muskelbepackte Schläger versuchte zwar, ihm den Weg zu verstellen, aber Sam ließ sich nicht aufhalten. Ein urwelthaftes Grollen drang aus der Kehle des haarigen Wesens, das gleich hinter ihm hermarschierte, woraufhin Sharkey den Fehler beging, nicht weit genug aus dem Weg zu gehen, weil er so schnell einfach nicht war. Eine gewaltige, mit dichtem roten Haar bewachsene Hüfte warf den über zwei Zentner wiegenden Mann zurück, als sei er eine Strohpuppe.

»Irgendwann werde ich dich umlegen!« knirschte Sharkey auf englisch.

Mit der Langsamkeit eines Geschützturmes drehte Joe den Kopf und sagte: »Tatfächlich? Unter Fuhilfenahme welcher Armee?«

»Seit du wieder gesund bist, bist du auch ziemlich schlagfertig geworden, Joe«, meinte Sam. »Zweifellos ist das meinem guten Einfluß auf dich zu verdanken.«

»Ich bin jedenfallf nicht fo doof, wie ich auffehe«, gab Joe zurück.

»Das wäre auch gar nicht möglich.«

Sams Wut hatte, was ihre Hitze anbetraf, mittlerweile den Zustand kochenden Wassers erreicht. Selbst in der Begleitung Joes war er weit davon entfernt, sicher zu sein. Aber immerhin wußte er, daß John letztlich nicht weiter mit ihm gehen konnte, als ihn zu ärgern. Schließlich wollte auch er das geplante Schiff.

John saß zusammen mit einem runden Dutzend seiner Schläger an dem großen runden Eichentisch. Der Gigant Zaksksromb stand direkt hinter ihm. Sie hielten tönerne Bierkrüge in den Händen. Im ganzen Raum roch es nach Tabak und Alkohol. Johns Augen waren rot, aber das waren sie immer. Licht drang durch die Fenster, aber das direkte Sonnenlicht wurde durch die Palisadenwände abgehalten. Einige Pinienholzfackeln erzeugten rauchige Flammen.

Sam hielt inne, entnahm der kleinen hölzernen Schachtel, die er in einem an seinem Gürtel hängenden Beutel verwahrte, eine Zigarre und zündete sie an. Es ärgerte ihn ein wenig, daß seine Hand dabei zitterte, was wiederum seinen Zorn auf John erhöhte.

»In Ordnung, *Euer Majestät*«, sagte er schließlich. »Es war schon schlimm genug, daß du die Absicht hattest, diese armen Frauen deinem Harem einzuverleiben, aber Gwenafra? Sie ist immerhin eine Bürgerin dieses Staates! Damit hast du deinen Hals von selbst in die Schlinge gesteckt, John, und diesmal meine ich es wirklich ernst!«

John ließ den Krug sinken und setzte ihn sanft auf der Tischplatte ab. Mit ausnehmend freundlicher Stimme erwiderte er: »Ich habe diese Frauen lediglich aus Gründen ihrer eigenen Sicherheit hierhergebracht. Die Menge hat sich sehr häßlich aufgeführt; man wollte die Missionare töten. Daß Gwenafra sich unter ihnen befand, war nichts als ein Irrtum. Ich werde natürlich herausfinden, wer diesen Fehler begangen hat, und ihn zur Rechenschaft ziehen.«

»John«, sagte Sam mühsam beherrscht aber samtweich, »du weißt doch ebensogut wie ich, daß das, was du da behauptest, nicht der Wahrheit entspricht. Und nichts davon kannst du beweisen. Neben dir steht sogar der Teufel wie ein Waisenknabe da. Du bist wirklich der Vater aller Lügen. Ich glaube nicht, daß dich in der Vergangenheit jemand hierin je übertroffen hat, ebenso wie das in der Zukunft kaum möglich sein wird. Der Vater der Lüge, von eigenen Gnaden. Wenn die Offensichtlichkeit das Kennzeichen des größten Lügners ist, dann sind alle anderen Lügner dieser Welt neben dir nur nette Menschen neben dem Weihnachtsmann.«

Johns Gesicht rötete sich. Zaksksromb schnaufte und hob seinen Riesenknüppel. Joe knurrte.

John stieß zischend die Luft aus und sagte mit breitem Lächeln: »Du regst dich wegen eines bißchen Blutes auf? Du wirst es überleben. Und außerdem dürfte es dir unmöglich sein, *alles* zu überprüfen, was ich je in meinem Leben gesagt habe, nicht wahr? Nebenbei bemerkt, hast du die Ratsversammlung schon einberufen? Die Gesetze unseres Landes zwingen dich dazu, wie du wissen solltest.«

Das Schlimme an der Sache war, daß John durchstehen würde. Jeder, selbst diejenigen, die ihm die Stange hielten, wußten, daß er log. Und dennoch konnte man nichts gegen ihn unternehmen, ohne einen Bürgerkrieg zu entfachen, der sogleich alle diejenigen auf den Plan rief, die wie ein ausgehungertes Wolfsrudel darauf warteten, daß die Bewohner von Parolando sich gegenseitig an die Kehle fuhren: Iyeyasu, Hacking, und vielleicht sogar die angeblich Neutralen wie Publius Crassus, Chernsky, Tai Fung und die Barbaren vom anderen Flußufer.

Sam schnaubte und ging hinaus. Zwei Stunden später waren seine Erwartungen bereits Realität. Die Ratsversammlung sprach gegen John wegen seiner übereilten Handlung und der Verkennung der Sachlage eine Rüge aus. Des weiteren trug man ihm auf, sich demnächst mit seinem Mitkonsul zusammenzusetzen und einen Plan auszuarbeiten, der derartige Vorkommnisse in Zukunft unmöglich machen sollte.

Niemand hegte einen Zweifel daran, daß John – sobald man ihn die Entscheidung der Ratsversammlung wissen ließ – in schallendes Gelächter ausbrechen und nach Alkohol, Tabak, Marihuana und seinen Frauen verlangen würde.

Denoch hatte er keinen hundertprozentigen Sieg davongetragen. Jeder Bürger von Parolando wußte inzwischen, daß Sam Clemens ihm die Stirn geboten hatte, mit nur einem Begleiter in seinen Palast eingedrungen war, für die Freilassung der Frauen verantwortlich war und es sich nicht hatte nehmen lassen, John offen ins Gesicht zu sagen, was er von ihm hielt. Und das wußte der Ex-König; sein Triumph stand auf tönernen Füßen.

Sam stellte weiterhin den Antrag, alle Angehörigen der Chancisten des Landes zu verweisen, aus Gründen ihrer eigenen Sicherheit, aber mehrere Ratsmitglieder beharrten auf dem Standpunkt, daß dies illegal sei; dazu müsse erst die Charta geändert werden. Des weiteren sei man der Ansicht, daß ihnen nach der gegen John ausgesprochenen Verwarnung zumindest von seiner Seite keinerlei Gefahren mehr drohten.

Natürlich wußten die Männer ebensogut wie Sam, daß er im Grunde nichts anderes wollte, als die günstige Gelegenheit zu nutzen, aber einige der Ratsangehörigen ließen sich einfach nicht umstimmen. Es war nicht auszuschließen, daß sie sich schämten, nichts gegen John erreicht zu haben. Nun wollten sie zumindest in diesem Punkt keinen faulen Kompromiß schließen.

Sam wäre jede Wette eingegangen, daß die Überlebenden des Massakers Parolando so schnell wie möglich wieder verlassen wollten. Aber sie bestanden darauf, zu bleiben. Das Gemetzel hatte sie offenbar in der Überzeugung bestärkt, daß Parolando sie dringend benötigte. Göring begann bereits mit dem Bau mehrerer neuer Hütten für die Neuankömmlinge. Sam ließ ihm mitteilen, daß er damit wegen der allgemeinen Holzknappheit aufhören solle, woraufhin von Göring die Antwort kam, daß er und seine männlichen Genossen ihre eigenen Hütten verlassen und von nun an unter den Überhängen der Gralsteine schlafen würden. Sam stieß einen Fluch aus, blies dem chancistischen Kurier den grünen Rauch seiner Zigarre ins Gesicht und sagte ihm, daß er es zutiefst bedaure, daß es keine Lungenentzündungen mehr gäbe. Hinterher hatte er zwar das Gefühl, sich seiner Worte schämen zu müssen, aber er ließ sich trotzdem nicht erweichen. Andererseits hatte er auch nicht vor, den Chancisten die Daumenschrauben derart anzuziehen, daß sie nicht einmal mehr ein Dach hatten, unter dem sie schlafen konnten.

Die Sache machte ihm zwar den ganzen Tag über zu schaffen, aber als der Abend heranrückte und ihn zwei Botschaften erreichten, die er nicht erwartet hatte, schien sich die Erde unter ihm aufzutun. Die erste besagte, daß Odysseus während der letzten Nacht von seinem auf dem Rückweg nach Parolando befindlichen Schiff verschwunden sei.

Niemand wußte, was mit ihm geschehen war; er war einfach weg. Die zweite Botschaft informierte Sam darüber, daß man die Leiche seines auf John angesetzten Agenten William Grevel am Fuße der Berge mit eingeschlagenem Schädel aufgefunden hätte.

Also hatte John etwas über ihn erfahren und Grevel exekutiert. Und jetzt würde er sich ins Fäustchen lachen, weil er nur allzu gut wußte, daß Sam ihm diesen Mord nicht nachweisen konnte, ohne gleichzeitig zu offenbaren, daß Grevel in seinen Diensten gestanden hatte.

Sam ließ Lothar, de Bergerac und einige andere Männer rufen, von denen er wußte, daß sie auf seiner Seite standen. Es war ihm zwar nicht unbekannt, daß de Bergerac wegen seines Verhältnisses mit Livy Vorbehalte gegen ihn hatte; andererseits allerdings war ihm auch nicht unbekannt, daß der französische Haudegen ihn allemal König John vorzog. Die beiden hatten sich manche hitzige Debatte geliefert.

»Möglicherweise ist das Verschwinden Odysseus' nur ein Zufall«, sagte Sam, »aber im Zusammenhang mit dem Verschwinden und dem Tod von William Grevel stelle ich mir doch die Frage, ob John nicht schon wieder dabei ist, hinter unserem Rücken irgendeinen Verrat zu planen. Es ist nicht auszuschließen, daß er plant, mir nach und nach alle meine Freunde zu nehmen, und zwar unter Umständen, die mir keine Handhabe geben, ihn anzuklagen. Er ist ein schlauer Fuchs. Sicher wird er jetzt erst einmal für eine Weile nichts tun, damit sein Vorhaben nicht allzu offensichtlich wird. Odysseus verschwand in einer Umgebung, deren Untersuchung uns nicht das geringste offenbaren würde. Und was den Fall Grevel anbetrifft, so sind mir praktisch die Hände gebunden. Wenn ich versuchen würde, John diesen Mord nachzuweisen, würde ich mich selbst anschmieren. Ihr solltet also von jetzt an besonders dann die Augen offenhalten, wenn ihr euch in Situationen befindet, die zu *Unfällen* neigen. Und seid besonders vorsichtig, wenn niemand in eurer Nähe ist.«

»Morbleu!« sagte Bergerac. »Würde es dieses dumme Gesetz nicht geben, das Duelle verbietet, könnte ich John fordern und ihn zur Schnecke machen. Und Sie waren es, Sinjoro Clemens, der diese unsinnige Vorschrift erlassen hat!«

»Ich wuchs in einem Land auf, in dem Duelle keine Seltenheit waren«, sagte Sam. »Allein der Gedanke daran macht mich krank. Wenn Sie die Tragödien gesehen hätten, die ... Aber lassen wir das. Ich nehme an, daß Sie das selber wissen, und offensichtlich hat es Ihnen nichts ausgemacht. Nebenbei bemerkt, glauben Sie wirklich, daß John Sie überhaupt weiterleben ließe, wenn die Möglichkeit bestünde, daß jemand ihn im Duell tötet? Ach was. Sie würden spurlos verschwinden oder einen Unfall erleiden, darauf können Sie Gift nehmen!«

»Wiefo kann John nicht felbft bei einem Unfall umf Leben kommen?« fragte Joe Miller.

»Dazu müßte man erst diese lebende Mauer aus Leibwächtern übertölpeln«, meinte Sam. »Nein. Wenn John je einem Unfall zum Opfer fällt, wird das ein echter sein.«

Er entließ die Männer bis auf Cyrano und Joe, der außer wenn er krank war oder das Gefühl hatte, allein sein zu müssen, nie von Sams Seite wich.

»Der Fremde sagte, er habe für den Angriff auf den Nebelturm zwölf Menschen ausgewählt«, sagte Sam. «Dich, Joe, Richard Francis Burton, Cyrano, Odysseus und mich. Das sind fünf. Niemand von uns weiß, wer die anderen sieben sind. Und jetzt ist Odysseus verschwunden, und niemand weiß, ob wir ihn wiedersehen werden. Der Fremde sagte auch, daß die anderen zu uns stoßen werden, sobald das Schiff fertig ist und sich in Bewegung setzt. Wenn Odysseus umgebracht wurde und an einem Ort erwacht, der weit flußabwärts liegt, und er es nicht schafft, hierherzukommen, bis das Schiff fertig ist, sieht die Sache für ihn übel aus.«

Cyrano zuckte die Achseln und kratzte sich die Nase. »Weswegen sollten wir uns denn Sorgen machen? Entspricht das etwa Ihrem Charakter? Nach allem, was wir wissen, ist Odysseus jedenfalls nicht tot. Vielleicht hat er sogar wieder Kontakt mit dem geheimnisvollen Fremden aufgenommen, der, nebenbei gesagt, laut seiner Aussage eine Frau ist und schon deswegen nicht mit dem identisch sein kann, den Sie und ich kennenlernten. *Mordoux!* Ich schweife ab! Ich wollte damit folgendes sagen: Er kann ebenso gut von dieser geheimnisvollen Person abberufen worden sein, um irgend etwas anderes zu tun, das wir erst später erfahren werden. Lassen wir diesen schattenhaften Engel – oder Unhold – seinen Kopf über derartige Dinge zerbrechen. Wir sollten uns jetzt darauf konzentrieren, den Schiffsbau in Angriff zu nehmen, und uns jene Leute vom Halse halten, die es darauf anlegen, unsere Pläne zu sabotieren.«

»Da haben Fie teilweife nicht einmal unrecht«, ließ sich Joe Miller vernehmen. »Wenn Fäm für jedef Mal, wenn er fich Forgen macht, ein Härchen wachfen würde, fähe er jeft fon auf wie ein Ftachelfwein. Waf mich übrigenf daran erinnert, daf . . .«

»Papperlapapp«, sagte Sam. »Kindergeschwätz . . . und das von schwanzlosen Affen. Oder vielleicht nicht? Wir werden jedenfalls, wenn alles gut geht – was man von der bisherigen Lage ja wohl nicht gerade hat behaupten können –, in dreißig Tagen mit dem Schweißen der Schiffshülle beginnen. Das wird der glücklichste Tag in meinem Leben werden – abgesehen vom Stapellauf des Schiffes natürlich. Möglicherweise sogar ein glücklicherer als der, an dem mir Livy ihr Jawort gab.«

Es wäre leicht gewesen, den letzten Satz zu verschlucken, aber irgendwie ritt Sam der Teufel. Aber Cyrano reagierte nicht. Warum sollte er auch? Schließlich hatte er Livy, und zu ihm sagte sie *fortwährend* ja.

»Was mich angeht«, sagte der Franzose, »kann ich mich mit dem Gedanken nicht so recht anfreunden, denn ich bin ein friedliebender Mensch. Viel lieber würde ich die Genüsse auskosten, die uns das Leben bietet. Es wäre mir wichtiger, Kriege zu vermeiden und Streitigkeiten statt dessen von Gentlemen austragen zu lassen, die wissen, wie man mit einem Degen umgeht. Aber es wird unmöglich sein, das Schiff ohne unliebsame Unterbrechungen zu bauen, solange es Menschen gibt, die auf unser Metall spekulieren und alles unternehmen, um in seinen Besitz zu kommen. Deswegen meine ich, daß es vielleicht doch nicht so ganz falsch ist, was John Lackland meint: Möglicherweise sollten wir doch, wenn wir erst einmal genügend Waffen haben, einen großangelegten Feldzug gegen alle Staaten im Umkreis von dreißig Meilen wagen, um von vorneherein alle potentiellen Gegner auszuschalten. Erst dann stünde uns die Chance offen, an all die Mineralien heranzukommen, die wir brauchen, und niemand würde uns daran hindern, wenn wir sie abbauen . . .«

»Aber selbst wenn Sie jeden einzelnen Bewohner dieser Länder umbrächten«, warf Sam ein, »würde es nur einen Tag dauern, bis sie wieder bevölkert wären. Sie wissen doch, wie das Wiedererweckungssystem funktioniert. Denken Sie nur daran, wie schnell es nach dem Meteoritenabsturz hier wieder von Menschen wimmelte.«

Cyrano hob die Hand und streckte seinen – schmutzigen – Zeigefinger aus. Sam fragte sich, ob Livy ihren Kampf um seine Reinlichkeit inzwischen eingestellt hatte.

»Ha!« sagte Cyrano. »Aber diese Leute werden unorganisiert sein und müßten sich – da wir ja schon vor ihnen da waren – unseren Ordnungsvorstellungen fügen. Sie würden sich ebenso verhalten müssen wie alle anderen, die in Parolando leben. Sie würden an der Lotterie um die Mannschaftsplätze des Schiffes aufgenommen! Wir wären mit der Arbeit schneller fertig, wenn wir den Schiffbau zunächst einmal unterbrechen und nach meinen Vorschlägen verfahren.«

Und ich muß dich immer weiter in die Führungsspitze aufsteigen lassen, dachte Sam. Und dann geht es wieder los, wie bei David, Bathseba und Uriah, ausgenommen, daß David möglicherweise kein Gewissen besessen und sich deswegen auch nicht um seine Nachtruhe gesorgt hatte.

»Ich sehe das anders«, meinte Sam. »Zunächst einmal würden wir unsere eigenen Leute gegen uns aufbringen, wenn wir die Anzahl der Mannschaftskandidaten verdoppeln oder verdreifachen, auch wenn sie wie die Teufel kämpfen würden, wenn sie erführen, daß davon die Fertigstellung des Schiffes abhängt. Abgesehen davon, wäre das ein Unrecht.«

De Bergerac stand auf. Seine Hand lag auf dem Griff seines Rapiers. »Vielleicht haben Sie recht. Aber Sie haben sich bereits an dem Tag, an dem Sie sich mit John Lackland zusammentaten und Erik Blutaxt töteten, auf einen Pfad begeben, der unweigerlich in Verrat, Tod und Grausamkeit enden muß. Ich will Sie nicht verurteilen, mein Freund. Was Sie taten, war absolut notwendig – wenn Sie nichts als das Schiff im Sinn hatten. Aber man kann nicht auf diese Weise beginnen und dann davor zurückschrecken, ähnliche – oder sogar schlimmere – Taten zu vollbringen. Jedenfalls nicht dann, wenn Sie Wert auf Ihr Schiff legen, mein Lieber. Gute Nacht.« Cyrano verbeugte sich und ging. Sam tat einen tiefen Zug an seiner Zigarre und sagte dann: »Ich hasse diesen Menschen. Er sagt die Wahrheit!«

Joe stand auf. Der Boden knirschte unter dem Gewicht seiner achthundert Pfund.

»Ich gehe jetft inf Bett. Ich habe von dem ganfen Gerede folche Kopffmerzen gekriegt, daf ich fie fogar in meinem Hintern pfüre. Entweder tuft du, waf Fyrano fagt, oder du tuft ef nicht. Daf ift doch ganf einfach.«

»Wenn mein Gehirn auch in meinem Arsch säße, würde ich dasselbe sagen!« schnaufte Sam erbost. »Joe, ich liebe dich! Du bist wirklich ein goldiges Kerlchen. Und die ganze Welt ist so unkompliziert! Wenn die Probleme anfangen, dir Kopfschmerzen zu bereiten, wirst du müde und gehst ins Bett. Aber ich . . .«

»Gute Nacht, Fäm!« sagte Joe und verschwand im Nebenzimmer. Sam überprüfte, ob die Tür verschlossen war und die eingeteilten Wachen auf ihren Posten standen, dann legte er sich auch hin.

Im Traum erschien ihm Erik Blutaxt und jagte ihn mit gezückter Waffe durch das ganze Schiff, bis es Sam gelang, sich irgendwo einzuschließen. Er erwachte mit einem Aufschrei und stellte fest, daß Joe Miller sich über ihn beugte und sanft schüttelte. Der Regen prasselte auf das Dach, und irgendwo über den Berggipfeln krachte der Donner.

Joe blieb bei ihm und kochte Kaffee, indem er das Pulver einfach in kaltes Wasser schüttete, das sich innerhalb von drei Minuten selbst erhitzte. Dann saßen sie schlürfend beieinander und unterhielten sich – während Sam eine Zigarre rauchte – über die Zeit, während der sie zusammen mit Blutaxt und seinen Wikingern flußaufwärts gereist waren, um nach Eisen zu suchen.

»Fumindeft hatten wir damalf hin und wieder mal einen kleinen Fpaf«, sagte Joe. »Aber daf ift nun vorbei. Jetft befteht unfer Leben nur noch auf Arbeit. Und dann noch all die Leute, die einem am liebften daf Fell über die Ohren fiehen würden und hinter unferen Fätfen her find. Und dann mufte auch noch deine Frau mit diefem grofnafigen Fyrano hier auftauchen!«

Sam kicherte und sagte: »Vielen Dank, daß du mich mal wieder zum Lachen gebracht hast, Joe! Cyrano, der Großnasige! Ihr Götter!«

»Manchmal kann fogar ich dir noch waf beibringen, waf, Fäm?« sagte Joe grinsend. Er glitt vom Tisch herunter, auf dem er Platz genommen hatte, und ging in sein Zimmer zurück.

Es gab für Sam in dieser Nacht nur noch wenig Schlaf. Er

hatte während seiner Lebenszeit auf der Erde gelegentlich sogar dann den ganzen Tag über im Bett verbracht, wenn die vergangene Nacht ausgesprochen erfreulich verlaufen war. Und nun kam er kaum zu fünf Stunden echter Ruhe, obwohl er tagsüber ab und zu eine Siesta einlegte. Irgend jemand tauchte immer auf, um ihm eine Frage zu stellen oder eine Entscheidung aus ihm herauszuholen. Zudem waren seine Chefingenieure weit davon entfernt, jede Anordnung widerspruchslos hinzunehmen, und allein das reichte schon aus, um Sam nervös zu machen. Er hatte die Ingenieurswissenschaften bisher immer als absolut trockene Angelegenheit aufgefaßt. Zeig mir dein Problem, und wir lösen es schnellstens. Aber sowohl van Boom als auch Welitskij und O'Brien schienen in verschiedenen Welten zu leben, die man nur mühsam in einen Gleichklang bringen konnte. Schließlich blieb Sam, um den endlosen Diskussionen und stundenlangen Richtungsstreitigkeiten zu entgehen, nichts anderes übrig, als van Boom die letzte Entscheidung zu überlassen. Dennoch war es weiterhin überraschend, mit wie vielen Problemen die Ingenieure zu ihm kamen, um seine Ansicht einzuholen.

Iyeyasu hatte in der Zwischenzeit nicht nur das Gebiet der ihm gegenüber lebenden Buschmann-Hottentotten an sich gerissen, sondern auch neun Meilen vom Reich der Ulmaks erobert. Als er damit fertig war, schickte er eine Flotte gegen das drei Meilen breite Land der Fuchsindianer los, deren Gebiet sich an das der Ulmaks anschloß. Auch diesen Staat verleibte er seinem wachsenden Imperium ein. Er ließ die Hälfte der Indianer töten und begann danach wieder mit Parolando um den Holzpreis zu feilschen. Jetzt wollte er auch noch ein Amphibienboot in der Art der *Feuerdrache I* haben.

Zu diesem Zeitpunkt war das zweite Boot dieses Typs beinahe fertig.

Mittlerweile hatten fünfhundert Schwarze Parolando verlassen. Eine gleiche Anzahl von Draviden wanderte aus Hackings Gebiet ein. Sam hatte sich mit Händen und Füßen dagegen gesträubt, die Wahhabi-Araber aufzunehmen, und es zumindest durchgesetzt, daß die Inder als erste kamen. Das schien Hacking zwar nicht sonderlich zu gefallen, aber schließlich konnte man sich in Parolando darauf berufen, daß keinerlei Abmachungen darüber getroffen worden waren, welche Gruppe zuerst in ihr Gebiet einwanderte.

Schließlich sandte Hacking, den seine Spione inzwischen von den Forderungen Iyeyasus unterrichtet hatten, eine Botschaft. Auch er wolle einen *Feuerdrachen*, hieß es, und er sei bereit, im Austausch dafür eine große Menge an Mineralien herauszurücken.

Publius Crassus und Tai Fung schlossen sich plötzlich zusammen und starteten eine gemeinsame Invasion auf das Gebiet, das ihnen gegenüber lag. Dort lebten Steinzeitmenschen aus allen Gebieten und den unterschiedlichsten Zeiten der Erde auf einem vierzehn Meilen langen Uferstreifen. Die Invasoren töteten die Hälfte der Bevölkerung mit ihren überlegenen Eisenwaffen und versklavten den Rest. Dann setzten auch sie ihre Holzpreise herauf, blieben jedoch ein wenig unterhalb der Forderung Iyeyasus.

Spione berichteten, daß Chernsky, der ein vierzehn Meilen langes Gebiet nördlich von Parolando beherrschte, Soul City einen Besuch abgestattet hatte. Was er dort gewollt hatte, war allerdings nicht herauszufinden gewesen, da Hackings Spionageabwehrnetz sich als hundertprozentig dicht erwies. Sam hatte acht schwarze Spione auf Hacking angesetzt und wußte, daß es John gelungen war, mindestens ein Dutzend abzuschicken. Eines Tages wurden von unbekannten Leuten während der Nacht die Köpfe aller Spitzel über die das Ufer umsäumende Palisadenwand Parolandos geworfen.

Und eines Nachts tauchte van Boom bei Sam auf und berichtete, daß er Firebrass getroffen habe.

»Er hat mir die Position des Chefingenieurs auf dem Schiff angeboten«, erzählte er.

»*Er* hat Ihnen das angeboten?« fragte Sam. Er war dermaßen erschrocken, daß ihm beinahe die Zigarre aus dem Mund fiel.

»Ja. Er hat es zwar nicht geradeheraus gesagt, aber sein Angebot war unverkennbar. Hackings Leute werden das Schiff an sich reißen, und dann soll ich Chefingenieur werden.«

»Und was haben Sie ihm auf dieses nette Angebot erwidert? Verlieren können Sie schließlich nichts, egal was Sie auch tun.«

»Ich sagte ihm, er solle nicht um den heißen Brei herumreden, sondern offen sein. Er grinste zwar, sagte aber nichts. Ich erklärte ihm, daß ich zwar keinen Eid auf Sie geleistet hätte, aber auf ein Angebot von Ihnen eingegangen und damit zufrieden sei; daß ich nicht die Absicht hätte, Sie zu betrügen und ich, falls Hacking Parolando überfiele, dieses Land nach Kräften verteidigen würde.«

»Das ist gut, ausgezeichnet!« erwiderte Sam. »Hier, nehmen Sie einen Schluck Bourbon. Und eine Zigarre. Ich bin stolz auf Sie, und gleichzeitig auf mich: Wer hat schon das Glück, derart loyale Mitarbeiter zu haben? Aber ich wünschte . . . ich wünschte . . .«

Van Boom sah ihn über den Rand des Bechers hinweg an.

»Ja?«

»Ich wünschte, Sie wären zum Schein auf sein Angebot eingegangen. Möglicherweise hätten wir so eine Menge Informationen aus ihm herausholen können.«

Van Boom stellte das Trinkgefäß ab und stand auf. Er war sichtlich ungehalten. »Ich bin doch kein dreckiger Spitzel!«

»Bleiben Sie hier«, sagte Sam, aber van Boom ignorierte ihn. Eine Minute lang stützte Sam den Kopf in seine Hände und starrte den ungeleerten Becher des Ingenieurs an. Nach einer Weile nahm er ihn in die Hand. Niemand sollte ihm nachsagen, er ließe einen guten Whisky umkommen. Nicht einmal einem schlechten konnte das in seiner Gegenwart passieren. Aber schließlich lieferten die Grale nur die besten Sachen.

Van Booms Skrupel irritierten ihn ein wenig. Gleichzeitig verspürte Sam jedoch das gute Gefühl, mit einem anständigen Menschen gesprochen zu haben. Es war gut, zu wissen, daß es Leute gab, die sich nicht bestechen ließen.

Zumindest um van Boom brauchte er sich keine Gedanken mehr zu machen.

22

Mitten in der Nacht wachte Sam auf und fragte sich, ob er nicht einen Fehler begangen hatte. Was, wenn van Boom doch nicht so aufrichtig war, wie er sich gegeben hatte? Was war, wenn Firebrass dahinter steckte? Hatte er van Boom möglicherweise mit voller Absicht zu ihm geschickt, um ihm diese Geschichte aufzutischen? Gab es überhaupt einen besseren Weg, Sam dazu zu verleiten, einen Mann für absolut vertrauenswürdig zu halten? Nein. Dann hätte van Boom auch auf den Vorschlag Sams eingehen können, zum Schein mit Firebrass zusammenzuarbeiten.

»Ich fange schon an, wie John zu denken!« sagte Sam laut vor sich hin.

Er entschied sich schließlich, van Boom zu trauen. Zwar war der Mann ziemlich stur und manchmal auch ein wenig absonderlich – eben so, wie man sich einen Ingenieur vorstellte –, aber er hatte ein moralisches Rückgrat, das genauso unflexibel war wie das eines fossilen Dinosauriers.

Unterdessen nahm die Arbeit an dem großen Schiff bei Tag und Nacht ihren Fortgang. Die Platten der Schiffshülle wurden aneinandergefügt und die Trägerbalken geschweißt. Der Batacitor und die gigantischen Elektromotoren waren fertig; die Transportsysteme und Kräne befanden sich im Einsatz. Bei den Kränen handelte es sich um gewaltige Stahlbaukonstruktionen auf Schienen, die der Batacitor-Prototyp mit Energie versorgte. Menschen kamen über Tausende von Meilen in Katamaranen, Galeeren, Einbäumen und Kanus den Fluß herab, um sich die berühmte Baustelle aus der Nähe anzusehen.

Sam und König John waren sich darin einig, daß die herumlaufenden Schaulustigen nicht nur die Arbeiten behinderten, sondern auch etwaigen Spionen allzu günstige Arbeitsbedingungen verschafften.

»Außerdem wird die unmittelbare Nähe so vielen Metalls sie zu Diebstählen verleiten. Wir können nicht auch noch darauf achten, daß unsere Leute dadurch gereizt werden. Dafür haben sie einfach schon genug Ärger«, meinte Sam.

John unterzeichnete sofort die Anordnung, daß alle sich in Parolando aufhaltenden Fremden – davon waren nur Botschafter und Kuriere anderer Staaten ausgenommen – das Land sofort wieder zu verlassen hatten. Desgleichen war es ihnen nicht erlaubt, wieder zurückzukehren. Aber natürlich hielt das die Neugierigen nicht davon ab, während sie an Parolandos Ufer vorbeisegelten, die Hälse lang zu machen und zu gaffen. Man befestigte das Ufer mit hohen Erdwällen, war jedoch dazu gezwungen, da und dort eine Lücke freizulassen, damit die aus anderen Ländern kommenden, mit Holz, Erzen und Feuerstein beladenen Frachtschiffe anlegen konnten. Man sorgte jedoch dafür, diese Lücken so anzulegen, daß man von ihnen aus lediglich einen Blick auf eine der zahllosen Fabrikationshallen erhaschen konnte. Die hohen Kräne und das mächtige Werftgebäude selbst waren natürlich weithin zu sehen, nicht jedoch das im Bau befindliche Schiff selbst.

Nach einer Weile sank das Interesse an der Touristenattraktion Parolandos jedoch wieder, denn zu viele derjenigen, die sich auf die lange Reise begeben hatten, waren unterwegs in Sklaverei geraten. Schnell verbreitete sich die Nachricht, daß es gefährlich sei, sich in dieser Region aufzuhalten.

So vergingen sechs Monate. Und das Holz wurde erneut aufgebraucht. Der Bambus brauchte in der Regel zwischen drei und sechs Wochen, um wieder seine volle Größe zu erreichen; die Bäume runde sechs Monate. Alle Staaten, die sich in einem Umkreis von fünfzig Meilen befanden, gaben bekannt, selbst nur noch über soviel Holz zu verfügen, wie sie für eigene Bauprojekte brauchten.

Damit waren die Bevollmächtigten Parolandos gezwungen, Abschlüsse mit weiter entfernt liegenden Nationen zu tätigen und dort ihre Metalle gegen Holz zu tauschen. Nicht daß man nicht genügend Tauschmaterial in Parolando gehabt hätte, aber der Erzabbau für den Export entzog dem Schiffbau wertvolle Arbeitskräfte und außerdem begann die Zentralebene des Landes immer mehr einer wüsten Kraterlandschaft zu ähneln. Je mehr Holz ins Land kam, desto mehr mußte nach Metall geschürft werden. Die Arbeitskräfte wurden knapper. In dem Maße, wie sich der Holzimport steigerte, mußten auch neue Frachtschiffe auf Kiel gelegt werden, um die heißbegehrten Materialien heranzuschaffen, und eben dieses Holz fehlte dann den anderen Projekten. Männer mußten vom Schiffbau abgezogen und als Seeleute und Frachtschiffgardisten ausgebildet werden. Schließlich ging man dazu über, von den Nachbarstaaten Frachter zu leihen. Die wiederum mußten mit Rohmetall oder Waffen bezahlt werden.

Sam hatte sich eigentlich nichts sehnlicher gewünscht, als die Bauarbeiten an seinem Schiff von morgens bis abends zu überwachen, weil er nichts mehr liebte, als jeden auch noch so kleinen Fortschritt in der Konstruktion mitzubekommen, aber seine vielen anderen Aufgaben ließen ihm dazu keine Zeit. Er hatte Glück, wenn er es schaffte, zwei bis drei Stunden am Tag in der Werft zu sein, und versuchte deswegen, John ein wenig mehr administrative Entscheidungen zu überlassen. Der Versuch erwies sich als Reinfall: John war nur dann bereit, Mehrarbeit zu leisten, wenn diese ihn auch ermächtigte, mehr Macht über die Streitkräfte zu erlangen und Druck auf jene Leute auszuüben, die gegen ihn opponierten. Sams Theorie, daß demnächst seine engsten Mitarbeiter bei Unfällen ums Leben kommen würden, bestätigte sich nicht. Dennoch ließ er seine Leibwächter die Augen offenhalten. Möglicherweise hatte John auch nur vor, ihn und seine Vertrauten eine Weile in Sicherheit zu wiegen. Sicher war er inzwischen zu dem Schluß gekommen, daß es besser sei, erst dann zuzuschlagen, wenn das Schiff fertig war.

Eines Tages sagte Joe Miller: »Fäm, würdeft du ef für möglich halten, daf du dich in John getäuft haft? Glaubft du, er hat fich damit abgefunden, der Erfte Offifier deinef Fiffef fu werden?«

»Glaubst du, ein Schäfer würde sich seiner Hunde entledigen, solange sie seine Arbeit tun?«

»Waf?«

»John ist von Grund auf schlecht. Moralisch gesehen war natürlich keiner der alten englischen Könige ein Musterknabe, und der einzige Unterschied zwischen ihnen und Jack The Ripper bestand darin, daß sie ihre Untaten öffentlich begingen und dazu noch den Segen der Kirche erhielten. John schlug allerdings dermaßen aus der Art, daß es nach ihm in England Tradition wurde, niemanden mehr zum König zu machen, der den gleichen Namen trug wie er. Nicht einmal die Kirche war dazu in der Lage, diese Kröte zu schlucken. Der Papst belegte die ganze Nation mit dem Bann, und John blieb nichts anderes übrig, als wie ein Hündchen vor ihn hinzukriechen und um Gnade zu winseln. Aber ich bin sicher, daß er es dennoch schaffte, dem Papst in dem Moment, als er vor ihm kniete, in die große Zehe zu beißen und von seinem Blut zu trinken. Und ich zweifle nicht daran, daß der Papst anschließend in seinen Taschen nachsah, ob ihm nichts fehlte.

Was ich damit sagen will, ist, daß John sich nicht einmal dann ändern könnte, wenn er es aus eigenem Willen wollte. Er wird immer ein menschlicher Vielfraß, eine Hyäne und ein Stinktier bleiben.«

Joe saugte an einer Zigarre, die länger als seine Nase war, und sagte: »Nun ja, ich weif nicht. Menfen *können* fich jedenfallf verändern. Du follteft nur einen Blick auf diefe Kirche der F-f-weiten Chance werfen. Und Göring. Oder dich. Du haft mir selbft erfählt, daf die Frauen fu deinen Lebfeiten fo hochgefloffen gekleidet waren, daf du fo von den Focken warft, wenn du nur mal einen Unterfenkel fehen konnteft, von einem Oberfenkel – Jungejunge! – ganf fu f-fweigen. Und jetft f-fauft du nicht einmal mehr hin, wenn . . .«

»Ich weiß! Ich weiß!« rief Sam aus. »Verhaltensweisen und konditionierte Reflexe – wie die Psychologen es nennen – können verändert werden. Darauf basiert ja auch meine Annahme, daß all die Leute, die ihre rassistischen oder sexuellen Vorurteile mit hierhergebracht haben, sich einfach dessen, was der Fluß ihnen bietet, nicht bewußt sind. Natürlich kann ein Mensch sich ändern, aber . . .«

»Er kann ef alfo?« fragte Joe. »Aber du haft doch immer gefagt, daf allef im Leben, fogar die Art und Weife in der ein Menf denkt und handelt, darauf bafiert, waf vor feiner Geburt gefah. Waf foll daf? Daf ift doch eine determiniftife Filofofie, nichtf weiter. Wenn du anderfeitf der Meinung bift, daf allef einem beftimmten Kurf folgt, daf die Menfen fofufagen Mafinen find – wie kannft du dann glauben, daf fie fich ändern können?«

»Nun«, erwiderte Sam mit finsterem Blick und runzelte dermaßen die Stirn, daß sich seine buschigen Augenbrauen senkten, »nun, das heißt, daß selbst meine Theorien in gewisser Weise vorherbestimmt sind. Und wenn sie miteinander in Konflikt geraten, stehe ich im Dunkeln.«

»Wefwegen, um Himmelf willen«, sagte Joe und warf seine wagenradgroßen Hände in die Luft, »ftehen wir dann hier herum und difkutieren darüber? Warum tun wir überhaupt etwaf? Wäre ef nicht beffer, du gäbft einfach auf?«

»Ich kann einfach nicht dagegen an«, sagte Sam. »Denn als das erste Atom dieses Universums gegen das zweite prallte, war mein Schicksal bereits entschieden und meine Gedanken und Handlungen vorherbestimmt.«

»Dann kanft du für daf, waf du fuft, auch nicht . . . äh . . . verantwortlich fein, ftimmtf?«

»Das ist richtig«, sagte Sam. Er fühlte sich ziemlich unbehaglich.

»Und demgemäf kann John auch nichtf dafür, daf er ein dreckiger, blutgieriger Hundefohn und Halunke ift?«

»Nein, aber genauso wenig kann ich etwas dafür, daß ich ihn für einen dreckigen, blutgierigen Hundesohn und Halunken halte.«

»Daf führt mich fu der Annahme, daf, wenn jetft ein Mann

käme, der viel mehr weif alf ich und dir mit kältefter Logik beweifen würde, daf deine Filofofi falf ift, du ihm fagen würdeft, daf er auch nichtf dagegen tun kann, daf er diefe Anficht vertritt. Er muf ganf einfach auf der falfen Fährte fein, weil auch fein Denken voraufbeftimmt ift und er fich gar nicht anderf verhalten kann.«

»Ich weiß, daß ich recht habe«, sagte Sam verdrießlich und paffte an seiner Zigarre. »Dieser hypothetische Mann könnte mich schon deswegen nicht überzeugen, weil sein Denken nicht seinem freien Willen entspringt. Sein Denken wäre wie ein vegetarisch lebender Tiger – und ein solcher existiert nicht.«

»Aber auch dein Denken entfpringt keinem freien Willen.«

»Klar. Wir werden alle verarscht. Wir glauben, was wir glauben sollen.«

»Und du lachft über jene Leute, von denen du fagft, fie feien von einem unfichtbaren Fleier der Ignoranf umgeben? Du bift selbft der gröfte Ignorant, den ich kenne, Fäm.«

»Der Herr möge uns vor Affen bewahren, die sich für Philosophen halten!«

»Na bitte! Wenn dir nichtf mehr einfällt, wirft du beleidigend! Gib ef fu, Fäm. Waf dir fehlt, ift daf logische Ftandbein!«

»Du begreifst einfach nicht, was ich sagen will«, erwiderte Sam finster. »Und das liegt an dem, was du bist.«

»Du follteft dich hin und wieder einmal mit Fyrano de Bergerac unterhalten, Fäm. Er ift f-f-war ein genaufo grofer Fyniker wie du, aber waf die Vorherfehung angeht, hat er fich fo weit noch nie hinreifen laffen.«

»Ich kann mir nicht mal vorstellen, wie es euch möglich ist, ein Gespräch zu führen. Macht es euch eigentlich nicht zu schaffen, daß ihr euch so ähnlich seht? Wie könnt ihr euch überhaupt gegenüberstehen, ohne nicht gleich in Gelächter auszubrechen, wenn ihr eure Nasen seht? Wie zwei Ameisenbären, die ...«

»Beleidigungen! Nichtf alf Beleidigungen! Oh, waf foll daf allef denn blof?«

»Ja, eben«, knurrte Sam ungnädig. Ohne ihm gute Nacht zu wünschen zog Joe sich zurück. Sam hielt ihn auch nicht auf. Joe war jetzt sauer. Obwohl er wirklich mit seiner niedrigen Stirn, den mit Knochenwülsten umgebenen Augen, der gurkenförmigen Nase und seinem gorillaähnlichen, haarigen Äußeren nicht sonderlich schlau aussah, verbarg sich hinter seinen kleinen blitzeblauen Augen und seinem gräßlichen Lispeln eine gehörige Portion Intelligenz.

Joes Hinweis darauf, daß sein Glaube an die Vorsehung nur eine Alibifunktion darstellte, um von seinem Schuldkomplex abzulenken, war Sam unangenehm gewesen. Welche Schuld hatte er überhaupt? Er fühlte sich für alles Schlechte, das denen, die er liebte, zustieß, verantwortlich.

Er befand sich in einem philosophischen Irrgarten, der unweigerlich in einem Sumpfgebiet endete. Glaubte er deswegen an eine Vorsehung, weil er sich damit von seinen Schuldgefühlen freikaufen wollte?

Joe hatte recht. Es war Unfug, darüber auch nur nachzudenken: Wenn das Denken eines Menschen wirklich von zwei vor langer Zeit aufeinandergeprallten Atomen bestimmt wurde, wie kam er dann überhaupt auf die Idee, Samuel Langhorne Clemens alias Mark Twain zu sein?

In dieser Nacht blieb Sam länger auf als üblich. Aber statt an seinen Plänen zu arbeiten, vertilgte er mindestens ein Fünftel des mit Fruchtsaft gemischten Äthylalkoholvorrats.

Noch zwei Monate zuvor hatte Firebrass verlauten lassen, daß er sich wundere, daß Parolando offensichtlich unfähig sei, Äthylalkohol herzustellen. Sam hatte darauf mit Verwunderung reagiert, denn er wußte gar nicht, daß so etwas möglich war. Bisher hatte er die Grale für die einzige Alkoholquelle der Menschheit gehalten.

Aber nein, hatte Firebrass erwidert, ob ihm denn keiner seiner Chemiker einen Hinweis darauf gegeben habe? Wenn man über einige nötige Dinge wie Säure, Kohlengas oder Azetataldehyd und einen brauchbaren Katalysator verfüge, könne man Holzzellulose in Äthylalkohol umwandeln, das sei doch allgemein bekannt. Allerdings sei Parolando das einzige Land – seinen Informationen nach – das über diese Möglichkeiten verfüge.

Sam hatte sofort nach van Boom geschickt und die Antwort erhalten, es seien genügend Grundstoffe vorhanden, um damit jeden Bewohner von Parolando über kurz oder lang zum Alkoholiker zu machen. Er hatte dieses Wissen nur deswegen nicht weitergegeben, weil er sich vor Besäufnissen fürchtete, die die Arbeiten lahmlegen könnten.

Sam hatte sofort die Möglichkeiten prüfen und einige

Leute an die Arbeit gehen lassen, und jetzt wurde zum ersten Mal in der Geschichte der Flußwelt Alkohol in großen Mengen produziert. Das gefiel nicht nur den Leuten (ausgenommen natürlich den Chancisten), sondern sorgte außerdem noch dafür, daß sich in Parolando ein völlig neuer Industriezweig etablierte. Und bald tauschte man Alkohol gegen Holz und Bauxit.

Schließlich ging Sam zu Bett, und zum ersten Mal in seinem neuen Leben verschlief er das Morgengrauen. Am nächsten Tag verlief alles wieder wie üblich.

Zusammen mit John sandte er Iyeyasu die Botschaft, daß man es als feindlichen Akt betrachten würde, sollte er den Versuch unternehmen, sich auch noch den Rest des Ulmak-Reiches unter den Nagel zu reißen oder die Finger nach Chernskys Land auszustrecken.

Iyeyasu erwiderte, daß er keinesfalls die Absicht habe, sich diese Länder einzuverleiben, und fiel kurz darauf in das Gebiet Sheshshubs ein. Sheshshub, ein Assyrer aus dem siebten Jahrhundert vor Christi, war ein General Sargon des Zweiten gewesen. Wie viele andere Männer, die auf der Erde eine gewisse Machtfülle besessen hatten, war er auch hier wieder in eine gewisse Position aufgestiegen. Er lieferte Iyeyasu einen guten Kampf, konnte sich allerdings der zahlenmäßig und waffentechnisch überlegenen Invasoren nicht lange erwehren.

Iyeyasu stellte ein echtes Problem dar, aber es gab noch eine Reihe von anderen, die Sam Tag und Nacht nicht zur Ruhe kommen ließen. Schließlich meldete sich Hacking wieder und ließ Sam durch Firebrass die Botschaft übermitteln, daß man nicht bereit sei, sich länger hinhalten zu lassen. Er wolle nun endlich das Metallboot haben, das man ihm vor langer Zeit zugesagt habe. Sam versuchte sich mit technischen Schwierigkeiten herauszureden, aber Firebrass erwiderte, das sei jetzt nicht länger vertretbar. Schließlich ließ man die *Feuerdrache III* vom Stapel.

Sam besuchte Chernsky, um ihm zu versichern, daß Parolando sein Land beschützen würde. Als er nach Hause zurückkehrte und etwa eine halbe Meile von den heimatlichen Gefilden entfernt war, wäre er beinahe erstickt. Solange er in Parolando gewesen war, war ihm überhaupt nicht aufgefallen, welche Luftverschmutzung dort herrschte. Erst die Reise nach Cernskujo hatte seine Lungen wieder gereinigt.

Es war ein Gefühl, als nähere man sich einem Chemiewerk, und selbst die Tatsache, daß der Wind sich mit einer Geschwindigkeit von fünfzehn Meilen in der Stunde bewegte, konnte den Eindruck nicht verdrängen, daß man sich auf eine einzige riesige Giftwolke zubewegte. Die Luft über Parolando sah wie Nebel aus. Kein Wunder, daß sich das südlich gelegene Publiujo laufend beschwerte.

Und das große Schiff wuchs weiter. Wenn er vor dem Vordereingang seines wieder instandgesetzten Hauses auf und ab ging, wurde Sam jeden Tag aufs neue für seine schlaflosen Nächte und den trostlosen Anblick, den das Land seinen Augen darbot, entschädigt. In weiteren sechs Monaten würden die drei Decks fertig sein und man konnte die gewaltigen Schaufelräder installieren. Anschließend würde man jenen Teil der Hülle, der mit dem Wasser in unmittelbaren Kontakt kommen würde, mit einer Kunststoffschicht überziehen. Diese würde nicht nur eine Elektrolyse des Magnaliums verhindern, sondern auch die Wasserturbulenz reduzieren und so die Geschwindigkeit des Schiffes erhöhen.

Aber hin und wieder empfing Sam auch gute Nachrichten. In Selinujo hatte man Iridium und Wolfram gefunden. Das Land lag südlich von Hackings Territorium, und die Botschaft wurde von einem Prospektor überbracht, der aus Mißtrauen, jemand anderer könne davon erfahren, seine Entdeckung persönlich überbrachte. Allerdings, so sagte er ebenfalls, sei Selina Hastings nicht dazu bereit, die Leute von Parolando auf ihrem Land schürfen zu lassen. Hätte sie gewußt, daß Sams Männer bereits fleißig dabei waren, hätte sie den Prospektor auf der Stelle des Landes verwiesen. Zwar zeigte sie sich nicht unfreundlich (sie liebte Sam Clemens schon deswegen, weil er ein menschliches Wesen war), aber andererseits hatte sie nicht vor, den Bau seines großen Schiffes zu unterstützen.

Sam explodierte daraufhin und versprühte, wie Joe Miller später verbreitete, »Blitfe, die man im Umkreif von vier Meilen fehen konnte«. Wolfram wurde dringend zur Herstellung von Maschinenwerkzeugen gebraucht, aber auch, um Funk- und Fernsehanlagen zu bauen. Das Iridium konnte man dazu verwenden, Platin härter zu machen, das man für wissenschaftliche und medizinische Instrumente und die Spitzen von Schreibgeräten brauchte.

Der geheimnisvolle Fremde hatte Sam einst erzählt, daß er

in unmittelbarer Nähe ein Mineralienlager eingerichtet habe, von dem seine Kollegen nichts wüßten: Bauxit, Kreolith, Platin, Wolfram und Iridium. Aber irgend etwas war dabei schiefgegangen, und man hatte weder Wolfram noch Iridium gefunden. Und nun lag es mehrere Meilen von den ersten Lagern entfernt.

Da er einige Zeit benötigte, um über die neue Situation nachzudenken, unterließ Sam es, John sofort von dieser Entdeckung zu unterrichten. Er zweifelte nicht daran, daß Johns Argumente auf zwei Alternativen bestehen würden, wenn er erst davon erfuhr: Entweder man rückte die benötigten Dinge heraus oder mußte mit einem Krieg rechnen.

Während Sam nachdenklich über die »Brücke« marschierte, und eine grüne Rauchwolke nach der anderen ausstieß, drang der Klang entfernter Trommeln an seine Ohren. Es dauerte eine Weile, bis er herausfand, daß sie im Kode Hackings Nachrichten verbreiteten. Ein paar Minuten später erschien Firebrass am Fuß der in sein Haus führenden Leiter.

»Sinjoro Hacking weiß alles über die Wolfram- und Iridiumfunde in Selinujo. Des weiteren läßt er Ihnen mitteilen, daß er es begrüßen würde, wenn Sie mit Selina zu einem Geschäft kämen, aber Sie sollten sich hüten, ihr Land zu überfallen, weil er dies gleichzeitig als eine Kriegserklärung gegen sich werten würde.«

Sam blickte aus dem Steuerbordfenster auf Firebrass hinunter. »Da kommt John Hitzkopf«, sagte er. »Es scheint, als hätte er die Nachricht mitgehört. Sein Spitzelnetz ist beinahe so gut wie das Ihre, würde ich sagen. Ich weiß nicht, wo die Lücken in meinem eigenen sind, aber offenbar sind sie so groß, daß ich, wenn ich ein Schiff wäre, sicher schon durch die Maschen geschlüpft und abgesoffen wäre.«

Keuchend und schnaufend, mit wütendem Blick und von der Anstrengung gerötetem Gesicht trat John ein. Seit es Äthylalkohol gab, war er noch fetter geworden und machte die halbe Zeit über den Eindruck volltrunken und die ganze Zeit über halbbetrunken zu sein.

Obwohl Sam sich ebenfalls ärgerte, konnte er doch nicht umhin, sich zu amüsieren. Natürlich wäre es John, einem Ex-König von England, lieber gewesen, wenn er ihn in seinem Palast aufgesucht hätte, aber da er genau wußte, daß Sam das nicht tat, und er es sich außerdem nicht erlauben konnte, abwesend zu sein, wenn Firebrass Sam eine Botschaft überbrachte, hatte er wieder einmal in den sauren Apfel beißen und sich in Bewegung setzen müssen.

»Was geht hier vor?« fragte John mit lauerndem Blick.

»Das könntest du mir eigentlich sagen«, erwiderte Sam. »Was die Schattenseiten unserer Unternehmungen angeht, scheinst du mir immer um eine Nasenlänge voraus zu sein.«

»Hör auf mit dieser Klugscheißerei!« schnappte John. Ohne um Erlaubnis zu fragen, kippte er sich einen Becher voll. »Ich weiß auch ohne den Kode zu kennen, um was es bei dieser Botschaft geht!«

»Ich habe mir das auch gedacht«, sagte Sam. »Aber falls dir etwas entgangen sein sollte . . « Er wiederholte, was Firebrass ihm gesagt hatte.

»Die Arroganz von euch Schwarzen ist kaum auszuhalten«, sagte John. »Ihr schreibt Parolando, einem souveränen Staat, vor, wie er seine außenpolitischen Geschäfte abzuwickeln hat. Ich will Ihnen etwas sagen: Das steht Ihnen nicht zu! Wir werden diese Metalle bekommen, auf welche Art auch immer! Selinujo hat keine Verwendung dafür; wir aber sehr wohl! Selinujo sollte es verschmerzen können, sie abzugeben. Wir werden ihnen einen fairen Tausch anbieten.«

»Und was?« fragte Firebrass. »Selinujo benötigt weder Waffen noch Alkohol. Was haben Sie schon, was Sie diesen Leuten anbieten könnten?«

»Frieden!«

Firebrass zuckte die Achseln und grinste, aber das schien John nur noch mehr hochzutreiben.

»Sicher«, sagte Firebrass. »Sie können ein solches Angebot machen. Aber was Hacking gesagt hat, gilt noch immer.«

»Hacking liebt Selinujo auf jeden Fall nicht«, warf Sam ein. »Er hat alle Chancisten aus seinem Land vertrieben, egal ob sie schwarz oder weiß waren.«

»Nur deswegen, weil sie einen totalen Pazifismus predigten. Aber gleichzeitig predigen – und praktizieren – sie auch die absolute Nächstenliebe und die Gleichheit aller Rassen. Dennoch ist Hacking der Meinung, daß sie für seinen Staat eine Gefahr darstellen: Die Schwarzen müssen sich selbst schützen, wenn sie vermeiden wollen, immer wieder versklavt zu werden.«

»*Die* Schwarzen?« fragte Sam.

»*Wir* Schwarzen«, erwiderte Firebrass lächelnd.

Es war nicht das erstemal, daß Firebrass durchblicken ließ, auf keine bestimmte Hautfarbe in seinen Ansichten fixiert zu sein. Was seine Identifikation mit den Schwarzen anging, so schien sie ziemlich schwach zu sein. Zwar war sein Leben nicht frei von rassistischen Vorurteilen den Weißen gegenüber gewesen, aber offensichtlich hatte dies wenig angerichtet. Außerdem hatte er schon öfter eine Bemerkung fallenlassen, die darauf hindeutete, daß er nicht abgeneigt war, auf Sams Schiff anzumustern.

Aber all dies konnte natürlich auch reine Vernebelungstaktik sein.

»Wir werden mit Sinjorino Hastings verhandeln«, sagte Sam. »Es wäre wirklich gut, wenn wir auf unserem Schiff über Funk- und Fernsehanlagen verfügten, und die Werkzeugfabriken könnten das Wolfram ebenfalls gebrauchen. Aber wir könnten natürlich auch ohne das Zeug auskommen.«

Er zwinkerte John zu, um ihm zu zeigen, daß er auf diese Argumentation einsteigen sollte, aber der Ex-König war stur wie eh und je.

»Was wir mit Selinujo anfangen, ist ganz allein unser Problem!« schnaufte er. »Und das geht keinen anderen etwas an!«

»Ich werde Hacking das übermitteln«, sagte Firebrass. »Er ist ein Mann mit starkem Charakter und läßt sich von niemandem zum Kasper machen; schon gar nicht von weißen Imperialisten.«

Sam hüstelte. John starrte vor sich hin.

»Und als solche sieht er Sie an!« sagte Firebrass. »Und wenn seine Definition stimmt, trifft sie auch zu!«

»Und nur, weil ich dieses Schiff bauen lasse!« schrie Sam. »Wissen Sie überhaupt, warum wir es bauen, welchem letzten Ziel es dient?«

Er kämpfte seine Wut nieder. Beinahe wäre er vor Zorn in Tränen ausgebrochen. Er fühlte Schwindel. Fast hätte er seine Informationen über den Fremden preisgegeben.

»Welchem Ziel dient es denn?« fragte Firebrass lauernd.

»Ach, keinem«, erwiderte Sam. »Ich will lediglich zu den Quellen des Flusses vordringen, und damit hat sich's. Vielleicht löst sich dort das Geheimnis dieses ganzen Krams von allein auf, wer weiß? – Aber ich verbitte mir einfach die unqualifizierte Kritik eines Mannes, der nichts anderes tut, als auf seinem allmählich einschlafenden schwarzen Arsch zu sitzen, große Sprüche abzulassen und Brüder gleicher Kappe einzusammeln. Wenn er keine anderen Ziele hat, soll er meinetwegen damit fortfahren, aber ich stehe immer noch zu der Ansicht, daß die einzige Lösung, rassistische Vorurteile abzubauen, die absolute Integration ist. Ich bin ein Weißer aus Missouri und wurde 1835 geboren. Wie paßt das zu Ihren Ansichten? Tatsache ist jedenfalls, daß, wenn wir dieses Schiff, das allein einer Forschungsreise dienen soll, nicht bauen, es ein anderer tut. Und welche Zwecke dieser andere Jemand damit verfolgt, dürfte auf einem anderen Blatt stehen.

Bis jetzt haben wir Hackings Forderungen immer nachgegeben. Wir haben sogar seine halsabschneiderischen Preise bezahlt, obwohl es uns ein leichtes gewesen wäre, weiter flußabwärts zu fahren und uns die Sachen dort einfach zu nehmen. John hat sich sogar für die Bezeichnungen, mit denen er Sie und Hacking belegt hat, entschuldigt, und wen[illegible] Sie glauben, das sei einem Dickschädel wie ihm leichtgef[illegible]len, kennen Sie Ihre eigene Geschichte nicht. Es ist schade, daß Hacking solche Ansichten vertritt, und ich weiß, daß ich ihn damit bloßstelle, aber er haßt die Weißen. Aber wir sind hier nicht mehr auf der Erde! Die Bedingungen, unter denen wir hier leben, sind radikal anders!«

»Aber die Leute haben ihre alten Verhaltensweisen mit hierhergebracht«, sagte Firebrass. »Ihre Haßgefühle und Vorlieben, ihre Abneigungen und Neigungen, ihre Vorurteile und Reaktionen, einfach alles.«

»Aber sie sind veränderbar!«

Firebrass grinste. »Das widerspricht Ihrer eigenen Philosophie. Und solange man die Menschen nicht dazu erzieht, werden sie sich eben nicht ändern. Deswegen sieht auch Hacking keinen Grund dafür, sich anders zu verhalten. Und warum sollte er auch? Er hat hier die gleiche Ausbeutung und Niedertracht erfahren wie auf der Erde.«

»Ich habe keine Lust, mich darüber zu streiten«, sagte Sam. »Statt dessen werde ich Ihnen sagen, was wir meiner Meinung nach tun sollten.«

Er blieb plötzlich stehen und starrte aus dem Fenster. Die weißgraue Schiffshülle leuchtete in der Sonne. Welch herrlicher Anblick! Und das ganze Schiff gehörte in einem gewissen Sinne ihm. Es war ein Kind seiner Vorstellungskraft und jeden Kampf wert!

»Ich will Ihnen was sagen«, wiederholte er etwas langsamer. »Warum kommt Hacking nicht einfach hierher? Warum besucht er uns nicht einmal? Er kann sich hier umsehen und seine eigenen Schlüsse aus dem, was wir tun, ziehen. Vielleicht wird er unsere Probleme dann leichter durchschauen und feststellen, daß wir gar nicht die blauäugigen Teufel sind, die ihn versklaven wollen. Und je eher er einsieht, daß er uns helfen sollte, desto schneller wird er uns los.«

»Ich werde ihm diesen Vorschlag übermitteln«, sagte Firebrass. »Vielleicht geht er sogar darauf ein.«

»Wir werden ihn mit allen Ehrungen empfangen, die einem Staatsmann zustehen«, sagte Sam, »mit zwanzig Böllerschüssen als Salut, einem großen Empfang, einem ausgezeichneten Essen, einem guten Tropfen und Geschenken. Dann wird er erkennen, daß wir gar nicht so üble Burschen sind.«

John spuckte aus und machte »Pah!«, aber er sagte nichts darauf. Er wußte, daß Sams Anregung die beste war.

Drei Tage später brachte Firebrass Hackings Antwort: Er würde kommen, sobald Parolando und Selinujo sich über die Mineralienlieferungen geeinigt hätten.

Sam kam sich wie ein rostiger alter Kessel in einem Dampfschiff vor. Es fehlte nur noch ein Atü Druck, und er würde geradewegs in die Luft gehen.

»Manchmal glaube ich, daß deine Methoden doch die besseren sind«, sagte er ungehalten zu John. »Vielleicht sollten wir doch besser eine Armee auf die Beine stellen und uns einfach holen, was wir brauchen.«

»Natürlich«, sagte John kühl. »Und außerdem ist es nun ein für allemal klar, daß diese Ex-Gräfin von Huntingdon – sie muß übrigens von meinem alten Feind, dem Grafen von Huntingdon, abstammen – nicht bereit ist, nachzugeben. Sie ist eine religiöse Fanatikern; hirnrissig, wie du diese Leute nennst. Und Hacking wird uns angreifen, wenn wir in Selinujo einfallen. Er kann sein Wort jetzt nicht mehr zurücknehmen. Jetzt, wo er auch noch die *Feuerdrache III* hat, ist er noch stärker geworden. Aber ich will dazu nichts mehr sagen und dir auch keine Vorwürfe machen, auch wenn mich diese verfahrene Situation unablässig beschäftigt.«

Sam hielt inne und sah John an. Er hatte also nachgedacht. Das war gleichbedeutend mit schleichenden Schatten, gezückten Dolchen und unheilschwangerer, von Intrigen und Heimlichkeiten durchsetzter Luft und fließendem Blut. Der Schlafende tat in diesem Augenblick gut daran, sich zu rühren.

»Nicht daß du denkst, ich hätte mit Iyeyasu, unserem mächtigen Nachbarn im Norden, Kontakt aufgenommen«, sagte John, der in diesem Moment auf dem großen, lederbezogenen Sessel saß und gedankenverloren in seinen mit einer purpurfarbenen Flüssigkeit gefüllten Becher starrte, »aber ich besitze einige Informationen, die ziemlich sicher sind. Ich bin der Meinung, daß Iyeyasu, der sich momentan wirklich sehr stark fühlen dürfte, darauf aus ist, sich noch mehr Land anzueignen. Und ich bin ebenso sicher, daß er bereit wäre, uns einen Gefallen zu tun. Natürlich nur dann, wenn wir uns dazu verpflichten, ihm das zu einem bestimmten Preis zu vergüten . . . Etwa indem wir ihm ein Amphibienboot und eine Flugmaschine gäben. Er ist ganz wild darauf, selbst zu fliegen, weißt du?

Wenn er Selinujo angriffe, könnte Hacking uns dafür nicht verantwortlich machen. Wenn er Selinujo zu Hilfe käme, würde sein Reich zerstört werden und anschließend wäre sogar Iyeyasu dermaßen geschwächt, daß er für uns keinen Gegner mehr darstellte. Des weiteren hat man mir zugetragen, daß Chernsky mit Tifonujo und Hacking ein geheimes Beistandsabkommen unterzeichnet hat, für den Fall, daß Iyeyasu einen von ihnen angreift. Wenn es soweit käme, wären alle außer uns geschwächt und wir könnten uns auf einen Schlag aller Gegner entledigen. Niemand würde uns dann noch stören, das Bauxit und all die anderen Sachen wären uns sicher.«

Der Schädel unter diesem dunkelbraunen Haar, dachte Sam, muß ein Nest von Würmern enthalten. Johns Charakter war von einer solchen Schmutzigkeit, daß er beinahe schon wieder bewundernswert war.

»Hast du dich je selbst um eine Ecke kommen sehen?« fragte er.

»Wie?« John blickte auf. »Ist das wieder eine von deinen versteckten Beleidigungen?«

»Im Gegenteil. Es ist beinahe ein Kompliment. – Aber all das ist doch reine Hypothese. Wenn Iyeyasu Selinujo angreifen würde – welches Motiv sollte er überhaupt für ein solches Unternehmen vorbringen können? Man hat ihn von Selinujo aus niemals bedroht, und außerdem liegt das Land sechzig Meilen von seinem Reich entfernt. Und dazu noch auf unserer Seite des Flusses.«

»Wann hat überhaupt je eine Nation einen Grund dafür gebraucht, eine andere zu überfallen?« fragte John. »Aber Tatsache ist, daß Selinujo nicht damit aufhört, könnte . . .«

»Nun«, meinte Sam, »wir könnten zwar niemals zulassen, daß Parolando in derartige Dinge hineingezogen wird, aber wenn Iyeyasu selbst die Entscheidung fällt, einen solchen Angriff zu wagen, könnten wir natürlich nichts dagegen machen.«

»Und du«, schnaubte John, »nennst mich unehrlich!«

»Zumindest ich könnte nichts dagegen tun!« sagte Sam und senkte seine Zigarre. »Nichts! Und wenn etwas geschieht, das dazu beiträgt, unser Schiff schneller zu bauen, dann sollten wir es ausnutzen.«

»Die Lieferungen aus Hackings Land würden sich für die Zeit der Kämpfe natürlich verzögern«, gab John zu bedenken.

»Wir haben genug Material auf Lager, um eine Woche durchzuhalten«, sagte Sam. »Unsere größte Sorge wäre das Holz. Vielleicht könnte Iyeyasu dafür sorgen, daß wenigstens das nicht zu knapp wird, da sein Kampfgebiet sich ja südlich von uns befände. Was das Fällen und den Transport angeht, könnten wir das selbst übernehmen. Wenn er sich dazu durchringen könnte, die Invasion um ein paar Wochen zu verschieben, könnten wir auch hier einen guten Vorrat anlegen und von Hacking mehr Erz fordern, auch wenn wir dafür seine überhöhten Preise zahlen müßten. Vielleicht sollte man ihm wirklich ein Flugzeug versprechen, und zwar die AMP-1. Sie ist kaum mehr als ein Spielzeug, seit unser erstes Wasserflugzeug fertig ist. Aber das ist natürlich alles nur hypothetisch gemeint, verstehst du?«

»Ich verstehe«, sagte John. Er machte nicht einmal den Versuch, seine Verachtung zu verbergen.

Sam fühlte plötzlich das Verlangen, ihm entgegenschreien zu müssen, daß er dazu nicht das geringste Recht habe. Wessen Idee war die ganze Sache schließlich gewesen?

Am nächsten Tag kamen seine drei Chefingenieure ums Leben.

Sam war dabei, als es geschah. Er stand auf der Steuerbordseite des Baugerüstes der *Nicht vermietbar* und sah in den Schiffsbauch hinein. Ein gewaltiger Dampfkran war eben dabei, den schweren Motor, der eines der Schaufelräder antreiben würde, anzuheben. Man hatte die Maschine während der Nacht aus den Fabrikationsstätten hierhertransportiert, was nicht weniger als acht Stunden gedauert hatte, und mit Hilfe des Krans, der auch über eine große Winde verfügte, vonstatten gegangen war. Die Winde und ein zusätzliches Hundert an Männern hatten mit vereinten Kräften den Motor, der sich auf stählernen Rädern bewegte, herangeschafft.

Sam war mit dem Morgengrauen aufgestanden, um sich anzusehen, wie die Maschine in das Innere des Schiffes gesenkt und mit dem Schaufelrad verbunden wurde. Die drei Ingenieure hielten sich im Inneren des Schiffsbauches auf, und Sam rief ihnen zu, ein wenig aus dem Weg zu gehen, falls die Maschine abrutschen sollte, aber das war unmöglich. Die Ingenieure nahmen drei unterschiedliche Positionen ein, um den Männern auf den Baugerüsten Signale zu geben, die diese an den Kranführer weitergaben.

Einmal wandte van Boom sich um und blickte Sam an. Seine weißen Zähne leuchteten in seinem schwarzen Gesicht. Im Schein der elektrischen Lampen hatte seine Haut beinahe die Farbe von Purpur angenommen.

Und plötzlich geschah es. Eins der Kabel, an denen der Motor hing, riß; dann ein zweites. Der Motor drehte sich und sackte seitlich ab. Eine Sekunde lang standen die drei Ingenieure wie erstarrt da, dann setzten sie sich in Bewegung. Aber es war zu spät. Der Motor löste sich aus seiner Halterung und zerschmetterte sie.

Der Aufprall der gewaltigen Maschine auf dem Schiffsboden ließ die ganze Konstruktion erzittern. Sogar das Gerüst, auf dem Sam stand, vibrierte wie bei einem Erdbeben.

Das Blut der Getöteten lief unter der Maschine hervor.

23

Es dauerte fünf Stunden, bis man den Kran mit neuen Tragseilen versehen, diese einer Sicherheitsüberprüfung unterzogen hatte und sich daran machen konnte, den abgestürzten

Motor wieder zu heben. Die Leichen wurden weggeschafft, der Schiffsbauch ausgespritzt, und dann unternahm man einen weiteren Versuch. Eine kurze Inspektion hatte mittlerweile ergeben, daß der Aufprall, dem die Maschine ausgesetzt gewesen war, deren Funktionsweise nicht beeinträchtigen würde.

Sam war so niedergeschlagen, daß er sich am liebsten in seinem Bett verkrochen hätte, um dort die kommende Woche zu verbringen. Aber dazu war jetzt keine Zeit, denn die Arbeit mußte getan werden. Und da er wußte, wie viele gute Männer an der Baustelle mit Leib und Seele an ihrer Arbeit hingen, brachte er es nicht fertig, ihnen die vollen Ausmaße seiner Depression zu zeigen.

Obwohl er über eine ganze Reihe von Ingenieuren verfügte, waren van Boom und Welitskij doch die einzigen gewesen, die die Erfahrung des zwanzigsten Jahrhunderts mitgebracht hatten. Sam hatte sich zwar stets bemüht, weitere Fachkräfte aus dieser Zeit nach Parolando zu holen, aber sowohl das Nachrichtensystem der Trommeln als auch die Mund-zu-Mund-Propaganda hatte sich bisher als erfolglos erwiesen.

Drei Tage später bat er Firebrass zu einer Privatkonferenz in sein Hauptquartier. Nachdem er ihm einen Drink und eine Zigarre angeboten hatte, fragte er ihn, ob er bereit sei, sein Chefingenieur zu werden.

Firebrass fiel beinahe die Zigarre aus dem Mund.

»Heiliges Kanonenrohr! Habe ich Sie richtig verstanden? Sie wollen mich als Nummer eins auf Ihrem Kahn?«

»Wir sollten uns lieber auf esperanto unterhalten«, sagte Sam.

»Okay«, meinte Firebrass. »An mir soll es nicht liegen. Was wollen Sie nun konkret?

»Ich würde es begrüßen, wenn Sie die Erlaubnis dazu erhielten, angeblich einige Zeit für mich zu arbeiten.«

»Angeblich?«

»Wenn Sie wollen, könnte dieser Job für Sie zu einem ständigen werden. Das heißt, sobald das Schiff sich zu seiner großen Reise aufmacht, wären Sie sein Chefingenieur.«

Firebrass schwieg eine Weile. Sam stand auf, lief in seinem Büro auf und ab und schaute dabei hin und wieder aus den Fenstern. Der Kran hatte den Steuerbordmotor inzwischen an die vorbestimmte Stelle bugsiert und war jetzt dabei, die

Einzelteile des Batacitors im gewaltigen Bauch des Schiffes zu versenken. Der Batacitor würde, wenn man die Teile wieder zusammensetzte, sechsunddreißig Fuß hoch werden. Nach seiner Installierung würden die ersten Probeläufe der Motoren stattfinden. Dazu mußte man ein doppeltes Kabel mit einer Dicke von fünfzehn Zentimetern über eine Strecke von zweihundert Fuß zum nächsten Gralstein verlegen. Wenn der Stein wie üblich seinen Energiestoß in die Luft jagte, würden die Kabel ihn zum Batacitor transportieren und dort speichern. Dann endlich konnte man dazu übergehen, die Elektromotoren anzutreiben.

Sam wandte sich von den Fenstern ab. »Nicht daß Sie denken, ich würde Sie darum bitten, Ihr eigenes Land zu verraten«, sagte er. »Sie sollten auf alle Fälle Hacking fragen, ob er etwas dagegen hat, wenn sie auf unserer Werft arbeiten. Ob Sie bei uns bleiben wollen, wenn alles soweit ist, bleibt Ihnen allein überlassen. Was würden Sie bevorzugen? Bei Hacking bleiben und seiner kleingeistigen Politik folgen – oder mit uns auf eine Reise gehen, die Ihnen das größte Abenteuer aller Zeiten bescheren kann?«

Firebrass sagte langsam: »Wenn ich Ihr Angebot akzeptieren würde – wohlgemerkt, ich sagte *wenn* –, dann jedenfalls nicht als Chefingenieur. Ich würde es bevorzugen, Kommandant Ihrer Luftwaffe zu werden.«

»Aber die Position des Chefingenieurs ist doch viel wichtiger!«

»Sie bedeutet nur mehr Arbeit und eine Menge Verantwortung. Ich würde gerne wieder fliegen und . . .«

»Aber Sie *können* doch fliegen! Niemand würde Sie davon abhalten. Sie müßten sich nur damit begnügen, von Richthofen über sich zu haben. Verstehen Sie doch, ich habe ihm versprochen, daß er Kommandant der Luftwaffe wird, auch wenn diese über nicht mehr als zwei Maschinen verfügt. Ist es unter diesen Umständen nicht gleich, wer die Luftwaffe kommandiert? Wichtig ist doch nur, daß Sie wieder *fliegen* können!«

»Es ist eine Frage des Stolzes. Ich habe Tausende von Flugstunden mehr hinter mir als von Richthofen, und das in Maschinen, die nicht nur komplizierter als die seinen, sondern auch viel größer und schneller waren. Und ich war Astronaut. Ich bin zum Mond und zum Mars geflogen und habe den Jupiter umkreist.«

»Das bedeutet doch gar nichts«, erwiderte Sam. »Die Maschine, die Sie hier fliegen werden, ist ein primitives Ding. Sie wird kaum mehr leisten als die, die Lothar im Ersten Weltkrieg steuerte.«

»Ein Nigger ist also für den zweiten Platz gerade gut.«

»Sie sind unfair!« sagte Sam aufgebracht. »Habe ich Ihnen nicht die Stelle eines Chefingenieurs angeboten? In dieser Position hätten Sie fünfunddreißig Leute unter Ihrem Kommando. Glauben Sie mir – hätte ich Lothar dieses Versprechen nicht gegeben, könnten Sie den Job sofort bekommen, wirklich!«

Firebrass stand auf. »Wissen Sie was? Ich werde Sie beim Bau des Schiffes unterstützen und gleichzeitig Ihre Ingenieure auf den neuesten Stand der Technik bringen. Aber ich will während dieser Zeit fliegen dürfen. Und wenn die Zeit dafür reif ist, werden wir uns noch einmal darüber unterhalten, wer die Luftwaffe übernimmt.«

»Aber ich kann das Lothar gegebene Versprechen doch nicht brechen«, sagte Sam verzweifelt.

»Das sehe ich ein. Aber wer weiß, was bis dahin noch alles geschieht?«

Sam fühlte sich einerseits zwar erleichtert, andererseits jedoch konnte er sich eines unguten Gefühls nicht erwehren. Schließlich erteilte Hacking über das Trommel-Nachrichtensystem Firebrass die Erlaubnis, Parolando beim Schiffsbau zu unterstützen, was für Sam natürlich die Freude bedeutete, jemanden auf der Werft zu wissen, auf dessen Dienste man nicht verzichten konnte. Möglicherweise rechnete Hacking sogar fest damit, daß eines Tages einer seiner Männer zum Chefingenieur der *Nicht vermietbar* ernannt werden würde. Wenn Firebrass eventuell auch von den Plänen seines Chefs keine Ahnung hatte, so beschloß Sam dennoch, ihn im Auge zu behalten. Zwar wirkte der amerikanische Ex-Astronaut keinesfalls wie ein kaltblütiger Mörder, der sich irgendwann von Richthofens als unliebsamen Konkurrenten entledigte, aber das mußte nichts besagen, wie jeder weiß, der auch nur ein paar Jahre unter Angehörigen der Menschheit zugebracht hat.

Einige Tage später kam von Hacking die Botschaft, daß er bereit sei, Parolando mit einer besonders großen Schiffsladung Mineralien zu versorgen, wenn man ihm dafür die AMP-1 gäbe. Firebrass selbst flog die Maschine bis an die

Grenze von Hackings Reich. Dort wurde sie von einem anderen Piloten, einem schwarzen Ex-General der amerikanischen Luftwaffe, übernommen. Firebrass selbst kehrte in einem auf ihn wartenden Segelboot nach Parolando zurück.

Der Batacitor und die beiden Elektromotoren arbeiteten perfekt. Die Schaufelräder drehten sich langsam in der Luft, wurden beschleunigt und schnurrten sanft wie Windmühlenflügel.

Wenn die Zeit kam, würde man vom Ufer aus einen Kanal bis zum Standort des großen Schiffes graben, und es würde sich mit eigener Kraft in den Fluß begeben.

Lothar von Richthofen und Gwenafra waren nicht mehr zusammen, und das lag daran, daß Lothar stets ein Schürzenjäger gewesen war und mit dem Flirten einfach nicht aufhören konnte. Obwohl er mit Gwenafras Definition des Begriffs Treue im Prinzip durchaus übereinstimmte, haperte es bei ihm an der Praxis.

Dann gab Hacking bekannt, daß er Parolando zwei Tage später besuchen wolle. Er wolle einige Handelsgespräche führen, sich nach dem Wohlergehen der schwarzen Bevölkerung erkundigen und das Flußboot in Augenschein nehmen.

Sam ließ ihm mitteilen, wie sehr ihn der bevorstehende Besuch freue. Das stimmte zwar nicht, entsprach aber den allgemeinen diplomatischen Gepflogenheiten. Allein die nötigen Vorbereitungen des angekündigten Staatsbesuchs nahmen ihn so in Anspruch, daß seine täglichen Besuche der Werft ins Wasser fielen. Es mußte für Unterkünfte und Konferenzräume gesorgt werden, denn Hacking würde natürlich nicht allein in Parolando auftauchen.

Außerdem mußten für Hackings Schiffe neue Anlegestellen gebaut werden. Die Lieferung, die er – um seine friedlichen Absichten und sein Verständnis zu dokumentieren – mitbringen wollte, würde dreimal so groß sein wie jede bisherige. Sam hätte es zwar bevorzugt, wenn die Mineralien separat gekommen wären, aber da man darauf angewiesen war, in möglichst kurzer Zeit soviel wie möglich davon zu bunkern, hatte er keine andere Wahl. Seine Spione hatten bereits herausgefunden, daß Iyeyasu dabei war, mehrere große Flotten zusammenzog und an beiden Flußufern Heere sammeln ließ. Außerdem hatte er Selinujo erneut gewarnt, seine Länder weiterhin mit Missionaren zu überfluten.

Etwa eine Stunde vor der Mittagszeit legten Hackings Schiffe an. Sein Flaggschiff war ein hundert Fuß langer Zweimaster und seine Leibwache bestand ausnahmslos aus hochgewachsenen, muskelbepackten Schwarzen mit stählernen Streitäxten und Mark-I-Pistolen. Sie marschierten über die Gangway an Land und trugen pechschwarze Kilts. Ihre Helme, Stiefel und Brustpanzer waren aus Fischleder gleicher Farbe gefertigt. Die Männer stellten sich in Sechserreihen rechts und links von der Gangway auf. Dann erschien Hacking selbst.

Er war ein großer, gutgebauter Mann mit dunkelbrauner Hautfarbe, etwas schräggestellten Augen, einer breiten Nase, dicken Lippen und einem vorstehenden Kinn. Seine Frisur unterschied sich nicht von denen, die – wie man Sam erzählt hatte – die Schwarzen während der siebziger Jahre des zwanzigsten Jahrhunderts auf der Erde getragen hatten. Wie Sam erfuhr, hatten Wuschelköpfe dieser Art auf der Erde als »natürlich« gegolten, obwohl die Geschichte der Schwarzen darüber nichts aussagte und die Vorfahren der Sklaven in der Regel das Haar kurz getragen hatten. Firebrass hatte ihm erklärt, daß diese Frisur des zwanzigsten Jahrhunderts deswegen als »natürlich« empfunden worden war, weil sie ein Symbol der Freiheit darstellte. Für die Schwarzen dieser Zeit hatten die Kurzhaarfrisuren nur eine gesteigerte Form der Kastration durch die Weißen bedeutet.

Hacking trug einen schwarzen Umhang, einen schwarzen Kilt und Ledersandalen. An einem breiten Gürtel, der sich um seine Hüften schlang, baumelte als einzige Waffe ein Rapier.

Auf ein Signal Sams hin feuerten die Kanonen einundzwanzig Böllerschüsse ab. Man hatte sie am Rand der Ebene auf einen etwas herausragenden Hügel plaziert, denn man beabsichtigte nicht nur, den schwarzen Gast zu ehren, sondern ihn gleichzeitig auch zu beeindrucken: Nur Parolando verfügte über Artillerie, auch wenn diese lediglich aus einer 75-Millimeter-Kanone bestand.

Dann stellte man sich gegenseitig vor, wobei Hacking keinerlei Anstalten machte, seinen Gastgebern die Hände zu schütteln. Firebrass hatte sowohl Sam als auch John dahingehend darauf vorbereitet, indem er ihnen erklärt hatte, Hacking täte das nur bei hundertprozentigen Freunden.

Während Hackings Leute auf dem nächsten Gralstein ihre

Metallzylinder abstellten, unterhielten sich die Delegationen in unverbindlichem Tonfall. Schließlich gaben die Gralsteine wie gewohnt ihre Energie ab und füllten die Behälter. Dann taten sich die Regierungschefs zusammen und strebten, begleitet von ihren Stellvertretern, Beratern und Leibwächtern, Johns Palast entgegen. Der Ex-König hatte darauf bestanden, daß das erste Zusammentreffen in seinem Hause stattfand, und Sam zweifelte nicht daran, daß er das getan hatte, um Hacking zu zeigen, daß er sich selbst für den wichtigeren Mann in Parolando hielt. Aber sicher wußte Hacking durch Firebrass längst, wie es zwischen John Lackland und Sam Clemens in Wahrheit stand.

John schien es allerdings, wie Sam mit einigem Amüsement spürte, schon bald zu mißfallen, in seinen eigenen vier Wänden eingeseift zu werden, denn während des Essens stand Hacking auf und hielt eine flammende Rede über die Schlechtigkeit des weißen Mannes und die Gemeinheiten, die er den Negern angetan hatte. Das Schlimme daran war, daß er nicht einmal die Unwahrheit sagte, sondern mit jedem Wort die Wahrheit sprach, wie Sam anerkennen mußte. Zum Teufel noch mal, er wußte das alles selbst: Er hatte sowohl die Zeit der Sklaverei als auch die nach dem Bürgerkrieg miterlebt. Er war in diese Ära hineingeboren worden und in ihr aufgewachsen – und das war lange vor Hackings Geburt gewesen. Er hatte *Huckleberry Finn*, *Pudd'nhead Wilson* und *Ein Yankee aus Connecticut an König Artus' Hof* verfaßt. Aber es war sinnlos, Hacking darauf hinzuweisen. Der Mann nahm überhaupt keine Notiz von ihm.

Und so fuhr er mit lauter Stimme fort, berichtete von Tatsachen wie grauenhaftem Elend, Prügeleien, Morden, Hungersnöten, Demütigungen und so weiter und so weiter und flocht hie und da eine Übertreibung und eine boshafte Bemerkung über die weiße Rasse ein.

Sam fühlte sich schuldig und war gleichzeitig wütend. Warum griff man ausgerechnet *ihn* an? Was sollte diese pauschale Verurteilung?

»Ihr seid alle mitschuldig!« schrie Hacking schließlich. »Jeder weiße Mann ist dafür verantwortlich!«

»Ich habe vor meinem Tod nicht mehr als ein Dutzend Schwarze gesehen«, erwiderte John. »Was sollen diese Angriffe? Damit habe ich doch nichts zu tun.«

»Wenn Sie fünfhundert Jahre später zur Welt gekommen

wären«, sagte Hacking bissig, »wären Sie sicher der Schlimmste von allen gewesen. Ich weiß alles über Sie, Majestät!«

Sam stand plötzlich auf und rief: »Sind Sie zu uns gekommen, um uns zu erzählen, wie die Verhältnisse auf der Erde waren? Das wissen wir selber! Die Erde existiert nicht mehr. Und jetzt zählt das, was hier geschieht!«

»Yeah«, sagte Hacking, »und was hier geschieht, ist dasselbe wie auf der guten alten Erde! Es hat sich überhaupt nichts geändert! Ich brauche mich doch hier nur einmal umzusehen, um festzustellen, wer in diesem Land den Ton angibt. Zwei Weiße! Wo sind denn die Schwarzen? Und dabei besteht Ihre Bevölkerung zu zehn Prozent aus Negern. Gehört auch nur einer davon Ihrer Ratsversammlung an? Wo ist er denn? Ich sehe ihn nicht!«

»Das ist Cawber«, sagte Sam.

»Yeah! Aber er ist nur ein zeitweiliges Mitglied, und das ist er auch nur geworden, weil ich nach einem schwarzen Botschafter verlangt habe!«

»Die Araber stellen ein Sechstel unserer Bevölkerung«, sagte Sam. »Und trotzdem befindet sich keiner von ihnen in unserem Rat.«

»Weil sie weiß sind, deswegen! Und deswegen will ich sie los sein! Verstehen Sie mich nicht falsch. Es gibt eine Menge Araber, die gute, vorurteilslose Menschen sind, das habe ich erfahren, als ich mich in Nordafrika aufhielt. Aber die Araber in dieser Gegend sind religiöse Fanatiker, und sie werden nie damit aufhören, uns Schwierigkeiten zu machen. Deswegen fliegen sie raus. Was wir Schwarzen wollen, ist ein solider schwarzer Staat, in dem wir alle in Frieden leben können und Brüder sind. Wir wollen unsere eigene Welt, und die Weißen sollen gefälligst unter sich bleiben. Rassentrennung, Charlie! Hier wird sie funktionieren, weil wir uns keine Sorgen mehr um unsere Jobs, um Nahrung, Kleidung, Schutz oder die Justiz zu machen brauchen! Das kriegen wir alles selber hin, Whitey, und alles, was wir tun müssen, um es hinzukriegen, ist, daß wir uns euch vom Leibe halten, dann läuft das wie von selbst!«

Firebrass saß an seinem Platz. Er hielt den Kopf vornübergebeugt, schaute nach unten und strich sich mit einer Hand über die Wange. Sam wurde den Eindruck nicht los, daß er sich mit aller Gewalt zurückhielt, um nicht aufzulachen. Ob er allerdings über Hacking oder diejenigen, die heruntergeputzt wurden, in sich hineinlachte, konnte er nur vermuten. Vielleicht lachte er über beide.

John hielt sich an seinem Bourbon fest. Die Röte, die mittlerweile sein Gesicht bedeckte, kam nicht nur vom Alkohol: Er sah aus, als würde er jeden Moment explodieren. Natürlich mußte es schwer für ihn sein, sich Beschuldigungen anzuhören, die auf ihn nicht zutrafen, aber schließlich hatte er sich dermaßen vieler unaufgedeckter Verbrechen schuldig gemacht, daß es ihm eigentlich nichts schaden konnte, einmal einer Untat bezichtigt zu werden, an der er nicht beteiligt gewesen war. Außerdem, fand Sam, war der Aspekt, daß John sich als einer der Schlimmsten in der Sklavenhaltergesellschaft erwiesen hätte, wäre er nur später geboren worden, nicht von der Hand zu weisen.

Bloß – was wollte Hacking mit dieser Tirade erreichen? Wenn er wirklich darauf aus war, seine Beziehungen zu Parolando zu verbessern, war diese Methode sicherlich nicht der richtige Weg.

Ob er unter dem Zwang litt, jedem Weißen, dem er begegnete, seinen Standpunkt klarzumachen? Wollte er damit nur zeigen, daß er, Elwood Hacking, sich einem Weißen gegenüber keinesfalls für minderwertig hielt?

Hacking war von dem gleichen System kaputtgemacht worden, das mehr oder weniger jeden Amerikaner – ungeachtet welcher Hautfarbe – auf dem Gewissen hatte.

Würde es jetzt für immer so weitergehen? Für immer zerstritten und hassend, während alle Menschen an einem Flußufer lebten, das sich wer weiß wie viele hundert tausend Meilen um einen Planeten wand?

In diesem Moment – in einer einzigen Sekunde – stellte Sam sich die Frage, ob die Chancisten sich nicht vielleicht doch im Besitz der einzig seligmachenden Wahrheit befanden.

Wenn sie wirklich einen Weg kannten, der sie aus diesem selbstgewählten Gefängnis des Hasses hinausführte, waren sie möglicherweise die einzigen, deren Worten man Geltung verschaffen mußte. Dann hatten weder Elwood Hacking noch John Lackland oder Sam Clemens das Recht, noch ein weiteres Wort zu sagen. Sollten die Chancisten doch . . .

Aber sie *waren* auf dem falschen Weg, erinnerte er sich selbst. Sie waren nicht anders als alle anderen religiösen

Spinner der Erde. Einige von ihnen ohne Zweifel mit den besten Absichten. Aber nicht im Besitz der Wahrheit, auch wenn sie darauf beharrten.

Hacking verfiel plötzlich in Schweigen und Sam sagte: »Nun, wir haben zwar im Protokoll keine Tischreden eingeplant, Sinjoro Hacking, aber ich danke Ihnen dafür, daß Sie die Gelegenheit beim Schopf ergriffen haben. Wir alle danken Ihnen für Ihren Vortrag und hoffen, daß Sie uns nicht auch noch eine Honorarforderung schicken. Unser Finanzhaushalt sieht momentan nicht besonders gut aus, wissen Sie.«

Hacking sagte: »Sie fassen das Ganze wohl auch noch als Witz auf, wie? – Na gut, wie wäre es mit einer Besichtigung? Ich würde sehr gerne einmal das große Schiff sehen, das Sie hier bauen.«

Der Rest des Tages verging eher gemütlich. Sam vergaß sowohl seinen Ärger als auch seine Vorbehalte gegenüber Hacking und führte ihn durch Fabriken, Läden und schließlich auch das Schiff. Obwohl es erst halbfertig war, erweckte es einen ungeheuren Eindruck. Es sah überhaupt besser aus als je zuvor und war . . . ja, es war sogar hübscher anzusehen als die Erinnerung an das Gesicht Livys, als sie ihm zum ersten Mal ihre Liebe gestanden hatte.

Hacking zeigte sich zwar nicht gerade ekstatisch, war aber ohne Frage zutiefst beeindruckt. Er konnte es sich allerdings nicht verkneifen, anschließend einige Bemerkungen über den desolaten Zustand des umliegenden Gebietes zu machen.

Kurz vor dem Abendessen erhielt Sam eine Nachricht. Ein Mann hatte in einem kleinen Boot am Ufer festgemacht und verlangte den Herrscher dieses Landes zu sprechen. Da es sich bei demjenigen, der ihn hereingelassen hatte, um einen von Sams Leuten handelte, wurde Sam auch sofort benachrichtigt. Auf der Stelle schwang er sich in einen der vor knapp einer Woche fertiggestellten, alkoholverbrennenden »Jeeps«. Der gutaussehende, schlanke und dunkelblonde Mann, der ihn auf der Wachstation erwartete, stand auf und stellte sich vor. Er hieß Wolfgang Amadeus Mozart und sprach esperanto.

Als Sam dem jungen Mann einige Fragen stellte, fand er heraus, daß er einen weichen österreichischen Akzent hatte und sein Vokabular Redewendungen enthielt, die Sam nicht verstand. Möglicherweise handelte es sich dabei um österreichische Ausdrücke oder Begriffe aus der deutschen Sprache des achtzehnten Jahrhunderts.

Der Mann, der sich Mozart nannte, gab an, bisher in einem Gebiet gelebt zu haben, das von Parolando aus gesehen zwanzigtausend Meilen flußaufwärts lag. Er hatte von Sams Schiff gehört, aber was ihn zu dieser langen Reise veranlaßt hatte, war eine Geschichte, derzufolge man beabsichtige, zur Zerstreuung der Passagiere auch ein Orchester mit auf die Reise zu nehmen. Mozart hatte dreiundzwanzig Jahre auf dieser materiearmen Welt über sich ergehen lassen müssen, in der die einzigen Musikinstrumente aus Trommeln, Pfeifen, hölzernen Flöten und einer primitiven Art von aus Darmsaiten und Fischgräten hergestellten Harfe bestanden. Dann hatte er von dem Meteoriten gehört, und nun brannte er darauf, aus Metall all das herzustellen, was es an Musikinstrumenten zu seiner Zeit und später gegeben hatte: ein Piano, Violinen, Flöten und Hörner. Und da sei er nun. Ob man ihn bei den Schiffsmusikern gebrauchen könne?

Obwohl Sam kein passionierter Liebhaber klassischer Musik war, hatte er doch einiges an ihr zu schätzen gewußt. Was ihn jedoch am meisten begeisterte, war die Tatsache, hier dem weltberühmten Komponisten Wolfgang Amadeus Mozart persönlich gegenüberzustehen. Vorausgesetzt natürlich, der Mann war, was er zu sein vorgab: Es wimmelte auf dieser Welt dermaßen von Hochstaplern, daß man sich besser nicht darauf beschränkte, ihre Identität von ihren Aussagen abhängig zu machen. Angefangen vom einzigartigen Jesus H. Christus bis hin zum originalbayerischen Franz Josef Strauß war Sam beinahe jede wichtige Persönlichkeit der Erde schon mehrmals begegnet. Er hatte sogar drei Männer getroffen, die für sich in Anspruch nahmen, Mark Twain zu sein.

»Es ist allerdings so, daß der ehemalige Erzbischof von Salzburg bereits hier lebt«, sagte Sam. »Aber selbst wenn Sie nicht im besten Einvernehmen von ihm schieden, bin ich sicher, daß er sich freuen wird, Sie hier zu sehen.«

Mozart wurde weder rot noch blaß, sondern sagte nur: »Wenigstens einer, den ich während meines Lebens kannte! Können Sie sich vorstellen, daß . . .«

Sam konnte sich nur zu gut vorstellen, daß Mozart auf dieser Welt niemanden aus seinem früheren Leben getroffen hatte. Er selbst war ungeachtet seiner zahlreichen Reisen in andere Länder selbst erst drei Menschen begegnet, die er in seinem vorherigen Leben gekannt hatte: Daß seine Frau Livy eine dieser Personen war, widersprach zudem noch allen Regeln der Wahrscheinlichkeit. Vermutlich war der geheimnisvolle Fremde für dieses Zusammentreffen verantwortlich. Dennoch war selbst Mozarts Freude, den Erzbischof von Salzburg wiederzusehen, keine Garantie dafür, daß seine Identität stimmte. Bisher waren diejenigen Hochstapler, denen man jemanden gegenübergestellt hatte, entweder so weit gegangen zu behaupten, daß ihre angeblichen alten Freunde sich irrten oder selbst Hochstapler waren. Außerdem lebte der Erzbischof von Salzburg gar nicht in Parolando. Sam hatte keine Ahnung, wo er steckte. Er hatte den Mann nur deswegen vorgeschoben, weil er Mozarts Reaktion erfahren wollte.

Sam erklärte sich schließlich damit einverstanden, daß Sinjoro Mozart die Bürgerrechte verliehen wurden. Zuerst machte er ihm klar, daß man bis jetzt noch keinen Gedanken daran verschwendet hatte, Musikinstrumente aus Metall herzustellen, aber wenn es dazu kam, würden sie keinesfalls aus Holz gemacht werden: Es sollten elektronische Geräte sein, die genauestens die Klänge jeglicher Instrumente imitieren konnten. Aber wenn Sinjoro Mozart in der Tat der Mann sei, der er zu sein vorgab, habe er auf alle Fälle gute Chancen, zum Leiter dieses Orchesters zu avancieren. Und inzwischen solle er sich schon einmal daran machen, feste drauflos zu komponieren.

Diesmal verzichtete Sam darauf, ihm eine feste Zusage zu geben. Was Versprechungen anbetraf, hatte Sam inzwischen seine Lektion gelernt.

In Johns Palast wurde zu Ehren Hackings, der inzwischen weniger ungestüm wirkte als am Tag seiner Ankunft, ein großer Festball abgehalten. Sam unterhielt sich eine ganze Stunde lang mit dem Führer der Schwarzen und stellte dabei fest, daß er einen hochgebildeten und intelligenten Menschen vor sich hatte; einen Mann, dessen Wissen auf autodidaktischen Studien beruhte und der eine Vorliebe für das Poetische und Imaginative hatte. – Was seinen Fall nur noch trauriger machte, wie Sam fand, da er seine Talente auf diese Weise verschwendete.

Gegen Mitternacht begleitete er Hacking und seine Leute zu dem neuerbauten und mit dreißig Zimmern ausgestatteten zweistöckigen Gebäude aus Stein und Bambus, das von nun an jedem Staatsgast als Quartier dienen würde. Es lag auf halbem Wege zwischen Johns Palast und Sams Hauptquartier. Anschließend fuhr er mit seinem Jeep nach Hause und Joe zeigte sich ein wenig verstimmt, weil er den Wagen selbst hatte fahren wollen, obwohl ihm seine langen Beine nicht einmal erlaubten, hinter dem Steuer Platz zu nehmen. Sie kletterten die Leiter zu Sams Haus hinauf und verriegelten hinter sich die Tür. Joe ging sofort in sein Zimmer und warf sich mit einer solchen Wucht auf das Lager, daß das Haus auf den Stützpfeilern wankte. Sam warf noch einen Blick aus dem Fenster, entdeckte Cyrano und Livy, die Arm in Arm auf ihre Hütte zugingen, und sah auf das links oberhalt davon liegende Quartier von Richthofens, der offensichtlich schon zu Bett gegangen war.

Ohne jemand bestimmten zu meinen, murmelte er »Gute Nacht« und fiel in sein Bett. Er hatte einen langen und harten Arbeitstag hinter sich, und der Festball war nicht minder anstrengend gewesen. Zudem hatte er zuviel getrunken und zuviel Tabak und Marihuana geraucht.

Ein Traum, der ihn in die Zeit des kalifornischen vierten Juli zurückführte, ließ ihn erwachen.

Sam sprang aus dem Bett und rannte über den unter seinen Füßen erbebenden Boden auf die »Brücke«. Noch bevor es ihm gelang, einen Blick aus dem Fenster zu werfen, wußte er, daß die Explosionen und Erdbewegungen auf den Einfall von Invasoren zurückzuführen waren. Und er erreichte das Fenster nie, denn im gleichen Moment prallte eine Rakete gegen einen der Stützpfeiler und detonierte. Der Knall zerfetzte ihm beinahe die Trommelfelle. Dann drang Rauch durch die zerschmetterten Scheiben zu ihm herein, wirbelte die Papiere auf, und Sam fiel hin. Das Haus brach in sich zusammen, die Vorderfront stürzte ein. Die Geschichte wiederholte sich von neuem.

24

Sam stürzte in eine Ansammlung von Holz, Glas und Dreck und wartete darauf, daß der Schock, der ihn beinahe bewegungslos hatte werden lassen, abklang. Eine große Hand riß ihn hoch. Im Licht einer weiteren Explosion sah er Joes großnasiges Gesicht. Er war aus seinem Zimmer gekommen, hatte sich herabgelassen und so lange in den Trümmern gesucht, bis er Sam gefunden hatte. In der Linken hielt er sowohl seinen als auch Sams Gral.

»Ich weiß nicht, wie das passiert ist«, sagte Sam, »und möglicherweise ist es ein Wunder, aber ich bin nicht einmal verletzt. Nur ein paar Kratzer.«

»Ich habe keine Feit mehr, um meinen Panfer anfulegen«, sagte Joe. »Aber ich habe meine Kraft. Hier haft du eine Piftole und ein Fwert. Ich habe auch ein paar Kugeln und Pulver.«

»Wer zum Teufel kann das sein, Joe?« fragte Sam.

»Keine Ahnung. Da! Fie kommen durch die Löcher, die wir für Hackingf F-fiffe geflagen haben!«

Das Sternenlicht war hell. Die Wolken, die jede Nacht für Regen sorgten, hatten sich noch nicht eingefunden, aber der über dem Fluß liegende Nebel wogte schwer. Und aus ihm heraus kamen ununterbrochen weitere Männer, um sich zu jenen zu gesellen, die sich bereits in der Ebene ausbreiteten. Hinter den Uferwällen, verborgen im Nebel, mußte sich eine ganze Flotte befinden.

Die einzige Flotte, die sich so nahe an Parolando heranwagen konnte, ohne einen Alarm auszulösen, war die Flotte Hackings. Jeder, der sich zu dieser Stunde in diesem Gebiet aufhielt, mußte von den Beobachtern, die Sam und John am Uferstreifen entlang aufgestellt hatten, entdeckt werden. Und ihre Beobachter saßen sogar in anderen Ländern. Es konnte sich nicht um Iyeyasus Flotte handeln, denn die lag glaubwürdigen Berichten zufolge noch immer in den Docks.

Joe peilte über einen Holzstapel hinweg und sagte: »Bei Johnf Palaft muff die Hölle lof fein. Und daf Gäftehauf, in dem Hacking und feine Leute untergebracht find, fteht in Flammen.«

Das Feuer beleuchtete eine Anzahl herumliegender Leichen und ließ sie eine Reihe in Kämpfe verwickelter Gestalten erkennen, die sich bei Johns Palast aufhielten.

»Da ist Johns Jeep!« sagte Sam aufgeregt und deutete auf das jetzt hinter der Kanone auftauchende Fahrzeug.

»Yeah, und unfere Kanone!« erwiderte Joe. »Aber ef find Hackingf Männer, die fich jetft anficken werden, Johnf kleinef Liebefneft fu Ftaub fu ferblafen!«

»Laß uns abhauen«, sagte Sam und kletterte in entgegengesetzter Richtung über den Trümmerhaufen hinweg. Er verstand immer noch nicht, warum die Invasoren noch kein Kommando zu seinem Haus geschickt hatten. Die Rakete, die es vernichtet hatte, war aus der Ebene gekommen. Und wenn Hacking und seine Leute sich im Dunkel der Nacht aus dem Gästehaus geschlichen hatten, um zusammen mit den vom Fluß aus operierenden Kräften einen Überraschungsangriff zu starten, hätte er ebenso wie John Lackland ihr primäres Ziel abgeben müssen.

Aber er würde schon noch herausfinden, was hier gespielt wurde – vorausgesetzt, es gab ein Später für ihn.

Daß es Hackings Leuten gelungen war, die Kanone an sich zu bringen, war natürlich niederschmetternd. Und noch während er das dachte, hörte Sam, wie sie auch schon abgefeuert wurde – einmal, zweimal, dreimal. Noch während er floh, warf er einen Blick nach hinten und sah brennende Holzstücke durch die Luft fliegen. Johns Palisadenzaun hatte jetzt eine große Bresche. Die nächsten Schüsse würden seine Festung in einen Trümmerhaufen verwandeln.

Was die Kanone anbetraf, so war es gut zu wissen, daß ihre Feuerkraft auf fünfzig Schüsse limitiert war. Auch wenn der Boden unter ihren Füßen Unmengen an Metall barg, Sam war nie bereit dazu gewesen, zuviel davon für den Bau von Granaten herzugeben.

Vor ihnen tauchte Cyranos Hütte auf. Ihre Tür war weit geöffnet, das Haus selbst leer. Sam schaute zum Hügelgebiet hinauf. Lothar von Richthofen rannte auf ihn zu. Er trug lediglich einen Kilt, war jedoch mit einem Rapier und einer Pistole bewaffnet. Hinter ihm kam Gwenafra. Auch sie hatte eine Pistole und schleppte zusätzlich noch Beutel voller Schießpulver und Kugeln mit sich.

Aber noch einige andere Männer und Frauen näherten sich ihm. Einige von ihnen trugen Armbrüste.

Sam rief Lothar zu, die Männer unter sein Kommando zu stellen, dann wandte er sich wieder ab und warf einen Blick auf die Ebene. An den Anlegestellen wimmelte es immer noch von Menschen. Die Kanone hätte ihnen in diesem Augenblick unschätzbare Dienste leisten können, aber die Männer, die sie in ihren Besitz gebracht hatten, waren nun schon dabei, sie von Johns brennendem Palast wegzubringen und auf die Parolandanoj zu richten, die sich anschickten, bergauf zu stürmen.

Schließlich zwängte sich ein dunkler, mächtiger Körper durch eine der Lücken des Uferwalls. Sam schrie entsetzt auf. Es war die *Feuerdrache III*, jenes Schiff, daß sie Hacking verkauft hatten. Aber wo befanden sich die drei Amphibienboote Parolandos?

Zwei davon sah er jetzt. Aber sie bewegten sich auf die Hügel zu! Und dann begannen die dampfbetriebenen Geschütze der Boote zu rattern und er sah, wie seine Männer – *seine* Männer! – reihenweise fielen.

Hackings Leute hatten sich der Amphibienboote bemächtigt!

Wohin Sam auch sah, überall wurde gekämpft. In nächster Nähe der Schiffswerft war die Hölle los. Der Gedanke, das Schiff könne dabei beschädigt werden, ließ ihn erneut aufschreien. Aber bis jetzt war auf der Werft noch keine Granate eingeschlagen. Offensichtlich hatte der Gegner ebensoviel Interesse an der Erhaltung des halbfertigen Schiffes wie er.

Jetzt jagten aus den Hügeln hinter ihnen die ersten Raketen über ihre Köpfe hinweg und detonierten in den Reihen der Feinde. Die Invasoren schlugen sofort zurück. Rote Flammenzungen erhellten den nächtlichen Himmel. Manche Raketen jagten so tief über Sam und die seinen hinweg, daß man während ihres Fluges den Weg, den die Metallgebilde zurücklegten, mit bloßem Auge verfolgen konnte. Lange Bambusstäbe ragten aus ihren Heckseiten, und wenn eine kam, die besonders groß war, konnte man das Schnarren und Fauchen hören. Eine davon verfehlte den Hügel nur um Haaresbreite und schlug im dahinterliegenden Gebiet mit lautem Krachen ein. Die Äste eines nahegelegenen Eisenbaumes wirbelten raschelnd zu Boden. Die nächsten dreißig Minuten – oder waren es zwei Stunden? – bestanden aus ununterbrochenem Geschrei, gebrüllten Befehlen, dem Gestank von Schießpulver, dem Geruch von Blut und Schweiß. Es war das absolute Chaos. Immer wieder rannten die Angreifer gegen die Hügel an und wurden mit Raketen, Pistolen, Armbrüsten und Pfeilen wieder zurückgetrieben. Es gelang einer kleinen Gruppe des Feindes schließlich, einen Keil in die Verteidigungslinie zu treiben, aber das Loch wurde rasch wieder abgedichtet.

Joe Miller, zehn Fuß groß und achthundert Pfund schwer, schwang unterdessen seine aus achtzig Pfund Nickeleisen und mit einem klobigen Handgriff versehene Streitaxt. Er war blutbesudelt und hatte zahlreiche kleinere Wunden. Mit gewaltigen Hieben zertrümmerte er hölzerne Schilde und lederne Panzerungen, zerbrach Rapiere, Pistolen, Lanzen und Äxte, brachte den Angreifern schwere Wunden bei und tötete einen nach dem anderen. Wenn er der Ansicht war, daß sich in seinem Wirkungsbereich zu wenig Gegner aufhielten, drang er kurzerhand nach anderen Seiten vor. Auf diese Weise wehrte er manchen Angriff ab, der ohne sein Auftauchen möglicherweise einen neuen Keil in die Verteidigungslinie getrieben hätte.

Mehrere Schüsse wurden auf Joe abgegeben, aber die Schützen wagten sich nicht nahe genug an ihn heran, womit ihre Versuche von vornherein zum Scheitern verurteilt waren.

Dann wurde Joes linker Arm von einem Pfeil durchbohrt, und ein Angreifer, der entweder mutiger oder tollkühner als seine Kameraden war, wagte sich extrem weit vor und rammte Joe seinen Rapier in die Seite. Joe grunzte, riß die Klinge aus seinem Leib und drosch dem anderen mit dem Griff zunächst den Kiefer und dann mit der Axt den Schädel ein. Er konnte sich zwar jetzt immer noch bewegen, verlor aber zuviel Blut. Sam wies ihn an, sich zurückzuziehen und an die Stelle zu begeben, wo die anderen Schwerverwundeten waren.

»Nichtf da!« sagte Joe. »Ich werde daf nicht tun!« Im gleichen Moment brach er stöhnend auf die Knie.

»Verschwinde, Joe!« fauchte Sam aufgebracht. »Das ist ein Befehl!« Er duckte sich, denn im gleichen Moment pfiff eine Kugel an seinem Ohr vorbei und bohrte sich in den Stamm des hinter ihnen stehenden Eisenbaumes. Ein Teil der Plastikkugel schien von der eisenharten Borke abgeprallt zu sein; Sam fühlte plötzlich stechende Schmerzen in Arm und Wade.

Es gelang Joe, ohne fremde Hilfe wieder auf die Beine zu kommen, dann taumelte er wie ein kranker Elefant davon. Aus der Dunkelheit tauchte Cyrano de Bergerac auf; sein Gesicht war schießpulververschmiert, und er blutete. In der einen Hand hielt er den Griff seines langen, blutbesudelten Rapiers, in der anderen eine Pistole. Hinter ihm, ebenso schmutzig und blutig und mit wehendem schwarzen Haar stand Livy. Sie hielt eine Pistole in der Hand und schleppte einiges an Munition mit sich. Offenbar hatte de Bergerac sie dazu eingesetzt, seine Schußwaffen nachzuladen. Als sie Sam entdeckte, entblößte sie lächelnd ihre weißen Zähne. Auch ihr Gesicht war dunkel vom Schießpulverdampf.

»Mein Gott, Sam, ich dachte schon, du seist tot! Die Rakete, die dein Haus in Trümmer legte . . .«

»Ich wünschte, du würdest in diesem Fall hinter *mir* stehen«, sagte Sam, und das war alles, was die Zeit ihm zu sagen erlaubte, wenngleich er auch sonst seinen Worten nichts mehr hinzugefügt hätte. Der Feind drang erneut in einer Sturmwoge heran, sprang über die Gefallenen hinweg und wälzte sich auf die Verteidiger zu. Die Bogenschützen hatten jetzt keine Pfeile mehr, und die Munition der Pistoleros wurde knapp. Zwar besaß auch der Gegner kaum noch Schießpulver, aber was seine Bogenschützen anbetraf, war er Sams Leuten überlegen.

Joe Miller war verschwunden, und so versuchte Cyrano de Bergerac seine ehemalige Position einzunehmen, was ihm beinahe auch gelang. Der Mann entpuppte sich als wahrer Dämon. Sein Körper wirkte ebenso schlank, biegsam und tödlich wie sein Rapier. Von Zeit zu Zeit feuerte er mit der linken Hand einen Schuß in das Gesicht eines Angreifers ab, während er gleichzeitig mit der Klinge ausholte und einen zweiten erledigte. Dann warf er die Pistole hinter sich, wo Livy sie auffing, ihm die zweite zuwarf und blitzschnell die erste nachlud. Für einen kurzen Augenblick dachte Sam darüber nach, wie Livy sich doch verändert hatte. Er hätte ihr niemals zugetraut, daß sie sich unter Bedingungen wie diesen würde behaupten können. Die zerbrechliche, oft kränkliche und Gewalt ablehnende Frau übernahm hier Pflichten, die mancher Mann furchtsam abgelehnt hätte.

Unter anderem ich, dachte Sam. Jedenfalls würde ich das tun, wenn man mir nur mehr Zeit zum Nachdenken gelassen hätte.

Und gerade jetzt, wo Joe Miller fort war und niemand ihm Schutz und moralische Unterstützung gab, wurde ihm dieser Gedanke besonders bewußt.

Cyrano durchbohrte mit seinem Rapier einen Schild, den ein laut kreischender Wahhabi-Araber in den Händen hielt, und stellte fest, daß seine Klinge so fest in dem Holz steckte, daß er sie nicht wieder herausbekam. Sofort eilte Livy nach vorne, nahm die Pistole in beide Hände und feuerte einen

Schuß ab. Es blitzte und donnerte, dann fiel der Araber zurück. Ein hünenhafter Neger setzte über die Leiche des Arabers hinweg und schwang eine Streitaxt. Der Fall des Arabers hatte dazu geführt, daß de Bergeracs Rapier sich aus dessen Schild löste. Die Klinge zischte durch die Luft und bohrte sich in die Kehle des nächsten Feindes.

Dann zogen die Invasoren sich erneut zurück und warteten, während das gewaltige graue Amphibienfahrzeug auf sie zukam. Lothar von Richthofen stieß Sam an, der sogleich zur Seite sprang, als er das aus einer Aluminiumlegierung bestehende Rohr und die Rakete mit dem zehnpfündigen Sprengkopf sah, die er mit sich brachte. Während Lothar die Rakete in die Bazooka hineinbugsierte, kniete sich ein anderer Mann nieder und legte an. Mit dieser Art von Waffen konnte Lothar fantastisch umgehen. Die Rakete jagte über die Ebene, zog einen langen Feuerschweif hinter sich her, ließ den Bug des Amphibienfahrzeugs für einige Sekunden hell aufleuchten, und dann detonierte sie. Eine Rauchwolke verbarg das Gefährt solange vor ihren Blicken, bis der Wind sie wieder vertrieb. Das Fahrzeug war stehengeblieben, aber jetzt fuhr es weiter, während sich seine Türme drehten und die Schützen die dampfbetriebenen Läufe der Kanonen anhoben.

»Das war unser letzter Schuß«, sagte Lothar deprimiert. »Wir sollten sehen, daß wir so schnell wie möglich von hier verschwinden. Wir können dieses Ding nicht besiegen. Es gibt niemanden, der das besser weiß als wir, Sam.«

Im Schutz des gepanzerten Fahrzeugs formierten sich die gegnerischen Truppen neu. Hin und wieder hörte man Kampfrufe der Ulmaks, jener Vorfahren der amerikanischen Indianer, die jetzt auf der Parolando gegenüberliegenden Seite des Flusses ihr Dasein fristeten. Offensichtlich hatte Hacking sich mit den Barbaren zusammengetan, die sich bisher Iyeyasus Eroberungspolitik erfolgreich hatten widersetzen können.

Die Sicht verschlechterte sich plötzlich, und wären nicht die auflodernden Feuer der brennenden Häuser und die der offenen Essen und Schmelzöfen, die immer noch nicht ausgegangen waren, gewesen, hätte man überhaupt nichts mehr sehen können. Die Regenwolken waren mit der gleichen Schnelligkeit wie immer aufgezogen, wie Wölfe, die den Mond anbellten. In ein paar Minuten würde es regnen.

Sam schaute sich um. Bisher hatte jeder Angriff zu schweren Verlusten unter den Verteidigern des Hügels geführt. Er hatte berechtigte Zweifel daran, ob sie einen weiteren Sturm überstehen konnten, selbst wenn die Feinde das Amphibienfahrzeug dabei nicht einsetzten.

Im Norden und Süden der Ebene wurde ebenso wie in den Hügeln immer noch gekämpft. Aber die Schüsse und Schreie waren weniger geworden.

Und die Ebene unter ihnen war immer noch schwarz von Menschen.

Sam fragte sich, ob Publiujo und Tifonujo sich der Invasion angeschlossen hatten.

Er warf noch einen letzten Blick auf das zwischen den Baugerüsten stehende und halb hinter den Kränen verborgene Schiff und wandte sich dann ab. Ihm war zum Heulen zumute, aber der Kampf hatte ihn abgestumpft. Es würde diesmal etwas länger dauern, bis ihm die Tränen kamen.

Irgendwie hatte er das Empfinden, daß es sein Blut war, das er vergießen würde. Tränen hatte er keine mehr, zumindest nicht in diesem Körper.

Sich an den Feuern orientierend, die zwischen einigen verstreut daliegenden Hütten brannten, taumelte Sam die rückwärtige Seite des Hügels hinab. Plötzlich sah er eine gegnerische Gruppe, die sich von links näherte. Er hob die Pistole und drückte ab. Vergeblich, sie war bereits zu naß geworden. Das bedeutete, daß es zu keinem Feuergefecht mehr kommen konnte: Auch die Schußwaffen der Feinde konnten jetzt höchstens noch als Keulen dienen.

Aber sie drangen mit Schwertern, Lanzen und Streitäxten auf Sams Leute ein. Joe Miller stürzte sich sofort auf sie und brummte dabei wie ein Höhlenbär. Trotz seiner Verletzungen war er immer noch ein unüberwindbarer und unentbehrlicher Kämpfer. Während die Blitze den Himmel aufrissen und der Donner durch das Flußtal rollte, mähte er einen Angreifer nach dem anderen nieder. Als die anderen ihn schließlich erreichten und ihn unterstützten, dauerte es nur noch ein paar Sekunden, bis der Gegner einsah, daß er genug hatte und daß es am vorteilhaftesten für ihn war, die Beine in die Hand zu nehmen und das Weite zu suchen. Warum sollte er jetzt, wo der Sieg ihm schon so gut wie sicher war, noch sein Leben riskieren?

Sam und seine Leute überquerten zwei weitere Hügel. Hier

griff sie der Feind von rechts an. Er hatte es geschafft, irgendwo die Verteidigungslinien zu durchbrechen, und preschte nun voran, um die Männer Parolandos niederzumachen und die Frauen gefangenzunehmen. Als die beiden Gruppen aufeinanderprallten, befanden sich Joe Miller und Cyrano de Bergerac gerade einmal wieder an der Spitze und somit im Zentrum der Schlacht. Auch diesmal sahen die Angreifer schnellstens ein, daß sie sich auf etwas eingelassen hatten, daß sie nicht zu bewältigen vermochten. Geschlagen traten sie den Rückzug an.

Sam zählte die Überlebenden. Er war zutiefst betroffen. Ungefähr fünfzehn. Wo waren all die anderen geblieben? Hatten sich nicht mindestens hundert ihm angeschlossen, als sie den ersten Hügel aufgegeben hatten?

Livy hielt sich noch immer bei Cyrano auf. Seit sie die Pistolen nicht mehr benutzen konnten, deckte sie seinen Rükken so gut es ging mit einem Speer.

Sam war durchnäßt und fror. Er fühlte sich ebenso hundsmiserabel, wie Napoleon sich gefühlt haben mußte, als er sich aus Rußland zurückzog. Alles war verloren! Seine stolze, kleine Nation und ihr unermeßlicher Eisenvorrat, die Fabriken, die unbesiegbaren Amphibienfahrzeuge, die Geschütze und Flugzeuge – und das wunderbare Schiff! Alles dahin! Alles verloren! Die technologischen Errungenschaften und Segnungen der Magna Charta, die Parolando zum demokratischsten Land gemacht hatten, das auf dieser Welt existierte! Das Schiff, mit dem er die größte Reise, die je unternommen worden war, hatte in Angriff nehmen wollen! Alles weg!

Und wodurch? Durch Verrat, gemeinen Verrat!

Zumindest hatte John diesmal seine Finger nicht im Spiel gehabt. Sein Palast war dem Erdboden gleichgemacht worden, und er selbst hatte den konzentrierten Beschuß aller Wahrscheinlichkeit nach nicht überlebt. Letztendlich hatte man sogar den allergrößten Betrüger betrogen.

Sam wischte die kummervollen Gedanken beiseite. Die Schrecknisse der Schlacht hatten ihm dermaßen zugesetzt, daß er im Moment kaum an etwas anderes als das nackte Überleben denken konnte. Sie erreichten den Fuß der Berge, und Sam führte seine Gruppe so weit nach Norden, bis sie den Damm erreichte. Vor ihnen lag ein See, der eine Viertelmeile lang und eine halbe breit war. Sie gingen an der Staumauer vorbei und erreichten schließlich eine dicke Zementmauer, über deren Oberfläche sie zur Staumauer hinaufkletterten. Als sie sich schließlich auf deren Krone befanden, suchte Sam, bis er auf das in den Zement eingelassene Symbol eines Kreuzes stieß. »Hier ist es!« rief er aus. »Jetzt können wir nur hoffen, daß uns niemand beobachtet oder irgendein Spion bereits Bescheid weiß!«

Im Licht der Blitze ließ Sam sich in das kalte Wasser des Stausees hinab. Er zitterte, gab aber nicht auf und hielt sich am Rand der Mauer fest. Als er bis zu den Achseln im Wasser stand, berührten seine Zehen die erste in die Wand eingelassene Sprosse. Sam holte tief Luft, schloß die Augen und tauchte hinab, bis er mit den Händen die erste Sprosse ergreifen und sich weiter in die Tiefe hinabziehen konnte. Als er die sechste Sprosse erreichte, wußte er, daß der Eingang nur wenig tiefer unter ihm lag. Er erreichte ein in die Staumauer eingelassenes Loch, schwamm hinein, kam in ein größeres Becken und tauchte wieder auf. Über ihm war Licht und Sauerstoff, vor ihm breitete sich eine knapp über dem Wasserspiegel liegende steinere Plattform aus. Der Raum war etwa zehn Fuß hoch, und von der Plattform aus konnte man eine Tür erreichen, die in einen anderen führte. Sechs Glühbirnen tauchten Sams Aufenthaltsort in ein hartes Licht.

Zitternd und keuchend zog Sam sich auf die Plattform hinauf und machte Anstalten, auf die Tür zuzugehen. Wenige Sekunden später tauchte Joe hinter ihm auf. Er stöhnte schwach, und Sam mußte ihm helfen, auf die Plattform hinaufzukommen, da er aus einem guten Dutzend Wunden blutete und es aus eigener Kraft wahrscheinlich nicht geschafft hätte.

Dann folgte nach und nach der Rest der Gruppe. Man half dem Titanthropen durch die Eingangstür und eine geneigte Ebene hinab, die in einen großen Raum führte. Hier standen Betten, es gab Nahrungs- und Getränkevorräte, Waffen und Medizin. Sam hatte dieses Versteck für einen eventuellen Notfall vorbereiten lassen, obwohl er sich dabei wie ein überängstlicher Narr vorgekommen war. Nur die Regierungsspitze und die am Bau der Geheimkammer beschäftigten Arbeiter wußten davon.

Ein weiterer Eingang befand sich am Fuß der Staumauer, genau dort, wo die über den Staudamm fließenden und die

Räder antreibenden Wassermassen, die in den Generatoren Energie erzeugten, sich unten trafen. Der Eingang endete allerdings nach einer knappen Strecke im Nichts. Nur wer wußte, was sich hinter der dort befindlichen Steinplatte verbarg, würde auch imstande sein, sie zu öffnen.

Das ganze Projekt war, wie Sam sehr wohl wußte, zunächst nichts anderes als das Produkt eines närrischen Romantizismus gewesen, dessen er sich noch immer nicht ganz hatte entledigen können. Aber der Gedanke, sich nach einem etwaigen Überfall, während seine Feinde noch wutschnaubend nach ihm Ausschau hielten, in die Verschwiegenheit eines geheimen Zufluchtsortes zurückziehen zu können, den man lediglich durch einen unter dem Wasserspiegel des Sees liegenden Geheimgang oder einem verborgenen Tunnel, der hinter einem Wasserfall lag, erreichen konnte, war für ihn einfach unwiderstehlich gewesen. Mehr als einmal hatte er sich einen versponnenen Trottel gescholten. Und jetzt war er froh. Der Romantizismus hatte doch seine guten Seiten.

Ebenso hatte er den Detonator versteckt. Um die Tonnen von Dynamit, die innerhalb der Staumauer verborgen waren, in die Luft gehen zu lassen, brauchte er lediglich zwei Kabelenden miteinander zu verbinden, dann würden die aufgestauten Wasser des Sees sich brüllend über die Zentralebene von Parolando ergießen, alles mit sich reißen und in den Fluß hinunterspülen.

Das gleiche würde dann mit Sam Clemens und seinem halbfertigen Schiff geschehen; aber das war nun einmal der Preis, den er für seine Rache würde zahlen müssen.

Man versorgte die Verwundeten und verabreichte ihnen zur Linderung ihrer Schmerzen Traumgummi und Alkohol. Da die Droge nicht ausschließlich beruhigende Wirkungen hervorrief, war es unerläßlich, ihnen beides zu geben. Der Alkohol neutralisierte die gelegentlich negative Wirkung des Gummis.

Man stellte an beiden Eingängen Wachen auf, aß, trank und legte sich schließlich zur Ruhe nieder. Joe Miller war während dieser ganzen Zeit nur selten bei Bewußtsein, aber Sam nahm neben ihm Platz und versorgte ihn nach besten Kräften. Irgendwann kehrte dann Cyrano von seinem Posten an dem Geheimgang hinter dem Wasserfall zurück und meldete, daß erneut die Nacht angebrochen sei. Mehr über den derzeitig draußen herrschenden Zustand konnte er allerdings nicht berichten: Das Rauschen der herabfallenden Wassermassen hatte verhindert, daß er irgend etwas anderes hätte hören können.

Lothar und Sam hatten die wenigsten Verwundungen davongetragen, deswegen entschied Sam, daß sie beide durch den Wasserfall hinausgehen und die Lage erkunden sollten. Cyrano protestierte, weil man ihn für dieses Unternehmen nicht mitberücksichtigt hatte, aber Sam wischte seinen Einwand beiseite. Livy schwieg, aber sie warf ihm einen dankbaren Blick zu. Sam wandte sich ab. Er wollte keinen Dank dafür, daß er ihren Gefährten aus der Gefahr heraushielt.

Er fragte sich, ob Gwenafra umgekommen oder gefangengenommen worden war. Lothar hatte sie während des letzten Angriffs untertauchen sehen. Er war ihr zwar ein Stück gefolgt, war jedoch bald darauf von der Angriffswelle zurückgetrieben worden. Nun machte er sich Vorwürfe, weil er nicht mehr getan hatte, obwohl sich das sicher als aussichtslos erwiesen hätte.

Sie schwärzten ihre Gesichter und kletterten dann an eisernen Leitersprossen in den Schacht. Die Wände waren feucht und die Sprossen schlüpfrig, aber zumindest gab es hier Licht.

Sie traten hinter dem Wasserfall ins Freie hinaus und folgten einem Grat, der sich an der unteren Hälfte der Staumauer entlangzog, bis er zwanzig Yards von ihrem Ende plötzlich aufhörte. Auch hier gab es eiserne Sprossen, die in die Tiefe führten. Als Sam und Lothar unten angekommen waren, marschierten sie am Rande des ausgehobenen Kanals entlang, den man mit ungeheuren Mühen dem harten Boden abgerungen hatte. Immer noch wucherten die Graswurzeln aus den Kanalwänden hervor. Sie reichten tiefer in die Erde als jeder Spatenstich, und es war beinahe unmöglich, sie zu vernichten.

Im Licht der vielen Sterne und leuchtenden Gaswolken kamen sie verhältnismäßig rasch voran. Sie ließen den Kanal hinter sich und strebten im rechten Winkel den Ruinen von Johns Palast entgegen. Sie nutzten den Schatten eines gewaltigen Eisenbaumes aus, schlichen sich an den Rand des nächstliegenden Hügels und warfen von dort aus einen Blick auf die tief unter ihnen liegende Ebene. An den Hütten konnten sie Männer und Frauen erkennen, Sieger und Besiegte. Hin und wieder erklang ein lauter Schrei. Sam schüttelte sich und versuchte diese Rufe aus seinem Bewußtsein zu verdrängen. Obwohl sein erster Impuls war, daß er hinuntereilen müsse, um den Frauen beizustehen, redete er sich ein, Parolando damit keinen großen Dienst zu erweisen: Er zweifelte nicht daran, daß eine solch unüberlegte Aktion unweigerlich mit ihrer Festnahme oder ihrem Tod enden würde.

Und doch: Hätte Gwenafra zu den Mißhandelten gehört, wäre er hinuntergelaufen, um sie herauszuhauen – oder nicht?

Die Feuer der Essen und Hochöfen loderten noch immer. In den Fabrikationshallen konnte man Männer und Frauen bei der Arbeit sehen. Offenbar hatte Hacking seine neuen Sklaven bereits unter der Knute. Zwischen den Gebäuden bewegten sich Wächter dahin, die sichtlich betrunken waren.

Soweit man das Gelände überschauen konnte, brannten zwischen den Gebäuden große Feuer, die von Menschen umringt waren, die lachten und tranken. Hin und wieder verschwand jemand mit einer schreienden und sich wehrenden Frau im Schatten. Andere brauchten nicht erst dazu gezwungen werden.

Schließlich gingen Sam und Lothar – als gehörten sie zu den Siegern – ins Tal hinunter, wobei sie es jedoch tunlichst vermieden, den Häusern oder Feuern zu nahe zu kommen. Obwohl sie mehrmals auf Patrouillen stießen, hielt niemand sie an. Der größte Teil der Invasionstruppen schien vollauf damit beschäftigt zu sein, den Sieg zu begießen. Alkoholvorräte hatten sie ja genügend gefunden. Die große Ausnahme mußten allerdings die Wahhabi-Araber sein, denen die Religion jeden Alkoholgenuß untersagte. Des weiteren gab es sicher auch unter den Schwarzen genügend Abstinenzler, und was Hackings treueste Jünger anbetraf, so sagte man auch von ihnen, daß sie keinen Tropfen anrührten.

Gleichgültig, wie die Laxheit der Siegertruppen jetzt auch wirken mochte; während des Tages mußten sie eiserne Disziplin gezeigt haben, denn die Leichen waren verschwunden und in der Nähe des ersten sich der Ebene zuneigenden Hügels hatte man aus den Trümmerbalken zerstörter Gebäude einen hohen Palisadenzaun errichtet. Ohne in das dahinterliegende Stück Land einsehen zu können, sagten Sam die ebenfalls neu errichteten, den Zaun umgebenden Wachtürme genug: dort waren die Gefangenen.

Sie stromerten weiter herum und taten hin und wieder so, als würden sie taumeln, um den Eindruck zu erwecken, ebenfalls betrunken zu sein. Einmal gingen ganz in ihrer Nähe drei untersetzte, dunkelhäutige Männer vorbei, die sich in einer selsamen Sprache unterhielten. Sam konnte sie zwar nicht identifizieren, vermutete jedoch, daß sie sich irgendwie auf afrikanisch unterhielten. Er fragte sich, ob es sich bei den Männern um einige der dem achtzehnten Jahrhundert entstammenden Bewohner von Dahomey handelte.

Sie marschierten kaltblütig zuerst an einer Säurefabrik und dann an einem Exkrementesilo vorbei. Dahinter lag wieder unbebautes Gelände. Sam hielt an. Eine kurze Strecke von ihrem Standort entfernt stand ein niedriger Käfig aus Bambusstäben, in dem ein Mann hockte. Es war Firebrass. Man hatte ihm die Arme auf den Rücken gefesselt.

Göring hatte man mit gespreizten Armen und Beinen und dem Kopf nach unten an eine X-förmige Konstruktion aus zwei in den Boden gerammten Balken gebunden.

Sam sah sich um. In der großen Eingangstür des Exkrementesilos standen mehrere Männer. Sie tranken und unterhielten sich. Sie durften jetzt weder weitergehen, noch Firebrass direkt ansprechen. Sam begann allmählich zu ahnen, warum der Mann in diesem Käfig hockte, aber momentan war es von größter Wichtigkeit, soviel Informationen wie nur möglich zu sammeln und sich dann schnellstens wieder in die Sicherheit des Damms zurückzuziehen. Bis jetzt sah die Lage ohnehin ziemlich hoffnungslos aus. Am besten würde es sein, wenn sie den nächsten Regen nutzten und sich in seinem Schutz heimlich aus dem Land schlichen. Gleichzeitig konnten sie die Staumauer in die Luft sprengen und dafür sorgen, daß all diese Leute in den Fluß gespült wurden. Was Sam bis jetzt noch von der Ausführung dieses Plans abhielt, war sein Schiff. Solange es noch eine Möglichkeit gab, es zurückzubekommen, würde er den Damm verschonen, das stand fest.

In der Hoffnung, daß Firebrass sie nicht bemerkte oder ansprach, schlichen sie an dem Käfig vorbei. Hackings Stellvertreter stand vornübergebeugt und lehnte den Kopf gegen die Käfigstangen. Göring stöhnte verhalten. Sam und Lothar gingen weiter. Bald ließen sie das Gebäude hinter sich.

Langsamen Schrittes und von scheinbarer Trunkenheit behindert, kamen sie schließlich in die Nähe des Hauses, das vorher von Fred Rolfe, einem Mitglied des Rates und einem Anhänger John Lacklands bewohnt worden war. Mehrere schwerbewaffnete Wächter, die sich in seiner Nähe aufhielten, deuteten darauf hin, daß Hacking sich hier niedergelassen hatte. Die Fenster besaßen keinerlei Sichtblenden und so fiel es ihnen nicht schwer, im Schein der Innenbeleuchtung einige Gestalten auszumachen. Lothar packte plötzlich Sams Arm und flüsterte: »Da ist sie! Gwenafra!«

Das Licht der an den Wänden befestigten Fackeln beleuchtete ihr langes honigfarbenes Haar und ihre helle Haut. Sie stand in unmittelbarer Nähe eines Fensters und unterhielt sich mit jemandem, der außerhalb ihres Blickfeldes stand. Eine Minute später wechselte Gwenafra den Standort, und der buschige Schopf und das schwarze Gesicht Elwood Hackings wurden im Fensterrahmen sichtbar. Sam fühlte sich elend. Offenbar hatte Hacking sie für diese Nacht zu seiner Bettgespielin gemacht.

Aber Gwenafra schien nicht die geringste Angst zu verspüren. Sie wirkte entspannt und durchaus normal. Aber das mußte nichts besagen. Sie war eine selbstsichere Frau und durchaus in der Lage, unter den gegebenen Umständen keine Panikreaktionen zu zeigen.

Sam zog Lothar zur Seite.

»Es gibt nichts, was wir jetzt tun könnten. Auf jeden Fall würden wir mit unüberlegtem Handeln jede eventuelle Chance für sie verspielen.«

Sie hielten sich noch eine Weile in der Nähe auf, warfen dann und wann einen Blick in die Fabriken und stellten fest, daß sich die Feuer in beide Richtungen des Flusses erstreckten, soweit das Auge reichte. Abgesehen von den Schwarzen hielten sich in Parolando auch mehrere Ulmaks und eine Reihe von Orientalen auf, die Sam für Burmesen, Thais und jene Ceylonesen hielt, die der Neusteinzeit entstammten und auf der anderen Seite des Flusses lebten.

Um aus Parolando herauszukommen, mußten sie erstens die Uferwälle überwinden und Boote stehlen. Am besten würde es sein, wenn sie nach Selinujo flohen, denn niemand wußte, was inzwischen in Publiujo oder Titonujo vorgefallen war. Es schien jedoch nicht unwahrscheinlich, daß diese Länder als nächste auf Hackings Liste standen. Närrisch wäre es jedenfalls, sich nach Norden zu wenden und bei Chernsky um Asyl nachzusuchen. Sobald Iyeyasu herausfand, daß Parolando besiegt worden war, würde auch er sich nicht mehr zurückhalten und seinerseits einen Überfall starten. Wenn er das nicht schon getan hatte.

Es war geradezu eine Ironie des Schicksals, daß Sam und seine Leute keine andere Möglichkeit hatten, als ausgerechnet in das Land zu gehen, dessen Bewohnern man das Betreten von Parolando bislang untersagt hatte.

Sie beschlossen zum Damm zurückzukehren, den anderen zu berichten, was sie gesehen hatten, und Pläne zu schmieden. Sie mußten unbedingt die Möglichkeit, die der Regen ihnen bot, nutzen.

Schließlich schlugen sie sich, sorgsam vermeidend, den Hütten der Gefangenen und den Patrouillen allzu nahe zu kommen, wieder in das Hügelgebiet durch.

Sie hatten gerade den Schatten eines gigantischen Eisenbaumes passiert, als sich von hinten etwas um Sams Hals legte. Er versuchte zu schreien, sich umzudrehen und sich zu wehren, aber die kräftigen Hände, die ihn umklammert hielten, drückten fester zu, und schließlich verlor er das Bewußtsein.

25

Als er wieder zu sich kam, würgte und hustete er. Er befand sich noch immer unter dem Eisenbaum. Sam versuchte aufzustehen, aber eine tiefe Stimme brummte: »Keine Bewegung. Sei still – oder ich hau dir mit dieser Axt den Schädel ein!«

Sam schaute sich um. Lothar lag mit auf dem Rücken gefesselten Händen und einem Knebel im Mund in einiger Entfernung gegen den Stamm eines Nadelbaumes gelehnt. Der Mann, der Sam angesprochen hatte, war ungeheuer groß und besaß extrem breite Schultern und kräftige Arme. Er trug einen schwarzen Kilt und einen ebensolchen Umhang. Mehrere an seinem Gürtel befestigte Scheiden enthielten einen eisernen Tomahawk, ein Messer und eine Mark-I-Pistole. In einer Hand leuchtete eine mittelgroße Metallaxt.

»Bist du Sam Clemens?« fragte er.

»Richtig«, gab Sam zurück. Er sprach ebenso leise. »Was hat das zu bedeuten? Wer sind Sie?«

Der Mann deutete mit seinem langhaarigen Schädel auf

Lothar. »Ich hab ihn weggeschleppt, damit er nicht hört, was wir reden. Ein Mann, den wir beide kennen, hat mich hergeschickt.«

Sam schwieg eine Weile. Dann fragte er: »Der geheimnisvolle Fremde?«

Der große Mann grunzte. »Ja. So nennst du ihn, hat er gesagt. Und das paßt zu ihm. Ich nehme an, du weißt, was los ist, ich kann mir also sparen, mir das Kinn zu verrenken. Also reicht's dir, wenn ich sage, daß ich mit ihm geredet habe?«

»Sicher«, gab Sam zurück. »Ich glaube dir, daß das wahr ist. Du bist einer der zwölf Auserwählten. Es war doch ein Mann, mit dem du sprachst, oder?«

»Hab ihn mir nicht geschnappt, um das rauszukriegen«, erwiderte der Unbekannte. »Ich sag' dir was: Dieser Kerl ist jedem überlegen, egal ob er weiß, schwarz, rot oder gelb ist. Selbst ein Grizzly würde Mücke machen, wenn der ihm über den Weg liefe. Glaub ja nicht, ich hätte Angst vor ihm gehabt . . . aber 's war schon . . . na, komisch halt. Kam mir beinahe wie ein Grünhorn vor, als ich mit ihm sprach. – Aber lassen wir das. Ich bin Johnston. Kann dir gleich meine Geschichte erzählen, erspart mir Arbeit für die Zukunft. John Johnston. Ich muß irgendwann um 1827 in New Jersey geboren worden sein. Gestorben bin ich 1900 in Los Angeles im Veteranen-Hospital. Hab hin und wieder als Trapper in den Rocky Mountains gearbeitet und vor der Zeit hier 'n paar hundert Indianer umgelegt. Bin nie dazu gekommen, 'n Weißen zu töten, nicht mal 'n Franzosen. Jedenfalls nicht, bevor ich hier war. Seitdem, na ja, hab' ich auch 'n paar weiße Skalps gesammelt.«

Der Mann stand auf. Das Sternenlicht stand jetzt in seinem Rücken und Sam konnte sehen, daß sein Haar dunkel schimmerte. Er zweifelte allerdings nicht daran, daß es sich im hellen Sonnenlicht als feuerrot entpuppen würde.

»Ich red' jetzt 'ne Menge mehr als sonst«, sagte der Mann. »Wo viele Leute sind, wird auch viel geredet. Das ist nicht gut für meiner Mutter Sohn.«

Sie gingen zu Lothar hinüber und unterwegs fragte Sam: »Wie bist du hierhergekommen? Und ausgerechnet jetzt?«

»Der Fremde sagte, wo ich dich finden würde. Erzählte mir alles über dich und dein Boot und den Nebelturm und so was. Warum alles wiederkäuen? Du weißt doch Bescheid. Ich war damit einverstanden, hierherzukommen und bei der Reise dabei zu sein. Ist eh nicht genug Platz hier. Man kann sich kaum umdrehen, ohne nicht einem dabei mit dem Ellbogen das Nasenbein einzuhauen. Ich war dreißigtausend Meilen flußaufwärts von hier, als ich nachts wach wurde und der Kerl neben mir im Dunkeln hockte. Wir haben 'ne Menge miteinander geredet. Er allerdings das meiste. Dann bin ich sofort los. Auf dem Weg hierher kriegte ich schon einiges von dem, was hier los war, mit. Ich kam hier an, als die Schlacht in vollem Gange war, und hab seitdem nach dir Ausschau gehalten. Hörte auch 'n paar Schwarzen zu, die sich unterhielten. Die waren mächtig sauer, weil sie deine Leiche nicht finden konnten. Bin also rumgeschlichen und hab die Ohren aufgehalten. Einmal lief mir so 'n Araber über den Weg. Mußte ihn umlegen. Na ja, ich hatte sowieso Hunger.«

Sie hatten Lothar jetzt erreicht, aber die letzten Worte Johnstons ließen Sam erschreckt zusammenzucken. »Hunger?« sagte er. »Soll das heißen . . .?«

Johnston gab keine Antwort. Sam sagte: »Sag mal . . . äh . . . du bist doch nicht etwa der Johnston, den man ›Leberesser‹ Johnston nannte? Der Crow-Killer?«

Johnston knurrte: »Hab endlich doch noch meinen Frieden mit den Crows gemacht und bin ihr Bruder geworden. Hab auch kurz drauf Schluß damit gemacht, Menschenleber zu essen. Aber hin und wieder hat man ja nun mal Hunger.«

Sam fröstelte. Er kniete sich auf den Boden nieder, löste Lothars Fesseln und nahm ihm den Knebel aus dem Mund. Von Richthofen schien ziemlich wütend zu sein, aber er war nicht weniger neugierig. Und ebenso wie Sam verhielt er sich Johnston gegenüber zurückhaltend. Der Mann strahlte eine tierische Roheit aus. Ohne ihn näher zu kennen, wußte Sam plötzlich, daß es äußerst ungesund sein konnte, ihn sich zum Feind zu machen.

Dann schlugen sie den Weg zur Staumauer ein. Lange Zeit sagte Johnston kein Wort. Plötzlich verschwand er und ließ Sam und Lothar mit einem unbestimmten Gefühl in der Magengrube zurück. Johnston bewegte sich, obwohl er Sam und Lothar um Hauptes länge überragte und mindestens zweihundertachtzig Pfund Knochen und Muskeln auf die Waage brachte, leiser als der Schatten eines Pumas.

Sam fuhr erschreckt zusammen. Johnston war wieder da. »Ist was passiert?«

»Keine Ursache«, erwiderte Johnston. »Wie du sagtest,

seid ihr noch nicht viel hier rumgekommen. Ich hab aber 'ne Menge gesehen und gehört. Kenn die Lage ziemlich gut. Von euren Leuten sind 'ne Menge im Norden und Süden über die Grenzen abgehauen. Wenn die zurückkämen, könnten sie den Schwarzen anständig die Backen vollhauen. Na ja, die werden auf lange Sicht eh den kürzeren ziehen. Iyeyasu wetzt schon seine Messer. Würd mich nicht mal überraschen, wenn er heute nacht zuschlägt. Hab mich 'n bißchen umgesehen bei ihm, ehe ich rüberkam. Er hat keine Lust, sich mit den Schwarzen rumzuschlagen, wenn die das Schiff erst fertighaben. Er wird es ihnen abnehmen, solange er noch kann.«

Sam stöhnte auf. Wenn er das Schiff schon nicht zurückbekommen konnte, machte es auch keinen Unterschied mehr, ob Hacking oder Iyeyasu es hatte. Erst als sie sich wieder im Inneren des Staudammes aufhielt, fühlte er sich wieder etwas besser. Es bestand immer noch die Möglichkeit, daß Hacking und Iyeyasu sich gegenseitig zerfleischten. Wenn dieser Wunsch in Erfüllung ging . . . konnten seine Leute wieder zurückkehren und die Macht erneut übernehmen. Verloren war jedenfalls bis jetzt noch nichts.

Die Ankunft des herkulisch gebauten Trappers gab Sam zudem einen starken innerlichen Auftrieb. Der geheimnisvolle Renegat hatte ihn also doch nicht im Stich gelassen. Er verfolgte weiterhin seinen Plan und hatte ihm einen verdammt guten Mann zu Hilfe geschickt. Johnston würde sich, wenn man den Geschichten, die man auf der Erde über ihn verbreitet hatte, stimmten, noch als Kämpfer von unschätzbarem Wert erweisen. Und außerdem war er der sechste Mann, den der Fremde auserwählt hatte. Irgendwann mußten auch die restlichen zu ihnen stoßen. Schade war nur, daß der erste bereits wieder von ihnen gegangen war: Odysseus war verschwunden. Aber das mußte nicht heißen, daß er nicht eines Tages zurückkehrte. Der Fluß war lang; er konnte praktisch an jeder beliebigen Stelle wieder zusteigen. Wenn die anderen Ethiker ihn nicht schon erwischt hatten.

Im Versteck angekommen, stellte Sam den anderen Johnston vor und erklärte ihr Zusammentreffen. Joe Miller, in mehrere Decken eingemummt, setzte sich auf und schüttelte dem Trapper die Hand. Mit schmerzverzerrter Stimme sagte Johnston: »Im Laufe des Lebens hat meiner Mutter Sohn schon 'ne Menge seltsamer Sachen gesehen, aber niemals jemanden wie dich. Laß meine Hand trotzdem heil, mein Freund.«

»Oh, ich wollte fie gar nicht kaputtmachen«, erwiderte Joe freundlich. »Du f-feinft fiemlich grof unf ftark fu fein.«

Etwa eine halbe Stunde vor dem Anfang der Regenperiode schlichen sie wieder hinaus. Das Land war still. Die siegreichen Truppen hatten sich zur Ruhe gelegt, und die Wachen hatten sich angesichts des bevorstehenden Regens ein Dach über dem Kopf gesucht. Die Feuer brannten noch, und die Wachtürme und Fabrikhallen waren voller Bewaffneter. Die Nachtwache schien jedoch mit dem Trinken aufgehört zu haben. Vielleicht hatte Hacking es ihr untersagt.

Als sie die chemische Fabrik erreichten, tauchte Johnston plötzlich in der Dunkelheit unter und verschwand. Zehn Minuten später war er wieder da.

»Hab mal 'n bißchen rumgehorcht«, flüsterte er. »Dieser Hacking muß ja 'n verdammt schlauer Nigger sein. Hat das ganze Gesaufe nur inszenieren lassen, um irgendwelche Spione aus Iyeyasujo reinzulegen. Der weiß genau, daß der Japs ihm heute nacht auf die Bude rücken will; deswegen hat er seine Leute so tun lassen, als seien sie sternhagelvoll und schnarchen. Aber die sind in Wahrheit mächtig auf Zack. Haben nur 'n kleines Problem: Ihr Schießpulver ist fast alle.«

Die Nachricht verwunderte Sam sehr. Er fragte Johnston, ob er sonst noch etwas gehört habe.

»Yeah, 'n paar von den Leuten sprachen darüber, warum Hacking Parolando überhaupt an sich gerissen hat. Der Bursche wußte, daß Iyeyasu den gleichen Plan hatte; deswegen hat er seine Kanonen anrollen lassen. Er hatte Angst, der Japs würde sich das Land einkassieren und dann mit den Schiffen, Kanonen und all dem anderen gegen ihn marschieren. Einer sagte, er hätte mit König John unter der Decke gesteckt, aber dann hätte er ihn doch mit seinem Haus in die Luft geblasen, weil er ihm nicht übern Weg traute. Er hielt diesen John für einen falschen Fuffziger. Selbst wenn er Hakking diesmal wirklich nicht hatte betrügen wollen, sei er immerhin ein Weißer und schon deswegen ein falscher Hund.«

Sam sagte überrascht: »Aber warum zum Teufel hätte John das tun sollen? Was hätte er damit gewinnen können?«

»Hacking und er wollten einen hundert Meilen langen

Uferstreifen an sich reißen und dann unter sich aufteilen. Auf der einen Hälfte sollten die Weißen unter der Herrschaft Johns, auf der anderen die Schwarzen unter Hacking leben. Sie wollten alles teilen: das Eisen, die Schiffe und alles andere.«

»Und was ist mit Firebrass? Warum sitzt er gefangen in diesem Käfig?«

»Weiß nicht, aber einer nannte ihn einen Verräter. Und dieser Kraut, wie hieß er doch gleich? Hering . . .«

»Göring.«

»Yeah, richtig. Nun, es geht nicht auf das Konto von Hakking, daß man ihn gefoltert hat. Es waren die Wahhabis. Sie mögen die Chancisten nicht, weißt du, und so schnappten sie sich den Kerl und verpaßten ihm eins. Ein paar der afrikanischen Nigger, diese Kerle aus Dahomey, unterstützten sie dabei. Von denen erzählt man sich, daß sie schon vor dem Frühstück 'n paar Leute foltern müssen, um glücklich zu sein. Als Hacking das rauskriegte, rannte er los und stoppte die ganze Sache, aber da lag Göring schon im Sterben. Er hat aber noch mit Hacking gesprochen, sagte, er sei sein Seelenbruder und würde ihm vergeben. Dann sagte er noch, sie würden sich schon irgendwann am Fluß wiedertreffen oder so was. Hacking soll mit den Nerven ziemlich fertig gewesen sein, nach dem, was die Leute reden.«

Sam schluckte auch diese Neuigkeiten, wenngleich es seinem Magen kaum gelang, sie zu verdauen. Ihm war übel. Er konnte sich nicht einmal darüber freuen, daß Hacking am Ende doch noch den größten Betrüger aller Zeiten, John Lackland, hereingelegt hatte. Dennoch mußte er Hackings Weitsicht bewundern. Dem Mann war sofort klar geworden, daß es nur eine Art gab, mit John einen Handel abzuschließen. Er hatte es genau richtig gemacht; aber schließlich verfügte er nicht über Sam Clemens' empfindliches Gewissen.

Diese Nachrichten veränderten alles. Unter dem Aspekt, daß Iyeyasu sich bereits jetzt schon auf dem Weg nach Parolando befand, konnten sie den Plan, das Dunkel der Nacht auszunutzen, um über die Grenze zu gehen, vergessen: Hakkings Leute würden auf alle Fälle wachsam sein.

»Was ist los, Sam?« frage Livy plötzlich. Sie saß in der Nähe und warf ihm einen ratlosen Blick zu.

»Ich glaube, mit uns ist es aus.«

»Oh, Sam!« erwiderte sie. »Wo ist dein Schneid geblieben? Es ist *nicht* aus mit uns! Wenn die Dinge sich nicht so entwickeln, wie du sie erwartet hast, wirfst du gleich die Flinte ins Korn! Und dabei ist die Möglichkeit, daß wir das Schiff wieder zurückkriegen, nie so groß gewesen wie gerade jetzt! Laß Hacking und Iyeyasu übereinander herfallen! Sie werden sich gegenseitig vernichten, und dann ist der Weg für uns wieder offen. Wir brauchen nichts anderes zu tun, als uns in den Hügeln zu verkriechen und ihnen dann, wenn sie das letzte Todesröcheln von sich geben, an die Kehle zu springen!«

Wütend erwiderte Sam: »Wovon redest du überhaupt? Sollen wir ihnen mit fünfzehn Mann den Garaus machen?«

»Nein, du Dummkopf! Hinter dem Palisadenzaun da hinten warten mindestens fünfhundert Leute darauf, daß sie befreit werden, und Gott allein mag wissen, wie viele von diesen Lagern es in der Umgebung sonst noch gibt! Und was ist mit den Tausenden, die über die Grenze gingen?«

»Und wie soll ich an die herankommen?« fragte Sam aufgebracht. »Es ist zu spät! Ich gehe jede Wette ein, daß der Angriff in ein paar Stunden stattfindet, und du kannst Gift drauf nehmen, daß diejenigen, die entkommen sind, ebenfalls in irgendwelchen Gefangenenlagern sitzen. Ich zweifle nicht daran, daß Publius Crassus und Chernsky mit Hakking unter einer Decke stecken.«

»Du bist immer noch der alte Pessimist, der du auf der Erde warst«, sagte Livy. »Oh, Sam, irgendwie liebe ich dich immer noch, das stimmt. Ich mag dich immer noch als Freund und . . .«

»Freund!« sagte Sam so laut, daß die anderen erschreckt zusammenzuckten. Cyrano sagte: *»Morbleu!«*, und Johnston zischte: »Leise, oder willst du die schwarzen Indianer auf uns hetzen?«

»Wir haben uns jahrelang geliebt«, sagte Sam.

»Nicht immer«, sagte Livy. »Aber jetzt ist weder die richtige Zeit noch der richtige Ort, über unsere Fehler zu diskutieren. Ich habe jedenfalls keine Lust dazu. Es ist zu spät dafür. Die Frage ist jetzt nur: Willst du dein Schiff zurück oder nicht?«

»Sicher will ich es zurück«, sagte Sam zögernd. »Aber auf was willst du hinaus?«

»Dann heb deinen lahmen Arsch, Sam!«

Aus dem Mund jedes anderen wäre diese Bemerkung

nichts Ungewöhnliches gewesen, aber aus dem Mund der akzentuiert sprechenden Livy war sie einfach undenkbar. Aber sie hatte es ausgesprochen, und jetzt, da er darüber nachdachte, fielen ihm Dinge ein, die auf der Erde geschehen waren. Er hatte sie aus seinem Bewußtsein verdrängt . . .

»Die Lady spricht ein wahres Wort gelassen aus«, murmelte Johnston mit tiefer Stimme.

Sam hatte eigentlich über weit wichtigere Dinge nachdenken wollen, aber offenbar blieb es seinem Unterbewußtsein überlassen, aus all dem die richtigen Schlüsse zu ziehen. Zum erstenmal in seinem Leben verstand Sam Clemens mit allen Fasern seines Körpers, daß die Frau, die jetzt vor ihm stand, nichts, aber auch gar nichts mehr mit jener Livy zu tun hatte, die einst seine Frau gewesen war. Sie hatte einen Veränderungsprozeß durchgemacht. Sie war nicht mehr die Livy, die er gekannt hatte, *seine* Livy. Und das war sie schon lange nicht mehr gewesen, schon nicht mehr auf der Erde, während der letzten Jahres ihres Lebens.

»Was sagst du dazu, Sam?« fragte Johnston.

Sam stieß einen tiefen Seufzer aus und kam sich vor, als wichen damit die letzten Fragmente der Olivia Langdon Clemens von ihm. Dann erwiderte er: »*Das* werden wir tun!«

Der Regen rauschte nieder; Blitze und Donner machten das Land nun zu einem idealen Operationsgebiet. Johnston tauchte unter und kam bald darauf mit zwei Bazookas und vier zusammengebundenen Raketen auf dem Rücken wieder. Er ging noch ein zweites Mal und kam eine halbe Stunde später mit Wurfmessern und Tomahawks beladen zurück. Einige vorher nicht dagewesene Blutflecke auf seiner Kleidung deuteten darauf hin, daß er mit irgend jemand zusammengeraten war.

Die Regenwolken verzogen sich. Das Land lag silbern im Schein der Sterne da, die wie zahllose, riesengroße Äpfel in den Zweigen der mächtigen Eisenbäume zu hängen schienen. Dann wurde es merklich kühler. Zitternd versammelte man sich unter dem Geäst des Baumes. Über dem Fluß stieg dünner Nebel auf, der fünfzehn Minuten später so undurchdringlich war, daß man die Gralsteine und Uferwälle aus den Augen verlor. Eine halbe Stunde später schlug Iyeyasu zu. Große und kleine Schiffe, vollgestopft mit Männern und Waffen, kamen über den Fluß, und zwar aus jenem Gebiet, in dem einst die Fuchsindianer geherrscht hatten, die jetzt unter Iyeyasus Kommando standen. Auch die Ulmaks kamen und die Buschmann-Hottentotten, die früher keiner Seele etwas zuleide getan hatten. Iyeyasu hatte alle Kräfte zusammengezogen, über die er verfügte, aber seine Hauptstreitmacht kam vom rechten Ufer, aus den drei Ländern, die er erst kurz zuvor unterworfen hatte.

Seine Truppen griffen gleichzeitig an zehn verschiedenen Stellen an. Minen jagten die Uferwälle in die Luft, dann stürmten seine Krieger durch die entstandenen Breschen. Die Anzahl der in den ersten zehn Minuten abgefeuerten Raketen war ungeheuer; Iyeyasu schien wirklich auf alles bestens vorbereitet gewesen zu sein. Die drei Amphibienfahrzeuge setzten sich in Bewegung, während von den Türmen aus wild geschossen wurde. Sie rückten erbarmungslos gegen die Eindringlinge vor, aber dann zog Iyeyasu einen weiteren Triumph aus dem Ärmel. Raketen mit hölzernen Sprengköpfen, die gelierten Alkohol (aus Seife und Methylalkohol) enthielten, jagten auf die drei Fahrzeuge zu und detonierten. Das primitive Napalm ergoß sich über die metallenen Hüllen und steckte sie in Brand. Selbst wenn die Flüssigkeit nicht das Innere der Boote erreichte, so sorgten die Flammen doch dafür, daß die Lungen der Besatzungsmitglieder verbrannten.

Die Wirkung dieser Waffen nahm Sam ziemlich mit. Als alles vorüber war und er sich umsah, um festzustellen, ob sie noch alle beisammen waren, unterhielt er sich mit Lothar darüber. »Wir müssen die Dinger dichter machen«, sagte er, »und eine eigene Sauerstoffversorgungsanlage installieren. Das hat Firebrass auch schon vorgeschlagen.«

Johnston tauchte plötzlich so unerwartet zwischen ihnen auf, als habe er eine unsichtbare Tür durchschritten. Hinter ihm stand Firebrass. Der Mann schien ziemlich fertig zu sein und Schmerzen zu haben, aber trotzdem gelang es ihm, ein Grinsen zustande zu bringen, als er Sam sah. Er zitterte.

»Man hat Hacking erzählt, ich hätte ihn betrogen«, sagte Firebrass. »Und er glaubte seinem Informanten, der nebenbei gesagt niemand anderer als unser allseits hochverehrter und absolut vertrauenswürdiger König John war. Er erzählte Hacking, daß ich im Begriff sei, ihn zu verkaufen, nur um Chef Ihrer Luftflotte zu werden. Hacking nahm mir nicht ab, daß ich lediglich deswegen mit Ihnen herumschacherte, weil ich nicht Ihr Chefingenieur sein wollte. Ich hätte ihm durch unsere Spione mitteilen lassen sollen, was ich tat. Ich konnte ihn anschließend nicht davon überzeugen, daß ich wirklich nicht vorhatte, ihn übers Ohr zu hauen. Aber das hätte mich eigentlich nicht überraschen sollen. Na ja, ich kann es ihm nicht mal übelnehmen.«

»Haben Sie ihn denn betrogen?« fragte Sam.

»Nein«, grinste Firebrass. »Das habe ich nicht getan, obwohl es mich manchmal in den Fingern juckte. Aber warum sollte ich ihn reinlegen, wo er mir doch sowieso versprochen hatte, daß ich wieder fliegen dürfte, wenn er erst einmal Ihr Schiff besäße? Tatsache ist, daß er John schon deswegen glaubte, weil er etwas gegen mich hat. Ich entspreche einfach nicht seinen Vorstellungen von einem Seelenbruder. Und im Gegensatz zu ihm hatte ich früher einfach ein zu leichtes Leben – für seinen Geschmack. Es paßte ihm nicht, daß ich niemals in einem Ghetto hatte leben müssen.«

»Sie können den Posten des Chefingenieurs immer noch haben«, sagte Sam. »Sie werden sicher einsehen, daß ich Ihnen nicht die Leitung der Luftflotte anvertrauen kann. Aber fliegen könnten Sie jederzeit, wenn Sie das wünschten.«

»Das ist das beste Angebot seit dem Tag meines Todes«, erwiderte Firebrass. »Und ich werde es annehmen.«

Er kam näher und flüsterte Sam ins Ohr: »In irgendeiner Funktion hätten Sie mich sowieso einstellen müssen. Ich bin nämlich einer der *Zwölf*!«

26

Sam hatte plötzlich das Gefühl, als hätte ihm jemand einen angespitzten Pfahl ins Gehirn gerammt.

»Sie kennen ihn? Den Fremden?«

»Ja. Er sagte, Sie würden ihn den ›geheimnisvollen Fremden‹ nennen.«

»Dann haben Sie Hacking also *doch* betrogen?«

»Die kleine Rede, die ich gerade hielt, war nur für die Ohren der anderen bestimmt«, sagte Firebrass. »Ja, ich habe Hacking betrogen, wenn Sie darauf bestehen, dieses Wort weiterhin zu benutzen. Aber ich sehe mich selbst als Agenten einer höheren Instanz. Ich habe keine Lust, meine Zeit damit zu verschwenden, wie man am besten schwarze oder weiße Staaten an diesem Fluß aufbaut, wenn es viel wichtiger ist, herauszufinden, wer oder was für das Hiersein der gesamten menschlichen Rasse verantwortlich ist. Ich verlange Antworten auf meine Fragen, wie Karamasow einst sagte. Die schwarz-weißen Rangeleien hier sind ungeachtet der Bedeutung, die sie einst auf der Erde hatten, doch nichts als Trivialitäten. Hacking muß meine Einstellung irgendwie gespürt haben, obwohl ich sie vor ihm verbarg.«

Es dauerte einige Zeit, bis Sam diesen Schock überwand. Inzwischen hatte der Kampf um Parolando seinen Höhepunkt erreicht. Obwohl Iyeyasu gegen jeden der schwarzen Verteidiger drei Männer ins Feld schickte, wurde seine Armee unerbittlich zurückgetrieben. Schließlich traf Sam die Entscheidung, daß die Zeit reif zum Handeln sei, und sie machten sich auf den Weg zu der Umzäunung, hinter der die Gefangenen warteten. Lothar feuerte zwei Raketen auf das Eingangstor des Lagers ab, und noch ehe der Rauch sich verzogen hatte, stürmte Sam mit seiner Truppe hinein. Cyrano und Johnston knöpften sich das Wachpersonal vor. Während der Franzose mit gezückter Klinge auf die überraschten Wächter eindrang, erledigte Johnston vier Mann mit seinem Tomahawk und drei weitere mit Wurfmessern. Allein mit Händen und Füßen brach er zwei Verteidigern Rippen und Beine. Sofort brachte man die Freigelassenen zur Waffenfabrik, wo sie mit Schwertern, Pfeilen und Bogen ausgerüstet wurden.

Sam schickte je einen Kurier nach Norden und Süden. Die Männer sollten versuchen, die Grenzwälle zu überwinden und die Geflüchteten zur Rückkehr zu veranlassen.

Dann führte er seine Leute in die Hügel. Sie wollten in der Umgebung der Staumauer ein Lager aufschlagen und den weiteren Verlauf der Schlacht abwarten. Was dann kam, stand noch in den Sternen. Sam hatte keinen bestimmten Plan; er wollte die Dinge ganz einfach auf sich zukommen lassen.

Schon bald darauf hatte er die unerwartete Gelegenheit, dem Himmel dafür zu danken, daß er nicht auf die Idee gekommen war, seine Leute direkt auf der Staumauer selbst kampieren zu lassen. Man hatte sich auf die links und rechts davon aufragenden Hügel zurückgezogen, die einen ausgezeichneten Ausblick auf die Ebene boten, wo noch immer der Raketenangriff tobte, auch wenn er mittlerweile etwas schwächer geworden war. Das Sternenlicht spiegelte sich auf dem Wasser, und über allem schien ein tiefer Frieden zu liegen.

Plötzlich sprang Johnston auf und rief: »Da hinten! Seht euch das an! An der Staumauer!«

Drei finstere Gestalten zogen sich, aus dem Wasser kommend, an der Innenseite der Staumauer hoch. Sofort gab Sam den Befehl, hinter den Eisenbäumen in Deckung zu gehen. Gleichzeitig preschten Joe Miller und Johnston auf die Mauer los und rannten auf die Unbekannten zu. Einer der Fremden versuchte Joe ins Wasser zu werfen, was ihm aber nicht gelang, weil der Titanthrop im gleichen Moment ihm schon das Leben aus dem Leib quetschte. Die anderen wurden von Johnston niedergeschlagen. Als die Männer wieder das Bewußtsein erlangten, erübrigte es sich, daß sie Sam erzählten, was sie getan hatten. Er nahm an, daß sie einem Befehl Johns gefolgt waren.

Die Erde vibrierte plötzlich unter ihren Füßen. Die Äste der mächtigen Eisenbäume zitterten wie Porzellanteller in einem Schrank. Dann flog mit einem solchen Knall, der ihnen beinahe die Trommelfelle zerriß, der Damm auseinander. Die Explosion erzeugte eine undurchdringliche Staubwolke. Gewaltige Steinquadern segelten durch die Luft wie Papierschwalben, dann rollten die aufbrüllenden Wassermassen zu Tal. Der See wirkte nun gar nicht mehr so friedlich. Mit roher Kraft riß er seine Ufer ein und wälzte sich auf die Mauer zu. Sein Brausen war so gewaltig, daß jede Verständigung unmöglich wurde.

Hunderttausende von Tonnen Wasser jagten durch den engen Canyon, spülten Erdwälle vor sich her und rissen Bäume um. Die Wassermassen unterspülten die Ufer, daß die Erde sich zu bewegen begann und Sams Leute gezwungen waren, noch höher zu klettern, wenn sie nicht mit in die Tiefe gerissen werden wollten. Ein am Rande des Sees stehender Eisenbaum begann sich plötzlich zu neigen, fiel um, knallte mit der Spitze auf das gegenüberliegende Ufer und rutschte dann, gewaltige Erdmassen und andere Bäume mit sich reißend, in den sich leerenden Stausee hinein. Die Wassermassen ergriffen ihn wie einen Zahnstocher, wirbelten ihn umher und drückten ihn schließlich durch die Mauerbresche in den Canyon hinein, wo er eine halbe Meile weit fortgespült wurde und sich schließlich zwischen den engen Wänden verkeilte. Wie eine hundert Meter hohe Wand jagte das Wasser zu Tal und überspülte die Ebene. Es trieb dabei ausgerissene Bäume, Erdreich, Hütten, Menschen, Abfallberge und ganze Bambuswälder vor sich her, jagte über das Hauptland von Parolando dahin und spülte alles und jeden in den Fluß hinein.

Die Fabrikhallen zerbarsten, als wären sie aus Stroh. Das gewaltige Schiff, das noch immer auf seiner Werft stand, wurde wie ein Spielzeugboot von den Wellen ergriffen, hochgehoben und beiseite geschubst. Die Baugerüste knickten ein. Die Schiffshülle tauchte in den Fluten unter und verschwand, und Sam warf sich zu Boden und bearbeitete das Gras mit beiden Fäusten. Sein Boot war verschwunden! Alles war vernichtet, die Fabriken, Gruben, Flugzeuge, Amphibienfahrzeuge, Schmieden, Waffenkammern und seine Mannschaft! Aber das Schlimmste von allem war, daß er nun auch noch sein Schiff verloren hatte. Sein Traum war zerbrochen, der große, glitzernde Edelstein, den er in seinen Träumen gesehen hatte, in Milliarden Stücke zerschmettert.

Er lag mit dem Gesicht im kalten, feuchten Gras. Seine Finger schienen mit dem Boden verwachsen zu sein, als wolle die Erde dieses Planeten sie nie wieder freigeben. Aber dann packte Joe ihn von hinten und setzte ihn hin. Er kam sich wie eine Marionette vor. Joe umarmte und drückte ihn. Er sah sein groteskes Gesicht, die wildwuchernden Augenbrauen und die absurde lange Nase direkt über sich.

»Fie find alle weg«, sagte Joe. »Jefuf! Welch ein Anblick. Ef ift nichtf von ihnen übrig, Fäm.«

Die Ebene lag immer noch unter Wasser, aber fünfzehn Minuten später hatte sich die Lage entscheidend geändert. Der Fluß hatte wieder seine normalen Dimensionen angenommen. Die Ufer von Parolando sahen wieder aus wie zuvor.

Die großen Gebäude waren ebenso verschwunden wie das halbfertige Schiff und das Werftgelände. Die zyklopenhaften Wälle, die das Industriegebiet Parolandos vom übrigen Teil des Uferlandes abgrenzten, existierten nicht mehr. Da und dort, wo man Grabungen vorgenommen hatte, befanden sich jetzt kleine Seen. Dort, wo man den Grasteppich nach langer Bearbeitung endlich hatte aufreißen können, hatte die Flut die Gruben vertieft. Anderswo war es nicht einmal ihr möglich gewesen, das langwurzelige Gras aus der Erde zu reißen.

Die Stein- und Erdwälle, die das Ufer Parolandos umsäumt hatten, waren verschwunden; weggespült wie Sand.

Der Himmel wurde blasser, dann grau. Die gewaltige Flotte der Eroberer existierte nicht mehr, sie war flußabwärts getrieben und zerschmettert worden. Die Kräfte der Natur hatten sie zu Fetzen zerrieben. Nur hie und da trieb noch ein Schiff Kieloben, umgeben von Balken und anderem Treibgut, in den Fluten. Nichts deutete darauf hin, daß man noch vor wenigen Minuten hier eine erbitterte Schlacht geschlagen hatte.

Das Wasser hatte nur dem unmittelbaren Zentrum von Parolando geschadet, und das waren weniger als zehn Prozent seiner Fläche. Die Gebäude, die am Rand dieser Zone lagen, schienen nur teilweise beschädigt zu sein.

Mit dem Morgengrauen strömten über tausend Leute über die nördliche Grenze aus Chernskys Land nach Parolando. Viele kamen auch in Booten. Angeführt wurden sie von König John.

Sam ließ seine Leute Kampfformationen einnehmen und stellte Joe Miller in den Mittelpunkt, aber John näherte sich ihnen furchtlos und bedeutete Sam mit einem Handzeichen, daß er in Frieden käme. Obwohl er zugab, was er hinter Sams Rücken angestellt hatte, schien er keinen Anlaß zu sehen, sich seines Mitherrschers jetzt zu entledigen. Erst später fiel Sam ein, daß John weder auf seine noch auf die Mitarbeit anderer Leute – wie etwa die Firebrass – verzichten konnte, wenn er vor hatte, irgendwann auf einem metallenen Schiff flußaufwärts zu fahren. Abgesehen davon bereitete es ihm sicherlich noch eine perverse Freude, Sam darüber spekulieren zu lassen, wann der Dolch endlich aus dem Hinterhalt zustieß.

Wie sich rasch herausstellte, brauchten sie doch nicht wieder ganz von vorne zu beginnen. Man hatte das Schiff fast unbeschädigt eine Meile weiter flußabwärts aufgefunden, wo der Fluß es ziemlich sanft an das andere Ufer getragen hatte. Natürlich würde es Anstrengung kosten, es wieder nach Parolando zurückzuschaffen; aber immerhin weitaus weniger, als ein neues zu bauen.

Mehrere Male kam John auf das zu sprechen, was ihn dazu bewogen hatte, hinter Sams Rücken ein Geschäft mit Hakking einzugehen, aber die Undurchsichtigkeit seiner Erklärungen war derart, daß es Sam niemals ganz gelang, die

Bruchstücke zu einem Ganzen zusammenzusetzen. John hatte Sam zwar betrogen, gleichzeitig aber genau gewußt, daß auch Hacking ihn anschließend ausbooten würde. Er hatte sogar fest damit gerechnet und wäre, wie er sagte, äußerst überrascht gewesen, wenn es nicht so gekommen wäre. Das hätte geradezu seinen Glauben an die menschliche Natur zerstört.

Deswegen hatte er sich mit Iyeyasu in Verbindung gesetzt, dem der Gedanke, nachzustoßen, wenn Hackings Truppen nach der Invasion geschwächt sein mußten, ziemlich gut gefallen hatte. Im letzten Moment hatte John dann noch einen Handel mit Publius Crassus, Tai Fung und Chernsky gemacht: Deren Krieger sollten gegen Iyeyasu vorgehen, sobald dieser Hacking erledigt hatte. Gleichzeitig hatte er geplant, in dem Augenblick, wenn beide Invasionsarmeen sich auf der Zentralebene aufhielten, den Staudamm zu sprengen. Er hatte sich, kurz bevor Hackings Leute zuschlugen, in einem Boot durch den Nebel davongemacht.

»Dann warst du gar nicht in deinem Palast, als die Kanone darauf abgefeuert wurde?« fragte Sam.

»Nein«, gab John lächelnd bekannt. »Ich war bereits weit oben im Norden, auf dem Weg zu Iyeyasu. Du hast zwar nie viel von mir gehalten, Samuel, aber zumindest jetzt solltest du vor mir auf die Knie sinken und dankbar meine Hände küssen. Wenn ich nicht gewesen wäre, hättest du alles verloren.«

»Wenn du mir gesagt hättest, daß Hacking plante, uns zu überrennen, hätte ich alles behalten«, sagte Sam. »Wir hätten ihm eins über die Mütze geben können.«

Die Sonne ging auf und schien auf Johns Haar und seine eigenartig graublauen Augen. »Nun ja, aber dann wäre Iyeyasu doch immer noch ein großes Problem für uns gewesen. Jetzt haben wir auch ihn vom Hals und damit steht uns nichts mehr im Wege, all das Land an uns zu reißen, was wir sowieso gebraucht hätten, einschließlich des Bauxits, des Platins und all der anderen Dinge. Ich nehme an, daß du jetzt nichts mehr dagegen hast, wenn wir Selinujo und Hackings Land unterwerfen?«

Der Nachmittag brachte zwei weitere wichtige Nachrichten: Man hatte Hacking gefangengenommen, und Gwenafra lebte. Beide hatten sich während der Kämpfe in die westlichen Hügel durchgeschlagen, wo Hacking einige seiner

Leute gesammelt hatte und sie erneut in den Kampf zu führen versuchte. Aber dazu war es nicht mehr gekommen. Die herabstürzenden Wassermassen hatten seinen Trupp vernichtet, und er selbst war gegen einen Baum geschleudert worden. Er hatte einen Arm und beide Beine gebrochen und litt außerdem an inneren Blutungen.

Sofort machten Sam und John sich auf den Weg, um sich den Verletzten anzusehen. Er lag immer noch am Fuße des Eisenbaums, wo man ihn gefunden hatte. Gwenafra brach in Tränen aus, als sie den Punkt erreichten, und umarmte sowohl Sam als auch Lothar. Sam kam es so vor, als hätte sie ihn länger im Arm behalten, was nicht verwunderlich war, da sie sich mit ihrem Gefährten während der letzten Monate des öfteren in den Haaren gelegen hatte.

John verlangte, daß Hacking einer ausgeklügelten Folter unterworfen werden müsse, und je eher das nach dem Frühstück der Fall sei, desto besser. Sam verwandte sich dagegen, und zwar mit aller Kraft, aber dennoch wußte er, daß John sich seinen Willen ohne weiteres würde erfüllen können, wenn er darauf bestand, schließlich kamen auf fünfzig seiner Leute nur ein Mann von Sam. Aber schließlich sagte er nichts mehr; es schien ihm wichtiger zu sein, seinen nun kein Mißtrauen mehr hegenden Partner in Sicherheit zu wiegen. Und außerdem konnte er auf Sam Clemens und seine Freunde nicht verzichten.

»Du hattest einen Traum, weißer Sam«, sagte Hacking mit schwacher Stimme. »Nun, auch ich hatte einen. Ich träumte von einem großen Soul City, einem Land, in dem unsere Seelenbrüder und Seelenschwestern in Frieden leben und ein Selbstbewußtsein entwickeln können. Ein Land, in dem alle Menschen schwarz sind. Du kannst einfach nicht verstehen, was das bedeutet, ein Land ohne weiße Teufel und ohne blaue Augen: Nur schwarze Brüder. Es hätte für uns der Himmel werden können, wenn man davon auf diesem Höllenplaneten überhaupt sprechen kann. Nicht daß wir dann nicht hin und wieder auch den einen oder anderen Ärger gehabt hätten, Mann. Aber das wäre dann wenigstens kein Ärger wegen eines Weißen gewesen, sondern unser eigener, verstehen Sie? Wir wären damit ganz alleine fertig geworden. Aber es hat nun mal nicht sollen sein.«

»Sie hätten sich Ihren Traum erfüllen können«, sagte Sam, »wenn Sie nur ein wenig gewartet hätten. Wir wären nach der Fertigstellung unseres Schiffes gegangen, und das restliche Metall in diesem Boden wäre dem zugefallen, der es sich genommen hätte. Und dann . . .«

Hacking verzog schmerzlich das Gesicht. Seine Stirn war schweißbedeckt.

»Sie scheinen wirklich einen an der Mütze zu haben, Mann«, erwiderte er. »Glauben Sie denn wirklich, ich hätte Ihnen auch nur eine Sekunde diese Geschichte von der wunderbaren Suche nach dem Großen Gral abgekauft? Ich wußte von Anfang an, daß Sie nichts weiter planten, als mit Ihrem Riesenkahn die Schwarzen zu unterwerfen und sie wieder in Ketten zu legen! Kann man von einem alten Südstaatler wie Ihnen denn überhaupt etwas anderes erwarten?«

Er schloß die Augen, und Sam sagte: »Aber das ist doch alles gar nicht wahr! Wenn Sie nur den Versuch unternommen hätten, mich kennenzulernen . . . Statt dessen haben Sie mich in eine Schablone gepreßt . . .«

Hacking blickte zu ihm auf und sagte: »Sie würden doch einen Nigger sogar dann noch anlügen, wenn er vor Ihnen auf dem Sterbebett läge, oder etwa nicht? Passen Sie auf! Der einzige, der mich hier wirklich erschütterte, war dieser alte Nazi Göring. Ich hatte keinesfalls angeordnet, ihn zu foltern, müssen Sie wissen. Er sollte nur sterben. Aber Sie kennen ja diese fanatischen Araber selbst. Jedenfalls gab Göring mir eine Botschaft. Er sagte *Das Heil und Wohlergehen sei mit dir, Bruder meiner Seele,* oder so ähnlich. Und *Ich verzeihe dir, da du nicht weißt, was du tust.* Irgend so etwas. Ist das nicht ein Hammer? Eine Liebesbotschaft von einem alten Nazi! Aber er hat sich geändert, müssen Sie wissen. Und vielleicht hat er sogar recht. Vielleicht haben alle diese Chancisten recht, wer weiß das schon? Es ist doch absoluter Schwachsinn, uns alle wieder ins Leben zurückzurufen, bloß damit irgend jemand einen wieder herumstoßen oder in den Staub zwingen kann, finden Sie nicht auch?«

Er schaute Sam plötzlich an und sagte: »Erschießen Sie mich, bitte, tun Sie's. Erlösen Sie mich von diesen verdammten Schmerzen. Ich kann's kaum noch aushalten.«

Lothar stellte sich neben Sam und sagte: »Nach dem, was Sie Gwenafra angetan haben, wird es mir ein Vergnügen sein.«

Er setzte den Lauf seiner Pistole an Hackings Schläfe.

Hacking grinste mit schmerzverzerrtem Gesicht und murmelte: »Breche niemals deine Prinzipien! Das habe ich mir schon auf der Erde geschworen, aber diese Frau erweckte einfach den Teufel in mir. Aber was soll's? Was ist mit all den schwarzen Sklavenfrauen, die ihr Weißen vergewaltigt habt?«

Als Sam sich von ihm abwandte, krachte der Schuß. Sam fuhr zusammen, ging jedoch weiter. Schließlich hatte Lothar sich Hacking gegenüber noch milde verhalten, denn der Tod bedeutete hier nichts außer einem Ortswechsel. Morgen schon würde Hacking wieder auf den Beinen sein. Vielleicht sahen sie sich sogar eines Tages wieder, obwohl Sam darauf momentan überhaupt keinen Wert legte.

Lothar holte ihn ein. »Ich hätte ihn leiden lassen sollen«, sagte er, »aber von alten Gewohnheiten kann man sich schwer lösen. Ich hatte vor, ihn umzubringen, also tat ich es. Der schwarze Satan hat mich dabei sogar noch angelacht.«

»Sei still«, erwiderte Sam, »sonst fange ich an zu kotzen. Ich bin nahe dran, alles hinzuschmeißen und meine Tage als Missionar zu fristen. Die einzigen, deren Leiden heutzutage wirklich Gewicht haben, sind die Leute von der Zweiten Chance.«

»Du wirst darüber wegkommen«, sagte Lothar, und es stimmte. Aber Sam brauchte drei Jahre dazu.

Dann sah das Land wieder so aus wie vor der doppelten Invasion: eine stinkende Kraterlandschaft, über der schwarze Rauchfahnen hingen. Und das große Schiff war fertig. Es gab nichts mehr zu tun, als es auszuprobieren. Selbst der allerletzte Handgriff, die beiderseitige Beschriftung des Bugs, war getan. Große, schwarze Lettern auf weißem Untergrund verkündeten den Namen des Schiffes. Zehn Fuß oberhalb der Wasserlinie stand NICHT VERMIETBAR.

»Was hat der Name zu bedeuten, Sam?« hatten mehrere Leute ihn gefragt.

»Im Gegensatz zu vielen anderen Worten, die gesprochen oder gedruckt wurden«, hatte Sam erwidert, »bedeutet dies genau das, was es ausdrückt. Daß dieses Schiff von niemandem gechartert werden kann. Daß es frei ist wie seine Mannschaft und niemandem untertan.«

»Und weshalb heißt die Barkasse PLAKATE ANKLEBEN VERBOTEN?« fragten andere.

»Das hängt mit einem Traum zusammen, den ich einmal hatte«, gab Sam zurück. »Darin versuchte mich irgend jemand dazu zu überreden, ihm die Außenhülle des Schiffes als Reklamefläche zu vermieten. Ich sagte diesem Burschen, daß ich nicht einmal die Barkasse dafür hergäbe, damit irgendwelche Krämerseelen ihre Waren darauf anpreisen. ›Für wen halten Sie mich?‹ sagte ich zu ihm. ›Glauben Sie, ich mache Werbung für den Zirkus Barnum? Für die Größte Schau der Welt.‹«

Was diesen Traum anging, so gab es über ihn noch einiges mehr zu berichten, aber Sam erzählte lediglich seinem Freund Joe Miller davon.

»Der Witz bei diesem Traum war folgender: Der Mann, der die Plakate aufhängen wollte – auf ihnen wurde übrigens der Start des besten und schönsten Schiffes aller Zeiten angekündigt – und ich waren nämlich miteinander identisch!«

»Daf kapier ich nicht, Fäm«, sagte Joe.

Da gab Sam es auf.

27

Am sechsundzwanzigsten Jahrestag der Wiedererweckung bewegte die *Nicht vermietbar* zum ersten Mal ihre Schaufelräder. Der Zeitpunkt lag etwa eine Stunde nach dem Aufflammen der für das Frühstück sorgenden Gralsteine. Die Kabel und Anschlüsse, welche die *Nicht vermietbar* mit dem nächsten Gralstein verbanden, wurden mit Hilfe einer Winde auf der Steuerbordseite durch eine Luke gezogen, während das gepanzerte und dampfbetriebene Amphibienfahrzeug mit dem Namen *Plakete ankleben verboten* aus nördlicher Richtung heranrauschte, um die an einem weiter entfernten Gralstein gefüllten Metallzylinder heranzuschaffen. Das einzigartige Flußboot des Samuel Clemens, bemalt mit weißer Farbe und mit roten, schwarzen und grünen Streifen verziert, bewegte sich langsam aus dem künstlichen Kanal heraus auf den Fluß zu.

Pfeifen wurden geblasen, eiserne Glocken läuteten. Die Passagiere lehnten sich winkend über die Reling, während die am Ufer zurückgebliebenen Bewohner von Parolando begeisterte Schreie von sich gaben. Die mächtigen Schaufelräder griffen munter ins Wasser.

Das Flußboot hatte eine Länge von vierhundertvierzig Fuß und sechs Zoll und eine Breite (von Schaufelrad zu Schaufelrad gemessen) von dreiundneunzig. Der Tiefgang betrug in beladenem Zustand zwölf Fuß, und die gigantischen die Schaufelräder antreibenden Elektromotoren konnten zehntausend PS erzeugen und gleichzeitig noch jede andere Anlage an Bord betreiben, die der Besatzung zur Verfügung stand. Und das waren nicht wenige. Die theoretische Höchstgeschwindigkeit der *Nicht vermietbar* in stillem Wasser betrug fünfundvierzig Meilen in der Stunde, was sich bei einer Fahrt flußaufwärts gegen die Strömung auf etwa dreißig reduzierte. Flußabwärts hingegen konnte sie sechzig schaffen. Aber dazu hatte man sie nicht gebaut.

Das Schiff hatte vier Decks: das sogenannte Kesseldeck, das Hauptdeck, das Hurrikandeck und das Landedeck. Die Brücke befand sich am vorderen Ende des Hurrikandecks, die Kabinen von Kapitän und Chefingenieur lagen direkt dahinter. Die Brücke selbst hatte ebenfalls zwei Decks. Sie lag unmittelbar vor den beiden großen Schornsteinen, die sich dreißig Fuß in die Lüfte erhoben. Firebrass hatte zwar etwas gegen die Schornsteine gehabt, weil er befürchtete, sie könnten die Sicht des Steuermanns behindern und außerdem spräche gar nichts dagegen, wenn man den Kesseldampf seitwärts abließe, aber Sam hatte nur geschnauft und geantwortet: »Was, zum Henker, interessiert mich die Zweckmäßigkeit? Alles was ich will ist Schönheit, und die werden wir auch kriegen! Wer hat schon je von einem Flußboot gehört, daß keine großen und beeindruckenden Schornsteine besaß? Hast du denn gar kein Herz, Bruder?«

Die *Nicht vermietbar* verfügte über fünfundsechzig großzügig angelegte Kabinen mit Klappbetten, Tischen, Stühlen und je einem Waschbecken mit heißem und kaltem Wasser und eine ganze Reihe von Duschanlagen, die sich die Bewohner von jeweils sechs Kabinen teilen mußten.

Auf den verschiedenen Decks gab es drei große Aufenthaltsräume mit Billardtischen, Pfeilwurfanlagen, Gymnastikausrüstungen und Bühnen, auf denen man Schauspiele oder Musicals aufführen konnte. In der Lounge des Hauptdecks schließlich befand sich ein großes Podium für das Orchester.

Das Oberdeck der Brücke war mit geschnitzten, luxuriös wirkenden und mit weißem und rotem Flußdrachenleder überzogenen Möbeln ausgestattet. Der Steuermann saß in einem bequemen Schwenksitz vor einer Instrumentenkonsole, die unter anderem auch eine Reihe kleiner TV-Schirme enthielt, die es ihm erlaubten, in jeden wichtigen Bereich des Schiffes einzusehen. Direkt vor ihm stand ein Mikrofon, über das er mit jedem Menschen an Bord Sprechkontakt aufnehmen konnte. Momentan steuerte er die *Nicht vermietbar* lediglich mit zwei winzigen Hebeln, von denen der linke das Backbord- und der rechte das Steuerbordschaufelrad kontrollierte. Einer der Bildschirme gehörte zu dem Radargerät, mit dem man sich während der Nacht orientieren konnte, während ein anderer mittels eines Sonars die jeweilige Wassertiefe anzeigte. Es war sogar möglich, die Steuerung einem Autopiloten zu übertragen, aber die Anwesenheit des Rudergängers war auch in einem solchen Fall unbedingt erforderlich.

Sam hatte gebleichte Fischledersandalen an den Füßen, trug einen weißen Kilt, ein weißes Cape und eine weiße Offiziersmütze aus Plastik und Leder. Um seine Hüften schlang sich ein Gürtel mit einem Holster, in dem eine klobige, vierschüssige Mark II. 69 baumelte. In einer Scheide steckte ein langes Messer.

Er ging auf und ab, hielt eine lange grüne Zigarre zwischen den Zähnen und beobachtete, beide Arme nur dann hebend, wenn er die Zigarre aus dem Mund nehmen mußte, den Rudergänger Robert Styles, der jetzt zum ersten Mal hinter den Kontrollen des Schiffes saß. Styles war ein alter Mississippi-Schipper, ein gutaussehender Mann und eine ehrliche Haut, auch wenn er manchmal zu Übertreibungen neigte. Er war zwei Jahre zuvor aufgetaucht, und sein Erscheinen hatte dazu geführt, daß Sam nach langer Zeit wieder einmal die Tränen gekommen waren: Und das lag daran, daß er den Mann gekannt hatte, als sie noch beide auf dem Mississippi gefahren waren.

Styles war nervös, und das war nicht ungewöhnlich bei einer Jungfernfahrt wie dieser. Selbst dem legendären Flußschiffer Kapitän Jesajah Sellers hätten in diesem Augenblick sicher die Hände gezittert. Und dabei war es gar nicht schwierig, das Schiff zu steuern: Selbst ein einäugiger Sonntagsschullehrer mit Tatterich hätte es schaffen können, oder sein sechsjähriger Sohn, wenn er wußte, wozu die beiden Hebel dienten. Wenn man sie nach vorne schob, erhöhte sich die Geschwindigkeit, in Mittelstellung hielten die Schaufelräder an, drückte man sie nach hinten, drehten sie sich rückwärts. Um das Schiff nach backbord hinüberzubekommen, bewegte man den linken Hebel nach links, wollte man nach steuerbord, ging es genau umgekehrt.

Aber es erforderte einige Übung. Glücklicherweise benötigten sie keine Karten, um sich auf dem Fluß zurechtzufinden: Es gab weder Inseln noch Sandbänke, und Treibholz konnte ihnen kaum gefährlich werden. Wenn das Schiff in zu niedrige Gewässer eindrang, würde das Sonar automatisch die Alarmglocken in Betrieb setzen. Wenn ein Boot während der Nacht vor ihnen auftauchte oder sich ein überdimensionaler Baum auf sie zubewegte, würde das Radarsystem alles weitere regeln, indem es eine rote Lampe aufleuchten ließ.

Sam blieb eine halbe Stunde in Styles' Nähe. Draußen zog die Uferlandschaft vorbei. Tausende von Menschen hatten sich am Fluß versammelt und winkten ihnen zu. Einige, das war klar, würden auch fluchen, da ihnen das Glück nicht hold gewesen war und sie jetzt zurückbleiben mußten. Aber zum Glück waren die Flüche unhörbar.

Schließlich übernahm Sam das Steuer. Eine halbe Stunde später fragte er John, ob auch er es einmal versuchen wolle. Der Ex-König war ganz in Schwarz gekleidet, als hätte er sich vorgenommen, stets das Gegenteil von dem zu tun, was Sam tat. Aber für einen Menschen, der im Leben nie den geringsten Handschlag an körperlicher Arbeit getan und statt dessen für alles und jedes seine Domestiken eingesetzt hatte, hielt er sich ganz ordentlich.

Die *Nicht vermietbar* tuckerte an Iyeyasus ehemaligem Imperium (das jetzt wieder in die drei ursprünglichen Staaten zerfallen war) vorbei, und dann gab Sam den Befehl zur Umkehr. Styles übernahm diensteifrig wieder die Position des Rudergängers, offenbar wollte er seine Fähigkeiten jetzt voll ausspielen. Während er das Backbordrad blockierte, ließ er das andere mit Höchstgeschwindigkeit laufen. Die *Nicht vermietbar* drehte, fuhr flußabwärts und erreichte bald eine Geschwindigkeit von sechzig Meilen pro Stunde. Sam wies Styles an, sich mehr in Ufernähe zu halten, um die Funktion des Sonars zu testen. Selbst durch das Dröhnen der Motoren, der Pfeifsignale und läutenden Glocken hindurch konnte er das begeisterte Geschrei der Menge noch hören. Die Gesichter der Schaulustigen jagten an ihm vorbei wie ein Traum. Sam öffnete die Tür der Brücke. Er wollte den Wind spüren, um das richtige Gefühl für die Geschwindigkeit zu entwickeln.

Die *Nicht vermietbar* raste mit Höchstgeschwindigkeit flußabwärts nach Selinujo, dann wendete sie erneut und Sam wünschte sich plötzlich, es würde noch ein anderes Schiff dieser Art existieren, um dagegen ein Wettrennen auszutragen. Es war himmlisch, über das einzige elektrisch angetriebene und aus Metall bestehende Schiff dieser Welt zu verfügen, und dieses Gefühl war nicht zu steigern. Ein Mensch konnte im Leben nicht alles haben; nicht einmal in dem nach dem Tode.

Während sie flußaufwärts fuhren, öffnete sich die Heckklappe, und die Barkasse wurde zu Wasser gelassen, die bald Höchstgeschwindigkeit erreichte, das Mutterschiff überholte und ihm vorausfuhr. Die dampfbetriebenen Maschinengewehre jagten eine Salve ins Wasser, und die Kanonen der *Nicht vermietbar* antworteten. Alles schien bestens zu funktionieren.

Dann erschien das dreisitzige Wasserflugzeug in der Hecköffnung, breitete seine Schwingen aus, ließ sie einrasten und startete. Am Steuer der Maschine saß Firebrass, bei ihm befanden sich als Passagiere Gwenafra und seine Frau.

Kurz danach wurde der winzige, einsitzige Jäger von einem Katapult aus abgeschossen und schwang sich in die Lüfte. Der Mann, der ihn steuerte, war Lothar von Richthofen. Er spielte die Stärke der Motoren sofort voll aus und entfernte sich so schnell vom Mutterschiff, daß man ihn bald aus den Augen verlor. Schließlich kehrte er zurück, ließ den Jäger steigen und unterhielt die Bewohner der Flußwelt mit den ersten luftakrobatischen Kunststückchen, die dieser Planet je gesehen hatte – zumindest nach Sams Wissen.

Er beendete seine Vorstellung damit, daß er die Nase der Maschine nach unten richtete, vier Raketen in den Fluß jagte und das Zwillingsmaschinengewehr in Aktion vorführte. Letzteres war vom Kaliber 80 und verschoß Aluminiumkugeln. Man hatte an Bord der *Nicht vermietbar* einen Vorrat von einhunderttausend Schuß angelegt. Waren diese verbraucht, war es mit ihrer Feuerkraft am Ende, denn die Kugeln konnten nicht ersetzt werden.

Lothar ging mit dem Einsitzer auf dem Landedeck nieder.

Der Haken am Heck der Maschine packte ein Gummiseil, und das Flugzeug kam knapp vor den Schornsteinen zum Stehen. Kurz darauf stieg Lothar wieder auf und probierte einen neuen Landeflug. Später kehrte auch Firebrass zurück, der es sich nicht nehmen ließ, ebenfalls einen Testflug mit dem Einsitzer zu unternehmen.

Sam warf einen Blick auf das Vorderteil des Kesseldecks und beobachtete die Marinesoldaten, die Cyrano unter den sengenden Strahlen der Vormittagssonne drillte. Die Männer marschierten auf und ab. Ihre silbernen Helme ähnelten denen der alten römischen Kampftruppen, und zudem trugen sie rot und grau gestreifte Kettenhemden, die ihnen bis über die Hüften reichten. Ihre Beine steckten in Lederstiefeln. Sie waren mit Rapieren, langen Messern und Mark-II-Pistolen bewaffnet. Diese Abteilung war die einzige, die Pistolen trug. Der größte Teil der Besatzung, die Bogenschützen und das Raketenpersonal, verbrachte die Zeit damit, den Manövern der Barkasse und der Flugzeuge zuzusehen.

Als Sam das honigfarbene Haar Gwenafras in der Menge entdeckte, durchströmte ihn ein Glücksgefühl. Dann sah er Livys dunklen Schopf und fühlte sich frustriert.

Nach den letzten sechs zerstrittenen Monaten mit von Richthofen hatte Gwenafra endlich die Konsequenzen gezogen und sich mit Sam zusammengetan. Aber es gelang ihm immer noch nicht, seine Ex-Frau anzusehen, ohne dabei ein Gefühl der Verlorenheit zu empfinden.

Wären Livy und John nicht dagewesen, hätte er sich möglicherweise für den glücklichsten Menschen dieser Welt gehalten, aber Livy war da. Sie würde auch während der nächsten vierzig Jahre der Reise in seiner Nähe bleiben, und das war mehr, als ein Mann verkraften konnte. John erzeugte schon deswegen einen heftigen Schmerz in Sams Magengrube, weil er durch jeden seiner Alpträume geisterte.

Der Ex-König hatte ihm so bereitwillig die Position des Kapitäns überlassen und sich selbst mit der des Ersten Offiziers begnügt, daß es beinahe unheimlich war. Wann würde er die unausweichliche Meuterei in Szene setzen? Es war keine Frage, daß er irgendwann versuchen würde, Sam seines Kommandos zu entheben und alle Macht an sich zu reißen. Und jeder halbwegs intelligente Mensch würde das zu verhindern wissen, indem er ihn geradewegs über Bord werfen ließ.

Aber die Ermordung Blutaxts nagte immer noch an Sams Gewissen. Er war nicht einmal unter dem Aspekt, daß John ja nicht tot bleiben würde, zu einer Wiederholung einer derartigen Tat bereit. Ein Mord blieb ein Mord, ein Verrat ein Verrat.

Die Frage lautete also: Wann würde John zuschlagen? Am Anfang der Reise? Oder erst viel später, wenn er glaubte, Sams Mißtrauen eingelullt zu haben?

Die gegenwärtige Lage war jedenfalls unerträglich. Aber es war immerhin überraschend, wieviel Intoleranz ein Mensch tolerieren konnte.

Ein blonder, hünenhafter Mann betrat die Brücke. Sein Name war Augustus Strubewell, und er galt seit dem Tag, an dem Hacking Parolando überfallen und John sich zu Iyeyasu begeben hatte, als die rechte Hand des Ex-Königs. Strubewell stammte aus San Diego, Kalifornien, war 1971 geboren und Captain der US Marineinfanterie gewesen. Während der Unruhen und Aufstände im Mittleren Osten und Südamerika hatte er mehrere hohe Tapferkeitsauszeichnungen erhalten und später in Film und Fernsehen Karriere gemacht. Er schien kein allzu übler Bursche zu sein, wenngleich er wie sein Herr und Meister ständig mit seinen weiblichen Eroberungen prahlte. Sam mochte ihn nicht und traute ihm nicht über den Weg. Ein Mann, der für John Lackland arbeitete – seiner Ansicht nach konnte bei einem solchen Menschen schon von vornherein etwas nicht stimmen.

Sam zuckte die Achseln. Sollte er sich doch einen Moment an der herrlichen Aussicht erfreuen. Er sah keinen Grund, jemandem den Spaß zu vermiesen.

Sam beugte sich aus dem Fenster und beobachtete die Mannschaft und die an den Ufern stehenden Menschenmengen. Die Sonnenstrahlen brachen sich auf den Wellen, und die Brise kühlte ihn etwas ab. Wenn es ihm zu warm werden sollte, konnte er das Fenster schließen und die Klimaanlage einschalten. Sie war quadratisch und zeigte einen scharlachfarbenen Phönix auf hellblauem Untergrund. Er sollte die Wiedergeburt der Menschheit symbolisieren.

Sam winkte den am Ufer stehenden Leuten zu und betätigte dann einen Knopf, der die Dampfpfeifen und Glocken erklingen ließ.

Schließlich zündete er sich eine neue Zigarre an und ging wieder auf und ab. Strubewell reichte John ein Glas Bourbon und bot Sam ebenfalls eins an. Alle Anwesenden auf der Brücke – Styles, die sechs anderen Rudergänger, Joe Miller, von Richthofen, Firebrass, Publius, Crassus, Mozart, John Lackland, Strubewell und drei weitere Unterführer Johns – hielten jetzt Gläser in den Händen.

»Ich möchte einen Toast aussprechen, Gentlemen«, sagte John auf esperanto. »Möge eine lange und glückliche Reise vor uns liegen und möge jeder von uns das bekommen, was ihm zusteht.«

Joe Miller stand in unmittelbarer Nähe Sams. Sein Kopf berührte fast die Decke, und in dem Glas, das er in der Hand hielt, war ein vierstöckiger Whisky. Plötzlich schnüffelte er mit seiner riesigen Nase an dem Getränk. Dann probierte er es mit der Zungenspitze.

Sam war gerade im Begriff, den Inhalt seines Glases hinunterzustürzen, als er sah, daß Joe das Gesicht zu einer affenähnlichen Grimasse verzog.

»Ist was, Joe?« fragte er.

»In diefen Feug ift etwaf drin!«

Sam roch ebenfalls, konnte aber abgesehen vom besten Aroma, das Kentucky zu bieten hat, nichts Außergewöhnliches feststellen.

Als John, Stubewell und die anderen zu den Waffen griffen, kippte er dem Ex-König die Flüssigkeit ins Gesicht, schrie: »Gift!«, und warf sich zu Boden.

Strubewells Mark II krachte. Die Plastikkugel knallte gegen die kugelsichere Wand über Sams Kopf.

Joe brüllte auf. Es klang wie das Gebrüll eines Löwen, der plötzlich aus seinem Käfig freigelassen wird. Dann schüttete er den Inhalt seines Glases in Strubewells Augen.

Johns Vasallen feuerten einmal und dann noch einmal. Die Mark-II-Pistolen waren vierschüssige Revolver, in deren Patronen das Pulver von elektrischen Funken gezündet wurde. Sie waren noch länger und schwerer als die Fabrikate der Mark-I-Serie, konnten allerdings auch schneller abgefeuert werden. Zudem trieb kein Schwarzpulver die Kugeln an, sondern Kordit.

Im nächsten Moment verwandelte sich die Brücke in ein Chaos aus Schüssen, Pulverrauch, Schreien und zersplitterndem Plastik. Johns Leute schrien, als Joe sich mit einem alles überlagernden Brüllen auf sie warf.

Sam rollte sich zur Seite, riß den Arm hoch und schaltete

den Autopiloten ein. Rob Styles lag auf dem Boden. Ein Schuß hatte ihm den halben Arm weggerissen. Direkt neben ihm lag einer von Johns Vasallen im Sterben. Strubewell warf sich auf Sam, schoß über das Ziel hinaus, krachte mit dem Schädel gegen die Wand, verlor das Bewußtsein und landete dann doch noch auf Sams Rücken. John war verschwunden; hatte sich über die Leiter hinweg aus dem Staube gemacht.

Sam krabbelte unter Strubewells Körper hervor. Vier der Rudergänger lebten nicht mehr. Johns Unterführer waren – von Strubewell, der nur die Besinnung verloren hatte, abgesehen – ebenfalls tot. Joe hatte ihnen das Genick gebrochen und ihre Kiefer zerschmettert. Mozart hockte zitternd in einer Ecke. Firebrass blutete aus mehreren Schnittwunden, die er durch herumfliegende Plastikteilchen erlitten hatte. Lothar hatte eine Schulterwunde. Einer von Johns Leuten hatte ihn mit einem Messer bearbeitet, ehe Joe ihn erwischen und seinen Kopf um hundertachtzig Grad nach hinten drehen konnte.

Mit schlotternden Knien stand Sam auf und wagte einen Blick nach draußen. Jene Besatzungsmitglieder, die den exerzierenden Marinesoldaten zugesehen hatten, waren verschwunden, nicht jedoch ohne ein rundes Dutzend Leichen auf Deck zurückzulassen. Die Männer auf dem Kesseldeck lieferten sich ein erbittertes Feuergefecht mit jenen, die von den Seiten des Hauptdecks auf sie schossen. Hin und wieder peitschten auch Schüsse aus den Kabinenfenstern zu ihnen hinunter.

Cyrano hielt sich bei seinen Leuten auf, schwang das Rapier und brüllte Befehle. Plötzlich stürmte einer von Johns Männern vor, schoß auf ihn, und Cyrano fiel hin. In der nächsten Sekunde war er wieder auf den Beinen, sein Degen wirbelte durch die Luft und war dann blutrot. Der andere Mann, der sich ihm genähert hatte, taumelte, wandte sich um und lief zurück. Cyrano eilte hinter ihm her. Sam schrie: »Zurück, du Narr! Geh in Deckung!« Aber Cyrano hörte ihn natürlich nicht.

Langsam kam Sam wieder zu sich. John hatte ihnen etwas in die Drinks getan, Gift oder ein Schlafmittel. Es war nur Joes unmenschlich feinfühliger Nase zu verdanken, daß sie jetzt nicht alle auf dem Boden lagen und John an der Macht war.

Sam spähte aus der Steuerbordluke. Die Stelle, an der die *Nicht vermietbar* während der Nacht vertäut werden sollte, lag nur eine halbe Meile weit entfernt. Morgen sollte die Reise offiziell beginnen. Hätte beginnen sollen, dachte Sam.

Er schaltete den Autopiloten aus und übernahm selbst die Steuerung.

»Joe«, sagte er, »ich bringe das Schiff jetzt ans Ufer. Es kann passieren, daß ich es auf Grund setze. Hol mir die Flüstertüte. Ich werde den Leuten an Land erzählen, was hier vor sich gegangen ist, und dann ist Johns Spiel aus.«

Er zog den Steuerbordhebel zurück und schob den Backbordhebel nach vorn.

»Was ist denn das?« fuhr er plötzlich auf.

Das Schiff verfolgte immer noch den gleichen Kurs und fuhr flußaufwärts. Dabei hielt es konsequent eine Distanz von einhundert Fuß zum Ufer ein.

Erschrocken probierte Sam einen Hebel nach dem anderen. Vergeblich. Nichts geschah.

Johns Stimme drang aus der Bordsprechanlage und sagte: »Es hat keinen Sinn, Samuel-Boß-Kapitän-Hundesohn! Das Schiff untersteht jetzt meiner Kontrolle! Der Ingenieur, der bald *mein* Chefingenieur sein wird, war so klug, eine zweite Instrumentenkonsole in das Schiff einzubauen, die so gut versteckt ist, daß niemand sie finden kann. Alle Kabel, die zu dir hinaufführen, mein Lieber, sind durchgeschnitten. Damit ist für dich die Sache jetzt gelaufen, Samuel. Meine Männer werden gleich die Brücke stürmen und dich festnehmen. Ich würde es allerdings begrüßen, wenn dabei so wenig wie möglich zu Bruch ginge, und mache dir das großzügige Angebot, uns freiwillig zu verlassen. Wenn du das tun willst, wird dir nichts geschehen. Vorausgesetzt natürlich, du schaffst es, schwimmend das Ufer zu erreichen.«

Sam stieß einen Fluch nach dem anderen aus, wünschte John Vampire und Nachtmahre an den Hals und drosch schließlich wie ein Irrer auf die Instrumentenkonsole ein. Aber das Schiff fuhr unerbittlich weiter und ließ das Dock, an dem es hätte anhalten sollen, hinter sich, während die dort wartenden Leute winkten und schrien und sich fragten, warum es nicht anhielt.

Lothar, der aus einem der Heckfenster blickte, sagte: »Sie schleichen sich an uns ran!«, und gab einen Schuß auf einen

Mann ab, der eben im Begriff war, sich ihnen von hinten zu nähern.

»Lange können wir uns hier nicht halten«, sagte Firebrass. »Wir haben so gut wie keine Munition!«

Sam blickte durch die Frontscheiben. Mehrere Männer und Frauen kamen auf das Kesseldeck gelaufen und blieben stehen.

Unter ihnen befand sich auch Livy.

Wieder stürmte jemand vor. Ein Mann drang auf Cyrano ein, der gerade damit beschäftigt war, einen anderen Gegner zu erledigen. Livy versuchte dem Burschen mit einer Pistole das Schwert aus der Hand zu schlagen, aber es mißlang. Der Angreifer stach sie nieder. Sie fiel hintenüber, während die Klinge noch immer aus ihrem Leib ragte. Der Mann, der sie umgebracht hatte, starb eine Sekunde später, denn dann war Cyrano über ihm und zog ihm sein Rapier durch die Kehle.

Sam schrie: »Livy!« Dann stürmte er von der Brücke und kletterte die Leiter hinab. Kugeln pfiffen an seinen Ohren vorbei und prallten gegen die Decksaufbauten. Er fühlte einen heißen Schmerz, dann schrie in seiner Nähe jemand auf. Trotzdem kletterte Sam weiter. Nur schemenhaft nahm er wahr, daß Joe und die anderen ihm gefolgt waren. Vielleicht hatten sie vor, ihn zu retten, aber genausogut konnten sie erkannt haben, daß es jetzt allerhöchste Zeit war, die Brücke zu verlassen.

Überall lagen Tote und Verwundete herum. Johns Männer waren nicht sehr zahlreich gewesen. Er hatte auf den Überraschungseffekt gebaut, und der war ihm absolut gelungen. Dutzende von Sams Leuten waren in den ersten Sekunden der Meuterei ums Leben gekommen und weitere Dutzende während der ausgebrochenen Panik. Und noch viel mehr waren ins Wasser gesprungen, als sie erkannt hatten, daß sie weder die Möglichkeit hatten, sich zu verstecken, noch die, sich zu verteidigen. Der größte Teil der Besatzung war nicht einmal bewaffnet gewesen.

Die *Nicht vermietbar* hielt nun auf das Ufer zu. Die Schaufelräder drehten sich mit aller Kraft und wühlten sich durch die Fluten, und das Deck vibrierte unter Sams Füßen. John ließ das Schiff ans Ufer treiben, weil dort zahlreiche bewaffnete Männer und Frauen auf ihn warteten.

Es stand außer Frage, daß er die Unzufriedenen um sich geschart hatte; jene Leute, die der Ansicht waren, bei der

Mannschaftslotterie zu kurz gekommen zu sein. Wenn sie erst einmal an Bord waren, würden sie mit Sam und seinen Leuten kurzen Prozeß machen.

Sam ließ die Brücke hinter sich und lief das Hurrikandeck entlang. Er hielt dabei eine Pistole in der einen und ein Messer in der anderen Hand. Er hatte keine Ahnung, wie er an die Waffen gekommen war, und konnte sich nicht einmal daran erinnern, sie aus dem Gürtel gezogen zu haben.

Am oberen Ende der zum nächsten Deck hinabführenden Leiter tauchte ein Gesicht auf. Sam schoß, und es verschwand. Mit einem Sprung näherte er sich dem Decksrand und schaute hinunter. Im gleichen Moment feuerte er, und diesmal ging der Schuß nicht daneben. Die Brust des auf der Leiter hockenden Mannes färbte sich rot, dann fiel er hinunter und riß zwei andere mit sich. Einige weitere Männer auf dem unteren Deck zogen nun ihrerseits Pistolen und feuerten auf Sam, so daß ihm nichts anderes übrigblieb, als zurückzuspringen. Die Salve verfehlte ihn jedoch, aber einige Geschosse rissen den Decksrand zu seinen Füßen auf und jagten Splitter in seine Beine.

Joe Miller war plötzlich hinter ihm und schrie: »Fäm! Fäm! Wir müffen da runter! Fie haben unf umfingelt!«

Unter ihnen kämpfte Cyrano de Bergerac – mit dem Rükken gegen die Reling – jetzt gegen drei Angreifer gleichzeitig. Er durchbohrte dem ersten die Kehle, wirbelte dann herum und sprang über Bord. Gleich darauf tauchte sein Kopf bereits wieder aus dem Wasser. Mit aller Kraft bemühte er sich, dem riesigen Schaufelrad zu entgehen, das in seiner unmittelbaren Nähe schäumend das Wasser aufwirbelte.

In die hinter Sam aufragenden Kabinenwände schlugen nun die ersten Kugeln ein. Lothar schrie: »Spring, Sam! Spring!«

Aber dazu war jetzt keine Gelegenheit. Sie konnten weder das unter ihnen liegende Deck, noch das auf dem sie sich gerade aufhielten, überqueren.

Joe wandte sich wieder um und rannte, die riesige Streitaxt schwingend, auf eine Gruppe aus dem Hinterhalt anrückender Pistolenschützen zu. Die Meuterer feuerten aus allen Rohren, aber es gelang ihnen nicht, den Titanthropen, der sich immer noch außerhalb ihrer Reichweite aufhielt, zu treffen. Schließlich zogen sie sich zurück. Joe hatte auch in dieser bedrohlichen Lage wieder einmal ganz auf die psychologische Wirkung seiner hünenhaften Erscheinung gebaut. Die Panikreaktion unter denjenigen, die sich für sein bevorzugtes Opfer hielten, hatte auch diesmal pünktlich eingesetzt.

Die anderen folgten ihm, bis sie auf der Höhe des großen Schaufelradgehäuses waren. Dieses befand sich etwa zehn Fuß unterhalb des Hurrikandecks und konnte mit einem guten Sprung von der Reling aus erreicht werden. Während die Kugeln ihnen um die Ohren pfiffen, sprangen sie nacheinander hinab und sammelten sich auf der Oberfläche des Metallgehäuses. Jetzt lag das Wasser immer noch dreißig Fuß unter ihnen, und das war eine Höhe, die Sam unter anderen Umständen mit Sicherheit hätte zögern lassen. Aber jetzt hatte er keine andere Wahl mehr. Er hielt sich die Nase zu und sprang geradewegs in die Tiefe, wo er mit den Füßen zuerst den Wasserspiegel durchbrach.

Als er wieder auftauchte, sah er Joe Miller das gleiche tun, aber nicht vom Gehäuse des Schaufelrades aus, sondern vom Hauptdeck. Er hatte sich schließlich doch noch die Leiter hinuntergekämpft, war über das Deck gestürmt und hatte die sich ihm in den Weg stellenden Zwerge kurzerhand beiseite gefegt. Er warf sich über die Reling, während die Meuterer hinter ihm her schossen und ihm einen Pfeilhagel nachjagten.

Als Sam erkannte, daß man die Maschinengewehre schwenkte, um ihm mit den 75er Kalibern den Garaus zu machen, tauchte er kurzerhand unter.

Ungefähr zwei Minuten später begann die *Nicht vermietbar* mit einem Wendemanöver; offenbar hatte John inzwischen erfahren, daß ihm sein Hauptfeind entwischt war. Aber zu diesem Zeitpunkt hielt sich Sam bereits an Land auf und rannte, was seine Beine hergaben. Das Feuer wurde eingestellt. Vielleicht war John inzwischen zu der Erkenntnis gelangt, daß es besser sei, Sam nicht umzubringen. Wenn er ihn leiden ließ, würde sein Schmerz um so größer sein; und am meisten würde er leiden, wenn man ihn dorthin jagte, wo alles seinen Anfang genommen hatte: nach Parolando.

Dann wehte Johns Stimme, verstärkt durch eine Flüstertüte, zu ihm herüber: »Leb wohl, Samuel, du Narr! Vielen Dank, daß du dieses Schiff für mich gebaut hast! Ich werde ihm einen Namen geben, der mich besser kleidet, und mache mich jetzt auf, um die Früchte deiner Arbeit zu ernten! Und vergiß mich nicht! Leb wohl!«

Das anschließende Gelächter trieb Sam fast in den Wahnsinn. Schließlich verließ er sein Versteck und kletterte auf die Uferbefestigung. Das Schiff hatte jetzt angehalten und man ließ eine Strickleiter herab, um die Verräter, die am Ufer gewartet hatten, an Bord zu nehmen. Unter ihm erklang plötzlich eine Stimme, und als Sam den Blick senkte, erkannte er Joe Miller, der mit klatschnassem Haar und aus mehreren Wunden blutend aus dem Wasser kam.

»Lothar, Firebraff, Fyrano und Johnfton haben ef ebenfallf gefafft, Fäm«, meldete er. »Wie geht ef dir?«

Sam ließ sich auf dem Wall aus festgestampfter Erde nieder und sagte: »Wenn mich das weiterbrächte, würde ich mich am liebsten selbst umbringen. Aber diese Welt ist eine Hölle, Joe, eine absolute Hölle. Sie erlaubt dir nicht mal einen sauberen Selbstmord. Wenn du dich umbringst, bist du am nächsten Tag einfach anderswo und hast mit den gleichen Problemen zu kämpfen . . . Ach, scheiß drauf!«

»Waf machen wir jetft, Fäm?« fragte Joe.

Es dauerte eine Weile, bis Sam Clemens sich dazu aufraffte, eine Antwort zu geben. Wenn er Livy nicht haben konnte, konnte Cyrano sie auch nicht haben. Solange er nicht wußte, wo sie sich aufhielt, konnte er sich einbilden, daß sie sich auf dieser Welt noch gar nicht getroffen hatten. Aber ebenso würde er sich darüber schämen, den Verlust, den Cyrano erlitten hatte, bejubelt zu haben.

Nicht jetzt daran denken. Er war zu kraftlos dazu. Der Verlust des Schiffes wog viel schwerer als Livys Tod.

Nach all diesen Jahren der Arbeit, des Kummers, der Intrigen, des Planens, der Leiden . . .

Es war einfach zuviel für einen einzelnen Mann.

Joe war zutiefst erschüttert, als er seinen Freund weinen sah, aber er blieb stumm neben Sam sitzen, bis dessen Tränen trockneten. Dann sagte er: »Bauen wir unf jetft ein neuef Boot, Fäm? Noch gröffer und noch föner.«

Sam Clemens stand auf. Die Strickleiter wurde jetzt wieder eingeholt. Pfeifensignale erklangen, dann wurden die Schiffsglocken geläutet. Möglicherweise lachte John sich gerade in dem Augenblick ins Fäustchen. Es war nicht einmal unwahrscheinlich, daß er ihn jetzt mit einem Fernrohr beobachtete.

In der Hoffnung, daß John ihn sehen würde, schüttelte Sam seine Faust.

»Ich kriege dich schon noch, du Verräter!« heulte er zum Fluß hinunter. »Ich werde ein neues Schiff bauen, und dann werde ich mir dich schnappen! Es ist mir egal, welche Hindernisse sich mir in den Weg legen, oder wer versuchen wird, mich aufzuhalten! Ich werde dich einholen, John, und dann blase ich dein gestohlenes Schiff in tausend Stücke! Niemand – absolut niemand –, weder der Fremde, der Teufel, Gott oder sonstwer, gleichgültig über welche Macht er auch verfügt, wird mich davon abhalten können!

Eines Tages, John! Irgendwann!«

EPILOG

In Band III der *Flußwelt*-Serie wird Sam Clemens zusammen mit Richard Francis Burton und den anderen Angehörigen der Zwölf flußaufwärts zum Nebelturm vordringen, um das Geheimnis der Ethiker zu lüften. *Das dunkle Muster (The Dark Design)* erscheint in Kürze als Heyne-Buch Nr. 3693.